WAHNSINN

Ein Apokalyptischer Horrorthriller

M.L. Banner

Toes in the Water Publishing, LLC

ISBN:(Taschenbuch) 978-1-947510-68-5

ISBN: (E-Book) 978-1-947510-67-8

ISBN:(Hardcover) 978-1-947510-69-2

V1.1

WAHNSINN ist ein originales fiktionales Werk.

Die Charaktereund Dialoge sind Produkte der lebhaften Fantasie dieses Autors.

Ein Großteilder in diesem Roman beschriebenen wissenschaftlichen und historischen Vorfällebasiert auf der Realität, ebenso wie seine Warnungen.

Für meine Frau, Lisa.

Für deine unendliche Liebe und Unterstützung,

selbst während meiner Phasen des WAHNSINNS.

Prolog

Santa Cruz de Tenerife, Spanien - 1712

Ein Schrei setzte ihn in Bewegung. Aldolfo Suárez rannte den Hang von La Gomera hinauf, überzeugt davon, dass sein Sohn ernsthaft verletzt war. Geschickt sprang er über die vulkanischen Felsen und achtete darauf, nicht mit seinen Sandalen hängen zu bleiben – er konnte seinem Sohn nicht helfen, wenn er sich selbst verletzte.

Auf halbem Weg zum Gipfel zwangen ihn seine ermüdeten Beine, anzuhalten und unter dem uralten Schirm eines Drachenbaums Rast zu machen. Während er versuchte, seine nach Sauerstoff lechzenden Lungen mit hastigen Atemzügen der übel riechenden, schwefelhaltigen Luft zu füllen, nahm er die surrealen Strukturen der Umgebung wahr.

Nicht nur, dass alles farblos war, wie eine Kohlezeichnung, es war auch lautlos, nicht unähnlich einem dichten Schneefall. Graue Asche, anstelle von Schneeflocken, schwebte leise aus dem Dunst herab und bedeckte die Landschaft.

Er blickte grimmig über seine linke Schulter, um den Ursprung zu finden. Nur die dicke Rauchsäule des Vulkans von La Palma war jetzt noch sichtbar. Ein endloser kochender Geysir, der Asche aus den Tiefen ausspuckte. Die Stadtbewohner gaben Gott die Schuld an dem Ausbruch und sagten, sie würden für die Sünden ihrer Vergangenheit bestraft. Aldolfo wusste, dass es kein rachsüchtiger Gott war; das Böse war die Wurzel von all dem, und es wurde schlimmer.

In der Woche seit dem Ausbruch hatten sich die drohenden Wolken mit jeder verstreichenden Nacht verdichtet. Jeden Tag wurde die lebensspendende Wärme der Sonne weiter von diesem Schleier erstickt. Und der Himmel wurde gewalttätiger, mit dunkleren Schattierungen von Karminrot an jedem Nachmittag.

Er erhaschte einen Blick auf mehrere Schafe bei seinem *granero*, dem einzigen Gebäude auf dem Hügel. Sie hatten sich von ihren normalen Grenzen entfernt und testeten nun die entlegensten Bereiche seines weitläufigen Grundstücks. Schafe blieben normalerweise zur Sicherheit zusammen und verteilten sich nicht.

Ein gequälter Schrei ertönte, und mehrere Schafe rasten unter ihm vorbei, ohne auch nur zu verlangsamen, als wäre er gar nicht da. Normalerweise blieben sie stehen, um sich um ihren Hirten zu versammeln.

Verwirrt darüber beobachtete er sie genau, wie sie entlang des ausgetretenen Pfades eilten und dann um eine Ecke in eine der beiden Höhlen auf seinem Grundstück huschten. Sie verschwanden im Inneren.

So seltsam und beunruhigend das auch war, er dankte seinem Glück. Zumindest diese Tiere würden leichter einzusammeln sein.

Ein Blöken lenkte Aldolfos Aufmerksamkeit erneut zurück zu seinem *granero*. Darüber fiel eine wogende Wolke schwarzer Punkte vom Himmel und verschwand hinter dem Gebäude. Dann stieg die Wolke wieder auf, wo sie für kaum eine Sekunde in der Luft hing und dann wieder nach unten stürzte. Die chaotischen Punkte kreisten anschließend zurück zu einem unsichtbaren Punkt hinter dem Gebäude.

Eine Bewegung zu seiner Rechten.

Eine geflügelte Gestalt tauchte aus dem grauen Dunst auf. Schwarz und kantig. Leuchtend rote Augen. Sie flatterte wild, krümmte sich und stürzte sich dann auf den Rücken eines panischen Schafs, das ein mühsames Blöken von sich gab und an ihm vorbei stürmte. Sein normalerweise alabasterfarbenes Fell – die Wolle seiner Herde war in der ganzen Region bekannt – war mit bräunlichen Spritzern bedeckt. Die geflügelte Gestalt ritt auf seinem Rücken wie der Tod, der ein Pferd der Apokalypse zügelt. Sie hob ihren Kopf und kreischte zu ihm zurück. Etwas Faseriges hing von ihrem orangefarbenen Schnabel.

Aldolfo starrte fassungslos.

Dann verstand er. Die Gestalten, die Wolken: Das waren *cuervo negro*, Kolkraben, die auf der Insel häufig vorkamen. Nur dass ihre normalerweise koordinierten Flüge und wunderbar geschmeidigen Formationen jetzt unberechenbar waren. Fast wütend.

Es waren weitere schrille Schreie zu hören, die von hinter dem Gebäude kamen. Er rannte wieder los, zu den Geräuschen seiner bedrängten Tiere. Ohne einen Zusammenhang zu den Vögeln herzustellen, war er sich sicher, dass einer der verrückten Hunde des Nachbarn einige Tiere der umherstreifenden Herde angriff. Das war diese Woche schon zweimal passiert. Er umklammerte seinen Stab und machte sich bereit, ihn gegen den angreifenden *perro* einzusetzen. Diesmal würde es keine Warnung geben; er würde den Teufel aus dem Tier prügeln und Entschädigung für seine verletzten oder getöteten Schafe verlangen.

Aldolfo kam außer Atem an, knapp neben seinem *granero*, und blieb erneut wie angewurzelt stehen. Was er sah, machte ihn fassungslos. Zum ersten Mal jagte ihm Angst den Rücken hinauf, schneller als eine kalte Dezemberbrise.

Die *cuervos* schwärmten um drei seiner Schafe; jedes lag in einem sterbenden Haufen auf dem felsigen Boden und wimmerte vor Schmerz. Die Vögel zerrten an dem blutigen Fleisch, rissen es wild auf und tauchten ihre Köpfe in die sterbenden Körper.

Endlich reagierte der gute Hirte in ihm. Aldolfo sprang auf, brüllte einen Befehl gegen die angreifenden Vögel und fuchtelte wild mit den Armen.

Die Vögel reagierten sofort, die Wolke löste sich von den größtenteils regungslosen Kadavern – einst seine geliebten Tiere. Der Schwarm von *cuervos* erhob sich kaum vom Boden, bevor er schnell die Richtung änderte und wild flatternd diesmal auf ihn zusteuerte.

Sie wirkten nicht länger unorganisiert.

Bei jedem *cuervo*, der ihn traf, schrie er auf. Einer nach dem anderen prallten sie auf ihn, brachten ihn aus dem Gleichgewicht. Aber er fing sich wieder und schlug nach der sich verdichtenden Wolke, die ihn nun en masse umschwärmte.

Ihr wildes Kreischen war so laut, dass er dachte, er könnte taub werden, wenn er dies überhaupt überlebte.

Einige der Vögel fielen durch die Schläge seines Stabes, und ein paar andere wichen aus, um gerade so nicht getroffen zu werden. Aber es waren viel zu viele. Jedes vorübergehende Loch in dem schwarzen Gewimmel füllte sich sofort wieder, während sie ihren unerbittlichen Ansturm fortsetzten.

Stechende Schmerzen flammten überall an seinem Körper auf, und bei jedem Schwung sah er kurze Blitze seines eigenen Blutes. Eine Welle der Panik überkam ihn und ließ ihn wild um sich schlagen. Als er erneut das Gleichgewicht verlor, ließ er seinen Stab fallen und begann zu Boden zu stürzen, als er vielleicht seinen einzigen Ausweg zur Rettung sah.

Die Tür zu seinem *granero* stand einen Spalt offen. Wenn er es nur da hinein schaffen könnte.

Seinen Schwung nutzend trieb er seine Beine an, kämpfte sich durch und in die tröstliche Dunkelheit, wo er hart aufschlug. Mehrere Katzen schossen an ihm vorbei, verkündeten jaulend ihr Missfallen und verschwanden nach draußen, kurz bevor er die Tür mit einem Tritt schloss.

Der Rahmen des großen Gebäudes zitterte, und dann war die Welt für einen Moment gedämpft still, bis auf sein eigenes gehetztes Keuchen nach Luft.

Ein Strahl schwachen Lichts drang durch das einzige schmutzige Fenster des *graneros* und beleuchtete einen kleinen Haufen in der Mitte des Bodens, als hätte Gott selbst mit seiner unsichtbaren Hand hineingegriffen und einen nebligen Daumenabdruck aus Licht hinterlassen, der die Dunkelheit teilte. Der Daumenabdruck knisterte vor Bewegung.

Sein *granero* wurde nicht mehr viel genutzt, also hätte das Gebäude jetzt eigentlich leer sein sollen. Er kniff die Augen zusammen und kämpfte gegen die Unfähigkeit an, irgendetwas in der Dunkelheit zu sehen.

Eines seiner Augen funktionierte nicht. Er spuckte in Gedanken Flüche gegen die teuflischen Vögel für das, was sie ihm angetan hatten. Mit seinem Handrücken fuhr er vorsichtig über das nicht funktionierende Auge und bestätigte, dass nichts seine Sicht blockierte. Es fühlte sich klebrig und feucht an. Absichtlich zwang er beide Augen zu und versuchte, sie wieder zu öffnen, in der Hoffnung, seine Sicht könnte sich verbessern. Es half nicht.

Erst da wurde ihm bewusst, dass er nicht allein war.

Mit seinem einen guten Auge konzentrierte sich Aldolfo auf den beleuchteten Klumpen in der Mitte des Gebäudes, von dem er zuerst angenommen hatte, es sei etwas, das sein Sohn dort liegen gelassen hatte – er räumte oft nicht auf. Vielleicht waren es auch ein paar von diesen verdammten Katzen, die überall waren.

Eine Welle des Schwindels überkam ihn, und erst da wurde ihm klar, wie schwer er verletzt war. Doch er kämpfte gegen die Benommenheit an: Er musste wissen, was dieser Klumpen war. Er fühlte sich davon angezogen. Ein unerschütterliches Gefühl, so irrational es auch sein mochte, dass, was auch immer der Klumpen sein mochte, es ihm Trost spenden würde.

Er versuchte, sich tiefer in das Gebäude zu ziehen, und benutzte seine Ellbogen, um seinen Körper vorwärts zu bewegen.

Ein schmerzhaftes Klingeln schwoll in seinem Gehirn an, das sich anfühlte, als könnte es jeden Moment platzen. Und doch hörte er über dem inneren Lärm noch etwas anderes.

Es war ein dumpfes Murmeln, das von der beleuchteten Masse kam.

Das harmlose Bild eines Wurfs Welpen sprang ihm in den Kopf; die Ränder seines Blickfelds verschwommen, wie nach einem Traum.

Sein Sohn hatte auf die neugeborenen Welpen des Nachbarn aufgepasst, lange bevor sie bösartig geworden waren. Damals waren sie niedlich gewesen, aber wenn es Zeit zum Füttern war, zeigten sie ihr inneres, animalisches Selbst, attackierten ihr Futter, rissen daran und nagten jeden Bissen mit ungezügelter Hingabe. Ihr Nagen klang wie das, was er jetzt hörte, nur roher.

Als ob etwas, das seine Ohren bedeckt hatte, entfernt worden wäre, konnte er nun besser hören, das Klingeln kaum noch wahrnehmbar. Gleichzeitig wurde das Bild klarer. Er hielt in seiner Bewegung inne und konzentrierte sich. Er konnte nun die Bewegung des Klumpens sehen und hören.

Er zuckte unkontrolliert zusammen.

Es waren Kaugeräusche, die er hörte, zusammen mit Geräuschen von reißendem und zerrendem Fleisch. Es waren die bösen *cuervos*, die von der Masse fraßen...

Sie fraßen seinen Sohn.

Sein Junge musste versucht haben, den Vögeln nach drinnen zu entkommen, genau wie sein Vater.

Aldolfo gab jeden Kampf auf und akzeptierte voll und ganz sein Schicksal. Es würde kein Entkommen für ihn geben, genauso wenig wie es eines für seinen Sohn gegeben hatte.

Er beobachtete, wie die *cuervos* auf ihn zurasten, und wünschte sich in diesem Moment, er hätte seinem Jungen noch einmal sagen können, dass er ihn liebte.

Bevor alles schwarz wurde, staunte er über die Röte der Augen der *cuervos*.

Teil I

*„Wenn du lange genug in einen Abgrund blickst,
blickt der Abgrund auch in dich hinein."*
Friedrich W. Nietzsche
—
*„Es ist eine Seuche des Wahnsinns, die die meisten Tiere befallen hat...
eine tickende Zeitbombe, die jederzeit hochgehen könnte."*
T.D. Bonaventure

TAG EINS

WIR WUSSTEN ES DAMALS NICHT, ABER ES BE-GANN ALLES HEUTE... DER ANFANG UNSERES ENDES.

Chapter 01

Madrid, Spanien

Die rotäugige Bestie tauchte wie aus dem Nichts auf und bewegte sich so schnell, dass sie keine Zeit zum Nachdenken hatten, sondern nur reagieren konnten. Und wenn TJ das Wesen nicht gesehen und sie darauf aufmerksam gemacht hätte, bevor es zuschlug, hätten einer oder beide von ihnen schwere Verletzungen oder ein noch schlimmeres Schicksal erleiden können.

Zwei Tage würden vergehen, bis ihnen klar wurde, dass dies nur eines von vielen Zeichen einer Apokalypse war, die über die Welt hereinbrechen sollte. Bis dahin würden sie dieses Ereignis einfach als Teil des normalen Chaos abtun, das heutzutage mit dem Reisen einherging. Technisch gesehen hatte das Chaos schon mehr als eine Woche zuvor begonnen.

Als sie ihren Transatlantikflug bestiegen, waren sie sich der Störungen im Reiseverkehr, die früher begonnen hatten, als Islands Vulkan Bardarbunga begann, Asche in die Atmosphäre zu schleudern, nur vage bewusst. Die vulkanische Aschewolke breitete sich langsam in Richtung Nordeuropa aus und verursachte Flugverspätungen und Umleitungen des Luftverkehrs auf dem gesamten Kontinent – die dicken Aschepartikel spielten der Hölle mit den Rotoren der Düsentriebwerke zu.

Genau das war schon Jahre zuvor passiert, und so machten sich weder Ted noch TJ Williams viele Gedanken darüber, während sie es sich in ihren First-Class-Liegesitzen gemütlich machten und fröhlich über ihre bevorstehende Transatlantik-Kreuzfahrt von Malaga, Spanien zurück in die USA diskutierten. Ihre Flugbegleiterin trug zu ihrer selbst auferlegten Abgeschiedenheit bei, indem sie ihre Gläser mit scheinbar endlosem Sekt auffüllte.

Eine Stunde vor der Landung brach auch der Ätna auf Sizilien aus, was zu weiteren Flugumleitungen führte und den ohnehin schon starken Flugverkehr am Londoner Flughafen Heathrow noch verstärkte.

Bei ihrer Ankunft bekamen sie einen ersten Vorgeschmack auf die Reiseprobleme, die vor ihnen lagen. Viele Flüge waren bereits gestrichen worden, und weitere Stornierungen häuften sich minütlich, da Flüge in ganz Europa und Asien am Boden blieben. Ihr nächster Flug war einer davon.

Ted und TJ hatten nur noch eine Etappe auf ihrer Reise nach Malaga vor sich, bevor die *Intrepid* von Regal European am nächsten Nachmittag um fünf in See stechen sollte. Obwohl Teds Agent die Reise organisiert hatte, hatte TJ, wie normalerweise bei all ihren Urlauben, die detaillierte Planung übernommen.

Nun, am American-Schalter vor ihrem Ankunftsgate gestrandet, suchten beide hektisch nach Optionen. Die Gate-Agentin suchte eifrig nach anderen Flugreisemöglichkeiten bei American, während sie selbst auf ihren Handys nach verfügbaren Flügen bei Konkurrenzfluggesellschaften suchten.

„Wie wär's mit Madrid?", sagte Ted knapp unter Ruflautstärke, um über den Tumult gehört zu werden. „Es gibt einen BA-Flug, der in dreißig Minuten abfliegt. Äh... Flugnummer 6-2-8-0." Seine Augen trafen die von TJ, um eine Bestätigung zu erhalten, dass dies für sie funktionieren würde.

Sofort war ihr Gesicht von erwartungsvoller Aufregung erfüllt. „Ja!" Sie wandte sich an die Gate-Agentin. „Können Sie zwei Plätze für uns finden?"

Die Agentin tippte wie wild auf ihrer Tastatur, die Augen auf ihren Bildschirm gebohrt. „Ich habe zwei Bulkhead-Sitze in der Economy, aber immerhin sind sie nebeneinander", verkündete sie stolz.

„Wir nehmen sie!", erwiderte TJ ohne zu zögern. Unter anderen Umständen wäre sie als Platinum-Mitglied von Americans Vielfliegerprogramm vielleicht enttäuscht gewesen, soeben First-Class-Sitze in einem stornierten Flug verloren zu haben. Aber sie war sich ziemlich sicher, dass sie keine anderen Möglichkeiten hätten, wenn sie auch nur ein paar Sekunden länger warten würden. Dieser Flug brachte sie zwar nicht nach Malaga, aber in Fahrentfernung.

Sobald sie den Drucker unter dem Schalter ihre Tickets ausspucken hörte, stellte sie die nächste offensichtliche Frage. „Haben Sie oder jemand anderes etwas von Madrid nach Malaga?"

„Tut mir leid, es ist nichts verfügbar. Das könnte der letzte Flug nach oder aus Madrid sein", antwortete die Gate-Agentin ziemlich schnell, ohne aufzublicken.

Ted reichte TJ sein Handy. „Hier. Ich hole unsere Tickets. Das ist Cynthia von Hertz in Madrid." Er zeigte einen Anflug eines Keanu-Reeves-artiges Lächelns, das dann in ein Grinsen überging. Die Locke seines Schnurrbarts – der einzige Teil seiner erfundenen britischen Autoren-Persona, den sie gerne ändern würde – hob sich in seinem Gesicht.

Zu jedem anderen Zeitpunkt hätte sie vielleicht geschmunzelt oder etwas über sein Aussehen gesagt, das durch seine Cubs-Baseballkappe noch deplatzierter wirkte. Stattdessen strahlte TJ ihn an und nahm sein Handy an. Nach zwanzig Jahren Ehe liebte er es immer noch, sie zum Lächeln zu bringen.

Sie mussten zum Gate rennen, um den voll besetzten Flug nach Madrid zu erreichen, mit kaum ein paar Minuten Puffer. Ted zog ihr Gepäck, während TJ zwischen gehetzten Atemzügen einen Kleinwagen bei Hertz sicherte.

Die Erleichterung verwandelte sich in Sorge, nachdem sie in Madrids Barajas gelandet waren.

Sie machten sich auf den Weg zur Gepäckausgabe und zum Zoll, liefen schweigend auf und ab und nahmen Nachrichtenschnipsel von jedem Fernseher mit, an dem sie vorbeikamen – die meisten waren auf BBC eingestellt. Die Folgen des Ausbruchs des Ätna waren verheerend: Es war der größte Ausbruch seit über hundert

Jahren; mehrere hundert Menschen waren in einer riesigen wirbelnden pyroklastischen Wolke umgekommen, die durch Fornazzo fegte; und der Luftverkehr in ganz Eurasien stand nun still.

Sie hatten wirklich Glück gehabt.

Am Hertz-Schalter, wo Reihen von aufgeregten Reisenden die schlechten Nachrichten erhielten, waren sie umso dankbarer, dass sie ihr Auto im Voraus gebucht hatten und dass es nicht jemand anderem gegeben worden war. Doch eine sinkende Nervosität nagte an ihren Bäuchen. Etwas viel Größeres als eine unmittelbare Katastrophe lag in der Luft, und sie waren dabei, ihren ersten Vorgeschmack davon zu bekommen.

Ted hatte sich angeboten zu fahren, wenn TJ navigieren würde. Sie war darin viel geschickter als er, rief herannahende Schilder aus und antizipierte ihre nächste Abzweigung. Er brauchte kein GPS, wenn er sie hatte. TJ war sein GPS.

Sie öffneten die beiden Türen und lächelten sie sich über das Autodach hinweg an. Sie hatten eine fünfstündige Fahrt nach Malaga vor sich, und vielleicht konnten sie sich dann ein wenig entspannen.

In diesem Moment rief TJ: „Was zum Teufel ist das?"

Teds Kopf schnellte in die Richtung, in die ihr Finger zeigte. „Steig ins-", schrie er und unterbrach seinen eigenen Befehl, um sich auf den Fahrersitz zu werfen und die Tür hinter sich zuzuziehen.

TJ, normalerweise diejenige, die schneller als Ted auf eine potenzielle Bedrohung reagierte, schien vor Verwirrung wie erstarrt. Es war Angst. Ihr Zögern verhinderte, dass sie rechtzeitig handeln konnte. Reflexartig duckte sie sich hinter das Glasfenster der Tür, gerade als etwas, das wie ein Hund aussah, aufprallte.

Sowohl TJ als auch der Hund jaulten auf.

Sie blieb für einen langen Moment wie angewurzelt stehen, bis Ted brüllte: „TJ!"

Als hätte man sie geschlagen, sprang sie endlich ins Auto und knallte die Tür hinter sich zu.

Sie beobachteten in fassungslosem Schweigen, wie der Deutsche Schäferhund sich aufrappelte und heftig den Kopf schüttelte, wobei er Blut und Speichel über TJs Seitenfenster verteilte. Das Tier musterte sie kurz mit unnatürlich wütenden, roten Augen. Es schien rasend tollwütig – ohne Schaum vor dem Maul – und gleichzeitig verwirrt zu sein.

Dann erblickte das Tier etwas hinter ihnen, außerhalb ihres Blickfelds, und humpelte hastig in diese Richtung davon.

„Was war das?", fragte Ted und drückte die Hand seiner Frau, um sich selbst und sie zu beruhigen.

Die Zeit schien stillzustehen, während sie darauf warteten, dass sich ihre Herzen beruhigten.

TJ, unfähig, die richtige Menge Luft zum Antworten zu finden, ließ seine Frage unbeantwortet. Sie hatte keine Antwort, selbst wenn sie genug Luft gehabt hätte.

Ted blickte sie an und überlegte, was ihr wohl gerade durch den Kopf ging. Schließlich war es ein Hundeangriff gewesen, der sie beinahe getötet und körperlich wie seelisch gezeichnet hatte. Jetzt ließ fast jedes Tier, ob groß oder klein, seine Frau vor Angst erstarren. Es war zu solch einer

Belastung für sie geworden, dass sie nicht länger als Feldagentin für das Bureau arbeiten konnte und die meiste Zeit hinter einem Schreibtisch verbrachte. Selbst ihr Training musste sie drinnen absolvieren, wo es keine Gassen oder Straßen gab, in denen möglicherweise Hunde lauern konnten.

Sie spähte durch ihre Brille in den Seitenspiegel und suchte nach dem wilden Tier, das sie gerade zu fressen versucht hatte.

Schließlich wandte sie sich ihm zu. „Lass uns raus aus diesem Albtraum."

Doch ihr Albtraum hatte gerade erst begonnen.

TAG ZWEI

WIR FREUTEN UNS AUF EINE KÖRPERLICHE UND EMOTIONALE VERSCHNAUFPAUSE: GOTT WEISS, WIR BRAUCHTEN SIE. ABER MALAGA SOLLTE UNS WEDER DAS EINE NOCH DAS ANDERE BIETEN.

Chapter 02

Malaga, Spanien

Diesmal duckte sie sich nicht, und der tollwütige Hund erwischte sie. Diesmal konnte er nichts tun, um sie zu retten. Er war gezwungen, aus der Ferne zuzusehen. Die Menschenmenge um ihn herum schwoll an und hielt ihn zurück, während sie dort allein lag und starb. Als er sich endlich befreien und zu ihr gelangen konnte, wusste er, dass es zu spät war. Ihr lebensspendendes Blut war überall, ihre Augen waren vor Qual geweitet und flehten ihn an zu erklären, warum er nicht für sie da war; warum er das nicht hatte verhindern können?

Dann war sie weg.

Ted setzte sich auf und schluckte die Galle hinunter, die seinen Mund füllte. Er drehte ruckartig den Kopf zu ihrer Seite, in der verzweifelten Hoffnung, dass sie da war.

Er konnte sie nicht sehen.

Aber es war dunkel, und er konnte eigentlich nichts erkennen. Ein schwacher Lichtstrahl der aufkommenden Dämmerung beleuchtete einen unbekannten Schreibtisch auf der anderen Seite dieses fremden Zimmers.

Er hörte in der Ferne das Geräusch einer Autohupe, was keinen Sinn ergab, weil sie auf dem Land lebten.

Dann hörte er sie.

Sie stieß sanfte Luftstöße aus, ihre Atemzüge rhythmisch und ruhig. Sie schlief neben ihm.

Und dann ergab alles einen Sinn. Es ging ihr gut. Sie waren in ihrem Hotelzimmer in Malaga, Spanien. Er hatte sie nicht verloren. Diesmal nicht.

Ted schluckte erneut trocken die bittere Scheußlichkeit hinunter, die in seinem Mund zurückgeblieben war, und den Schmerz in seinem Hals, während er versuchte, nicht zu hyperventilieren. Er schöpfte Trost aus dem friedlichen Atmen seiner Frau und begann sich zu beruhigen.

An vielen der letzten Morgen war er aus einem ähnlichen Schrecken erwacht, nur die Umstände änderten sich. Letzte Woche war sie in ihrem See ertrunken; die Woche davor von einem Lastwagen überfahren worden – das war der häufigste Traum. In jedem Albtraum flutete eine erstickende Menschenmenge um ihn herum und hielt ihn mit lähmender Panik zurück, sodass es keine Möglichkeit gab, sie zu retten.

Seit über zwanzig Jahren hatte er denselben verdammten Albtraum, sein Autorengeist fügte nur kreativ verschiedene Todesursachen ein. Aber am Ende war das Ergebnis immer dasselbe: Irgendeine äußere Kraft verursachte ihren Tod, und er wurde von einer Menschenmenge zurückgehalten.

Er spürte, wie seine Atmung allein beim Gedanken an all die Menschen wieder zu beschleunigen begann.

„Derselbe Traum?", fragte TJ, ihre Stimme schwer vom Schlaf.

„Ja", keuchte er.

Sie rutschte zu ihm herüber und schlang ihre Arme um seinen Oberkörper, drückte ihn fest. „Nun, ich bin sehr lebendig, ich liebe dich, und wir sind jetzt in der wunderschönen Stadt Malaga. Lass uns aufstehen und die Stadt erkunden."

„Klingt nach einer tollen Idee."

Und genau das taten sie.

Nachdem sie aus ihrem Hotel ausgecheckt hatten, verstauten sie ihr Gepäck im Kofferraum ihres geparkten Mietwagens und schlenderten durch gepflasterte Fußgängerzonen, in denen es gleichermaßen von Touristen und Einheimischen wimmelte.

Dazwischen tummelten sich Stadtarbeiter, die mit Schiebebesen die feine Schicht vulkanischen Staubs wegfegten, die sich überall abgesetzt hatte. Die Williams taten es ihnen gleich, schoben ihre Sorgen um Zuhause, Arbeit und ihre Reisen beiseite und tauchten schnell in die lebendige Kultur und die alte Geschichte von Malaga, Spanien, ein.

Hand in Hand gingen sie schweigend, jeder in seine eigenen Gedanken versunken. Sie waren nicht anders als jedes andere Paar, das zwanzig Jahre Respekt und Liebe in der Ehe geteilt hatte. Nur verbrachten sie als Paar selten viel Zeit zusammen, zumindest in letzter Zeit nicht. Aufgrund von TJs und Teds unterschiedlichen Zeitplänen fanden sie sich häufig getrennt wieder.

TJ arbeitete bis spät in die Nacht und musste oft zu anderen Büros reisen, manchmal für eine Woche oder länger. Und Teds Agent ließ ihn oft durch die USA und Großbritannien reisen für Signierstunden in kleinen Buchhandlungen und Radio- und Fernsehinterviews. Um neue Buchveröffentlichungen herum war sein Terminkalender besonders voll. Sein neuestes Werk sollte sein größtes werden. Die Kreuzfahrt sollte ihre Ruhe vor dem stürmischen Zeitplan sein, der bereits voll mit Reisen und Auftritten war. Und es sollte eine Feier ihres Jubiläums sein.

Teds Agent hatte kürzlich diese Reise gebucht und dafür eine Lücke in ihren ohnehin schon aufgeblähten Kalendern gefunden. Er hätte nie eine Kreuzfahrt gewählt, wegen all der Menschen. Aber TJ bestand darauf, dass sie die meiste Zeit in ihrer Kabine verbringen könnten und es ihnen etwas dringend benötigte „Wir-Zeit" geben würde. Er hatte nachgegeben, weil er wusste, dass ihre Chancen, zusammen zu sein, in weniger als einem Monat gleich null sein würden.

Am *Teatro de Roman* – einem antiken römischen Theater, das im Herzen der *Ciudad de Malaga* ausgegraben worden war – bogen sie rechts ab und stiegen die jahrhundertealten, abgenutzten Wälle hinauf, die zum steinernen Eingang des maurischen Palastes namens Alcazaba de Malaga führten.

Ursprünglich im 11. Jahrhundert erbaut und bis ins 14. Jahrhundert kontinuierlich erweitert, war es eine beeindruckende Festung, die stolz auf ihre Untertanen in Malaga herabblickte. Zu den Bewohnern des Palastes hatten muslimische

Herrscher und Spaniens berüchtigte Königin Is-
abella und König Ferdinand gehört.

Und obwohl der Aufstieg vom Stadtzentrum
eine Wadenbrennen verursachende Strecke
war, wurden die Anstrengungen mit atember-
aubenden Aussichten auf üppige Gärten und
kunstvolle Brunnen belohnt, aus denen funkel-
nde Bäche sprudelten, die in kaskadenför-
mige Außenwasserläufe entlang Treppen und
Gehwegen geleitet wurden. Ein andalusischer
Garten Eden.

Gleich hinter den hohen Verteidigungs-
mauern hielten sie inne, um eine beeindruckende Säule von Möwen zu bewundern, die sich
wie ein riesiger Organismus in die Anlage hin-
aufgeschraubt hatte und vor Aufregung kreischend über sie hinwegschwebte.

Sie kamen an Touristen vorbei, jung und
alt, darunter ein älteres spanisches Paar,
die faltigen Hände ineinander verschränkt.
Ihre stützenden Gehstöcke klapperten auf
gegenüberliegenden Seiten in perfekter Syn-
chronität gegen die polierten Steine. Ted blickte
zu seiner Frau, um zu sehen, ob sie denselben
Gedanken hatte wie er, aber sie war abgelenkt,
wie sie es in den letzten Tagen oft gewesen war.

Sie gingen weiter, gerade innerhalb der
schützenden Mauern der Festung, und fanden
sich vor einem langen Wehrgang wieder, der die
Oberseite der Mauerstrebepfeiler krönte und
sich in einer Höhe von etwa anderthalb Metern unterhalb der Mauerkrone erstreckte. In
regelmäßigen Abständen wurde der Wehrgang
von Aussichtstürmen unterbrochen.

TJ konnte sich nicht zurückhalten und schoss wie ein Hase los, stieg eine Treppe zum nächstgelegenen Turmeingang hinauf. „Was meinst du, was sich in diesem Turm befindet?" Sie zog an der offensichtlich verschlossenen rustikalen Tür, die so alt aussah wie der Rest der Struktur.

„Ich bin mir nicht sicher, ob du überhaupt da oben sein solltest", sagte Ted zögerlich, immer wieder erstaunt darüber, dass jemand in ihrem Beruf so leichtfertig mit den Regeln anderer Leute umging.

„Ich sehe kein Schild, auf dem ‚Kein Zutritt' steht. Außerdem ist es abgeschlossen."

Wie ein großes Maul, das eine neue Mahlzeit wittert, zog sich die knorrige Walnusstür des Turms nach innen zurück. Es war, als würde eine ausgetrocknete Zunge eingezogen werden, um eine geschwärzte Öffnung zu enthüllen, umgeben von verfaulten Steinzähnen. Der verwitterte Anhang verschwand in der Dunkelheit und blieb mit einem Klirren stehen.

Ein bärtiger Mann in offiziell aussehender Arbeitskleidung in Weiß und Gelb trat aus der klaffenden Öffnung und blieb abrupt stehen, als er TJ dort sah.

Sie zeigte schnell ihr übliches strahlendes Lächeln und fügte ein warmes „Hola" hinzu.

„Hola, Señora", erwiderte der Mann, weit zurückhaltender als sie.

„Können wir, ich meine, *podemos*..."

„Sie möchten reinsehen?", fragte der Arbeiter sie und winkte dann beide mit seiner Hand heran. „Es ist okay."

„Gracias, Señor", antwortete Ted von unten und verbrauchte damit so ziemlich seinen gesamten begrenzten spanischen Wortschatz in einem Satz.

TJ trat schnell in die dunkle Turmöffnung, während Ted die Ziegelstufen hinaufstieg und kurz vor der kleinen Türöffnung stehen blieb, um auf einen Punkt am Horizont über Malaga zu starren.

„Komm schon rein, Ted, du musst das se-", TJ hielt mitten im Satz inne, nachdem sie die Haltung ihres Mannes wahrgenommen hatte.

Sie konnte nicht sehen, was er sah, weil er auf etwas außerhalb, jenseits des Turms, blickte. Sie wippte ein wenig, während sie darauf wartete, dass er ihr sagte, was es war, damit sie ihre Erkundung fortsetzen konnte.

Nur wenige hundert Meter entfernt setzte die gleiche Säule weißer Möwen ihre Luftakrobatik fort, stürzte über ihnen allen in Kreisen umher, wie eine riesige lebende korkenzieherförmige Lichtinstallation am Himmel. Aber ein anderer, größerer Schwarm von Möwen rollte von Westen her in den natürlichen Kronleuchter aus Vögeln über dem Gelände der Alcazaba. Die größere Gruppe der angreifenden Möwen durchbrach die Säulen ihrer Artgenossen und attackierte jeden der sich zerstreuenden Vögel.

Teds Kinn begann zu sinken. Was er sah, glich einem Luftkampf des Ersten Weltkriegs zwischen Vögeln gleichen Gefieders, direkt über ihnen. Anfangs eine surreale Faszination, wurde es schnell grausam. Nachdem sie ihre panischen Artgenossen gebissen, zerrissen und zerkratzt hatten und deren beschädigte Körper zu Boden gestürzt waren, suchten sich die Angreifer neue Ziele.

Die Menschen unten.

Wie ein Tsunami begannen panische Schreie heranzurollen, erst einer, dann zwei, dann vier, als die Besucher der Alcazaba in alle Himmelsrichtungen flohen, jeder um sich schlagend gegen die terrorisierenden Vögel. Das ältere Paar, an dem sie vorbeigegangen waren, humpelte auf einen Ausgang zu, stürzte dann aber zu Boden, als eine Möwe nach der anderen auf sie niederstieß.

Dieser Anblick riss Ted aus seiner Starre. Er sprintete den Rest des Weges in die dunkle Sicherheit des Turmgebäudes und hätte dabei fast TJ – die gerade auf dem Weg zurück nach draußen war, um zu sehen, was ihn aufhielt – zu Boden geworfen.

„Schließ die Tür!", schrie Ted den Arbeiter an. „Sie greifen an."

Der verwirrte Arbeiter fragte auf Spanisch, worüber der verrückte Tourist so einen Aufstand machte.

„Per favore, schließ die verdammte Tür!", brüllte Ted. Er kroch über den Boden und drückte mit der Schulter, um die Öffnung zu schließen.

Der Arbeiter, dessen Fuß die Schließung der Tür blockierte, reckte seinen Kopf ins Tageslicht, um mit eigenen Augen zu sehen, warum dieser Tourist sich so verrückt benahm. Aber dann zog er sich genauso schnell wieder nach innen zurück und stemmte seine Handflächen gegen das harte Holz. Kurz bevor es laut zuschnappte, vibrierten zwei dumpfe Schläge, wie tiefe Erschütterungen, von der anderen Seite und ließen beide Männer aufspringen und wissende Blicke austauschen.

„Was zum Teufel geht da draußen vor?", kreischte TJ.

„Die Vögel; sie greifen an!", antwortete Ted.

TJ wollte gerade einen sarkastischen Kommentar über den Hitchcock-Klassiker abgeben, hielt sich aber zurück, als sie Teds Gesicht sah und dann die Schreie von draußen hörte. „Welche Vögel?", stotterte sie.

„*Mira*", sagte der Arbeiter und zeigte nun auf einen langen Schlitz in der gegenüberliegenden Wand, wenige Meter von ihnen entfernt. TJ betrachtete die Stelle, wo Verteidiger vor Jahrhunderten ihre Pfeile auf angreifende Eindringlinge abgeschossen hatten. Wenn der Turm für Touristen geöffnet war, bot dieser tiefe Spalt begrenzte Ausblicke über den Puerto de Malaga und das einladende Blau des Mittelmeers. Jetzt drangen durch die Öffnung terrorerfüllte Schreie und Kreischen von Möwen, von denen einige in weißen, grauen und blutroten Blitzen vorbeizischten.

Die drei näherten sich vorsichtig der Öffnung, um einen besseren Blick zu erhaschen. TJ erreichte sie zuerst und steckte ihr Gesicht in den oberen Teil des fünfzehn Zentimeter breiten Spalts.

Bevor die anderen beiden sie erreichen konnten, schrie sie auf und fiel rückwärts auf den harten Boden. Eine Möwe krachte mit einem dumpfen Schlag in die Öffnung, gestoppt von ihren ausgestreckten Flügeln.

Die Männer keuchten, als sie den rotäugigen Vogel sahen, der sich abmühte, mit seinen Krallen und gebrochenen Flügeln Halt zu finden, dann aber aus der Öffnung fiel und außer Sicht geriet.

„*Mierda*!", keuchte der Arbeiter.

Sie blieben einen Moment lang wie angewurzelt stehen, bevor TJ wieder aufsprang. Sie schnappte sich schnell einen Haufen Overalls vom Boden und stopfte sie in die Öffnung. Ted und der Arbeiter folgten ihrem Beispiel, griffen nach Abdeckplanen aus einem Stapel und versiegelten die Öffnung vollständig.

Sie lauschten den gedämpften Schreien der Vögel und den gelegentlichen Schreien eines Menschen, bis weder das eine noch das andere mehr zu hören war. Sie warteten eine gefühlte Stunde, die wahrscheinlich nur ein paar Minuten dauerte, bevor sie vorsichtig den behelfsmäßigen Stopfen aus der Öffnung zogen.

Sie beobachteten und lauschten für eine längere Zeit, bevor sie es wagten, die Tür zu öffnen.

Was auch immer gerade passiert war, es war jetzt vorbei.

„*Se terminó*?", fragte sie der Arbeiter, immer noch atemlos.

„Ich denke schon", antwortete Ted, der als Erster vorsichtig die Treppe hinunterstieg, gefolgt von TJ.

Die gepflasterten Gehwege waren mit blutigen und meist toten Möwen und einigen anderen Vögeln übersät. Jeder fünfte oder sechste Kadaver zuckte oder flatterte begleitet von schwächer werdenden Schreien. Überall waren Blutspritzer.

Während sie hastig den uralten Pfad aus der Burg hinausliefen, umklammerten Ted und TJ ihre Hände so fest, dass ihre Knöchel weiß wurden. Sie waren so fixiert auf den Himmel und darauf, schnell aus der Alcazaba und dann aus Malaga herauszukommen, dass sie das alte Paar, an dem sie auf dem Weg hinein vorbeigegangen waren, gar nicht bemerkten. Die beiden betagten Liebenden, die Teds Bewunderung erregt hatten, lagen in einer dunklen Ecke des Eingangs zusammengesunken – die ersten menschlichen Opfer des Angriffs.

Chapter 03

Puerto de Málaga

Lass es", verlangte TJ mit zittriger Stimme. „Wir rufen die Autovermietung vom Schiff aus an. Wir können den Schlüssel per Post schicken, wenn wir zu Hause sind. Es wird was kosten, aber ich will keinen Moment länger in Spanien bleiben."

Ted war bereits aus dem Auto ausgestiegen, das er in zweiter Reihe vor dem Hafeneingang geparkt hatte, und holte ihre Taschen aus dem Kofferraum. „Wie weit ist es bis zum Schiff?", fragte er, teilweise aus nervösem Bedürfnis, etwas zu sagen, obwohl er in der Ferne deutlich drei Kreuzfahrtschiffe sehen konnte. Aber der Hafen sah auch ziemlich groß aus, und er wollte nicht, dass sie einen falschen Abzweig nahmen. Und obwohl es für beide das erste Mal im Hafen von Málaga war, wusste er, dass sie die Karte studiert hatte. Er wusste, dass sie sich durch seine Frage darauf konzentrieren würde, wohin sie als Nächstes gehen mussten, damit sie nicht im Freien herumtrödeln würden.

„Ich weiß, dass es hier lang geht."

Er schob ihr einen Rollkoffer in die Hand, und sie eilten über die Straße in den weitläufigen Puerto de Málaga.

Sie gingen in eiligem Schweigen eine lange, gerade Fußgängerstraße entlang, die links von Geschäften gesäumt und voller Menschen war. Zu ihrer Rechten verliefen parallel die Holzstege eines Kais. Kleine, aber teure Boote waren in regelmäßigen Abständen vertäut und schaukelten sanft in der einlaufenden Flut des Mittelmeers.

Ihre Augen schweiften ständig zum dunklen Himmel, jeden Vogel verfolgend, der über ihnen flatterte.

Zu ihrer Linken hielt ein kleiner Lieferwagen vor einem Geschäft, um Vorräte zu liefern oder vielleicht ein paar Schmuckstücke abzuholen, die sich nicht gut verkauft hatten.

Herrliche Kaffeearomen aus den Restaurants an der Straße kämpften gegen den beißenden Geruch von verwesendem Meeresleben, der von den kalten Küstenbrisen hereingeweht wurde.

Alles fühlte sich normal an.

Diejenigen, die nicht in den Geschäften herumschlenderten, schienen in die gleiche Richtung wie sie zu gehen, wenn auch in einem viel gemächlicheren Tempo: wahrscheinlich Passagiere ihres Kreuzfahrtschiffes oder eines der anderen.

Bei jeder Ansammlung von Touristen, an der sie vorbeikamen – alle zogen riesige Koffer auf Rollen – versuchten sie, etwas von ihren Gesprächen aufzuschnappen. Nur wenige sprachen Englisch, und keiner von ihnen sprach über etwas Wichtiges. Alle schienen fröhlich und unbesorgt zu sein.

Ted und TJ behielten ihr konstantes Tempo schweigend bei.

Ihre Fahrt von der Alcazaba hatte aus kurzen Ausbrüchen von Navigationsanweisungen bestanden, war ansonsten aber wortlos verlaufen. Die ganze Zeit bis zum Hafen und sogar jetzt rasten ihre Gedanken, um mit ihrem ängstlichen Wunsch, in Sicherheit zu kommen, Schritt zu halten, weg von draußen, sicher, dass ein weiterer Angriff unmittelbar bevorstand.

Aber hier war niemand ängstlich. Es gab keine Panik.

Es lag in der menschlichen Natur, ein Ereignis abzutun, das allen Maßstäben der Normalität widersprach. Und beide taten dies auf ihre eigene Weise. Vielleicht war das, was sie erlebt hatten, nur in der Alcazaba passiert und nirgendwo sonst. Es musste eine Anomalie gewesen sein, angesichts dessen, was sie jetzt sahen. Es mochte zwar erschreckend gewesen sein, aber nur ein Zwischenfall. Während ihre Gedanken weiterhin die Größenordnung dessen, was sie gesehen hatten, herunterspielten, hörte das Adrenalin auf zu pumpen, und die Müdigkeit holte ihren stetigen Marsch schnell ein. Die Endorphine waren längst abgeklungen, und jetzt fühlten sie sich müde. Dennoch verlangsamten sie ihr Tempo nicht.

Sie fanden sich vor ihrem Schiff, der Intrepid, wieder. Als ob sie noch eine Aufforderung zum Einsteigen gebraucht hätten, ließ es ein langes Hupen erklingen.

Zwischen ihnen und ihrem Ziel lag ein riesiges Terminal, in dem ein paar andere Passagiere ruhig herumlungerten. Die meisten Passagiere, vermuteten sie, waren bereits an Bord, da sie sich entschieden hatten, so spät wie möglich einzuchecken, um, wie TJ sagte, „mehr Zeit zu haben, Málaga zu genießen". Natürlich hatte der Vogelangriff diesen Plan durchkreuzt.

Erst als sie gezwungen waren, ihr Tempo zu verlangsamen, und die Sicherheit des riesigen Gebäudes sie nach drinnen lockte, begann TJ, ein wenig leichter zu atmen.

Teds Atmung beschleunigte sich in dem Moment, als er die riesige Menschenmenge im Inneren sah. Seine Augen schienen fast aus ihren Höhlen zu quellen; seine Haltung versteifte sich, während er gleichzeitig fast zu schrumpfen schien.

Sie kannte diesen Blick: Er war kurz davor, in einen völligen Ausnahmezustand zu geraten.

Jedes Mal, wenn das passierte, brach es TJ das Herz. Sie konnte sich den Schmerz nicht vorstellen, den ihr Mann empfunden hatte, als er seine erste Frau und sein Kind verloren hatte, alles wegen seiner Enochlophobia. Aber sie würde es nicht seinen Lauf nehmen lassen. Sie würde nicht zulassen, dass es ihn überwältigte. Nicht dieses Mal.

Sie schnappte seine Hand und zog ihn und ihre Taschen – eine Tasche ließen sie bei einem Gepäckträger – durch die Menge und die Hafensicherheit.

TJ erledigte den Großteil des Gesprächs für sie beim Check-in, während er sich auf seine Atmung konzentrierte.

Sie dachten, sie könnten es vielleicht ohne Zwischenfall schaffen.

Nachdem sie ihre Seekarten erhalten hatten, wurden sie angewiesen, zur Gangway zu gehen, die zum Eingang des Schiffes führte. Sie gehörten definitiv zu den letzten der ankommenden Passagiere. Die meisten Menschenmengen absichtlich zu vermeiden, war TJs Plan gewesen. Und Ted war dafür dankbar.

Direkt am Eingang der Gangway hielten sie am Geländer an, um eine kleine Gruppe von Passagieren an ihnen vorbeiziehen zu lassen.

Es war ihr erster Moment der Inaktivität seit der Alcazaba.

Jeder musterte den anderen, die Gesichter immer noch angespannt. Ted strich eine Haarsträhne von TJs Wange und schenkte ihr ein warmes Lächeln. Er atmete tief und übertrieben aus. „Puh, wir haben es geschafft, oder?"

Sie erwiderte sein Lächeln. Obwohl die Gangway größtenteils überdacht war, war sie immer noch ängstlich. Teilweise musste das an Ted liegen, dachte sie.

Sie beobachteten ihre Mitpassagiere, die ebenfalls langsam über die Gangway an Bord gingen. Die wartende Crew begrüßte sie mit strahlenden Gesichtern auf dem Schiff.

Unter ihnen schoben einige Crewmitglieder Wagen mit Gepäck durch einen viel größeren Eingang. Ein Wagen enthielt sogar Zwinger mit verschiedenen Hunden: Haustiere der Passagiere, die für das Privileg bezahlt hatten, mit ihren Tieren über den Atlantik zu fahren.

Es war der normale Trubel eines Kreuzfahrtschiffs, das sich auf die Abfahrt vorbereitete. Niemand, keine einzige Menschenseele, schien die Angst oder Furcht widerzuspiegeln, die Ted und TJ empfunden hatten.

„Es ist fast so, als wäre das, was wir erlebt haben, nie passiert, nicht wahr?" Die Schiffshörner ertönten erneut mit zwei langen Stößen, die aus dieser Nähe ohrenbetäubend waren, selbst in ihrer geschlossenen Gangway. TJ beobachtete die trägen Bewegungen einiger weiterer Passagiere, die hinter ihnen schlenderten, und wieder anderer, die drinnen willkommen geheißen wurden.

Nach einer Weile bemerkte TJ, dass Ted ihr nicht geantwortet hatte. Sie drehte sich besorgt zu ihm um, weil sie dachte, dass er vielleicht immer noch nicht gut mit den Menschenmengen zurechtkam, obwohl sie gar nicht so groß waren.

Diese Sorge verlagerte sich schnell, als sie ihn sah; er hatte denselben Blick, den er in der Burg gehabt hatte. „Ted?" Sie erwartete eigentlich keine Antwort.

Er packte ihren Unterarm, ohne seinen Blick abzuwenden.

Sie folgte seinem Blick und kniff die Augen zusammen, um zu sehen, worauf er gestarrt haben musste. Ihre Brille war in ihrer Handtasche, also konnte sie nicht so weit scharf sehen.

Sie spürte die Anwesenheit einiger anderer Passagiere auf der Gangway und bemerkte, dass auch diese scheinbar von etwas fasziniert waren, was sich außerhalb des Hafeneingangs abspielte, wo sie gerade ihren Mietwagen zurückgelassen hatten.

Sie blinzelte stärker und kniff die Augen noch mehr zusammen, und wünschte, ihre Augen wären besser.

In der Ferne, vor einigen Rauchsäulen, die aus dem Stadtzentrum aufstiegen – was normalerweise vielleicht einen neugierigen Blick auf sich gezogen hätte – bildete sich ein wachsender Dunst. Der Dunst klebte am Boden wie eine Rauchwolke, die auf den Hafeneingang zurollte.

Es erinnerte TJ an die Haboobs, die sie in Arizona, in der Nähe ihres Wohnorts, gelegentlich gesehen hatten: eine wachsende Staubwolke, die alles auf ihrem Weg verschlang und Tonnen von Sand auf Häuser, Geschäfte, Fahrzeuge, Menschen und Haustiere abwarf. Diese anschwellende Welle war ähnlich, da ihre staubige Masse fast alles auf ihrem Weg zu verschlingen schien. Nur war diese Wolke bei weitem nicht so hoch wie ein Haboob. Tatsächlich konnte sie nicht mehr als ein paar Fuß über dem Boden gewesen sein, während ein Haboob tausend Fuß oder mehr erreichen konnte.

Ebenfalls merkwürdig war, dass sich diese Wolke nur den Paseo Reding hinunter in den Verkehrskreisel der Fuente de la Tres Gracias bewegte. Bei ihrer Ankunft hatten sie bemerkt, dass die Straßen von Malaga mit einem feinen grauen Staub bedeckt waren, was fremd erschien. Der Concierge ihres Hotels hatte gesagt, dies käme vom Ausbruch des Ätna. Ein Wind, der den Staub aufwirbelte, konnte diese rollende Wolke erzeugen. Aber das erklärte nicht, warum die schmutzigen Schwaden nur entlang einiger weniger Straßen zogen.

Am Verkehrskreisel, der mehrere Straßen verband, wandte sich die Wolke merklich und blies in den Hafeneingang.

Es war kein Wetterereignis.

„Schau, es bewegt sich auf uns zu, fast ...“

„... als wäre es lebendig“, beendete Ted den Satz.

„Was ist das? Es sieht nicht aus wie die Vögel oben auf der Burg“, stammelte sie.

Als ihre Herzen schneller schlugen, starrten sie entsetzt auf diese wogende Masse von Dunkelheit, die schnell den Paseo de la Farola hinunterwirbelte, die Hauptstraße zum Hafen – parallel zu der, auf der sie gerade gegangen waren.

Ein Mann, der die Straße überquerte und sich der herannahenden Wolke anscheinend nicht bewusst war, drehte sich um, um zu schauen – sie musste ein Geräusch machen – und stürzte in seiner Überraschung auf den Bürgersteig. Ein kleiner Lieferwagen wich dem Mann aus und krachte in ein Gebäude.

Die Welle zögerte nicht. Sie blies heran und verschlang alles auf ihrem Weg.

Jetzt rannten die Fußgänger auf der parallelen Straße. Ihre panischen Schreie kamen in windgefüllten Fetzen an.

Ted drückte TJs Arm fester und warf ihr eine verwirrte Grimasse zu.

TJ hielt es nicht mehr aus. Sie musste sehen, was das war. Mit der freien Hand griff sie nach ihrer Brille in ihrer Handtasche und setzte sie sich hastig auf.

Sie wandte schnell den Blick ab und schaute ihm in die Augen. Ihre waren voller Tränen. „Oh mein Gott, Ted. Was zum Teufel geht hier vor?" Aber keiner von ihnen konnte verstehen, was der Grund für die Wolke war und warum die Menschen und Autos so reagierten. Staub, der über einen hinwegwehte, würde nicht die Angst verursachen, die diese Menschen offensichtlich spürten.

Endlich konnte TJ sehen, was die Wolken verursachte, und es verschlug ihr den Atem.

Eine jüngere Frau neben Ted schrie vor Entsetzen auf.

Aber es war Ted, der die Ursache des Pandemoniums verkündete. „Nein! Das können keine Ratten sein. Was ... was machen sie?"

„Sie greifen an", antwortete TJ mit brechender Stimme.

„Was? Was greifen sie an?"

Es war eine rhetorische Frage, denn jeder von ihnen beobachtete, wie die Welle von Ratten alles mit einem Herzschlag angriff: Männer, Frauen, Kinder, Hunde.

Als ihm die Galle hochstieg, schien Ted der Einzige zu sein, der verstand, was das für sie bedeutete. „Ähm... ich denke", verkündete er mit lauter Stimme, „wir sollten alle aufs Schiff gehen." Er wich vom Geländer zurück und zog seine Frau mit sich. Sie stürmten zum Schiffseingang am Ende ihrer Gangway, gute hundert Meter entfernt.

Aber er und TJ waren die Einzigen, die sich bewegten.

Mindestens zehn Passagiere verharrten auf der Gangway, klammerten sich ans Geländer und starrten. Zwei hielten sogar ihre Kameras hoch, um dieses herannahende Spektakel zu dokumentieren. TJ rief: „Lasst uns gehen, Leute, bevor die Ratten hier sind."

Offenbar hatte die Verwendung von „Ratten" in einem Satz denselben Effekt wie „Feuer!" zu rufen.

Das brachte sie in Bewegung.

Die letzten Passagiere trotteten hinter Ted und TJ her, ihre schweren Schritte und quietschenden Kofferräder schwollen zu einem ohrenbetäubenden Lärm an, als sie auf den Schiffseingang zusteuerten: ihre gemeinsame Ziellinie.

„Langsam, Leute", befahl ein Crewmitglied, das seine Handflächen ausstreckte, um die Welle besorgter Touristen aufzuhalten, die auf ihn zukamen.

Sie verlangsamten, wobei Ted und TJ immer noch vorausgingen.

Ein gedämpfter Lärm wuchs im Hintergrund an.

Einige von Terror erfüllte Schreie durchbrachen ihre hektische Ruhe, brachen ihre übliche Contenance, und sie drängten schneller vorwärts.

Sie gerieten in Panik, als sie die Kakophonie kleiner Quieker und das Trippeln tausender kleiner Füße hören konnten, wie schwere Regentropfen auf einem Blechdach.

„Sie kommen", schrie jemand, schob sich an TJ vorbei und prallte gegen das Crewmitglied, sodass beide zu Boden stürzten.

Andere Sicherheitscrewmitglieder stürmten aus der Tür, weil sie dachten, es sei eine Schlägerei ausgebrochen.

Ted und TJ hielten an einer Brücke, die die Gangway des Hafens mit der Schiffsöffnung ver-

band. Ted rief einem herannahenden Sicherheitsmann zu: „Wir müssen an Bord und Sie müssen
die Türen schließen. Sehen Sie das? Es sind Ratten." Er deutete hinter sie, wo er die wogende
Masse hören konnte.

Der Wachmann konnte eine Welle von Bewegung sehen, die die Gangway-Treppe hinauf-
strömte und auf sie zukam. Die restlichen Gäste
schlüpften an ihm vorbei, einige ließen sogar ihr
Gepäck zurück.

Er blinzelte zweimal in plötzlichem Verständnis
und schob Ted und TJ in Richtung Öffnung.

Nachdem alle drin waren, hielt der Wachmann
am Eingang an und starrte auf die offene Luke.

„Können Sie das nicht schließen?", fragte TJ, ihre
Stimme wurde immer unsicherer.

Der panische Wachmann wandte seinen Blick
zu ihr und sagte: „Nur der OOD, der Sicherheitsdi-
rektor oder der Kapitän können den Befehl geben,
vorzeitig zu schließen."

„Dann rufen Sie verdammt nochmal den
Kapitän!", brüllte Ted.

Chapter 04

Kapitän Christiansen

Staff Captain, was sehe ich da?", brüllte
„ Kapitän Jörgen Christiansen.

Alle Köpfe der Brückenbesatzung reckten sich in dieselbe Richtung. Sie starrten durch ihre Steuerbord-Fenster, hinunter auf die Gangway unter ihnen, fixiert auf die sich schnell nähernde Welle von etwas, das sie nicht erkannten. Niemand achtete auf das klingelnde Telefon, dessen Licht anzeigte, dass es vom Hauptgasteingang an Steuerbord kam. Es würde klingeln, wenn sie schließen wollten oder wenn es ein Problem gäbe.

„Sir...", sagte Staff Captain Jean Pierre Haddock zögerlich, während er durch sein Fernglas blickte, „ich glaube, das sind Ratten."

Kapitän Christiansen brauchte keine weitere Aufforderung. Jean Pierre bestätigte, was seine eigenen ungläubigen Augen ihm sagten. Er hatte vor langer Zeit gelernt, sich nicht um die Gründe zu sorgen, warum etwas passierte. Er befasste sich mit Fakten und nicht mit dem Unerklärlichen. Er hatte keine Ahnung, warum Wellen von Ratten in ihre Richtung strömten, aber er wusste, dass er nicht wollte, dass diese verdammten Dinger sein Schiff fluteten, genauso wie sie offenbar den Hafen zu überfluten schienen. „Geben Sie das Signal zum Schließen und zum Ablegen vom Dock."

Der Offizier vom Dienst oder OvD, Urban Patel, zögerte nicht und schlug auf einen großen roten Knopf an einem Panel unter ihm, der die Hörner ertönen ließ, die ihre Abfahrt ankündigten. Das tiefe Dröhnen der Schiffshörner war selbst in den geschützten Bereichen der Brücke laut zu hören.

Normalerweise würde Sicherheitschef Spillman, der in diesem Moment MIA war, den zweiten diensthabenden Offizier am Gangway-Eingang anrufen. Also folgte Wasano Agarwal, der erste Sicherheitsoffizier und jetzt ranghöchster Offizier auf der Brücke, dem Protokoll und nahm das klingelnde Telefon ab. „Sofort schließen! Holen Sie alle an Bord, die noch warten; alle anderen, die danach kommen, müssen warten."

Er legte den Hörer auf und nahm ihn wieder ab, wobei er eine andere Taste auf der Kommunikationskonsole drückte. „Schließen Sie, lassen Sie jegliches Gepäck zurück, das noch nicht an Bord ist... Keine Diskussionen. Tun Sie es jetzt!"

„Ich kann bestätigen, dass die Türen sich schließen", sagte Jessica Eva Mínervudóttir, erste Offizierin für Navigation, während sie ihr Panel beobachtete. „Die Passagiertür schließt sich. Die Frachttüren sind bereits geschlossen."

„Jetzt vom Dock lösen", drängte der Kapitän.

„Was ist mit dem Lotsenboot, Sir?", fragte Jean Pierre.

„Wir werden gleich vom Dock entfernt warten. Ich will keine dieser Ratten auf meinem Schiff." Der Kopf des Kapitäns und sein Fernglas waren eins, wie ein Gewehrlauf auf die Vorderkante der ersten Rattenwelle gerichtet, die sich schnell entlang der Gangway näherte. Sie schienen sogar noch schneller auf sie zuzukommen.

Er bewegte sich zum Ausgang auf das steuerbordseitige Schwenkdeck, um einen besseren Blick zu bekommen und zu hören, was er sah. Die Brücke war sowohl schall- als auch wasserdicht, um sie während der Stürme zu schützen, denen sie manchmal auf See begegneten.

In dem Moment, als sich die Stahlluke einen Spalt öffnete, ergossen sich die hektischen Geräusche des Puerto de Malaga in die Brücke. Die Besatzung spähte in Richtung der Tür. Für nur wenige Sekunden achteten sie kaum auf ihre Monitore, als von außen eine gewaltige Flut von Schreien, Autounfällen, wahnsinnigem Hupen und etwas anderem hereindrang.

Es war ein gespenstischer Klang: ein eskalierender Wahnsinn, der sich selbst verstärkte; ein schrecklicher Trommelschlag von Hunderttausenden trippelnder Füße und ihrem entsprechenden Quieken. Ein Crescendo, das mit jeder verstreichenden Sekunde anschwoll.

Der Kapitän konnte die albtraumhaften Geräusche nur eine Weile ertragen. Aber bevor er sich wieder in die Brücke zurückdrehte und sie erneut in ihre geordnete Blase einschloss, erhaschte er einen kurzen Blick auf einen Anblick, der seine Nächte heimsuchen würde, vielleicht für den Rest seines Lebens: ein paar Dockarbeit-

er und mindestens ein Besatzungsmitglied, überwältigt von Decken aus Ratten.

Er hatte einmal die Enthauptung eines Be-
satzungsmitglieds miterlebt, damals, als er noch
erster Offizier gewesen war. Er hatte immer
gedacht, das sei der schrecklichste Anblick, den er
je sehen würde. Dies war schlimmer.

Jörgen trat zurück auf die Brücke und knallte die
Tür zu, um das Chaos auszusperren. Es war der
einzige Raum, über den er noch etwas Kontrolle
hatte. Draußen hatte er keine. Er spürte die be-
unruhigten Blicke seiner Crew auf sich, alle weit
aufgerissen und nahe an der Panik.

Aber die Stille war wie Balsam für ihre anges-
pannten Nerven. Und die Stärke ihres Kapitäns
war ein Elixier.

Kapitän Christiansen zeigte nur kurz etwas,
das Besorgnis ähnelte, bevor er wieder in seiner üblichen strengen Präsenz vor ihnen stand.
„Bericht, wie viele sind an Bord?" Er wusste nicht,
was zur Hölle da draußen los war, aber er wusste,
dass seine Crew sich auf ihre Aufgaben konzentrieren konnte, wenn er sie anleitete. Das würde
ihnen allen ein dringend benötigtes Gefühl der
Kontrolle geben. Jetzt die Pflichten; später herausfinden, was passiert war.

„Sie zählen immer noch die letzten paar, die
sich an Bord gequetscht haben, als wir die Türen
schlossen." Jean Pierre fixierte sein Tablet. Es
zeigte bis auf die Sekunde genaue Details über
das Schiff, seine Passagiere und seine Besatzung.
Er hielt seine Augen für eine längere Zeit darauf
gerichtet, bevor er die Zählung bekannt gab, als
ob ein längeres Starren irgendwie die mageren

Zahlen erhöhen würde. „*Bisher*", betonte er, „728 Gäste und 501 Besatzungsmitglieder. Nur ein Gepäckwagen hat es nicht geschafft. Und wir sind voll versorgt."

Das Schiff sollte 1525 Gäste und 700 Besatzungsmitglieder haben. Die meisten der Fehlenden konnten leicht auf die vielen Flugstreichungen zurückgeführt werden. Aber er wusste auch, dass andere es wegen der Rattenangriffe nicht geschafft hatten – trotzdem schien es völlig lächerlich, diese Vermutung überhaupt in Betracht zu ziehen.

„Kapitän?", fragte Jean Pierre. „Was sollen wir jetzt tun?" Diese Art von Dingen – Rattenangriffe und frühzeitiges Ablegen, Passagiere und Crew zurückzulassen – war nicht Teil ihrer Ausbildung oder Erfahrung.

„Erster Offizier Mínervudóttir, rufen Sie den Hafenmeister an und sagen Sie ihm, er soll das Lotsenboot in zwei Minuten hier haben, oder wir pflügen ohne ihn durch den Hafen."

„Ich bin dran, Sir", feuerte Jessica zurück.

Jean Pierre hielt seinen Blick auf den Kapitän gerichtet. „Nein, Sir. Ich meinte, was wir wegen der fehlenden Passagiere tun sollen?"

Kapitän Jörgen Christiansen blickte jedes seiner Crew-Mitglieder an, die seinen stetigen Blick mit Beklommenheit erwiderten. Er diente mit diesen fünf Männern und einer Frau seit fast vier Jahren, und sie hatten viel durchgemacht, einschließlich eines Hurrikans, einer Monsterwelle, sogar eines versuchten Enterungsversuchs durch Terroristen. Aber keiner von ihnen hatte je etwas wie dies erlebt.

Er hatte vor langer Zeit gelernt, als er die Ränge auf seinem Weg zum Kapitän durchlaufen hatte, sich mit dem zu befassen, was man wusste. Dies waren die einzigen Handlungen, über die man jemals Kontrolle hatte. Konzentriere dich nicht auf die Dinge, über die du keine Kontrolle hast. Sie werden sich von selbst regeln.

„Wir werden jetzt unsere einzige Aufgabe erfüllen, nämlich uns um unsere aktuellen Passagiere und die Crew zu kümmern. OOD Patel, bitte kontaktieren Sie die Zentrale und informieren Sie sie, damit sie Hilfe am Boden organisieren und Vorkehrungen für die gestrandeten Gäste treffen können. Wir werden das gemeinsam durchstehen, okay?"

„Aye, Kapitän", antworteten sie im Chor.

„Mr. Haddock, kann ich Sie in meinem Bereitschaftsraum sprechen?"

— ⚓ —

Die beiden marschierten hinein und setzten sich an denselben Konferenztisch, an dem sie schon hunderte Male gesessen hatten, um alles zu besprechen – von höchst bedeutsamen Themen, wie notwendigen Entlassungen von Crewmitgliedern, bis hin zu Belanglosigkeiten, ob sie etwa einem bestimmten Gast ein kostenloses Spa-Paket anbieten sollten, um ihn zufriedenzustellen. Die Ernsthaftigkeit dessen, was sie nun besprechen mussten, lastete schwer auf beiden.

Jörgen verweilte einen Moment an einem Beistelltisch und goss langsam gleiche Mengen Kaffee aus einer Karaffe, die von einem seiner Crewmitglieder stets gefüllt und heiß gehalten wurde, in zwei Tassen. Gedankenverloren stellte er die vollen Tassen auf den Konferenztisch. „Ich wollte mit Ihnen vor dem Rest der Crew über einige beunruhigende Probleme sprechen, die bald ans Licht kommen werden." Er setzte sich neben seinen Stellvertreter, griff nach seiner Uffda-Kaffeetasse und nahm einen Schluck der heißen Flüssigkeit.

„Sie meinen, beunruhigender als ein Schwarm tollwütiger Ratten, die unsere Gäste und die Crew angreifen?" Jean Pierre wollte keinen Kaffee. Er war in diesem Moment völlig aufgedreht, sein Körper produzierte all die natürlichen Stimulanzien, die er brauchte, und so brauchte er sicher kein Koffein. Außerdem hing Jean Pierre gerade noch so mit den Fingerspitzen an seinem Verstand. Er war nur Sekunden davon entfernt, in Wellen seiner eigenen Angst zu ertrinken. Er atmete schnell und zitternd ein, um sich zu beruhigen.

Jean Pierre wusste, dass es wichtig war, vor dem Rest der Crew stark und entschlossen auszusehen, besonders auf der Brücke. Sein Kapitän hatte ihm das beigebracht. Aber hier, im Bereitschaftsraum des Kapitäns, wusste Jean Pierre, dass er er selbst sein, seine Meinung sagen und sich gehen lassen konnte. „Kapitän, was zum Teufel geht hier vor? Wenn Sie zusätzliche Informationen haben, sagen Sie es mir bitte."

„Genau darüber wollte ich mit Ihnen sprechen", Jörgen machte eine Pause und blickte seinen Ersten Offizier an. „Ich kann Ihnen sagen, dass ich Angst davor habe, womit wir es in den nächsten Tagen zu tun bekommen werden."

Das überraschte Jean Pierre völlig. Er hatte nie gedacht, dass sein Kapitän vor irgendetwas Angst hätte. Verrückte Terroristen hatten das bewiesen. Außerdem sprach er nicht über das, was gerade passiert war; er sprach über das, was noch passieren würde.

Jörgen schaltete sein Tablet ein, scrollte den Bildschirm hinunter und begann, eine Liste von Themen vorzulesen, die normalerweise für jedes Kreuzfahrtschiff erschreckend wären, aber im Vergleich zu dem, was sie gerade in Malaga erlebten, mild erschienen.

„Wir haben bereits über den isländischen Vulkan gesprochen, der immer noch ausbricht, und auch der Ätna ist aktiv. Wir wissen, dass diese im Norden und Osten allerlei Navigationsschwierigkeiten verursachen. Und wir müssen auf den Seeverkehr vorbereitet sein, der ungewöhnlich stark sein wird. Aber was mir am meisten Sorgen bereitet, ist der Bericht über Erschütterungen auf zwei der Kanarischen Inseln. Es gab einen Bericht, der besagte, dass La Palma jeden Tag ausbrechen könnte. Hier ist er." Jörgen las den Bericht emotionslos vor, als würde er die täglichen Treibstoffzahlen vorlesen.

Obwohl er gerade das Gegenteil gesagt hatte, wirkte Jörgen völlig ruhig. Und das hatte eine Wirkung auf Jean Pierre. Er konnte spüren, wie sein Blutdruck sich beruhigte, und er setzte sich aufrechter in seinen Stuhl. Er spürte nicht mehr die unkontrollierbare Panik, die ihn noch vor wenigen Augenblicken überwältigt hatte, trotz der erschreckenden Nachrichten.

In diesem Moment wurde Jean Pierre klar, dass dies beabsichtigt war.

Jörgen kannte ihn so gut, dass er offensichtlich gesehen hatte, dass er kurz davor war zusammenzubrechen. Diese kurze Zeit im Bereitschaftsraum diente dazu, Bilanz zu ziehen über das, was sie wussten, sowie über das, was sie nicht wussten. Sich auf die schiffsbezogenen Probleme und die entsprechenden Maßnahmen zu konzentrieren, die sie ergreifen mussten. Es waren alles schlechte Nachrichten. Aber es waren Fakten. Sie konnten ihre jahrelange Erfahrung auf jeden dieser Datenpunkte anwenden und die bestmögliche Lösung finden. Und wenn neue Daten eintrafen, würden sie ähnliche oder andere Urteile fällen. Sie würden es zusammen bewältigen. Genau wie sie es immer taten. Sie würden auch das hier bewältigen.

„Wie sehen die Berichte für Gibraltar morgen aus?", fragte Jean Pierre und bereitete sich auf das Schlimmste vor.

Jörgen tippte auf eine Ecke seines Bildschirms und überflog die Zusammenfassung, die Jessica erstellt hatte, die neben der Überwachung der Navigation auch das Wetter, die Strömungen, den Schiffsverkehr und alles andere im Auge behielt, was ihre pünktliche Ankunft im nächsten Hafen beeinflussen könnte.

„Sieht nach ruhiger Fahrt aus. Da wir ein bisschen früher ablegen, können wir uns Zeit lassen, dorthin zu kommen und die Situation auf den Kanaren zu beurteilen, wenn wir näherkommen", entschied Jörgen.

„Okay, ich frage mal nach dem Pferd im Raum-"

„-Sie meinen den Elefanten?", korrigierte Jörgen lächelnd Jean Pierres Versprecher.

Jean Pierre versuchte immer, seine amerikanischen Redewendungen zu verbessern, aber er hatte noch einen weiten Weg vor sich. Da Jörgen ein Liebhaber der amerikanischen Kultur war, brachte er Jean Pierre viele bei, die er noch nicht kannte. Dieser Ausrutscher würde schnell vergessen sein – Jörgen neckte ihn oft wegen seiner Versprecher –, denn Jean Pierre war nicht in Höchstform. *Noch eine Redewendung.*

„Ja, der Elefant, oder besser gesagt, Tausende von verrückten Ratten...", Jean Pierre verstummte, unsicher, was er fragen sollte.

Es klopfte an der Tür. Es war Jessica.

„Entschuldigen Sie die Störung." Sie nickte zuerst Jörgen und dann Jean Pierre zu. „Wir haben vom Hafen abgelegt, aber wir mussten unsere Heckleine zurücklassen, weil das Dock von... von den..." Sie hielt inne, ihre Augen füllten sich mit Tränen und ihre Unterlippe zitterte. Sie erinnerte sich an das Bild der Hafenarbeiter, die angegriffen wurden, und der Ratten, die die Leine zum Schiff hochliefen. Sie schüttelte den Kopf. „Entschuldigung. Außerdem gibt es keine Antwort vom Hafenmeister – oder irgendjemandem von der Hafenbehörde. Soweit wir sehen können, haben die Hafenbetreiber den Hafen verlassen. Aber es gibt im Moment wenig bis gar keinen großen Verkehr. Nur ein paar kleine Boote. Ich würde also empfehlen, dass wir fahren, solange wir können." Jessica zögerte an der Tür, als hätte sie ein Geheimnis, das sie nicht preisgeben durfte. „Und Erster Offizier", sagte sie zu Jean Pierre, „Mrs. Williams und ihr Mann haben es an Bord geschafft."

„Danke, Erster Offizier. Wenn es nichts weiter gibt, brauchen wir nur noch eine Minute", erwiderte Jörgen und wartete, bis seine Erste Offizierin ging und die Tür hinter sich schloss. Als die Tür zufiel, fuhr er fort. „Die Ratten spielen im Moment keine Rolle, Jean Pierre. Ich fürchte, es wird nicht das Schlimmste sein, was wir während dieser Kreuzfahrt erleben werden." Er ließ seine Worte einen Moment wirken, bevor er fortfuhr.

„Aber unsere Aufgabe bleibt dieselbe: für die Sicherheit, den Komfort und die Zufriedenheit aller zu sorgen. Mit anderen Worten, ich möchte, dass wir alles in unserer Macht Stehende tun, damit unsere Gäste und die Crew an alles andere denken als an das, was in der Außenwelt vor sich geht."

„Aye, Kapitän."

„Und finden Sie mir Spillman!"

Chapter 05

Robert Spillman

Sicherheitschef Robert Spillman hatte ein Geheimnis, das er unbedingt unter Verschluss halten musste. Sein berufliches Leben hing davon ab.

Vor seiner Verabredung wartete er auf den Schichtwechsel im Überwachungsraum. Als der neue Wachmann vor dem kleinen Fenster in der Tür des Überwachungsraums stand, erhob sich der abtretende Wachmann und verließ den Raum, um „den Stab zu übergeben" oder den Schlüssel für den Überwachungsraum direkt vor der Tür zu überreichen. Dieser Vorgang stellte sicher, dass sich nie mehr als ein Überwacher gleichzeitig im Raum befand, was Robert zufolge dazu beitrug, die Datenschutzrichtlinien des Schiffes zu schützen. In Wirklichkeit förderte Spillmans Verfahren absichtlich die Verletzung der Datenschutzrichtlinien des Schiffes.

Normalerweise nutzte der abtretende Wachmann diese Gelegenheit während der Schlüsselübergabe, um auch Geschichten über die Passagiere weiterzugeben, die dumme Dinge taten, weil sie nicht realisierten, dass sie von einer der vierhundertsechzig Kameras, die über das ganze Schiff verteilt waren, beobachtet und aufgezeichnet wurden. Während der Arbeit über das zu diskutieren, was Passagiere vor der Kamera taten, verstieß gegen die Richtlinien von Regal European. Aber das hielt sie nie davon ab.

Wie Robert versuchten die Wachmänner, ihre „außerdienstlichen" Aktivitäten außerhalb des Blickfelds der allgegenwärtigen Kameras zu halten. Da es direkt vor der Tür des Überwachungsraums keine Kameras gab, bot der Austausch den Überwachern reichlich Gelegenheit, Geschichten auszutauschen und Notizen weiterzugeben, wo die besprochenen Videos zu finden waren. Alle Videoaufnahmen wurden für die Dauer der Kreuzfahrt auf einer Multi-Terabyte-Festplatte kopiert und aufbewahrt. Die Festplatten wurden während des Turnovers ausgetauscht, wenn eine neue Reiseroute begann. Und dann würden neue dumme Passagier-Feeds wieder kopiert und gespeichert werden.

Während die beiden Wachleute miteinander beschäftigt waren, stellte Robert sicher, dass er nicht gesehen wurde, und betätigte einen Schalter, der alle Kameras auf Deck 2 ausschaltete. Er bemühte sich dabei besonders um Schnelligkeit und Heimlichkeit, da er heute nur ein paar Minuten Zeit hatte, bevor der Kapitän bemerken würde, dass er fehlte. Er wusste auch, dass die Unterhaltung draußen nicht so lange dauern würde, da es noch keine Geschichten über diese Kreuzfahrt zu erzählen gab: Die Passagiere kamen gerade erst an Bord.

Sobald die Zungen der Passagiere durch den überteuerten Alkohol an Bord des Schiffes lockerer geworden waren und sie die Grenzen des Schiffes ausgetestet hatten, würden die Geschichten zwischen dem ankommenden und dem abgehenden Wachmann länger und lebhafter werden.

Er schloss den Überwachungsraum hinter sich. Die Köpfe seiner beiden Männer ruckten aufmerksam hoch, ihre Lippen verstummten ob seiner Anwesenheit.

Er genoss das.

„Lasst euch von mir nicht stören, meine Herren. Es ist gerade ziemlich ruhig, und ich werde eine Weile nicht zurück sein." Das war der Code für: *Macht, was ihr wollt, denn ich werde euch nicht überwachen.*

Das würde ihm mindestens zehn Minuten Zeit geben, um zu tun, was er tun musste, bevor er gesehen wurde.

„Danke, Sicherheitschef", bestätigten beide und konnten ihr Grinsen kaum zurückhalten.

Robert nahm den öffentlichen Aufzug sechs Stockwerke hinunter zu Deck 2 und bewegte sich schnell durch den Korridor an der Backbordseite zum ersten Wandpanel, das er mit seinem Generalschlüssel öffnete. Drinnen verliefen mehrfarbige Kabel an der linken Seite des langen, fußtiefen Gehäuses auf und ab, einige endeten auf halber Höhe an einer Platine. Hier waren verschiedene Elektronikkomponenten für diesen Flur mit den Hauptleitungen des Schiffes verbunden.

Er griff hinein und zog ohne zu zögern ein blaues Kabel aus seiner Platine, ließ es knapp neben seinem Anschluss hängen, als hätte es sich irgendwie von selbst gelöst. Dies würde nur die Kameras im Korridor an der Backbordseite von Deck 2 achtern der Aufzüge deaktivieren.

Bald würde sein diensthabender Überwacher bemerken, dass die Kameras auf Deck 2 schwarz waren. Nachdem er sie wieder eingeschaltet hätte, würde er, wenn er aufmerksam wäre, bemerken, dass die Kameras 63 bis 68 immer noch dunkel waren. Sobald bestätigt war, dass nur diese Kameras auf Deck 2 nicht funktionierten und es nicht an einer Verbindung im Überwachungsraum lag, würde die Wartung gerufen werden, um nachzusehen. Robert schätzte, dass er jetzt mindestens dreißig Minuten Zeit hatte.

Er würde nicht so lange brauchen.

Er schloss das Panel und ging lässig achtern in Richtung Kabine 2071.

Ein Paar lungerte am Eingang ihrer Kabine herum, zwischen ihm und seinem Ziel, was Robert dazu veranlasste, vor einer Tür mit Zugangsbeschränkung stehen zu bleiben. Mit seiner Karte öffnete er die Tür, auf der „Nur für Besatzungsmitglieder" stand, und lungerte in dem kleinen Vorraum herum, der der Besatzung Zugang zu einem separaten Aufzug und Treppenhaus gewährte. Es war ähnlich wie der Zugang für Passagiere, aber im Design weitaus zweckmäßiger.

Er drückte seinen Rücken gegen die Tür, als würde er sie für ein Besatzungsmitglied offenhalten, und lauschte außer Sichtweite darauf, dass das Paar wegging oder in seine Kabine zurückkehrte. Er streckte seinen Kopf vor und legte eine Hand ans Ohr, um das aktive Geplapper von oben und unten auszublenden.

Die Gäste schlossen ihre Tür, und er hörte eine weibliche Stimme etwas auf Deutsch sagen.

Er wartete darauf, dass sie sich umdrehten und zum öffentlichen Aufzug gingen, der nur ein paar Schritte entfernt war. Sie sollten nicht einmal an dieser Tür vorbeikommen.

Robert betrachtete seine Uhr und spürte, wie jede Minute tief in seinem Unterleib verrann.

„Hallo, Sicherheitschef", trällerte einer der etwa fünfundsiebzig Zimmerstewards, der von unten kam und wie eine leichte Brise das Treppenhaus hinaufstieg, auf dem Weg zu einem höheren Deck. Robert erkannte den jungen Kroaten nicht und vermutete, dass er einer der neuen Besatzungsmitglieder war, die sich verspätet meldeten. Sein Vorgesetzter würde ihm dieses Mal Nachsicht gewähren, da mehrere der neuen Besatzungsmitglieder wegen der Flugverspätungen zu spät kamen oder es einfach nicht schafften.

„Entschuldigung", sagte ein schwergewichtiger Mann – in Roberts Augen waren alle, die eine Kreuzfahrt machten, schwergewichtig. „Wo Pool?" Der Mann hatte einen ausgeprägten deutschen Akzent und offensichtlich schlechte Englischkenntnisse. Auf dieser Kreuzfahrt würde es viele Deutsche geben, da die Reederei in Deutschland stark geworben hatte.

Er hätte fast geknurrt, verbesserte sich aber schnell. „Nehmen Sie den Aufzug, an dem Sie gerade links vorbeigegangen sind, und fahren Sie sieben Stockwerke hoch zu Deck neun. Dann gehen Sie etwa fünfzig Schritte achtern und er ist gleich da." Robert sagte dies mit einem falschen Lächeln und zeigte den Gang hinunter. Am liebsten hätte er zu ihnen gesagt: „Könnt ihr verdammt nochmal keine Karte lesen, ihr blöden Krauts?" Er mochte deutsche Kreuzfahrer nicht besonders. Sie erwarteten von allen Perfektion, außer von sich selbst.

„Danke", sagte die Frau, die mindestens doppelt so groß wie der Mann sein musste. Beide watschelten davon und klammerten sich an ihre Zimmerhandtücher. Kreuzfahrer nahmen immer ihre Zimmerhandtücher mit zum Pool, obwohl der Pool Handtücher für sie bereitstellte, damit sie die aus ihrem Zimmer nicht ruinierten. Nicht dass es sie kümmerte.

Er schloss die Tür zum Besatzungszugang und wartete darauf, dass das unerträglich langsame deutsche Paar den Flur verließ.

Endlich verschwanden sie aus dem Gang.

Robert bewegte sich abrupt, wie ein Vollblutpferd, das aus der Startbox hervorschießt.

Oder besser noch, wie ein Hengst auf der Suche nach seiner Stute.

Es war sonst niemand im Flur, und ihm blieb jetzt nur noch wenig Zeit. Er war begierig darauf loszulegen und wollte nicht noch mehr Verzögerungen hinnehmen, die seine Vergnügungszeit verkürzen würden. Er joggte fast die hundert Meter bis zur Kabinentür und warf einen schnellen Blick auf die größtenteils versteckte

Kamera darüber, von der er wusste, dass sie nicht funktionierte.

Er zog eine andere Karte hervor, die er von einem gefeuerten Angestellten behalten hatte, und schob sie in die Tür. Das Schloss blinkte grün und signalisierte ihm, dass er eintreten konnte. Er ließ die Tür von selbst zufallen. Die Kabine war größtenteils dunkel, sowohl die Vorhänge als auch die Stores waren zugezogen. Eine kleine elektronische Kerze pulsierte flackernd vom Schreibtischbereich aus und warf gerade genug Licht, um die Umrisse des Bettes zu erkennen. Das war lustig, da er kein stimmungsvolles Licht brauchte. Er wollte einfach nur Sex.

„Du spät. Du jetzt in mein Bett kommen", sagte Chen Lee in ihrer kläglichen Imitation einer verführerischen Stimme.

Er streifte seine Kleidung ab und glitt ins Bett. Sofort spürte er ihre Wärme, als sie ihre Arme und Beine um ihn schlang.

Ihm blieben jetzt kaum fünfzehn Minuten, also mussten sie mit ihrem Liebesspiel schnell sein.

Chapter 06

Deep

"Verdammt!", krächzte Whaudeep Reddy, oder Deep, wie ihn die anderen Crewmitglieder nannten, und schlug auf den Flachbildschirm, als ob das ihn wieder zum Laufen bringen würde.

Er griff nach dem Funkmikrofon, schaltete auf den Kanal, der von der Wartung überwacht wurde, und sagte: „Hey, hier ist Deep von der Security. Buzz, bist du da?"

„Ich bin hier", knisterte Buzz' Stimme. Er hatte einen längeren Namen, den keiner der Anglos aussprechen konnte, und da er der Experte dafür war, alle elektrischen Dinge auf dem Schiff zum Laufen zu bringen, nannten ihn alle Buzz. Beide waren in ihrem neunten Vertrag und hatten die ganzen neun Jahre zusammen auf der Intrepid gearbeitet. „Was gibt's, Deep?"

„Die Kameras im Gang auf Deck 2 sind schon wieder ausgefallen. Ich dachte, deine Leute hätten das repariert." Deep beschuldigte seinen Freund oder dessen Kollegen nicht. Aber er wollte schon sein Frustrationslevel über eines der vielen

Dinge ausdrücken, die auf ihrem fünfzehn Jahre alten Schiff nicht zu funktionieren schienen. Und das, obwohl es gerade erst aus dem Trockendock gekommen war, wo so viele Dinge ersetzt und aufpoliert worden waren.

„Tut mir leid, Deep, das dachte ich auch. Ich werde es mir diesmal selbst ansehen."

„Danke, Buzz. Hey, ich habe drei für das Spiel heute Abend."

Deep und Buzz hatten fast jeden Abend ein laufendes Kartenspiel im Aufenthaltsraum der Crew, besonders wenn sie in derselben Schicht arbeiteten, wie es auf dieser Route der Fall war.

„Ausgezeichnet. Wir sehen uns nach dem Schichtwechsel. Buzz Ende."

Deep wäre fast aus seinem Stuhl gesprungen, als er bemerkte, dass der Staff Captain leise den MR betreten hatte, während er am Funk gewesen war. Oder war es davor gewesen? Sofort fühlte er, wie sein Mund so trocken wurde wie die Wüste: Der zweite Kommandant des Schiffes hatte gerade gehört, wie er über ihr Kartenspiel sprach. Es war ihnen nicht erlaubt, auf dem Schiff zu spielen, also benutzten sie ein System aus alten Ravioli-Nudeln, die sie in verschiedenen Farben eingefärbt hatten, um unterschiedliche Werte darzustellen. Entweder Buzz oder er führte eine Liste der Gewinner und Verlierer. Alle, die in dieser Woche gespielt hatten, rechneten jeden Freitag im Slop House – dem Mini-Markt der Crew – ab, wo der Verlierer dem Gewinner die entsprechende Anzahl gewünschter Produkte mit ihrer Regal European Seacard kaufte. Sie spielten das Spiel offen, sodass jeder dachte, sie würden nur zum

Spaß spielen. Aber er fragte sich immer, wann einer ihrer Vorgesetzten es herausfinden würde.

„Sir." Er stand auf, um den zweiten Kommandanten des Schiffes zu begrüßen, wobei sein rechtes Knie laut gegen seinen Arbeitstisch stieß. „Es tut mir leid, ich habe Sie nicht hereinkommen hören." Seine Stimme überschlug sich.

„Bitte setzen Sie sich. Ich wollte Sie nicht unterbrechen. Was ist los mit den Kameras auf Deck 2?" Jean Pierre stand nun über dem jungen Mann und starrte auf den Monitor von Deck 2, der schwarz war und dann Bilder der Kabinen auf der Steuerbordseite zeigte, dann die vorderen Kabinen, achtern, dann war er wieder dunkel.

„Ich weiß es nicht genau. Als ich meine Schicht antrat, waren die Schalter für Deck 2 und 5 ausgeschaltet. Als ich sie wieder einschaltete, kam Deck 2 nie vollständig online. Wir hatten dasselbe Problem gestern und vorgestern. Also lasse ich die Wartung noch einmal nachsehen. Nun, diesen Teil haben Sie wahrscheinlich gehört."

Jean Pierre schien einen Moment darüber nachzudenken und fragte dann: „Ist der Sicherheitschef in der Nähe?"

„Ähm, ich habe ihn hier oben gesehen, als ich gerade meine Schicht antrat, aber ich bin mir nicht sicher, wohin er gegangen ist. Möchten Sie, dass ich ihn für Sie rufe?"

„Nein, das wird nicht nötig sein. Eigentlich wollte ich das Band von Deck 7, den achterlichen Suiten, für die letzte Stunde oder so sehen. Können Sie das für mich aufrufen?"

Deep warf ihm einen neugierigen Blick zu, bevor er sich ans Werk machte. Der Staff Captain sah sich fast nie Videoaufzeichnungen an. Das tat der Sicherheitschef, und normalerweise auch nur, nachdem einer der Passagiere etwas getan hatte, was Aufmerksamkeit erforderte. Deep wollte diese seltene Gelegenheit nutzen, um seinem Vorgesetzten seine Fähigkeiten zu zeigen, und er begann sich ein wenig zu entspannen, weil er dachte, dass er vielleicht einer Kugel bezüglich ihres illegalen Kartenspiels ausgewichen war. Er wusste genau, wo er nach diesem Video suchen musste, da er auf Insistieren von Fish, der die Schicht vor ihm hatte, schon tausende Male Passagieraufnahmen aufgerufen hatte, besonders Bänder von den hübschen weiblichen Passagieren.

Fish, oder Fish-Eye, wie er von seinen Kumpels genannt wurde, hatte bereits eine Liste der Zeiten und Kameranummern für die Feeds erstellt, die Deep aufrufen musste, um die Schönheiten zu sehen, die in ihre Kabinen eingecheckt hatten. Die heutigen Auflistungen waren für die Kameras auf Deck 7 achtern und Deck 8 vorn. Deep hatte nicht geplant, einen Blick darauf zu werfen, bis er ein paar Stunden seiner Schicht hinter sich hatte und wusste, dass niemand sonst nach ihm sehen würde.

„Hier, Sir", sagte er und stellte die Videowiedergabe auf 4X, sodass sie den Zeitraum einer Stunde in fünfzehn Minuten abdecken konnten. Schneller, und sie würden womöglich etwas verpassen.

Weniger als fünf Minuten später ließ der Staff Captain ihn anhalten und es in Echtzeit ansehen. Ja, dachte Deep, genau wie sein Freund Fish ihm gesagt hatte. *Sie ist wunderschön, für eine ältere Frau. Und sie ist blond!* Er liebte Blondinen.

Chapter 07

TJ und Ted (16:27 Uhr)

Ohne einen Schritt auszusetzen, warf sie ihr blondes Haar über ihre Schulter zurück.

Sie marschierten achtern, den langen Flur entlang, über den lächerlich bunten Teppich. Ted trottete hinterher, ihre Rollkoffer quietschten missmutig hinter ihm her.

„Ich will einfach nur in unser Zimmer und mich betrinken", sagte Ted.

„Ich glaube, 7652 ist gleich hier unten", murmelte sie und warf zur Bestätigung noch einmal einen Blick auf ihre Seekarte, obwohl sie wusste, dass nur die letzten beiden Ziffern darauf zu sehen waren.

„Also das Letzte, was ich heute Abend tun möchte, ist mit Fremden anzustoßen oder morgen mit dem Kapitän, und die ganze Zeit so zu tun, als wäre alles gut in der Welt."

„Hier ist es, Eckbalkon", rief sie aus, viel zu fröhlich angesichts dessen, was sie gerade durchgemacht hatten.

„Hast du überhaupt ein Wort von dem gehört, was ich gesagt habe?"

„Jap, jedes einzelne." Sie schob ihre Karte in den Kartenleser. Ein kleines grünes Licht pulsierte zur Bestätigung, dass es die richtige war, und sie öffnete die Tür einen Spalt.

„Gut, ich schmeiße meine Tasche rein und mache mich auf den Weg in den Irish Pub, den ich auf dem Schiffsplan gesehen habe."

„Okay, wenn du das machen willst", sagte sie, ohne auch nur einen Hauch von Emotion in ihre Worte zu legen. Sie nahm ihm ihre Tasche ab, zog sie durch den schmalen Türspalt ins Zimmer und ließ die schwere Tür zurückfallen wie eine Venusfliegenfalle. Sie knallte vor ihrem Ehemann zu.

Wenige Sekunden später klickte das Schloss auf. Ted zog seine Karte heraus und stieß die Tür auf. „Mann, du machst mich manchmal echt sauer." Seine Stimme klang hitzig, aber er war nicht wirklich so aufgebracht.

„Ich weiß, deshalb liebst du mich ja." Sie schenkte ihm ein verspieltes Lächeln.

Sie kannte dieses Spiel sehr gut. Ted spielte oft das Opfer in solchen Situationen, wenn er sich nicht mit anderen Menschen auseinandersetzen wollte, besonders nicht mit vielen Menschen. Die Opferrolle – die er ziemlich schlecht spielte – sollte ihr genug Mitleid entlocken, um ihn vom heutigen Abendessen mit einem Tisch voller Fremder zu befreien oder ihn von seiner Verpflichtung mit dem Kapitän morgen Abend zu entbinden. Aber sie brauchte ihn, um den Schein zu wahren, und obwohl sie selten mitspielte, konnte sie ihn jetzt nicht komplett abblitzen lassen, wie sie es in solchen Situationen oft tat.

Sie kicherte wieder und unterdrückte dann ihr Lächeln, tat so, als wäre sie ernst. „Hör zu, wenn du in meinem Urlaub und an unserem Jahrestag auf einen Sauftrip gehen oder dein asoziales Verhalten fortsetzen willst, werde ich dich nicht aufhalten. Wir können heute Abend den Zimmerservice bestellen, aber denk nicht, dass du mich morgen bei einem Dinner, das zu deinen Ehren geplant wurde, im Stich lassen kannst. Und vergiss nicht, der Kapitän ist ein großer Fan von dir. Du würdest doch nicht einen deiner größten Fans enttäuschen wollen, oder?" Sie klimperte mit den Wimpern, um den Effekt zu verstärken.

Dann wurde sie etwas ernster.

„Und was das Trinken angeht, ich bin sauer, wenn du mich nicht zum Trinken mitnimmst. Nachdem wir fast von Cujo gefressen wurden, dann von einem Schwarm verdammter Möwen und dann von einer Milliarde verdammter Ratten, muss ich selbst ordentlich einen heben."

Ted erwiderte nichts und tat so, als würde er die Couch begutachten, während sie schnell begann auszupacken. Sie wurde oft geschäftig, wenn sie nervös war.

Sie hielt inne und starrte ihn einen langen Moment an, bevor sie fortfuhr.

„Und bevor wir beide sturzbetrunken sind, musst du sicherstellen, dass ich Mom anrufen kann. Ich kapiere den verdammten Handy-Service des Schiffes nicht. Auch wenn wir unseren Familien geschrieben haben, will ich einfach, dass sie meine Stimme hört, bevor sie von all dem hier liest, was auch immer *das hier* ist."

Ted ließ sich auf die Couch plumpsen und nickte nur. Sie waren lange genug verheiratet und er wusste, wenn sie ihre aufgestauten Sorgen losließ, war es am besten, sie einfach ausreden zu lassen, bevor er etwas sagte.

Sie war noch nicht fertig, warf aber erneut ihre Haare zurück, nicht zur Schau, sondern weil es sie störte. Sie waren nicht zu ihrem üblichen Pferdeschwanz zusammengebunden, so wie sie es mochte. Sie versuchte, für ihre Kreuzfahrt etwas schicker zu sein.

„Und schließlich, wo wir gerade vom Beinahe-Gefressenwerden sprechen, werden wir darüber reden, was wir in den letzten sechsunddreißig Stunden erlebt haben und was hier los ist?"

Ted nahm seine Baseballkappe ab und fuhr sich mit der Hand durch sein schütteres schwarzes Haar. Das war sein Zeichen dafür, dass er bewusst über das nachdachte, was sie gesagt hatte, und seine Worte sorgfältig wählte.

„Können wir später über all das reden? Ich muss noch ein paar Dinge überdenken. Vielleicht morgen?"

So verarbeitete Teds Verstand die Dinge – wie ein Ingenieur, sehr methodisch. Er zog nie vorschnelle Schlüsse. Er war immer so beständig. Und obwohl sie das zu schätzen wusste, wünschte sie sich manchmal, er würde ein bisschen irrational handeln.

„Na gut. Dann gehe ich jetzt laufen." Sie bewegte sich in Richtung Badezimmer und murmelte etwas

Unverständliches darüber, dass sie eine Beschäftigung und Bewegung brauchte, um ihren Kopf frei zu bekommen, und über einen Auftrag, den sie vor dem Abendessen erledigen musste.

Er beobachtete, wie sie in ihre Tasche griff und präzise ihre Laufshorts und ihr Sporttop herausholte, als hätte die Tasche ihr diese Sachen gereicht.

Sie verschwand im Badezimmer und ließ Ted allein zurück.

***

Ted bewunderte ihre Organisation. Obwohl ihr Hauptgepäckstück mit all ihren formellen Kleidern noch nicht angekommen war – er fragte sich, ob es aufgrund ihres abrupten Aufbruchs aus dem Hafen überhaupt jemals ankommen würde – hatte sie genau das gepackt, was sie in ihrem Handgepäck brauchte, und es genau dort platziert, wo sie es brauchte. Sie würde wahrscheinlich auch zurechtkommen, wenn ihr Hauptkoffer nie ankäme. Seine Sachen waren ungleichmäßig zwischen dem aufgegebenen Gepäck und seinem Handgepäck verteilt; er konnte nicht einmal sagen, was in welchem war. Er würde später auspacken.

Viel interessanter für Ted war das, was ihn auf dem kleinen eingebauten Schreib- und Schminktisch erwartete. Er hatte Spiegel und Fächer, die zu klein waren, um irgendetwas Nützliches aufzunehmen. Praktischer war die Mitte des Schreibtisches, wo drei Flaschen Rotwein auf einem Tablett präsentiert wurden. Und daneben ein in Leder gebundenes Notizbuch.

„Na also, jetzt reden wir", sagte er, hauptsächlich zu sich selbst, da TJ außer Hörweite war.

Ein Geräusch wie ein gedämpfter Raketenstart dröhnte aus dem Badezimmer. Er konnte sich ein Lächeln beim Klang der Turbo-Toilette nicht verkneifen und fragte sich, wie erschreckend das für einige Erstbenutzer gewesen sein musste. TJ war schon auf vielen Kreuzfahrten gewesen, bevor sie sich kennengelernt hatten, also war dieses Geräusch für sie wahrscheinlich nichts Neues.

Genug davon. Zeit zum Trinken.

Er wandte seine Aufmerksamkeit wieder der Wein-Fata Morgana zu und zog einen Umschlag heraus, der zwischen zwei der Flaschen geklemmt war. Nachdem er das RE-Logo in der oberen linken Ecke bemerkt hatte, zog er eine handgeschriebene Karte heraus und paraphrasierte sie laut genug, damit sie ihn im Badezimmer hören konnte. „Der Kapitän möchte uns mit diesen drei Flaschen Wein an Bord willkommen heißen."

Mit dem Korkenzieher – ebenfalls mit dem weißen Logo von Regal European auf dunkelblauem Grund monogrammiert – zog er den Korken heraus und goss sich ein halbes Glas des roten Cabernets ein. Er hätte es vorgezogen, wenn sie sich ihm dabei angeschlossen hätte, wusste aber, dass sie erst nach ihrem Lauf etwas trinken würde. Er konnte nicht so lange warten.

Auf der kleinen freien Fläche des Schreibtischs klappte er sein iPad auf, schaltete es ein und lud eine Kopie seines vorletzten Buches samt all seiner Notizen.

Er nippte am Wein und warf einen Blick auf die kräftige Spur, die an der Seite des Glases zurückblieb. Es war etwas herb, aber es würde schon passen, danke schön. Er nahm einen größeren Schluck.

Die Augen auf sein iPad gerichtet ging er direkt in den Recherche-Bereich seines Scrivener-Programms und öffnete das Dokument über Toxoplasmose.

Noch ein Schluck Wein.

„Oh Scheiße", murmelte er.

Er trank den Rest seines Weins in einem Zug, ohne ihn noch zu schmecken oder seine Wärme in seinem Bauch zu spüren. Er nahm seine Baseballkappe wieder ab, stellte sein Glas ab und massierte seine schmerzenden Schläfen.

TJ kam wie neugeboren aus dem Bad: ihr Lippenstift aufgefrischt, die Haare zu einem straffen Pferdeschwanz zurückgebunden und ihre schlanke Figur perfekt von ihrem Laufoutfit betont.

Ted beobachtete, wie sie sich mit schneller Entschlossenheit bewegte, und bewunderte kurz die athletische Figur seiner Frau, bevor er seine Aufmerksamkeit wieder seinem iPad zuwandte.

Sie stopfte die Kleidung, die sie getragen hatte – ordentlich gefaltet, fast gebügelt – in den bereits geöffneten kleinen Kleiderschrank, legte sie säuberlich auf ein mittleres Regal und ging zu Ted hinüber. „Lass mir was übrig, Schatz." Sie lächelte und gab ihm einen Kuss auf die Lippen, drehte sich um und marschierte aus der Tür.

Er brauchte mehr Wein.

~~~~~~

TJ hatte vorgehabt, zum Sonnendeck zwei Decks über ihnen hochzugehen und eine Runde zu laufen. Dann hatte sie ein Treffen mit einem Schiffsoffizier. Aber sie kam nur drei Schritte aus ihrer Kabine, bevor sie wie angewurzelt stehen blieb. Hunde bellten.

Ihr Kopf schnellte in Richtung einer offenen Zugangstür für die Crew. Ein kleiner Mann mit einem breiten Lächeln schob einen Servicewagen in ihre Richtung. Sie schenkte ihm keine Aufmerksamkeit, weil ihr Verstand damit beschäftigt war zu bestätigen, was sie glaubte gehört zu haben. Bevor die Ratten den Hafen angegriffen hatten, hatten sie gesehen, wie die Hundekäfige an Bord gebracht wurden. Aber erst jetzt verband sie es: Diese Hunde waren auf ihrem Schiff, das war ihr Bellen, und sie könnten frei herumlaufen.

In diesem Moment kam die Erinnerung mit voller Wucht zurück. Sie hatte geglaubt, sie hätte das längst unterdrückt, tief vergraben, wo es ihr nicht mehr wehtun würde. Sie kniff die Augen zusammen und versuchte verzweifelt, an irgendetwas anderes zu denken. Trotzdem kamen die Erinnerungen: die Bilder, die Geräusche, die Gerüche... und die Angst.

TJ war in Chicago Teil einer größeren Ermittlung gegen Cleavon Drummond gewesen, oder *Cleavon den Kannibalen*, wie die Medien ihn später nannten. Eines von Cleavons Opfern stammte aus Tucson, und so war TJ hingeflogen, um mit ihrem Team in Chicago zusammenzuarbeiten. Am nächsten Tag hatten sie einen Durchsuchungsbeschluss für einen von Cleavons mutmaßlichen Aufenthaltsorten. Ihr Chicagoer Pendant, Agent Little, und sie sollten die Rückseite des Grundstücks abdecken. Was ihre Quellen ihnen nie gesagt hatten, war, dass Cleavon mehrere bösartige Hunde besaß, die am Ausgang angebunden waren. Unglücklicherweise für Agent Little überraschte er die Hunde. Noch unglücklicher war TJs panische Angst vor Tieren, und besonders vor Hunden, seit sie Jahre zuvor von einem Hund brutal angegriffen worden war. Sie war hinter einem Müllcontainer zurückgeblieben, als die Tiere angriffen. Obwohl sie ihn hätte decken sollen, war sie erstarrt. Sie zog sich sogar noch weiter hinter den Container zurück, um von den Tieren wegzukommen.

Die Hunde zerfleischten den Agenten, und sie tat nichts.

Seine Schreie waren über Blocks hinweg zu hören, und andere Agenten kamen angerannt.

Aber es war zu spät.

Agent Little starb am Tatort, und TJ blieb an ihrem Platz, zitternd wie Espenlaub hinter dem Container kauernd.

Ein Beamter der Chicagoer Polizei half ihr auf, allerdings nicht, ohne zu kommentieren: „Ich würde verdammt noch mal nicht wollen, dass du mir den Rücken deckst." Es stellte sich heraus, dass das kein Problem mehr sein würde, denn danach wurde TJ von ihrer Feldarbeit entbunden.

Sie war erstarrt, und Agent Little starb.

„Ms. Williams", rief eine Stimme in der Ferne.

TJ blinzelte. Sie kam aus ihrem lebhaften Tagtraum und stellte fest, dass sie fast hyperventilierte.

„Ms. Williams, geht es Ihnen gut?", fragte der kleine Mann, der vor ihr stand, flehentlich. Er hatte sein willentliches Lächeln gegen echte Besorgnis eingetauscht.

„Ja. Danke", antwortete sie mit einer Stimme, die sich nicht nach ihrer eigenen anhörte. „Entschuldigung...", sie versuchte, sich auf das Namensschild des Mannes zu konzentrieren, hatte aber Schwierigkeiten.

„Ich bin *Jagamashi*, aber Sie können mich Jaga nennen."

Er war ein Indo, dachte sie. Sie begann sich ein wenig... normaler zu fühlen. *„Ah, terima kasih, Jaga"*, erwiderte TJ.

„Sama-sama, Ms. Williams. *Senang sekali bisa ngobrol dengan orang yang bisa berbahasa Indonesia."* Jaga lächelte aufrichtig. (Danke, Ms. Williams. Es ist so schön, mit jemandem zu sprechen, der Indonesisch versteht.)

„Bahasa Indonesia saya tidak terlalu bagus." (Mein Indonesisch ist nicht so gut.) TJ kicherte leise und zuckte mit den Schultern. Sie war überrascht, dass die Sprache aus ihrer Zeit in Indonesien zurückgekommen war.

Sie atmete tief durch. „Danke Jaga. Mit Ihnen Indonesisch zu sprechen, hat wirklich geholfen. Ah, bevor Sie gehen, schauen Sie bitte nach meinem Mann. Er hat einige Fragen zum Zimmerservice, und ich weiß, dass er gerne etwas Eis hätte."

„Natürlich. *Sama-sama*, Ms. Williams."

„*Makasih*, Jaga." Sie lächelte und joggte dann an Jaga vorbei in die Richtung, aus der er gekommen war, wobei sie einen Seitenblick auf die nun geschlossene Zugangstür für die Crew warf. Sie war froh, dass sie nach ihrem Lauf etwas zu tun hatte. Sie musste sich auf alles andere als verrückte Hunde konzentrieren.

Chapter 08

Die Hunde

Allegro Palmigren Ramgoolam – Gäste waren dankbar, dass er sich Al nennen ließ – liebte seinen Job, besonders in Momenten wie diesen.

Als er den riesigen Gang namens I-95 betrat, die interne „Straße", die die *Intrepid* von Bug bis Heck durchzog, hörte er nur das gedämpfte mechanische Brummen der leistungsstarken Schiffsmotoren. Vielleicht zwei Stunden zuvor waren diese geräumigen Gänge noch voller Aktivität gewesen, als viele der Offiziere und Crewmitglieder sich auf den Weg in alle Teile des Schiffes gemacht hatten, außer Sichtweite der Gäste.

Eine üble Mischung aus Fett und Öl erfüllte Als Nasenlöcher. Er warf einen verächtlichen Blick auf eine kinnhohe Kiste voller mechanischer Teile und zog an der Hauptleine. Seine Hundeschützlinge waren unruhiger als sonst.

Die Kiste war eine von vielen organisierten Ausschussteilen, die auf das Recycling warteten, wenn sie in vierzehn Tagen in Miami anlegen würden. Obwohl die Kreuzfahrt gerade erst begonnen hatte, war dieser Abschnitt des Ganges bereits mit Paletten verschiedener Gegenstände gesäumt, die für denselben Zweck bestimmt waren: Wellpappkartons, fest zu einem mannshohen Quadrat zusammengeschnürt; ein mehrfarbiges Rechteck aus gepressten Aluminiumdosen, die stumpfe Lichtspitzen des Ganglichts reflektierten, als er vorbeiging; und vielleicht ein Dutzend anderer verschiedener Kisten, deren Inhalt er nicht kannte. Am Ende der Kreuzfahrt würde jeder Quadratmeter Wandfläche in diesem riesigen Netzwerk von Gängen mit Recyclingmaterial und anderen Abfällen überfüllt sein.

Ein Krachen und eine Reihe von Poltergeräuschen in der Ferne zogen seine und die Aufmerksamkeit der Hunde auf sich.

Ein ungezogener Zwergpudel bellte in Richtung des unsichtbaren Gepolters und schoss nach vorne, wobei er die Hundegruppe und Al mit sich zog. Al ruckte kräftig an der Hauptleine, die mit allen einzelnen Leinen verbunden war, die wiederum mit den Würgehalsbändern der Hunde verbunden waren. „Fuß", donnerte er seinen Befehl.

Das Rudel hielt sofort inne.

Der kleine weiße Pudel, der Urheber dieser undisziplinierten Anstiftung, hustete zweimal, setzte sich dann mit seinem Hintern auf den grauen Laminatboden und brachte keuchend sein Missfallen über die grobe Einschränkung zum Ausdruck. Die anderen Hunde folgten seinem Beispiel.

Und so endete die erste Lektion in der heutigen Reihe von Lektionen, in der Al sich als Alphahund des Rudels etablieren würde.

„Hallo Al." Ein großgewachsenes kroatisches Crewmitglied in einem schwarzen Overall ging vorbei. Der Kopf des Mechanikers schnappte nach vorne, nachdem er den Gehorsam des Rudels bewundert hatte, und dann bog er in einen angrenzenden Gang ein, wobei das Echo seiner schwarzen Dickies bereits in der Weite verklang. Al kannte den Mechaniker nicht. Angesichts seiner Uniform kam er wahrscheinlich aus der Technik. Aber der Mechaniker kannte offensichtlich Al.

Ein abgrundtiefes Lächeln strahlend weißer Zähne breitete sich auf Als Gesicht aus.

Einen der wenigen Haustierzwinger auf einem Kreuzfahrtschiff zu haben, erfüllte Al mit großem Stolz. Er prahlte oft bei Telefonaten oder in sozialen Medien gegenüber seiner Familie und Freunden in Mauritius sowie gegenüber anderen Crewmitgliedern damit, dass er den einzigartigsten Job bei allen Kreuzfahrtlinien hatte. Dies war keine Übertreibung, da außer der *Intrepid* von RE das einzige andere Kreuzfahrtschiff, das einen Haustierzwinger vorweisen konnte, die QE2 war.

Al war auch stolz darauf, wie gut er seinen Job machte, was sich in den großzügigen Trinkgeldern, die er oft erhielt, und den vielen positiven Kommentaren zeigte, die bei der Firmenleitung über ihn und sein Haustier-Spa eingingen. Regal European honorierte es mit Beförderungen in Titel und Gehalt, viel Lob sowie Anerkennung unter seinen Schiffskameraden. Die Firmenleitung bot Al sogar eine Anzahl von Mitarbeitern an, die seiner Position angemessen war. Er hatte gehört, dass einige in der Unternehmensleitung der Meinung waren, ein zweiter Offizier sollte keine Hunde ausführen oder Käfige reinigen. Aber Al zog es vor, diesen Job selbst zu machen. Also arbeitete er allein.

Aber das wahre Geheimnis von Als Erfolg lag darin, wie er mit den Gästen umging. Wie er seiner Mutter oft am Telefon erklärte, lief es im Grunde darauf hinaus, den Gästen das zu geben, was sie wollten, zumindest in ihren Köpfen.

Normalerweise machten sich die Gäste Sorgen um das Wohlergehen ihres Haustieres auf dem Schiff, und hierauf richtete Al scheinbar (für die Gäste) den Großteil seiner Aufmerksamkeit: welches Futter das Tier fraß – er bestellte Futter im Voraus von vielen Spezialanbietern aus der ganzen Welt, für das RE einen großzügigen Aufschlag berechnete; wie oft sie gefüttert wurden – darauf achtete er sehr genau; ob sie genug Schlafzeit bekamen – „Es ist auch ihr Urlaub", pflegte er den Besitzern zu sagen; ob die anderen Tiere gemein zu ihrem Haustier waren – „Absolut nicht!", beharrte er ihnen gegenüber; ob die Tiere die richtigen Programme im Fernsehen sahen – „Weil sie alle ihre eigenen Lieblingssendungen haben", ahmte er mit komischer Stimme seiner lachenden Familie gegenüber nach; wie oft sie ein Bild von ihrer „Mami" oder ihrem „Papi" sahen – die Eltern der Haustiere hatten immer eine bestimmte Anzahl im Sinn; und so viele weitere Anforderungen, die die Gäste ihm für die Pflege ihrer Haustiere auferlegten. Aber hier hatte Al ein Geheimnis, das ihm half, sich auszuzeichnen.

Er lernte, sich ausführliche Notizen über die Anweisungen und Bedenken der Gäste zu machen, und er sorgte dafür, dass er sie den Gästen gegenüber wiederholte. Auf diese Weise glaubten die Gäste, dass ihre Wünsche in vollem Umfang erfüllt würden, auch wenn Al bei einigen ihrer Standards nachlässig war. Wie er seiner Familie erzählt hatte: „Was sie nicht wissen, macht sie nicht heiß." Und er konnte ziemlich schnell erkennen, was er sich erlauben konnte und was nicht, basierend auf dem Haustier und seinem Besitzer.

Und als ausgebildeter und zertifizierter Tierarzt war Al auch geschickt darin, sich um die medizinischen Bedürfnisse der Tiere zu kümmern.

Die meisten dieser Tiere – typischerweise Hunde – wurden von ihren Besitzern sehr verwöhnt, und fast alle wollten einfach nur Aufmerksamkeit: Sie litten unter Trennungsangst, besonders nachdem sie im Zwinger abgegeben wurden. Aber sie litten auch unter dem Gefühl, die wichtigste Entität im Haushalt des Besitzers zu sein, manchmal zum Nachteil der eigenen Kinder des Besitzers. Es war dieses haustierzentrierte Denken und der Mangel an Training, die zu der allgemeinen Disziplinlosigkeit des Haustieres führten.

Und so war der erste Spaziergang der Kreuzfahrt entscheidend.

Er führte den ersten Spaziergang immer spät am ersten Abend der Kreuzfahrt durch. Das erlaubte ihm, die Kontrolle über seine Pensionsgäste zu übernehmen, ohne jegliche Einmischung von den Besitzern der Haustiere oder gutmeinenden Crewmitgliedern, die vorbeikommen und Verachtung für seine scheinbar rauen Methoden äußern konnten. Er tat nie etwas, um ein Tier zu verletzen. Das lag nicht in seiner Natur. Aber da die meisten seiner Pensionsgäste undiszipliniert waren, genau wie ihre Besitzer, musste er oft aggressiv sein und ihnen zeigen, wer die Kontrolle hatte.

Und es gab immer dieses eine Haustier, das nicht tat, was ihm gesagt wurde.

Dieses Mal war es der weiße Zwergpudel, der einer wohlhabenden Britin gehörte, die zu einem ihrer Häuser in den Staaten reiste – er hatte sie noch nicht kennengelernt. Ihr ebenso verwöhnter Hund, Monsieur, hatte seine eigenen Vorstellungen davon, wohin sie gehen sollten. Um dies zu beweisen, stand der Pudel auf und versuchte erneut loszurennen. Aber Al ließ das nicht zu. Ein Ruck nur an Monsieurs Leine ließ den kleinen Hund erneut nach Luft schnappen.

Es würde es irgendwann lernen.

Al schaute auf und sah die Schilder, die zu verschiedenen Aufenthaltsräumen der Besatzung wiesen: Das Wohnzimmer, die Fressecke und viele andere Bereiche, die alle der Crew gewidmet waren. Von diesem Punkt an bis zum Bug des Schiffes würde er mehr Besatzungsmitgliedern begegnen, als ihm lieb war: Er wollte einfach nicht unter der Beobachtung anderer stehen, während er die Hunde trainierte. Und er hatte noch viel Arbeit vor sich. Al funkelte den Pudel an, der schon wieder im Begriff war, davonzulaufen.

„Bei Fuß!" Er zog kräftig an der Hauptleine. Zwei der Hunde jaulten überrascht auf und kamen sofort zur Besinnung. Monsieur ging in die andere Richtung – schon wieder.

„Verdammt!", brüllte er, als der kleine Racker erneut versuchte, in einen anderen Gang zu flitzen. *Dieser Hund hat den schlimmsten Tunnelblick, den ich je gesehen habe.*

Al machte schnell eine 180-Grad-Drehung und stellte sicher, dass niemand sah, was er als Nächstes tat. Er griff über die Leinen der anderen Hunde hinweg, um sicherzugehen, dass er nur die Leine des Pudels erwischte, und gab einen gewaltigen Ruck. Als hätte sich ein riesiges Gummiband gelöst, schnellte der kleine Monsieur in die Luft zurück und purzelte dann zu den Füßen der anderen. Ein Schäferhund in der Gruppe trat unzeremoniell auf den Hund – Al hätte schwören können, dass es reine Bosheit war. Der kleine Hund jaulte auf und versuchte dann, in die andere Richtung zu flitzen, wobei er all ihre Leinen zu einem Gewirr aus ledernem Spaghetti verhedderte.

„Nein!"

Er würde dieses Durcheinander schnell entwirren müssen, bevor er die Situation noch weiter aus der Hand gab.

Einen nach dem anderen machte er einen Hund los, entwirrte die Leine und befestigte den Hund wieder an der Hauptleine. Als er Monsieurs Leine aushakte, schoss der kleine Hund unerwartet durch Als Griff. Ein weißer Blitz huschte davon, den Gang hinunter, auf den er die ganze Zeit zugesteuert hatte.

Al wusste warum: In diesem Gang befand sich der gesamte Lebensmittelvorrat des Schiffes.

Geistesgegenwärtig befestigte er die Hauptleine an einem orangefarbenen Gurt, der zwei Kisten voller ausrangierter Holzmöbelstücke zusammenhielt. Er trottete dem Pudel hinterher. Der Hund, bereits außer Sichtweite, schien einer heißen Spur zu folgen: zweifellos etwas von den Lebensmitteln des Schiffes.

Dieser kleine Hund wird gleich den Zorn von Al zu spüren bekommen, dachte er, als er dem Köter hinterherstapfte.

Als Al um mehrere Paletten mit Dosennahrung herumkam, fand er den Pudel. Er hatte vor der Öffnung zum Metzgerbereich angehalten und knurrte mit einem Maul voller kleiner Zähne.

Al ging auf das Biest zu und dachte, er könnte es schnappen, während der Hund auf den Durchgang fixiert war.

Die Kälte aus dem Kühlbereich traf auf die warme Luft des Ganges und ließ sie zu wabernden Wolken dichten Nebels kondensieren, wodurch das Innere unsichtbar wurde. Der Hund schien wie gebannt von dem, was sich darin befand.

Das war Als beste Chance.

Er verlangsamte seinen Schritt und setzte vorsichtig einen Fuß vor den anderen, um das Tier nicht aufzuschrecken, während es mit dem Nebel beschäftigt war. Als er ein paar Schritte hinter dem ahnungslosen Hund war, sprang er. Im selben Moment entschied sich Monsieur, in den milchigen Dunst hineinzuflitzen.

Al bekam ihn nicht einmal zu fassen.

Er starrte auf die von weißem Nebel verhüllte Öffnung. Er konnte nichts sehen.

Er war noch nie im Metzgerbereich gewesen, wo das Rindfleisch des Schiffes gelagert wurde und ein Metzger das ganze Fleisch zerteilte, bevor er die Stücke an eine der drei Schiffsküchen schickte. Al war Vegetarier, daher hatte er nie Interesse daran gehabt, hineinzugehen. Jetzt wünschte er, er hätte es getan.

Als er in den Dampf trat, stieß er sofort gegen einen Tisch, auf dem wahllos Rindfleischstücke verteilt waren. Ein Eiszapfen des Schmerzes bohrte sich in seine Hüfte.

Ihm wurde klar, dass der Metzger in dieser fast vollständige undurchsichtigen Suppe nicht hätte arbeiten können. Einer der Gefrierschränke im Inneren musste offen sein, und keines der Lichter war an. Al kniff die Augen zusammen und konnte nur ein oder zwei große Formen in einiger Entfernung erkennen. Ihre Umrisse waren verschwommen, fast formlos.

„Hallo?", rief er flehend, streckte die Hände aus, um sich gegen alles abzuschirmen, gegen das er laufen könnte, und ging um den Tisch herum weiter. Jetzt konnte er nur noch die dunklen Stäbe seiner Arme und die zwei sich nähernden Formen ausmachen. Dann fragte er sich, wie er Monsieur überhaupt sehen sollte. Er war absolut blind.

„Monsieur", rief er, als er tiefer in den Raum vordrang. Er erinnerte sich, aufgeschnappt zu haben, dass es drei Räume in einem waren: ein Vorbereitungsraum, durch den er gerade ging, ein Kühlraum voller Fleisch, das bereits zubereitet und kochfertig war, und eine Gefrierkammer. Er konnte nicht sagen, welcher oder ob beide geöffnet waren.

Die beiden Formen, vermutete er, befanden sich beim Kühlraum. Sie waren auch größer, als er gedacht hatte.

Und sie schienen sich fast... zu bewegen.

Al tastete sich herum, bis er eine der beiden Formen erreichte. Sein Herz schlug schneller, als er sie berührte. Kalt.

Es war eine Rinderhälfte, die von der Decke hing.

Er atmete die arktische Luft des Raumes ein und fühlte sich zuversichtlicher, als er weiter in Richtung des vermutlich offenen Gefrierschranks vorstieß.

Es war gut, dass er seine Hände wie Stoßstangen ausstreckte, denn beide Füße stolperten über etwas – *wahrscheinlich eine weitere Rinderhälfte am Boden, nur aufgetaut* – und er purzelte nach vorne. Er wäre mit dem Gesicht zuerst auf den harten Boden geknallt, aber seine Handflächen und Ellbogen fingen den Sturz ab und krachten laut auf.

Elektrische Schmerzschübe schossen von seinen Ellbogen hoch.

Er stieß einen schaumigen Atemzug aus, erleichtert, dass nur seine Ellbogen die Landung abgefedert hatten und nicht sein Kopf. Dann keuchte er.

Direkt vor ihm lag ein kleiner Gegenstand. Zuerst dachte er, es sei ein weiteres Stück Fleisch, das auf den Boden gefallen war, nur kleiner. Er konnte in dieser weißen Suppe immer noch nichts sehen.

Er streckte einen Finger aus und berührte es, zog sich aber sofort zurück, als hätte das Objekt nach ihm geschnappt.

Es war warm und pelzig. Nicht das, was er erwartet hatte.

In Panik, dass es Monsieur sein könnte, befreite er seine Füße von dem, worüber er gestolpert war, und kroch auf den Ellbogen vor, um genauer hinzusehen.

„Mon-siör?", fragte er flehend, seine Stimme brach. Er wollte nicht, dass es wahr war.

„Jip-jip-jip", ertönte eine schrille Antwort aus dem Dunst.

Al sah einen Schatten einer Bewegung vor sich, dann über sich und dann hinter sich – ein ängstlich klingendes Jaulen folgte und entschwand dann aus der Tür, durch die sowohl der Hund als auch Al hereingekommen waren.

Er versuchte, sich nach dem fliehenden Tier umzudrehen, um einen Blick zu erhaschen und seine Hoffnung zu bestätigen. Er konnte immer noch nicht über seine Knie hinaussehen. Aber er war ziemlich sicher, dass es Monsieur war. Er ist in Ordnung.

Die Kälte des Bodens und die frostige Luft ringsum begannen in ihn einzudringen und ließen ihn zittern.

Er hatte fast vergessen, dass das weiche, pelzige Ding, das er für Monsieur gehalten hatte, tatsächlich nicht er war. Dann durchfuhr ihn der Gedanke, dass das, was er berührt hatte, überhaupt kein Hund war, sondern etwas ganz anderes.

Mit Bangen drehte er sich um, um nachzusehen, und die Erschütterung traf ihn erneut.

Es war eine tote Ratte. Schlimmer noch, eine halbe tote Ratte. Ihr Kopf war abgetrennt.

Al wich angewidert zurück und drückte sich hoch, sodass er wieder stand. Eher wackelig.

Während er das Gefühl in seine Beine und Hände zurückkrieb, versuchte er zu begreifen, was eine noch warme, geköpfte Ratte im fast gefrorenen Metzgerbereich zu suchen hatte.

Huschen und ein unverkennbares Quieken ließen seinen Kopf zum offenen Gefrierschrank hochschnellen.

Wie vom Blitz getroffen, schoss Al vom Boden hoch.

Er war kein besonders guter Läufer, aber er war sich ziemlich sicher, dass er weniger als eine Sekunde brauchte, um den Ausgang zu finden und die massive Tür hinter sich zu schließen. Das, obwohl er erneut über den Körper des toten Metzgers stolperte – sein Verstand bot nicht einmal eine Alternative dazu an, dass es etwas anderes als eine heruntergefallene Rinderhälfte sein könnte.

Al blieb vor der Tür des Metzgers stehen, vornübergebeugt und keuchend, seine Lungen rangen nach Luft.

Als er ein undeutliches Wimmern unter sich hörte, machte sein Herz fast einen Satz aus seinem Körper, weil er dachte, es müsse eine weitere Ratte sein. Aber sofort konnte Al sehen, dass es der Zwergpudel war. Er schmiegte sich an ihn, als hätte er nichts falsch gemacht.

Dann sah er das Blut.

Er bückte sich, hob das Tier hoch, und bemerkte, dass die Pfote des Kleinen blutete, wenn auch nicht stark. Er machte schnell einen provisorischen Verband, indem er eine der Plastiktüten

benutzte, die er immer dabeihatte, um den Kot
seiner Pensionsgäste während des Spaziergangs
aufzusammeln. Er würde die Wunde des Hundes heute Abend reinigen und verbinden müssen.
Und weniger angenehm, er würde der Besitzerin
erklären müssen, was passiert war, wenn sie morgen zu Besuch kam.

„Komm schon, du kleines Monster. Hör auf zu
jammern."

Er befestigte die Leine an Monsieurs Halsband
und scheuchte das Rudel zurück in Richtung Spa.

Er war so auf die Hunde fokussiert, dass er nicht
einmal daran dachte, die Ratten und den offenen Gefrierschrank zu melden, bis zum nächsten
Tag. Es hätte auch nichts geändert, wenn er es
getan hätte. Wenige Minuten nachdem Al und die
Hunde gegangen waren, sollte ein ahnungsloses
Mitglied der Küchencrew, das beauftragt war, ein
paar weitere ausgewählte Fleischstücke für ein
Spezialitätenrestaurant zu holen, die versiegelte
Metzgertür öffnen und eine schreckliche Überraschung vorfinden.

Chapter 09

Crew-Messe

Flavio Petrovich aus Rumänien – wie auf seinem Namensschild stand – war auf dem Weg zur Crew-Messe, begleitet von einer riesigen Portion schlechter Laune und noch schlimmeren Kopfschmerzen.

Er hatte gerade seine Schicht beendet, nachdem er die dümmste Person der Welt hatte trainieren müssen: *Chichi Vega aus Chile.* Chichi hatte keinerlei Erfahrung im Speisesaal, während Flavio jahrelange Erfahrung vorweisen konnte. Natürlich hatten die Mächtigen sie für den Rest dieser Reise und möglicherweise für den Rest seines Vertrags zusammengesteckt. Und um die Sache noch schlimmer zu machen, verbrachte Chichi die meiste Zeit damit, mit den Gästen zu plaudern, anstatt ihre Arbeit zu erledigen. Sie machte „Ooh" und „Aah" bei den Geschichten der Gäste über Ratten und Vögel, während Flavio sowohl seine als auch ihre Arbeit erledigen musste.

Er hatte keinen Appetit, wusste aber, dass seine Migräne noch schlimmer werden würde, wenn er nichts aß. Mit gesenktem Kopf und vor Wut kochend marschierte er zur Messe.

Es war spät. Und wie erwartet waren die einzigen Geräusche, die er hörte, die Echos seiner schnellen Schritte, die mit ihm den riesigen Flur entlang marschierten. Es war seine bevorzugte Essenszeit: lange nachdem das Hauptrestaurant geschlossen hatte und die meisten Crewmitglieder bereits gegessen hatten und entweder zu ihrer nächsten Schicht oder in ihre Kojen gegangen waren, um etwas dringend benötigten Schlaf zu bekommen, bevor ihre nächsten Schichten begannen. Jetzt zu essen, bedeutete, dass er viele der Essensoptionen verpasste, die der Crew während der Hauptzeit angeboten wurden. Und es gab einige, wenn auch nicht so viele wie das, was ihren Gästen oben angeboten wurde. Das war jedoch in Ordnung, da Flavio die meisten Angebote dieses Küchenchefs, der Engländer war, nicht mochte. Flavio mochte britisches Essen nicht und diesen Koch noch weniger. Er sagte oft unverblümt zu seinen Crewkollegen: „Von wie vielen Londoner Kochschulen hört man im Vergleich zu denen in Paris?"

Spät zu essen hatte jedoch auch seine Vorteile: Es waren weniger Crewmitglieder anwesend, was bedeutete, dass es ruhig war. Und nach einem Tag mit lauten Gästen und dem Umgang mit Chichi aus Chile konnte er etwas Ruhe gut gebrauchen. Es gab ihm auch die Möglichkeit, im Satellitenfernsehen das zu sehen, was er wollte, ohne mit den anderen darüber diskutieren zu müssen, was laufen sollte. Eine Sache, die er auf diesem Schiff immer interessant fand, war, dass die Crew weit mehr Optionen im Satellitenfernsehen hatte als die Gäste auf ihren eigenen Geräten, einschließlich der Nachrichten. Aber heute Abend interessierte er sich nicht für die Nachrichten. Er wollte nur etwas scharfes Thai-Essen bekommen (es gab immer ein Angebot an Thai-Essen, egal zu welcher Tageszeit), in Ruhe essen und dann in seine Kabine zurückkehren und ein bisschen schlafen. Er war erschöpft.

Er dachte über das nach, was der Kapitän der Crew mitgeteilt hatte, dass viele ihrer Crewkollegen es aufgrund von Flugausfällen und anderen merkwürdigen Zwischenfällen nicht auf das Schiff geschafft hatten. Flavio war sich ziemlich sicher, dass dies nur eine bescheuerte Ausrede der Kreuzfahrtlinie war, um Arbeiter wie ihn auszunutzen, die bereits Extraschichten arbeiteten. Er erzählte anderen immer, wie die Kreuzfahrtlinie versuchte, ihn und seine Mitarbeiter über den Tisch zu ziehen.

Ihm wurde bewusst, dass seine Kopfschmerzen wirklich unerträglich waren. Er würde sein Essen vielleicht mit in sein Zimmer nehmen und im Dunkeln essen müssen.

Flavio stieß die Tür mit der Aufschrift „Pub" auf, die zu einer Kombination aus Pub und Lounge-Bereich mit bequemen Stühlen und einem riesigen Flachbildfernseher führte. Es war ein großartiger Ort, um sich einen Drink zu genehmigen, wenn er das tat, und mit Freunden abzuhängen – er hatte nicht viele. Das Bier war günstig: etwa einen Euro im Vergleich zu den acht

Euro, die das Schiff seinen Gästen berechnete. Zumindest in dieser Hinsicht beutete das Schiff seine Crew nicht aus.

Als Flavio eintrat, sah er sofort etwas Seltsames: Es waren Dutzende von Crewmitgliedern hier, obwohl es so spät war. Normalerweise waren es höchstens ein oder zwei. Alle waren um den Flachbildfernseher an der Wand versammelt. Zudem war es seltsam, dass sie nicht die übliche amerikanische Seifenoper oder das, was sie „Reality-TV" nannten, sahen. Sie alle schauten Nachrichten.

Er starrte auf den Bildschirm, der Fox News zeigte, mit mehreren Personen, die über etwas stritten, das er über das Geplauder der Crew nicht wirklich hören konnte, während ein Laufband mit Nachrichtenpunkten über den unteren Bildschirmrand glitt...

„Tierangriffe setzen sich in ganz Europa fort: vier bestätigte Tote bei Hundeangriffen in Paris... Ratten greifen die Stadt Malaga in Spanien an..." Bericht um Bericht sprach von Tierangriffen an verschiedenen Orten in Europa.

Er brummte desinteressiert und wandte sich dann wieder dem Eingang der Messe zu, um sein Thai-Hühnchen zu holen. Die Tierangriffe waren zwar besorgniserregend, aber für ihn nicht wirklich, da er und die anderen für die nächsten zwei Wochen auf diesem Schiff unterwegs nach Amerika und dann in die Karibik waren, nicht nach Europa – wo all die Angriffe stattfanden. Wenn sie dieses Problem auf dem Schiff hätten, dann würde es vielleicht sein Interesse wecken.

Als Flavio die Crew-Messe betrat, spürte er, wie sein Ärger noch weiter wuchs. Die Tabletts, die verschiedene Speisen enthalten sollten, waren leer. Außer einer Schüssel mit Obst und einigen ausgetrockneten Plunderstücken gab es nichts. Er sah einen dünnen dunkelhäutigen Mann in der weißen Uniform eines Souschefs, der ihm einen Blick zuwarf, bevor er zu seiner geschäftigen Arbeit zurückkehrte.

„Hey, was soll ich denn essen?", rief Flavio dem Mann zu, der ihm den Rücken zukehrte und mit Pfannen und Töpfen klapperte. Er war fast überrascht, dass er den Mann anschrie. „Ich rede mit dir. Sehe ich aus wie ein Affe? Du musst das wohl denken, wenn ich nur Bananen und anderes Obst zu essen kriege."

Der dünne Mann widmete seine Aufmerksamkeit schließlich Flavio, hielt ihm aber den Rücken zugewandt. „Du hast die Essenszeit verpasst. Wir haben alles zugemacht. Komm morgen früh wieder."

Im Pub-Bereich gab es einen Tumult, wahrscheinlich stritten sich ein paar Dummköpfe darüber, welchen Kanal sie sehen wollten.

Er war zu müde, um mit diesem Mann zu streiten, und es würde sowieso keinen Unterschied machen oder ihm sein Essen bringen. Er würde in eine der Hauptküchen gehen und sich etwas von dem Essen holen, das den Gästen angeboten wurde. Die Crew sollte das eigentlich nicht tun, aber die Küchen sollten ihn auch füttern. Das war das Problem des Schiffes, nicht seines.

Flavio trat zurück durch den Eingang der Crew-Messe und hielt in der Türöffnung inne, für einen Moment wie betäubt.

Statt der nutzlosen Rauferei, die er erwartet hatte, war er schockiert zu sehen, dass die Männer und Frauen, die in den Stühlen gesessen und passiv auf den Fernseher gestarrt hatten, nun spastisch durch die Lounge rannten, wie eine wilde Version der Reise nach Jerusalem – ohne Musik –, und versuchten, wegzukommen von... Was waren das für Dinger?

Ratten?

Er hasste Ratten.

Sie waren dreckige und ekelhafte Tiere. Sie brachten Krankheiten und Schmutz mit sich, und sie gehörten ganz sicher nicht auf sein Schiff.

Er zog ein Messer – er trug immer ein Steakmesser am Körper – und hielt es in umgekehrtem Verteidigungsgriff.

Flavio blinzelte seine Kopfschmerzen weg und marschierte auf das Getümmel zu. Er würde jedes einzelne dieser Dinger töten, wenn es sein musste. Dann würde er seine Mahlzeit bekommen.

TAG DREI

*D*IE MORGENDLICHE ANSPRACHE DES KAPITÄNS DRÖHNTE DIREKT VOR DER KABINE. ICH WOLLTE SIE AUF KEINEN FALL VERPASSEN UND RANNTE ZUR TÜR, UM SIE ZU ÖFFNEN.

DIES WAREN IN ETWA SEINE WORTE.

„GUTEN MORGEN, LIEBE GÄSTE DER INTREPID. HIER SPRICHT IHR FREUNDLICHER KAPITÄN, JÖRGEN CHRISTIANSEN, VON DER BRÜCKE AUS.

„WIR BEFINDEN UNS DERZEIT AUF 36 GRAD, 30 MINUTEN NÖRDLICHER BREITE UND 4 GRAD, 30 MINUTEN WESTLICHER LÄNGE UND FAHREN MIT ZEHN KNOTEN IN SÜDWESTLICHER RICHTUNG. WÄHREND WIR DURCHS MEER KREUZEN, WERDEN WIR IN KÜRZE AN FUENGIROLA VORBEIFAHREN, DAS SICH AN DER SPANISCHEN KÜSTE ZU UNSERER NORDEN BEFINDET. BEI DIESEM TEMPO WERDEN WIR WIE GEPLANT MORGEN DIE BARBARY COAST ERREICHEN.

„HEUTE SOLLTE ES EIN RUHIGER TAG AUF SEE WERDEN, BEI EINER AKTUELLEN TEMPERATUR VON ZEHN GRAD CELSIUS ODER FÜNFZIG GRAD FAHRENHEIT. WÄHREND WIR VERSUCHEN, DEN WOLKENSCHICHTEN VORAUS ZU SEIN, DIE UNSERE TEMPERATUREN ETWAS NIEDRIG HALTEN, GENIESSEN SIE BITTE ALLE AKTIVITÄTEN IN UNSEREN LOUNGES. UND UM UN-

*SEREN ERSTEN TAG AUF SEE ZU FEIERN, SIND TEQUI-
LA-SHOTS DEN GANZEN TAG ÜBER FÜR NUR 5 DOL-
LAR IM ANGEBOT – VIELLEICHT TRINKE ICH SOGAR
EINEN MIT IHNEN... NUR EIN SCHERZ.*

*„HABEN SIE EINEN FANTASTISCHEN TAG AUF DEM
GLÜCKLICHSTEN SCHIFF AUF DEM OZEAN, DER IN-
TREPID, DEM STRAHLENDEN STERN DER MEERE VON
REGAL EUROPEAN.“*

Chapter 10

Exklusive Schiffsführung

Die exklusive Schiffsführung hätte eigentlich gegen Ende ihrer Kreuzfahrt stattfinden sollen, wurde aber aus unbekannten Gründen auf den zweiten Tag vorverlegt. Erst später sollten sie erkennen, dass diese Führung ihr Leben retten würde.

Am Vorabend beim Essen hatte Ted TJ anvertraut, dass ihn auf dieser Kreuzfahrt nur drei Dinge interessierten: die Zeit mit ihr, die Momente der Inspiration beim Schreiben auf ihrem Balkon bei aufgewühltem Ozean, und die exklusive Schiffsführung. Die Tour bot einen exklusiven Einblick in die Eingeweide des Schiffes, einen Blick hinter die Kulissen dessen, was ein Kreuzfahrtschiff am Laufen hielt. Nur wenigen Personen wurde diese Möglichkeit geboten, wenn sie überhaupt während einer Kreuzfahrt angeboten wurde; aus Sicherheitsgründen galt die Tour als Privileg, das nicht billig zu haben war. Auf diesem Schiff mussten Teilnehmer 160 US-Dollar pro Person hinblättern. Ted hätte gerne mehr bezahlt.

Nachdem sie ihr Essen vom Zimmerservice beendet hatten, informierte sie ein Anruf auf ihrem Haustelefon, dass die Tour „morgen pünktlich um 9 Uhr" stattfinden würde, ihre beiden Plätze reserviert seien und es für sie gratis wäre.

Gespannt auf die oberflächliche Atempause vor dem Schlafengehen, stritten sie über die Gründe für die Freikarten. War es ein Geschenk vom Kapitän, „weil der Kapitän dein größter Fan ist", wie TJ gerne neckte? Oder war es eine zusätzliche Entschädigung, wie Ted argumentierte, für seinen in ein paar Tagen anstehenden Vortrag? Sie entschieden, den Kapitän um Schlichtung dieses Streits zu bitten, wenn sie ihn am nächsten Tag beim Abendessen sähen.

Keiner von ihnen schlief in dieser Nacht gut. Ted verbrachte weiter Zeit damit, über triviale Angelegenheiten zu grübeln – jede mögliche Ausrede, um größere Sorgen zu vermeiden. Bevor er in einen unruhigen Schlaf fiel, fragte er sich, warum er sich so auf die Tour freute. Er interessierte sich nicht besonders für Schiffe oder Kreuzfahrten. Nur wegen des Drängens seines Agenten und später seiner Frau hatte er überhaupt zugestimmt, auf diese Kreuzfahrt zu gehen.

Als sich die „gesperrte" Tür zu einer anderen Welt öffnete, die nur von der Schiffsbesatzung bewohnt wurde, kam Ted eine Kindheitserinnerung daran, wie er in einen gläsernen Ameisenbau starrte, eine dünne Erdschicht zwischen zwei Glasscheiben in einem Holzrahmen. Er erinnerte sich an den Nervenkitzel, den er verspürte, als er sein Gesicht gegen das Glas drückte, wissend, dass er Zeuge des Gewusels wurde, das normalerweise

Menschen über der Erde nicht zu sehen bekamen. Er spürte jetzt die gleiche plötzliche Aufregung, als er das unsichtbare Gewusel der Crew-Aktivitäten beobachtete – die Arbeiterameisen des Schiffes.

Fast augenblicklich waren die apokalyptischen Sorgen der Außenwelt vergessen oder zumindest für später beiseitegeschoben. Sie wurden ersetzt durch den Schwall von Fragen, die er und seine Mit-Touristen auf Stephanie, die Leiterin ihrer exklusiven Tour, abfeuerten, über alles, was mit diesem arbeitenden Schiff zu tun hatte.

Die Effizienz von allem war das Überraschendste.

Dann sah er den ersten Riss in der Maschinerie des Schiffes.

Gleich neben der Hauptverkehrsader, die sie I-95 nannten, sollten sie zum Lebensmittellagerbereich abbiegen. Es stand auf ihrem Tourplan und Ted war gespannt darauf, es zu sehen. Doch als sie sich näherten, verkündete Stephanie, dass sie die Lebensmittellagerräume vorerst überspringen müssten, aufgrund von „Sicherheitsbedenken".

Das kam Ted seltsam vor, und er war nicht der Einzige, denn er sah, wie seine Frau die Augenbraue hob und ihm einen Blick zuwarf, der sagte: „Das war eine Scheißausrede." Ihre gemeinsame Vermutung wurde bestätigt, als ihre Gruppe eilig an dem Gang vorbeigeführt wurde, der zu den verschiedenen Lebensmittellagerräumen führte, und Ted einen Blick erhaschte, der „Problem!" schrie.

Es war nur ein flüchtiger Blick, aber es reichte. Ein Bereich auf halber Strecke des Gangs zu den

Lebensmittellagern war mit gelbem Band abgesperrt, wie ein Tatort. Aus der halb geschlossenen Tür zu einem Raum quoll weißer Nebel, der die Sicht nach innen versperrte. Hätte er mehr Zeit gehabt, hätte er vielleicht hineinsehen können. Aber das Seltsamste an der unmittelbar sichtbaren Szene waren die blutigen Fußabdrücke.

Zumindest sah es für ihn so aus: Stiefelabdrücke, die vom nebligen Eingang wegführten. Vielleicht war das nur Teds makabere Vorstellungskraft. TJ scherzte immer mit ihm und ihren Freunden, dass sie mit einem offenen Auge schlafen müsse, nachdem sie sein erstes Weltuntergangsbuch gelesen hatte. Außerdem war es nur ein flüchtiger Blick.

Einige Schritte hinter dem verdächtigen Gang blickte Ted zu TJ hinüber, um zu sehen, ob sie das Gleiche bemerkt hatte wie er, um seine eigenen Fragen zu bestätigen. Aber ihre aufmerksamen Gesichtszüge waren völlig auf ihre Reiseleiterin konzentriert, die nun beschrieb, wie sie recycelten und wie das Schiff alle Gelder, die sie durch das Recycling einnahmen, an die Crew zurückgab für neue Ausstattung für ihren Aufenthaltsraum und andere Freizeitbereiche.

Ihr musste entgangen sein, was er gesehen hatte, da TJ in die Tour und in Stephanies Worte vertieft schien. Keine blutigen Fußabdrücke.

Ted verwarf sofort, was er mit seinem flüchtigen Blick zu sehen geglaubt hatte. Und normalerweise wäre es damit erledigt gewesen. Aber nichts war gerade normal, egal wie sehr er sich wünschte, sich nicht damit befassen zu müssen.

Er betrachtete TJ und ignorierte die Tour jetzt völlig. Zumindest hatte sie endlich etwas gefunden, worauf sie sich konzentrieren konnte, anstatt auf das bizarre Tierverhalten, das derzeit außerhalb ihrer durchorganisierten Umgebung vor sich ging.

Ted war offenbar so versunken in die Beobachtung und das Nachdenken über seine Frau, dass er erschrak, als er feststellte, dass Stephanie sie einen kleinen Gang mit Luxuskabinen entlangführte, mit sehr königlichen Schildern: Prinzessinnen-Suite, Prinzen-Suite, Königinnen-Suite und so weiter. Sie hielten abrupt vor einem schlichten Eingang, dessen Schild einfach verkündete: „Brücke".

Ted hatte völlig den Überblick verloren, auf welchem Deck sie sich befanden. Er warf einen Blick zurück zu dem Ort, wo sie gewesen waren, und dann wieder nach vorne, um zu sehen, ob er eine Kabinennummer oder etwas erhaschen konnte, das darauf hinweisen würde, wo sie waren. Dann, als seine Aufmerksamkeit wieder auf seine Frau fiel, bemerkte er etwas Seltsames.

TJ konzentrierte sich nicht mehr auf Stephanie, die zu den anderen drei Personen in ihrer Tourgruppe sprach. Stattdessen schien TJ an ihrer Gruppe vorbei zu Teds rechter Seite zu schauen, auf etwas oder jemanden in einem angrenzenden Gang, den er nicht sehen konnte. Dann formte sie lautlos etwas mit den Lippen.

Ted rückte näher heran, bis das Ziel ihrer Aufmerksamkeit hinter der Kante der Wand des angrenzenden Ganges sichtbar wurde. Es war ein kahlköpfiger Offizier mit vier Streifen, und er

formte seine eigenen stummen Worte zurück zu
Teds Frau.

Ted musste dieses seltsame Schauspiel allzu
offensichtlich angestarrt haben, denn sowohl
der Offizier als auch TJ hörten auf und wandten
sich ihm zu. Teds Wangen flammten vor Hitze,
als fühlte er sich ertappt, etwas getan zu haben,
was er nicht hätte tun sollen. Der Offizier bot ein
warmes und geübtes Lächeln an.

Wie auf Stichwort wandte sich Stephanie nun
an ihre Gruppe. „Und ich freue mich, den Staff
Captain des Schiffes, Jean Pierre, willkommen
zu heißen. Er ist der zweite Kommandant des
gesamten Schiffes, und wir haben das Privileg,
dass er, anstelle eines der zweiten Offiziere, Ihnen eine Führung über die Brücke geben wird."

Alle Köpfe ihrer Gruppe wandten sich nun
dem Stabskapitän zu. Es wurde dezent ap-
plaudiert. Jean Pierre hielt Teds Blick noch
für einen langen, unangenehmen Moment fest,
bevor er sich schließlich der Gruppe zuwandte.
Er dankte allen für ihr Kommen und Stephanie
für ihren Beitrag zur All-Access-Tour. Dann
teilte er ihnen mit, dass sie eine besondere
Überraschung erwartete, und ermahnte sie,
leise zu sein, während sie den für die Öf-
fentlichkeit zugänglichen Bereich der Brücke
betraten, da die Offiziere im Dienst waren.
Schließlich, bevor er sich zur Tür wandte, sagte
er ihnen, dass der Kapitän in ein paar Minuten
ebenfalls zu ihnen stoßen würde.

Er öffnete die schmale Tür, und einer nach
dem anderen überquerte ihre Gruppe die dicke
Schwelle der Brücke.

„Mister Williams?", flüsterte Jean Pierre, kurz bevor Ted hindurchging.

„Der Kapitän möchte jetzt persönlich mit Ihnen sprechen. Könnten Sie bitte nach links gehen" – er zeigte in diese Richtung – „und ihn in seinem Bereitschaftsraum treffen? Es ist die erste Tür auf dieser Seite der Brücke."

Ted stammelte, unsicher, wie er antworten sollte: „Äh, ich möchte nicht, dass Sie oder der Kapitän sich meinetwegen Umstände machen." Ted konnte die Blicke der anderen Tourpassagiere und seiner Frau auf sich spüren.

„Es sind keine Umstände", sagte der Stabskapitän.

Ted nickte und trat durch die Metalltür in eine neue Welt, bekannt als die Brücke.

Es war ein weitläufiger Raum, der überraschend dunkel wirkte, da er fast vollständig vom Außenlicht beleuchtet wurde, das durch die riesigen Fensterscheiben strömte. Diese neigten sich nach oben und außen und erstreckten sich über den 180-Grad-Bogen des halbkreisförmigen Raumes. Seltsamerweise hatten fünf der vordersten dicken Scheiben menschengroße Scheibenwischer.

Teds Fantasie spielte sofort Szenen ab, in denen die Wischerblätter wütend gegen einen Sturm ankämpften. Er hatte sich wieder in seinen Gedanken verloren und blickte zurück zu seiner Gruppe auf der rechten Seite. TJ flüsterte nun freundlich in Jean Pierres Ohr, mit der Hand abgeschirmt, sodass nur Jean Pierre sie hören konnte.

Er wandte sich in die andere Richtung, wie angewiesen, und marschierte zu einer Linie, die den öffentlichen Bereich abgrenzte. Dahinter befand sich die einzige Tür an einer Wand. Sie war offen und ein älterer Mann mit einem Streifen mehr als der Stabskapitän winkte ihn in den winzigen Raum.

Ted trat über den abgesperrten Bereich.

„Mister Williams." Der Kapitän, distinguiert in seiner stark gestärkten Uniform mit seiner Krone aus makellosem weißen Haar, bot ihm seine Hand an. „Bitte kommen Sie für einen Moment herein."

Ted ging vorwärts, mit ausgestreckter Hand. Aber er konnte das Gefühl nicht ignorieren, dass er gerade zum Direktor gerufen wurde, weil er etwas falsch gemacht hatte. Er fühlte sich heute „daneben" und nicht ganz wie er selbst.

Der Kapitän ergriff Teds Hand und schüttelte sie fest. „Mister Williams. Ich bin Jörgen Christiansen, Kapitän der Intrepid. Willkommen."

Als Ted eintrat, schloss der Kapitän sofort die Tür und zog die Jalousien zu. Ted spürte, wie sein Herz schneller zu schlagen begann.

„Bitte entschuldigen Sie die Theatralik", fuhr der Kapitän fort, „aber ich wollte Sie etwas unter vier Augen fragen. Und ich würde Sie bitten, unser Gespräch niemandem gegenüber zu erwähnen, außer natürlich Ihrer Frau." Sein Gesicht war ernst und konzentriert.

Ted war definitiv überrascht und wusste nun nicht, was er sagen sollte, ohne zu wissen, was der Kapitän wollte. „Bitte sagen Sie mir, wie ich helfen kann, Kapitän, und nennen Sie mich Ted." Der Kapitän neigte den Kopf und zeigte nur den kleinsten Anflug von Verwirrung, als hätte er vielleicht jemand anderen erwartet, bevor er seine Fassung wiedererlangte.

„Nun gut ... Ted. Ich wurde gerade über ein sehr ernstes Problem informiert, das alle an Bord dieses Schiffes betrifft, und ich denke, Sie könnten vielleicht helfen."

Teds Gedanken erinnerten sich sofort an die blutigen Fußabdrücke aus dem nebligen Raum. „Sollte ich mich setzen?", fragte Ted.

„Nein, ich möchte Sie nicht von der Gruppe fernhalten. Ich werde mich kurz fassen. Ich wollte wissen, ob das, was Sie in Ihrem Buch ‚Wahnsinn' geschrieben haben, tatsächlich möglich ist, oder ob es nur eine gut konstruierte Geschichte ist, die völlig Ihrer Fantasie entspringt."

Bevor der Kapitän sprach, hatte Ted ernsthaft gedacht, dass er nach dem Wein des Schiffes fragen würde, oder ihnen mitteilen würde, dass die Kreuzfahrtlinie sich entschuldigen wollte, weil ihre Tasche es nicht geschafft hat, oder etwas völlig Triviales. Aber gefragt zu werden, ob das, was sie erlebten, eine Art apokalyptisches Ereignis war, genau wie das, worüber er in seinem vorletzten Buch geschrieben hatte, war das Letzte, was er erwartet hatte. Und es erschreckte ihn bis ins Mark. Dies war nicht länger nur seine eigene Vermutung. Es war real. Sein Herz raste wie ein Schnellzug.

„Ich... Äh... Ich weiß es ehrlich gesagt nicht." Ihm fiel nichts anderes ein, was er sagen konnte. Er fragte sich genau das, aber er war zu keinem Schluss gekommen. Es schien zu unmöglich. Aber die Tatsache, dass dieser offensichtlich vernünftige Mann, der ein Schiff mit fast zweitausend Menschen befehligte, dieselbe Frage stellte, die er sich selbst stellte, war schwer zu begreifen. Ihm wurde schwindelig, und er atmete in schnellen Zügen ein. Er dachte, er könnte eine vollwertige Panikattacke bekommen.

Es klopfte an der Tür, und dann öffnete sie sich einen Spalt und der Stabskapitän steckte seinen Kopf zur Tür herein. „Entschuldigen Sie die Störung, Sir, aber Doktor Chettle hat die Autopsieergebnisse für Sie."

„Danke, Stabskapitän. Ich komme gleich."

Jean Pierre nickte einmal und schloss die Tür, wodurch Ted und der Kapitän wieder eingeschlossen waren.

„Nochmals, behalten Sie all dies für sich. Es scheint eine unheimliche Ähnlichkeit zwischen dem zu geben, was Sie geschrieben haben, und dem, was außerhalb dieses Schiffes vor sich geht. Ich muss wissen, was uns in anderen Häfen erwartet, und ich wollte wissen, ob meine Bedenken berechtigt sind oder nicht.

„Bitte denken Sie über all dies nach, und wenn es in Ordnung ist, würde ich Sie gerne während der Kreuzfahrt wieder kontaktieren, falls nötig. Wenn Sie außerdem Informationen haben, von denen Sie glauben, dass sie Einfluss auf diese Kreuzfahrt oder jemanden auf dem Schiff haben könnten, würden Sie bitte unseren Stabskapitän oder mich kontaktieren?" Er reichte Ted eine Visitenkarte.

Ted hätte sie fast nicht gegriffen: er dachte, er sähe zwei Karten. Er musste schnell nach draußen.

„Hier steht meine Kontaktnummer auf der Brücke. Rufen Sie sie von einem der Schiffstelefone an, und man wird Sie mit dem Stabskapitän oder mir verbinden." Ted schob sie in seine Tasche, ohne sie anzusehen.

Der Kapitän öffnete die Tür und bot erneut seine Hand an.

Ted schüttelte sie schnell zurück und flüsterte: „Danke, Kapitän", dann eilte er an ihm vorbei, in dem Versuch, schnurstracks nach draußen zu gelangen. Er dachte nicht einmal daran, mit TJ zu sprechen, die noch mit dem Rest ihrer Tour auf der Brücke war. Er musste an die frische Luft.

Als Ted an der Sicherheit vorbeieilte, die außerhalb der Brückenluke postiert war, und sich zum Ausgang wandte, war all die Freude, die er während der Tour empfunden hatte, vergessen. In diesem Moment wusste er, dass sie alle in großen Schwierigkeiten steckten.

Chapter 11

Eloise

Eloise Carmichael war auf die altmodische Art zu ihrem Geld gekommen: Sie hatte ess geheiratet. Der Rest der Geschichte, wie Paul Harvey zu sagen pflegte, war, dass sie drei frühere Ehemänner überlebt hatte, die alle an „mysteriösen Ursachen" gestorben waren.

Es war nicht so, dass sie eine Art schwarze Witwe war, die gezielt wohlhabende potenzielle Ehemänner suchte, mit dem Plan, sie für ihr Geld zu töten. Zumindest der Teil mit der vorsätzlichen Planung stimmte nicht. Sie war einfach schnell gelangweilt von ihnen. Und Scheidung war keine Option, mit Eheverträgen und allem. Also fand sie jedes Mal eine einfachere Lösung.

Monate nach dem Tod ihres letzten Ehemanns hing Eloise eine Wolke von Fragen an, die von seinen Geschwistern aufgewirbelt wurde, wie Fliegen an einem toten Körper. Frustriert von ihrem ständigen Gequengel und ihren andauernden Anrufen bei der Polizei, hatte sie genug. Also verkaufte sie die Villa ihres letzten Mannes und suchte in Paris ihr Glück.

Es war nicht so, dass sie an französischen Männern interessiert war. Obwohl sie ihre wunderschön klingenden Worte – und Lieder – liebte, wenn sie ihr ihre Wünsche zuflüsterten, wollte sie einfach nicht lernen müssen, wie man ihnen antwortete. Sie war zu verdammt alt, um eine andere Sprache zu lernen. Dennoch glaubte Eloise, dass sie in Paris ihren nächsten Ehemann finden würde.

Sie hatte über die wenigen *arrondissements* gelesen, in denen wohlhabende englische Expats oft lebten. Also nahm sie deren Pariser Treffpunkte ins Visier und innerhalb von zwanzig Tagen hatte sie bereits einen geeigneten Kandidaten gefunden: Sir Edgar Carmichael – der Titel war ein zusätzlicher Bonus. Einen Monat später waren sie verheiratet.

Wie bei den anderen wurde Eloise genauso schnell, wie sie geheiratet hatten, des armen alten Edgar überdrüssig. Sie würde den „Unfall" von Nummer Vier während ihrer Flitterwochen inszenieren.

Es war reines Glück, dass Edgar ihr von seiner Liebe zu transatlantischen Kreuzfahrten erzählte und diese Option für ihre Flitterwochen vorschlug. Eloise mochte Kreuzfahrten nicht besonders, aber sie dachte, dass die offene See ihr reichlich Gelegenheiten für Edgars Ableben bieten würde; schließlich würden sie mitten auf dem verdammten Atlantischen Ozean sein.

Bei der Planung ihrer Flitterwochen entdeckte Eloise sofort eine Eigenschaft, die für sie einfach nicht funktionieren würde: Edgar war geizig und bestand sogar darauf, dass sie, um zu bekommen, was sie wollte, etwas von ihrem eigenen Geld ausgab. Es war ein weiterer Grund, warum er gehen musste.

Als er ihr zum ersten Mal anbot, eine transatlantische Kreuzfahrt zu buchen, schlug Eloise die QE2 vor, weil sie ihre eine nicht verhandelbare Bedingung erfüllte: Das Schiff musste einen Zwinger an Bord haben, damit sie ihr „Baby" mitnehmen konnte. Die zweite Anforderung, obwohl nicht absolut, war für frisch Vermählte mit beträchtlichen Mitteln nur natürlich: Sie sollten auch die beste Kabine auf dem Schiff haben. Aber Edgar wurde wütend, als der Agent ihm sagte, dass es ihn 45.000 Euro pro Person für ihre Grand Duplex Suite auf der QE2 kosten würde.

Als sie dachte, ihre unnachgiebigen Forderungen könnten die ganze Sache zum Scheitern bringen und damit ihre Möglichkeiten zunichtemachen, ging sie auf seine Empfehlungen für Regal European ein, da sie die einzigen anderen mit Zwingerdiensten waren. Sie drängte auf REs beste Kabine, obwohl Edgar sie ihren Anteil bezahlen ließ – sie würde es auf die eine oder andere Weise von ihm zurückbekommen. So buchte sein Agent für den Schnäppchenpreis von 10.000 Euro pro Person die Royal Suite für Eloise, Edgar und Monsieur, ihren französischen Zwergpudel.

Sobald alles geregelt war, machte sie sich an die Arbeit, um den gefährlichsten Ort auf dem Schiff oder bei einem ihrer Ausflüge zu finden. Alles fügte sich zusammen, bis kurz bevor sie ihre Suite auf der Intrepid bezogen.

Es war ihr kleiner Monsieur. Sie war besorgt, weil er sich in letzter Zeit nicht wie er selbst verhielt. Nach ihrem Flug von Paris, kurz bevor sie in Malaga durch den Zoll gegangen waren, knurrte Monsieur sie tatsächlich an. Sie war seitdem nervös gewesen, nach ihm zu sehen, und beschloss, es jetzt zu tun, bevor sie sich für das Abendessen fertig machten. Sie ließ Edgar in ihrer Kabine für sein tägliches Nickerchen zurück und machte sich auf den Weg, um die Zwinger zu finden.

Nachdem sie von einem der gutaussehenden jüngeren Offiziere – sie sprach nur mit den ranghöheren Crewmitgliedern und hatte selten mit dem Fußvolk auf dem Schiff zu tun – Anweisungen erhalten hatte, wurde ihr gesagt, sie solle die Aufzüge am Heck nehmen. Sie funkelte den Offizier dafür böse an.

Es war die dritte Kreuzfahrt, auf der sie war, und es ärgerte sie unendlich, warum sie diesen Teil des Schiffes nicht einfach „das Hintere" nannten. Wenn man erklären musste, dass das Heck tatsächlich hinten bedeutete, warum zum Teufel sagte man dann nicht einfach „hinten" für die Gäste?

Sie spürte, wie ihre Temperatur leicht zu kochen begann, als sie auf Deck 1 ausstieg, das nur teilweise für Gäste zugänglich war.

Das tiefe Brummen der Schiffsmotoren dröhnte unter ihr und verstärkte das ohnehin schon unsichere Gefühl, mit Absätzen auf einem sich bewegenden Schiff zu gehen – ein weiterer Grund, warum sie Kreuzfahrten nicht mochte. Jetzt fühlte sie sich fast schmutzig, nur bei dem Gedanken daran, wie nah sie den mechanischen Teilen des Schiffes war.

Schließlich fand sie das Regal Pet Spa. *Zumindest klingt das besser als „Zwinger".*

Sie stieß die Tür auf.

Egal wo sie war, wenn Eloise einen Raum betrat, erwartete sie, dass sich alle Männerköpfe ruckartig zu ihr umdrehen sollten. Um diese angemessene Reaktion zu unterstützen, hatte sie ihre Stilettos angezogen, um sowohl ihre Annäherung als auch ihre Ankunft anzukündigen. Und um diesen Effekt zu ergänzen, trug sie ein Ensemble, das so enganliegend war, dass sie darin wie vakuumversiegelt aussah. Alles war darauf ausgelegt, ihre von Gott gegebenen – wenn auch oft von Spitzenplastikchirurgen verbesserten – Vorzüge zur Geltung zu bringen.

Es war daher fast ein Affront gegen ihre ganze Person, als der einzige menschliche Bewohner des Spas, ein kleiner dunkelhäutiger Mann, ihr Eintreten nicht einmal zur Kenntnis nahm. Zu ihrer weiteren Entwürdigung schenkte ihr der Mann, während sie eine unerträgliche Zeit lang wartete, nicht mehr Aufmerksamkeit als einer warmen Brise. Er ignorierte sie absichtlich. Sie knallte sogar die Tür des Zwingers zu, um seine Beachtung zu fordern. Nichts.

Aber der Stachel dieser persönlichen Verletzung verblasste schnell, als sie das Knurren und Bellen aus dem hintersten Zwinger hörte. Die hohe Kadenz des Bellens war ihr sehr vertraut. Und als die Erkenntnis sie wie ein Schlag in ihren liposuktionierten Bauch traf, wusste sie, dass es ihr Monsieur war.

Sie klackerte zu dem kleinen Mann hinüber, der gewöhnliche Arbeitskleidung trug und nicht mit Epauletten wie ein Offizier ausgestattet war. Eigentlich war ihr das im Moment egal. Dieser Mann versuchte trotz seines niedrigen Status, ihren Hund zu beruhigen. Allerdings wurde ihr sofort klar, dass er keine Ahnung hatte, was er tat.

„Sie machen ihm nur noch mehr Angst", jammerte sie, schob ihn beiseite und positionierte sich vor dem Zwinger ihres Hundes.

Ihre Empörung schwoll zu epischen Ausmaßen an, als sie sah, dass Monsieurs Vorderpfote in irgendeine Art von Verband gewickelt war. Das bedeutete, dass ihr Baby auf dem Schiff von Regal European verletzt worden war, und höchstwahrscheinlich unter der Aufsicht dieses kleinen Mannes.

Dann wäre sie fast nach hinten umgefallen, so sehr erschütterte der Schock ihren ganzen Körper. Statt ihres normalerweise wohlerzogenen Monsieurs sah sie ein erschreckend wildes Tier hinter der verglasten Absperrung. Sein Gesicht war zu einer wütenden Grimasse verzogen; seine Lippen und Wangen waren zurückgezogen und enthüllten eine überraschende Anzahl alptraumhaft spitzer Zähne; und seine Augen loderten in einem wilden Rot wie glühende Rubine. Sie schauderte.

„Monsieur?", flehte sie und hoffte, ihren geliebten Welpen aus diesem schrecklich aussehenden Wesen herauszulocken. „Ich bin's, Mami."

Monsieur knurrte eine gewalttätig klingende Warnung, als wäre er von einem wilden Tier besessen. Es war nicht der liebevolle Hund, den sie die letzten fünf Jahre gekannt hatte und der sie durch das Trauma des Ablebens ihrer letzten drei Ehemänner getröstet hatte.

Eloise schoss hoch, zog ihren Rock herunter, der zu weit hochgerutscht war, und brachte eine widerspenstige Haarsträhne in Ordnung. „Was haben Sie mit meinem Hund gemacht?", bellte sie den kleinen Mann an.

„Äh, Mrs. Carmichael", stotterte Al. „Äh, so habe ich Mon-siör heute Morgen vorgefunden." Er wollte unbedingt vermeiden, die Ereignisse der letzten Nacht zu erwähnen. „Ist Ihnen vor dieser Reise irgendein Verhaltensproblem aufgefallen?"

Als hätte man sie geohrfeigt, zuckte sie zurück, während ihre eigene Wut über die Unver-schämtheit dieses Mannes überkochte. Den-noch klangen seine Worte wahr. Monsieur war schon verwirrt gewesen, bevor sie Paris ver-ließen, und dann hatte er sich gestern Morgen ein wenig aggressiv verhalten, als er ins Flugzeug eingeladen wurde. Vielleicht hatte ihr Baby ein-fach Angst vor dem Reisen. Sie wusste, dass sie selbst oft müde und grantig war, wenn sie nach einem langen Reisetag aufwachte, so wie jetzt. Für ein Tier, das in einem Käfig reiste, war es wahrscheinlich noch schlimmer, etwas, was sie ihrem Monsieur sonst nie antun würde. Viele-icht war dieser Mann doch nicht schuld, obwohl er erklären musste, was mit seinem Fuß passiert war. Trotzdem war sie sich sicher, dass er nicht wusste, wie man ihren Welpen beruhigte.

Sie würde versuchen, was immer funktion-ierte, wenn er Angst hatte.

„Lassen Sie uns einen Moment allein", sagte sie zu dem Mann. Als sie mit Monsieur sprach, ging ihre Stimme eine Oktave höher und einige Dezibel leiser. „Monsieurs Mami weiß, wie sie ihn beruhigen kann."

Der Arbeiter, dessen Namensschild einen unaussprechlichen Namen zeigte und angab, dass er aus Mauritius stammte, nickte und ging zurück zum vorderen Teil des Raumes, wo er sich an einen kleinen Schreibtisch setzte, den sie gar nicht bemerkt hatte, als sie von der Tür aus auf ihn losgegangen war. Sie kniete sich wieder hin und versuchte, die Qualen ihres kleinen Jungen zu lindern, indem sie in Babysprache mit ihm redete, wie sie es normalerweise tat.

Monsieur stieß ein langes, rollendes Knurren aus, unterbrochen von einem Speichelfaden, der aus seinem Maul hing.

Eine bessere Idee traf sie wie ein Blitzschlag, und sie erschauderte fast über ihre eigene Genialität.

Ein schuldbewusster Blick auf den kleinen dunklen Mann bestätigte, dass er nicht in ihre Richtung schaute. Als sie sich sicher fühlte, öffnete Eloise ihre Hermès-Tasche und zog eine Pillendose aus ihrem eigenen Vorrat an Betäubungsmitteln heraus. Sie hatte einen reichlichen Vorrat für fast jede Gelegenheit. Ihr Arzt hatte ihr diese speziellen Pillen gegen ihre Angstzustände gegeben – sie hatte sie in letzter Zeit öfter, obwohl sie nicht wusste, warum.

Sie nahm zwei große, weiße Kapseln heraus.

Sie durfte jederzeit zwei davon nehmen. Also sollte eine für einen Hund, der vielleicht ein

Zehntel ihres Gewichts hat, mehr als ausreichen. *Okay, vielleicht ist Monsieur eher ein Zwölftel meines Gewichts, aber wer will schon so kleinlich sein?*

Sie warf noch einen Blick auf den kleinen Mann, und als sie sicher war, dass sie bei ihrem nächsten Verbrechen allein war, warf sie eine Tablette in ihren Mund und öffnete dann die Tür zu Monsieurs Zwinger gerade so weit, dass sie ihre Hand hineinschieben konnte. Sie hielt ihre Augen auf den Mann gerichtet und hielt Monsieur blind ihre Hand hin, in der Erwartung, dass er die zweite Tablette aus ihrer Handfläche nehmen würde, so wie er normalerweise Leckerlis von ihr nahm. Als sie spürte, dass die Tablette herausfiel, versuchte sie, ihre Hand zurückzuziehen – und Monsieur biss sie.

Sie schrie auf, schloss die Tür und schoss hoch, wobei sie ihre verletzte Hand umklammerte. Sie warf ihrem Hund einen finsteren Blick zu, weil er ihre Würde noch weiter verletzt hatte. Mit der pochenden Hand an ihrer Seite drückte sie mit der anderen darauf, damit der Mann sie nicht sehen konnte.

„Ist alles in Ordnung?", rief er und eilte in ihre Richtung.

„Ja!", platzte es aus ihr heraus.

Sie blickte wieder zu Monsieur hinunter, weil er endlich aufgehört hatte zu knurren. Zuerst war sie schockiert, die Tröpfchen ihres eigenen Blutes auf und um die Pille zu sehen. Eine Spur führte zu ihren Händen und sammelte sich darunter. Die nächste Aktion ihres Hundes ekelte sie an.

Monsieur machte sich daran, ihr Blut aufzulecken wie eine zuckrige Leckerei, und mit dem Blut schluckte er die Pille. Der Anblick drehte ihr den Magen um. Während sie ihre Übelkeit unterdrückte, verspürte sie ein gewisses Maß an Erleichterung, da sie wusste, dass ihre Mission erfüllt war. Dieses Mittel sollte ihn ziemlich schnell beruhigen.

Sie wandte sich wieder dem Mann zu und hielt ihren Körper zwischen ihrer Hand und ihm. „Und ich denke, Monsieur wird auch bald wieder in Ordnung sein."

Mit dem Rücken zu ihm griff sie nach einem seidenen Taschentuch aus ihrer Handtasche und wickelte es fest um die Wunde. Sie fragte sich, ob sie ärztliche Hilfe brauchte oder ob ein Pflaster – *vielleicht mehrere Pflaster* – ausreichen würden. *Nein, nein, ein Pflaster würde nicht zu dem speziellen Kleid für heute Abend passen*, dachte sie. Es war ihre innigste Hoffnung, dass das Kleid allein ausreichen würde, um Edgars Herz zum Stillstand zu bringen. Das würde nicht passieren, wenn ihre Hände mit Pflastern bedeckt wären. Präsentation war alles für sie.

Als sie ihre Aufmerksamkeit wieder dem kleinen Mann zuwandte, bemerkte sie, dass er auf ihren Hintern starrte – zumindest hatte er einen Puls, was sie von ihrem Edgar nicht behaupten konnte – und dann, erschrocken über seine eigene Verirrung, korrigierte er seinen Blick wieder auf ihre Augenhöhe.

Sie stolzierte an ihm vorbei und schritt zur Tür. „Danke... Ähm ..." Sie spielte ein angestrengtes Schielen in Richtung seines Namensschildes vor, wollte sich aber gar nicht erst bemühen herauszufinden, wie sie den Mann ansprechen sollte.

„Al ist mein Name, Frau Carmichael", sagte er mit einem sehr süßen Grinsen. *Er ist irgendwie niedlich, auf eine kleinwüchsige Art.*

Eloise kicherte darüber und über seinen gewählten Spitznamen.

„Danke, Al." Sie schenkte ihm ein aufrichtiges Lächeln und stolzierte zur Tür hinaus, wohl wissend, wo seine Augen jetzt waren. Ihr Lächeln wurde noch breiter.

Sie zögerte, nachdem sich die Tür hinter ihr geschlossen hatte, und hob ihre pochende Hand. Das verdammte Ding tat jetzt ziemlich weh und blutete immer noch. Sie konnte wohl kaum zum Essen gehen und dabei alles vollbluten. Sie erblickte das Schild von Regal Medical, das sich praktischerweise direkt neben dem Tiersalon befand. Vielleicht hatte der Arzt ein hautfarbenes Pflaster. Dann fiel ihr ein, dass sie weiße Handschuhe hatte, die sie über dem Verband tragen konnte.

Sie wollte nicht, dass irgendetwas ihren großen Auftritt heute Abend verdarb.

Chapter 12

T.D. Bonaventure

T.D. Bonaventure, wie er seinen Millionen von Lesern bekannt war, bat alle am Kapitänstisch, ihn Ted zu nennen und seine Frau, Theresa Jean, TJ.

Kapitän Christiansen konnte den Unterschied zwischen „Ted" und „T.D." immer noch nicht fassen. Er hatte jemand anderen erwartet. Obwohl sich T.D.s Geschichten mit der einen oder anderen Apokalypse befassten, war sein Schreibstil literarisch, fast schon poetisch. Und er streute oft britische Redewendungen in seine Prosa ein, was Jörgen zu der Annahme verleitet hatte, T.D. sei Brite, vielleicht sogar Aristokrat, da er sich erinnerte, in einem britischen historischen Roman, den ihm seine Frau einmal gegeben hatte, etwas über eine Familie Bonaventure gelesen zu haben. Als er Ted kurz auf der Brücke getroffen hatte, hatte er erkannt, dass er sich völlig geirrt hatte – und jetzt noch deutlicher.

Sein Bild vom aristokratischen Mr. Bonaventure kollidierte stark mit dem echten Ted, trotz

Teds Schnurrbart. Abgesehen davon, dass er einen Namen benutzte, den manche als unzivilisiert betrachten würden, anstatt seines Taufnamens Theodore, sprach er in der derben Umgangssprache eines gewöhnlichen Amerikaners und hängte primitive umgangssprachliche Phrasen an ansonsten gut durchdachte Sätze. Doch trotz des Widerspruchs zu seiner angenommenen Persönlichkeit mochte Jörgen ihn als „Ted" tatsächlich lieber. Er war viel authentischer.

„Ich freue mich sehr, dass Sie sich uns angeschlossen haben. Ich habe mich darauf gefreut, mit Ihnen über Ihre Bücher zu sprechen."

Kapitän Christiansen sprach mit fröhlicher Lebendigkeit. Ted fragte sich, ob es derselbe Mann war, den er zuvor auf der Brücke getroffen hatte. Aber er folgerte, dass der Kapitän nur den Schein wahrte und versuchte, die Probleme, von denen sie beide wussten, dass sie sich schnell zuspitzten, herunterzuspielen. Ted zwang sich zu einem Lächeln und versuchte ebenfalls mitzuspielen. „Danke, Kapitän. Es ist eine Ehre für uns, an Ihren Tisch eingeladen zu sein."

Im riesigen Speisesaal zu sein, brachte Ted schon an seine Grenzen. Aber im Zentrum dieses Goldfischglases zu sitzen, war fast unerträglich. Es brauchte annähernd eine Flasche des geschenkten Weins, um seine Nerven auf ein erträgliches Niveau zu bringen und zum Abendessen zu kommen, wenn auch verspätet. Er würde eine weitere Flasche brauchen, um es durchzustehen.

Sein Magen war schon verknotet, weil er die Ereignisse, die zu ihrer Kreuzfahrt geführt hatten, wieder durchlebte. Ted spürte, wie seine Nerven noch mehr durchgingen, begierig darauf, die Aufmerksamkeit von sich abzulenken. Bevor er die Folgen bedachte, platzte er heraus: „Ich bin neugierig, Kapitän, konnten Sie die meisten Ihrer Besatzungsmitglieder und Gäste an Bord holen, bevor Sie früher ablegen mussten?"

Dies war das eine Gespräch, das Jörgen am Esstisch hatte vermeiden wollen. Jetzt war er an der Reihe abzulenken. „Zunächst, Mr. Bonaventure-"

„-Ted, bitte, Kapitän. Außerdem wissen Sie, dass Bonaventure nur mein Pseudonym ist. Meine britischen Wurzeln sind ziemlich weit vom Ted entfernt, den Sie hier sehen."

„Ja, natürlich, Ted. Ich wollte Ihnen und Ihrer Frau nur für Ihre Hilfe danken, die Gäste und einige meiner Besatzungsmitglieder zu alarmieren, damit sie an Bord kommen konnten, bevor... wir ein größeres Problem hatten."

„Und danke, Kapitän", unterbrach TJ, „für den Wein." Sie hob ihr Glas mit dem Wein, der an ihrem Tisch serviert wurde. Es war derselbe Wein wie ihr Kabinengeschenk.

Ted bemerkte, dass sie den Wein genauso genoss wie er.

„Es ist mir eine Ehre, Mrs. Williams." Der Kapitän hob lächelnd sein Glas.

„Oh bitte, nennen Sie mich TJ. Das tun alle."

„Theresa Jean klingt viel besser", warf Jean Pierre mit einem breiteren Lächeln ein.

„Nur TJ, bitte." Sie blitzte ein schelmisches Grinsen zurück.

Ted bemerkte erneut die vertraute Ungezwungenheit, die sie miteinander hatten, und dass sie einander länger als normal in die Augen schauten.

„Wenn es Ihnen nichts ausmacht", fuhr der Kapitän fort, „werde ich Sie Theresa Jean nennen, was auch für mich viel lieblicher klingt." Er bot ihr sein eigenes Grinsen an, aber Ted fand es eher einstudiert, erwartet.

„Um Ihre Frage zu beantworten, Mr.. . Entschuldigung, Ted. Wir haben insgesamt 738 Gäste an Bord, und wir hatten Buchungen für 1325. Uns fehlen 195 Besatzungsmitglieder, aber wegen der geringeren Gästezahl sind wir gut aufgestellt. Die gute Nachricht ist, Sie können von allem Nachschlag haben!" Der Kapitän verkündete dies mit einem Lachen. Wieder einstudiert.

Ted sah, wie der Stabskapitän TJ etwas zuflüsterte. Ted starrte sie an, und sie blitzte ihm den Blick einer Grinsekatze zu, die noch einen Kanarienvogel im Maul hatte. Es sah seiner Frau nicht ähnlich, mit einem anderen Mann zu flirten, außer für ihren Job, und schon gar nicht in Teds Gegenwart. Aber das war mehr als Flirten. Sie kannten sich und taten doch beide so, als wäre es nicht so. Es war ein weiteres Rätsel, das er nicht lösen wollte.

„Entschuldigen Sie, Mr. Bonaventure?", mischte sich Zeka, die Kreuzfahrtdirektorin des Schiffes, ein und unterbrach seine geistigen Ausschweifungen.

„Bitte, einfach Ted."

„Oh, äh ja, Ted. In Ihrem ersten Roman, *Bugs*, wie sind Sie auf die Geschichte gekommen, dass Insekten die Welt übernehmen?"

„Wussten Sie das nicht?", sagte TJ mit Lachen in der Stimme. „Er ist tatsächlich Entomologe."

„Im Ruhestand", warf Ted ein.

„Ja, er hat die Paarungsrituale von Mantis studiert, oder heißt es Manti" – sie blitzte ihr verführerisches Grinsen und hob ihr Glas in seine Richtung. „Jedenfalls hat er Gottesanbe-terinnen und anderen interessanten Schei.. . Kram studiert."

„Natürlich, eine Manti frisst ihren Partner... danach." Er zwinkerte und hob sein Glas.

„Touché, Liebling", sagte TJ und stieß mit seinem Glas an.

„Und was machen Sie, Theresa Jean?", fragte Zeka.

„Einfach nur TJ."

„Oh, wissen Sie das nicht", sagte Ted mit sein-er falschen britischen Stimme, „meine Frau ist eine Geheimagentin für die US-Regierung." Er zeigte ein Schmunzeln, übertrieb einen Blick nach oben, während er an seinem Schnurrbart zwirbelte.

„Nein, wirklich?", fragte Zeka.

TJ beugte sich vor und sagte: „Aber wenn ich es Ihnen erzählen würde, müsste ich Sie töten."

Es gab eine Pause in der Unterhaltung am Tisch, als das Essen serviert wurde. Aber es schien auch, als wäre eine unsichtbare Blase, die sie vom Rest der Gäste trennte, durch-stochen worden. In diesem Moment flutete der Lärm des Hauptspeisesaals oder MDR ihre Ohren. Die Abendgäste des MDR waren in ihren Gesprächen ungewöhnlich laut. Und es bestand kein Zweifel darüber, worüber sie diskutierten.

Obwohl der Kapitän zuvor öffentlich angekündigt hatte, dass sie ohne Probleme in See gestochen seien, hatte er an ihrem Tisch gerade durchblicken lassen – laut genug, dass viele um sie herum es hören konnten –, dass mehrere seiner Besatzungsmitglieder und mehrere hundert Gäste es nicht an Bord geschafft hatten.

Ted war sich sicher, dass dies, zusammen mit dem, was sie zuvor in Malaga beobachtet hatten, das Thema des nervösen Gemurmels war, das den Raum erfüllte.

Viele Köpfe klebten an ihren Handys, Münder berichteten, was ihre Augen gesehen hatten. Aufgrund der Nähe des Schiffes zur Küste hatten viele noch Internetzugang oder konnten durch die Verbindung zu nahegelegenen Mobilfunkmasten Textnachrichten schreiben, zusätzlich zu denen, die für den teuren Internetservice des Schiffes bezahlt hatten. Neben den Geschichten im Internet würden sich die Nachrichten zwangsläufig durch die Kommunikation mit besorgten Freunden und Familien zu Hause verbreiten.

Teds Blick wanderte von Tisch zu Tisch und nahm die unruhigen Gesichter wahr. Es war, als hätte die Sorge eine greifbare Präsenz angenommen, die von Gruppe zu Gruppe schwebte, wie eine dunkle Wolke, die Unruhe auf jeden Tisch herabregnete und dann zum nächsten weiterzog.

Die Person mit dem Handy an jedem Tisch warf, nachdem sie ihre Neuigkeiten mit den Tischnachbarn geteilt hatte, dunkle Blicke in Teds Richtung am Kapitänstisch, um zu sehen, ob sie ihre Sorge teilten.

Dann änderte sich alles.

Eine andere Präsenz zog die Aufmerksamkeit aller Sehenden im MDR auf sich.

Es war Eloise Carmichael.

Eine sehr attraktive Frau mit langen schwarzen Haaren stolzierte den Backbord-Gang entlang, der durch das MDR führte, einen älteren Mann im Schlepptau. Obwohl es der erste formelle Abend war, war es nicht außergewöhnlich, an jedem Abend der Kreuzfahrt alle Arten von formeller und wild informeller Kleidung zu sehen. Aber formelle Abende brachten oft die extravagantesten Outfits hervor. Das Kleid dieser Frau, oder besser gesagt der Mangel daran, zog alle Blicke auf sich. Männer und Frauen, Gäste und Crew, alle starrten auf das, was sie sahen.

Jede Kurve war durch ihr durchsichtiges Kleid sichtbar, das aussah, als wären zarte weiße Spitzenverzierungen direkt auf ihre Arme, Schultern, Brüste, Torso, Leiste und Beine gemalt worden, die allesamt gerade etwas mehr bedeckten als ein durchsichtiges Negligé. Als sie sich ihrem Tisch näherte, schien es Ted, dass der lange Rock und die Schleppe des Kleides – ebenfalls hautfarben – alles von ihren Hüften abwärts verbargen. Aber alles andere darüber war ganz sie selbst.

TJs Ellbogen fand Teds Bauch, in einer nicht allzu subtilen Rüge. „Du starrst, Schatz", schnaubte sie.

„Jeder starrt, Liebling", gluckste Ted.

„Gütiger Gott, was ist das?", witzelte Urban, einer der ersten Offiziere des Kapitäns, der unter seinen Crewmitgliedern für seine oft prüden Kommentare über Gäste und deren schlechten Geschmack in Sachen Kleidung bekannt war.

„Das wären wohl Eloise Carmichael und ihr vierter Ehemann", verkündete Zeka.

„Ich bin sicher, sie hat diesen aus Liebe geheiratet", kommentierte TJ sarkastisch.

Es gab ein paar Kicherer, aber Zeka ignorierte den Kommentar und fuhr fort, scheinbar mehr fasziniert als die anderen. „Ich habe das gleiche Kleid. J. Lo trug es bei den Golden Globes 2013. Ihres und wahrscheinlich auch dieses hier sind von Zuhair Murad. Meins war ein Nachbau aus China. Außerdem sehe ich nicht so aus."

Die meisten im Speisesaal starrten Mrs. Carmichael an, als sie zu einem Tisch für zwei in der Mitte des zweistöckigen Saals paradierte, nur einen Tisch vom Kapitänstisch entfernt.

„Vierter Ehemann? Das sind viele Scheidungen in kurzer Zeit. Sie sieht gar nicht so alt aus", sinnierte Ted laut.

„Die anderen drei starben an, Zitat, *mysteriösen Ursachen,* Zitat Ende", sagte Jean Pierre, der mehr an Teds Frau interessiert schien als an Mrs. Carmichael, die sich nun direkt hinter ihnen befand. Ted schaute Jean Pierre an und dann zum Tisch der Carmichaels.

Carmichael stellte Blickkontakt mit ihnen her, ließ ein großes Lächeln blitzen und winkte mit einer weißbehandschuhten Hand in ihre Richtung. Sie zögerte, während ihr Mann darauf wartete, dass sie sich setzte, aber sie änderte ihren Kurs, kam in ihre Richtung und ließ ihren Mann warten.

„Oh schau, Liebling, sie kommt rüber, um dich kennenzulernen", neckte TJ ihren Mann weiter.

„Wahrscheinlicher Kapitän Christiansen", antwortete er, aber er spürte, wie seine Panik zunahm, als er sie näherkommen und direkt vor ihm stehen bleiben sah.

„Mr. Bonaventure", sagte sie durch ein übertriebenes Lächeln, das durch übergroße Lippen betont wurde. Sie bot zierlich diese weiß behandschuhte Hand an. „Ich bin ein großer Fan. Ich bin Eloise-"

„Mrs. Carmichael", sagte Ted mit einem leicht britischen Akzent. Er stand auf und nahm ihre Hand an, obwohl er sich nicht sicher war, ob er einen Knicks auf einem Knöchel machen oder sie schütteln sollte. Das Dilemma und die Pause machten ihn ungemein unbehaglich. Er hatte nicht einmal zum verdammten Dinner kommen wollen und hätte die Anonymität des Zimmerservice vorgezogen. Ihr aufgegebenes Gepäck war angekommen und damit ihre formelle Kleidung. Ohne weitere Ausreden hatte TJ darauf bestanden, und so waren sie gegangen und er in diese Situation geworfen. Aber dann fiel ihm etwas auf.

„Mrs. Carmichael? Entschuldigen Sie, aber ich glaube, Ihre Hand blutet." Ted ließ sie los. Der Handrücken eines ihrer behandschuhten Hände sah gepolstert aus, als wäre er voller Wattebäusche. Auf der Oberseite der Polsterung war ein feuchter Halbkreis aus Rot, offenbar von einer Wunde, die durchgeblutet war. *Das erklärt die Handschuhe.*

„Ah, danke, Mr. Bonaventure", sagte Eloise und bedeckte ihre verletzte Hand mit der anderen, wobei sie vor ihm zurückwich. Sie starrte einen Moment lang an ihren Händen vorbei, scheinbar verwirrt. Dann sprang ihre Aufmerksamkeit

wieder an. „Ich sollte besser zum Arzt zurückgehen", kündigte sie an. „Kapitän", nickte sie in Jör-
gens Richtung.

„Mr. Bonaventure. Bis später, hoffe ich." Sie
drehte sich um und ging, folgte derselben Parade-
straße, auf der sie gekommen war. Diesmal war
es keine Show. Sie beeilte sich, wartete nicht einmal auf ihren Ehemann, der erfolglos versuchte
aufzuholen.

„Siehst du, Mr. Bonaventure, deine Fans bluten
sogar für dich", kicherte TJ.

„Bevor Sie sich setzen, Ted, würden Sie einen
Toast ausbringen?", dröhnte der Kapitän.

Ted, der ohnehin schon völlig aus dem Konzept
gebracht war, war nun entsetzt zu sehen, dass er
nicht nur die Augen seines Tisches, sondern die
des gesamten Speisesaals auf sich gezogen hatte.

TJ lehnte sich zu ihm und flüsterte gerade
laut genug, dass er es hören konnte. „Und ver-
massele es nicht." Sie lächelte, wissend, dass
es wahrscheinlich genau das war, was er hören
musste.

Er starrte sie nur an. Aber sein Starren verwandelte sich in ein gewinnendes Lächeln. Seine Frau
wusste immer, welche seiner Knöpfe sie zur richtigen Zeit drücken musste.

Ted bückte sich, um nach seinem Wein zu
greifen, und bemerkte ein Champagnerglas an jedem ihrer Gedecke. Er zögerte nur einen Moment,
bevor er seines hob und wartete, dass alle von
ihrem Tisch und dem Speisesaal folgten. Eine Figur aus einem seiner Bücher war in einer ähnlichen
Situation – wenn das überhaupt möglich war. Und
daraus bot er diesen Toast an:

„Möge der Wind in unserem Rücken sein und die Meere vor uns ruhig, während wir zu unserem nächsten Hafen der Abenteuer segeln."

„Prost", sagte der Tisch im Chor, gefolgt vom gesamten Speisesaal.

Alle stießen mit ihren Gläsern an, nippten an ihrem Champagner, und das Geplauder im MDR schwoll wieder an. Schließlich setzte sich Ted und schrumpfte in die bequemeren Grenzen seines eigenen Stuhls.

„Kapitän", fragte TJ, ihre Stimme kaum hörbar durch den Lärm, „Glauben Sie, dass der Ausbruch des Ätna unsere Reiseroute beeinflussen wird?"

„In gewisser Weise hat er das schon, Theresa Jean." Kapitän Christiansen nahm einen Schluck Kaffee. Er wollte gerade noch etwas sagen, als ihm der Oberkellner eine Notiz überreichte.

Zunächst behielt der Kapitän seine würdevolle, pokerähnliche Miene bei. Die markanten Linien seiner geröteten Gesichtszüge waren wie tief gemeißelte Navigationspunkte, die sich über vierzig Jahre Arbeit auf Schiffen eingegraben hatten. Dann änderten sie kurz ihren Kurs, nur für einen Moment. Doch andere beobachteten ihn. Also steuerten sie zurück zu ihrer gewohnten Intensität.

Er packte die Schulter seines Staffkapitäns, und als er aufstand, flüsterte er etwas, das Jean Pierres Verhalten augenblicklich veränderte.

„Es tut mir leid, aber ich muss Sie verlassen. Wir haben einige Dinge zu erledigen. Ich werde mich in Kürze bei Ihnen melden", sagte er zu Ted. „Theresa Jean und Ted." Er lächelte und nickte beiden zu. „Vielen Dank für Ihre angenehme Gesellschaft."

Er tat immer noch so, als wäre nichts in der Welt verkehrt, eilte jedoch zu einem Hinterausgang. Der Staffkapitän folgte ihm, zögerte aber, als er an TJ vorbeiging, und streckte beiläufig seine Hand nach TJs aus. „Bezaubernd, Theresa Jean… Ted." Dann eilte er leise dem Kapitän hinterher.

Während Ted und der MDR ihnen beim Weggehen zusahen, blickte TJ in ihre Handfläche hinunter. Darin lag ein Spickzettel: „Morgen @ 6:30 Uhr".

Chapter 13

Jaga

„Taufan?", flüsterte Jaga, aus Angst, jemand außerhalb seines Quartiers könnte ihn hören.

„Taufan?", rief der junge Mann erneut, während er in den Sachen in seiner Koje herumwühlte.

Er richtete sich auf und starrte auf seinen Kojenbereich, kratzte sich durch sein zerzaustes Haar und zwang sich, darüber nachzudenken, was er übersehen haben könnte.

„Jaga, was machst du da?", dröhnte die Stimme seines besten Freundes, der leise eingetreten war und sich von hinten angeschlichen hatte.

Jaga erschrak, war aber auch erleichtert, dass es nur Yakobus war und niemand anderes. Dann sackten Jagas Gesichtszüge zusammen, wie eine Scheibe Käse auf einem heißen Sandwich. Er beugte sich zu dem Ohr seines Freundes. „Yakobus, ich kann Taufan nirgendwo finden. Er ist nicht in seiner Box."

Yakobus nickte ruhig und ging schnell zur offenen Tür ihres gemeinsamen Quartiers, um sie fest zu schließen. Er legte ein Ohr an die Tür, um sicherzugehen, dass das, was sie sagten, nicht gehört werden würde, und flüsterte: „Könnte er entkommen sein?"

„Ich weiß es nicht", stöhnte Jaga, während er versuchte, die Sorge aus seinen Schläfen zu massieren.

Beide wussten, dass Jaga gefeuert werden würde, wenn herauskam, dass er sein Frettchen an Bord versteckte. Ihr Vorgesetzter, der stellvertretende Leiter der Hauswirtschaft, drückte ein Auge zu, solange es geheim blieb und niemand außerhalb seiner Zimmergenossen davon wusste. Sollte ihr Geheimnis ihren inneren Kreis verlassen oder Taufan zufällig in einen anderen Bereich des Schiffes entwischen, würden Jagas Jahre bei Regal European abrupt enden.

Seine Zimmergenossen hätten Jagas Vertrauen niemals gebrochen, nicht nur, weil auch sie Taufan liebten, sondern weil sie glaubten, der kleine Kerl brächte ihnen Glück. Außerdem hatten sie Mitleid mit ihm. Abgesehen davon, dass er für ein Frettchen klein war – nicht dass Frettchen generell groß waren – zitterte Taufan oft, wenn er Angst hatte. Es war gleichzeitig erbärmlich und niedlich. Taufan hatte offenbar eine viel niedrigere Körpertemperatur und Pulsfrequenz als ein typisches Frettchen. Daher zitterte er oft als Reflex auf die Außentemperatur. Jaga hatte sogar eine kleine Hülle aus Sportsocken für ihn genäht, um ihn warm zu halten. Obwohl es lächerlich aussah, stimmten seine Zimmergenossen zu, dass der Frettchen-Anzug perfekt für Taufan war.

Jaga hatte bemerkt, dass Taufan verschwunden war, als er die leere Sockenhülle auf seinem

Bett gefunden hatte. Als Jaga feststellte, dass sie etwas zerrissen war, reagierte er alarmiert und begann seine Suche.

Normalerweise schlief Taufan nachts bei ihm unter der Decke. Und wenn Jaga aufstand, steckte er Taufan in einen großen Schuhkarton mit Luftlöchern, bevor er für den Tag seine Pflichten begann. Drinnen war ein kleines, zusammengerolltes Handtuch, das als Bett diente, und sogar ein kleines Katzenklo, getrennt von Taufans Schlafbereich, für sein Geschäft. Nachts ließ Jaga die Box offen und Taufan kroch hinein, um das Frettchen-Badezimmer zu benutzen, oder er kroch hoch, um seinen Zimmergenossen „Hallo" zu sagen, oder streifte einfach im Zimmer umher. Normalerweise war Taufan, wenn Jaga aufwachte, an seiner Seite, oft an seinen Hals gekuschelt. Aber tagsüber blieb er in seiner Box. Keine Ausnahmen.

Heute, als Jaga zurückgekommen war, war Taufan verschwunden gewesen und der Deckel seiner Box hatte schief gestanden.

Es gab frühere Gelegenheiten, bei denen Jaga gedacht hatte, Taufan sei aus seiner Box ausgebrochen. Gegenstände unter seinem Bett, wo die Box lag, waren verschoben und der Deckel der Box saß nicht ganz richtig. Doch er hatte Taufan nie tagsüber außerhalb seiner Box erwischt, bis jetzt.

Yakobus zog Taufans Box unter seinem Bett hervor und stocherte mit seiner Taschenlampe darunter herum.

„Ich hab da schon gesucht", schnauzte Jaga.

Yakobus warf ihm einen finsteren Blick zu, holte dann tief Luft und sagte in sanftem Ton: „Jaga, ich versuche nur zu helfen. Du könntest etwas vergessen haben."

Jaga ließ den Kopf hängen und fühlte Reue für seinen kurzen Wutausbruch gegenüber seinem Freund. Es war offensichtlich, dass Yakobus nur sein Bestes wollte. Hauptsächlich vermisste er einfach seinen kleinen Freund.

Die Tür krachte auf und Asep polterte herein, wie der große, tollpatschige Trottel, der er war.

Yakobus und Jaga drehten sich beide auf dem Absatz um, ihre Augen trafen auf Aseps, der mitten in der Bewegung innehielt. Das war der Zimmergenosse, den sie am wenigsten mochten. Schlimmer noch, Asep war für einige der Kabinen der Concierge-Klasse auf Deck 8 des Schiffes zuständig und erinnerte seine Mitbewohner ständig daran.

„Was ist los, Brüder?", fragte Asep und beäugte beide misstrauisch unter seinem perfekt frisierten Haar hervor, das gerade über seinen Augen hing. Er zeigte ein schiefes Lächeln, perfekt in seine olivfarbenen Gesichtszüge gemeißelt, die noch nie einen Makel gezeigt hatten. Er arbeitete an einem dunklen Stoppelbart, obwohl er sich mittags ein zweites Mal rasiert hatte.

Asep nannte sie immer „Brüder", obwohl sie keine direkte Verwandtschaft hatten – soweit sie wussten.

Jaga zögerte zu antworten, bemüht, seine Antwort abzuwägen, um nicht zu viel zu verraten. Also sprang Yakobus ein. „Jaga hat etwas verloren. Ich hab versucht, ihm beim Suchen zu helfen."

„Nicht etwa deine alberne Ratte?", fragte Asep. Er nannte Taufan immer eine Ratte.

„Hast du Taufan gesehen?", flehte Jaga.

Asep schaute zuerst über seine Schulter, offenbar um sicherzugehen, dass niemand zuhörte, dann zurück zu seinen Mitbewohnern. „Ich kam vor etwa zwanzig Minuten her, um etwas zu holen, das ich vergessen hatte. Jedenfalls" – er begann seine Geschichten immer mit *jedenfalls* – „manchmal, wenn niemand hier ist, sage ich ‚Hallo' zu deiner Ratte. Er ist auch mein Kumpel, weißt du."

Jaga nickte, jetzt verstand er, warum Taufans Boxdeckel und einige seiner eigenen Sachen ab und an verschoben worden waren.

„Jedenfalls, als ich vor zwanzig Minuten ins Zimmer zurückkam, besuchte ich Taufan. Aber er sprang aus seiner Box und biss mich." Er streckte seine Hand aus, um seine Geschichte zu untermauern.

„Ist er entkommen?", fragte Jaga. Er interessierte sich nicht für Aseps oberflächliche Wunde.

„Nun, nein. Jedenfalls schloss ich sofort die Tür, wie du es verlangt hattest, und er rannte wie verrückt im Zimmer herum. Jedenfalls hielt er auf unserem Schreibtisch an." Asep zeigte auf den gemeinsamen Schreibtisch, den sie alle benutzten. „Und ich stand da." Er zeigte auf die Stelle, wo Yakobus jetzt stand, vor einem offenen Spind.

Asep hielt inne, als ob er herauszufinden versuchte, wie er das Nächste erklären sollte. „Jedenfalls starrte deine Ratte mich einfach an und seine Augen waren rot, und... nun, ich schwöre, er knurrte mich an."

„Frettchen knurren nicht", schnauzte Jaga zurück.

„Jedenfalls machte er seltsame Geräusche – es klang wie ein Knurren, *okay*. Und dann rannte er auf mich zu und sprang dann auf mich zu. Sein Maul war offen und ich schwöre dir, er ging auf mein Gesicht los..."

„Was ist passiert, Schönling?", drängte Yakobus ungeduldig, die Geschichte zu beenden. Asep liebte es, eine Geschichte ewig in die Länge zu ziehen, besonders wenn es um seinen „perfekten olivfarbenen Teint" ging. Außerdem mussten sie alle bald wieder an die Arbeit und konnten sicherlich nicht den ganzen Tag hier herumstehen und einer weiteren von Aseps Geschichten zuhören.

„Jedenfalls hat Taufan versucht, mich anzu-greifen – ich schwöre – und ich hab einfach reagiert. Also bin ich zu Boden gefallen." Asep demonstrierte es, indem er auf seine Hände und Knie fiel.

„Jedenfalls hat Taufan mich verfehlt und ist in dem Spind da gelandet." Wieder zeigte Asep auf die Stelle, wo Yakobus stand.

„Du hast diesen Spind geöffnet?", fragte Yakobus und blickte auf den geschlossenen Spind.

„Nein! Der war schon offen, als ich herkam. Catur muss ihn offengelassen haben. Jedenfalls war Taufan in Caturs Spind gelandet. Und du weißt ja, dass Catur ein Schwein ist, also kon-nte Taufan nicht rauskommen, weil er in Caturs ganzem Kram gefangen war. Also hab ich mich umgedreht und die Spindtür zugeknallt, während er drinnen herumzappelte." Asep demonstrierte Taufans Bewegungen, indem er krampfhaft mit seinen Händen und Armen wedelte, wie jemand, der einen Anfall hat.

„Du hast ihn da drin gelassen?", fragte Jaga, etwas ungläubig über Aseps aufgeblasene Geschichte.

„Deshalb bin ich wieder hergekommen, ich wollte, dass du weißt, dass ich-" Asep starrte Yakobus an, der gerade dabei war, die Spindtür zu öffnen. „Mach das ni-"

Yakobus schrie auf, als Taufan aus dem Spind an ihm vorbeisprang und schnurstracks zum Eingang ihrer Unterkunft raste, den Asep offengelassen hatte.

Asep griff nach der Eingangstür, eine Sekunde zu spät. Als sich die Tür wie in Zeitlupe zu schließen schien, sahen sie alle, wie Taufan blitzschnell um den Türrahmen und den Flur hinunter huschte, außer Sichtweite.

Sie standen einen Moment lang schweigend da, unsicher, was sie als Nächstes tun sollten.

Jaga sprang zur Tür, öffnete sie, stürmte hindurch und rannte Taufan hinterher, besorgt darum, sein Frettchen und seinen Job zu retten.

Chapter 14

Al

Die Geschwindigkeit, mit der Al die Kontrolle über seine Gäste und damit seine Karriere verloren hatte, war betäubend.

Nach einem kurzen Nickerchen wurde er in seinem Zimmer durch einen Anruf des Hotelcaptains geweckt. „Wir bekommen Beschwerden von Deck 2 bis 4 über einen ziemlichen Aufruhr von Hunden."

Al konnte sie schon lange hören, bevor er das Regal European Pet Spa betrat. Drinnen war das Gebell so laut, dass er sich die Ohren zuhalten musste. Er brüllte die Gäste an: „Hey-hey-hey. Was soll der ganze Lärm?" Es war eine rhetorische Frage, denn er wusste genau, was alle Tiere so aufregte.

Er marschierte den Gang des Spas entlang und passierte jede Tiersuite. Hätte er durch die einzelnen bodentiefen Glastüren geschaut, hätte er gesehen, wie jeder Bewohner in seinem Raum herumwuselte und seinen Unmut über die letzte

Suite am Ende des Ganges herausbellte: Die Presidential Pup Suite.

Al hielt vor dieser Doppelsuite an, die wegen
der winzigen Größe ihres Bewohners noch größer
wirkte. Er starrte den Hund einfach nur an.

Der weiße Zwergpudel, der sich nicht seiner
Größe entsprechend verhielt, stand entschlossen
hinter dem klaren Glas, mit einem Getöse, das
eines zehnmal so schweren Tieres würdig war.
Er knurrte unregelmäßig durch seine Zähne. Als
er dann Al sah, richtete er ein anschwellendes
Grollen auf ihn, als würde er vor purem Hass
kochen. Seine Augen waren vor Wut gerötet. Sein
knurrendes Grollen steigerte sich und wie eine
gespannte Feder, die sich löste, sprang er gegen
die Tür. Die Empfindlichkeit, die er wegen der
verletzten Pfote spüren musste – unter den Ban-
dagen war er mit drei Stichen genäht – ignori-
erend, hämmerte er mit seinen Vorderpfoten und
Kiefern gegen die gläserne Barriere.

Al konnte nichts anderes tun, als den Pudel
anzustarren, der von etwas völlig Mysteriösem in
den Wahnsinn getrieben wurde.

Das Verhalten des Pudels verwirrte ihn völlig.
Nachdem seine Besitzerin gegangen war, war der
Hund fast sofort in seinem Bett eingeschlafen,
ohne auch nur zu wimmern. Und er dachte, der
Pudel hätte sich endlich beruhigt.

Dann heute Morgen, als Al hereingekommen
war, um die Suiten zu reinigen, hatte sich Monsieurs Verhalten rapide geändert. Zuerst war
er verwirrt gewesen, hatte gegen die Wände
gepoltert und in die Luft gebellt. Dann war er
regelrecht feindselig geworden. Als Al versucht

hatte, die Tiere zu ihrem Morgenspaziergang mitzunehmen, hatte er dem Pudel einen Maulkorb überziehen und ihn über sein Verhalten nachdenken lassen müssen. Es war nicht das erste Mal, dass er mit einem aggressiven Hund zu tun hatte. Und so nahm er an, dass dieser verwöhnte Köter nicht anders war.

Al hatte vor langer Zeit gelernt, dass er schnell handeln musste, um dem Tier das Verhalten auszutreiben, bevor es die Chance hatte, ihn oder einen der anderen zu beißen. Es war einfach: Er legte dem betreffenden Hund schnell einen Maulkorb an, und dieser Hund lernte seine Grenzen kennen. Hunde waren klug und fanden ziemlich schnell heraus, was akzeptabel war und was nicht. Die aggressiven Tiere beruhigten sich bald danach. Sobald ihr Verhalten passiver war, nahm er den Maulkorb als Belohnung ab. Wenn einer dann nicht brav war, legte er ihn wieder an. Bei den kampflustigeren Rassen wie Pitbulls oder Chows musste er dem Tier manchmal bis zu dreimal einen Maulkorb anlegen, bevor es seine Lektion gelernt hatte. Bei Monsieur war es bereits viermal gewesen und würde jetzt das fünfte Mal sein. Erst da begann er zu zweifeln, ob diese Technik zur Verhaltensmodifikation bei diesem Gast überhaupt funktionieren würde.

Al zog das Klemmbrett aus seiner Hülle neben der Tür und las Monsieurs Details noch einmal durch. Vielleicht hatte er etwas übersehen.

Hatte er nicht.

Dann dachte er an die Verletzung an seiner Pfote. Er hatte gedacht, der Hund hätte sich an einem der vielen scharfen Gegenstände im Metzgerbereich geschnitten, aber vielleicht war es etwas anderes. Ein schrecklicher Gedanke kam ihm: Was, wenn er von einer der Ratten gebissen worden war und die Ratte tollwütig war?

Obwohl der Hund jetzt viele der für Tollwut typischen Anzeichen zeigte, gab es das Problem der Inkubationszeit. Aus seiner tierärztlichen Ausbildung wusste er, dass der typische Zeitraum von der Exposition bis zum Auftreten klinischer Anzeichen Wochen betrug, nicht vierundzwanzig Stunden oder weniger. Nein, es musste ein Verhaltensproblem sein. Al traf eine Entscheidung.

Er betätigte einen Schalter an der Wand, und die Glastür der Presidential Suite wurde milchig-weiß. Ihr knurrender Bewohner verschwand aus seinem Blickfeld. Er war sich nicht sicher, wie die Tür funktionierte – irgendetwas mit elektrischen Polen und Filamenten –, aber es schien die Tirade des Tieres größtenteils zum Verstummen zu bringen. Statt zu knurren, schien es sich zu beschäftigen, wahrscheinlich mit einem seiner vielen Spielzeuge.

Al drehte sich um und ging zurück zum Eingang des Spas, wobei er bei jeder Suite den Türschalter betätigte, bis er die erste Tür erreichte. Der Lärm des Spas wurde schnell leiser und verstummte dann. Es war Zeit für ihren Spaziergang, und Al dachte, es würde ihnen guttun, rauszugehen und ihre Aufregung abzulaufen. Er würde dem Pudel wieder einen Maulkorb verpassen und ihn zurücklassen, zur Strafe. Ein letzter Versuch mit diesem Kerl.

Einen nach dem anderen holte er jeden Hund heraus und befestigte ihre Leinen am Hauptgeschirr, ließ sie an der Tür sitzen und warten. Obwohl zwei der Hunde verwirrt wirkten, benahmen sie sich alle. Als es Zeit war, sich um den Pudel zu kümmern, betätigte er den Licht-/Türschalter. Sein Mund klappte auf und sein Kiefer wurde schlaff.

Die Doppelsuite war völlig verwüstet: Die Bettwäsche war in Fetzen gerissen, die Spielzeuge ähnlich ausgeweidet, Bilder von den Wänden heruntergeschlagen und zerrissen, und schließlich überall blutige Pfotenabdrücke. Der kleine Hund stand wie versteinert vor einem zersprungenen Spiegel an der gegenüberliegenden Wand, schäumender Speichel sammelte sich unter ihm.

Al schüttelte einmal den Kopf und fasste sich wieder. Jetzt war der Zeitpunkt gekommen, dem Hund einen Maulkorb anzulegen, während er abgelenkt war. Al handelte schnell, aber der Hund war schneller.

Er schwang die Tür auf und machte drei schnelle Schritte zum Hund, der immer noch sein Spiegelbild anstarrte. Er schien eingefroren bis auf seine sich schnell hebende Brust. Mit seiner linken Hand griff er nach dem Halsband des Hundes und mit seiner rechten bewegte er sich, um den Maulkorb aufzusetzen. Aber bevor seine Linke das Halsband berührte, riss das Tier seinen Kopf zurück und versenkte zwei seiner Eckzähne in Al, der daraufhin den Maulkorb fallen ließ. Monsieur stürmte dann zur Tür hinaus, in Richtung Freiheit. Al sprang nach dem wahnsinnigen Tier und versuchte vergeblich, es mit einer Hand zu fassen zu bekommen. Aber der Hund war weg.

Al krabbelte auf Ellbogen und Knien aus der Suite, gerade als Monsieur auf den riesigen Deutschen Schäferhund namens Max sprang, denselben Hund, der Monsieur letzte Nacht niedergetrampelt hatte.

Max beobachtete wie Al mit reinem Unglauben, wie der Zwergpudel, der vielleicht ein Zwanzigstel der Größe des Schäferhundes war, seine winzigen Zähne in den massiven Hals des Schäferhundes versenkte. Der Schäferhund jaulte auf und kratzte dann in der Luft und schleuderte seinen Kopf und Körper zur Seite, um den kleinen rattenartigen Hund abzuschütteln. Monsieur flog mehrere Meter weit, bevor er rutschend an einer Wand landete. Aber er ließ sich nicht entmutigen. Der Pudel richtete sich auf und sprang in das Rudel der Hunde, wobei er nach allem schnappte, was in die Nähe seines Mauls kam.

Alle Hunde gerieten jetzt in Panik, knurrten und bellten den winzigen Terroristen an. Aber die Größe schien in dieser verrückten Welt keine Rolle zu spielen. Der kleine Monsieur griff bösartig den nächsten Hund in der Gruppe an, einen grauen Schnauzer mit weißen Beinen. Wieder einmal hatte der kleinere, aber weitaus wildere Hund keine Mühe, den größeren zu überwältigen.

Al geriet selbst in Panik, als er herbeieilte, um das Handgemenge zu beenden. Der kleine Hund ließ Blut fließen, und zwar reichlich. Und die anderen Hunde wurden drehten durch, weil sie versuchten, dem kleinen Teufel zu entkommen. Alle Hunde würden ernsthaft verletzt werden, wenn er das nicht stoppte. Und... er blickte auf seine pochende Hand und sah, dass er überall Blut verlor aus einer Wunde, die größer war als erwartet.

***

Eloise Carmichael stolperte auf der letzten Stufe der Treppe und wäre beinahe gestürzt, bevor einer ihrer Zwölf-Zentimeter-Absätze den hauchdünnen Stoff erfasste und dabei die Schleppe ihres 20.000-Dollar-Kleides teilweise zerriss.

Sie fing sich wieder und begutachtete den Schaden, zog die Falten der Schleppe nach vorne und verdrehte sich in einem seltsamen Winkel. Soweit sie sehen konnte, schätzte sie, dass es nur ein kleiner, kaum bemerkbarer Riss war. Die meisten Augen sollten sowieso nicht auf diesen Teil ihres Kleides gerichtet sein.

Sie richtete sich auf und strich automatisch ihr Haar zurecht, sicher, dass einige Strähnen aus der Frisur geraten sein mussten. Sie starrte ins Leere. Sie fühlte sich verloren und jetzt, wo sie darüber nachdachte, hatte sie völlig vergessen, warum sie überhaupt auf diesem Deck war.

Ihre Augen suchten nach irgendeinem Zeichen, und sie fand sich vor den Aufzügen von Deck 1 wieder. Beide Türsätze waren von einem goldenen metallischen Material umrahmt, das auf Hochglanz poliert war. Eloise sah nun ihr eigenes Spiegelbild. Zeit für einen Systemcheck, wie Ehemann Nummer zwei oder drei – sie konnte sich nicht erinnern, welcher – zu sagen gepflegt hatte.

Sie musterte ihr Gesicht. Nach ihrem zweitletzten Facelift sah sie ziemlich gut aus. Ihre Finger tätschelten ihren Hals und verursachten kleine Erschütterungen in der kleinen Wamme, die unter ihrem Kinn hing. Sie würde bald daran arbeiten lassen müssen, aber ansonsten...

Passabel.

Sie berührte die Spitzen ihrer Haare, die den Abend über gut gehalten hatten.

Passabel.

Als Nächstes betrachtete sie ihre Figur, die durch das Kleid wunderbar betont wurde. Sie richtete sich noch gerader auf und hielt ihre Hände unter ihrer Büste, drückte nach oben und ließ los: Das Kleid hatte keinen eingebauten BH zum Heben und Stützen. Allerdings waren nach der 30.000-Dollar-Vergrößerung durch ihren Schönheitschirurgen ihre Zwillinge fest.

Mehr als passabel.

In diesem Moment fiel ihr Blick auf ihre Hand, ihre Clutch baumelte an ihrem Handgelenk. Sie pochte schlimmer als zuvor und nun starrte sie ein großer roter Fleck an.

Sie griff in ihre Clutch, dachte an die vier Pillen, die sie vorher genommen hatte, zögerte, zog dann aber noch drei Valium heraus und schluckte sie trocken hinunter. Sie hatte die Schmerzen satt.

Dann fiel ihr ein, dass dies einer der Gründe war, warum sie auf Deck 1 war: um den Arzt noch einmal zu sehen. Aber es gab noch einen anderen Grund, und er hatte mit ihrer Hand zu tun. *Was war es?*

Sie konnte ihre Gedanken nicht festhalten, während die Nacht sich hinzog. Vielleicht lag es am Alkohol oder am Valium oder daran, dass sie an sich selbst zweifelte, weil sie Edgar umbringen wollte. Sie fühlte sich heute Abend einfach nicht richtig wohl.

Dann erinnerte sie sich: Ihr Hund hatte sie gebissen. Deshalb blutete sie... *Und was noch?*

Sie wollte nachsehen, ob es Monsieur gut ging. Das war auch ein Grund, warum sie auf Deck 1 gegangen war. *Und was noch?*

Um dem kleinen Mann... *Al irgendwas... Das ist es!* Sie wollte Al die Meinung geigen, weil er zugelassen hatte, dass ihr Hund verletzt worden war und durchdrehte.

Sie erschrak über das Klackern ihrer eigenen Absätze auf dem harten Boden, überrascht sowohl von dem Lärm, den es verursachte – es war das einzige Gästedeck auf dem ganzen Schiff, abgesehen von den Außendecks oder den Tanzflächen, das nicht mit Teppich ausgelegt war – als auch darüber, dass sie sich nicht daran erinnerte, losgegangen zu sein.

Und ich bin hier, weil...?

Sie hatte es schon wieder vergessen.

Eloise fand sich stehend – nein, schwankend – vor der Tür der Regal European Pet Suites wieder und starrte sie finster an, als wäre sie lebendig und sie würde sie herausfordern, ihr zu widersprechen. Wenn sie es täte, würde sie der Tür den Kopf abreißen... *aber das ist albern, weil sie keinen Kopf hat. Was zum Teufel ist los mit mir?*

Sie drehte den Türknauf und stieß die Tür auf, in der Erwartung, den albernen kleinen Mann wieder auf dem Boden zu finden, aber stattdessen war die riesige Schnauze eines Schäferhundes direkt auf Augenhöhe. Seine schmutzigen Pfoten schlugen gegen ihr Schlüsselbein und warfen sie rückwärts auf ihren Hintern. Ehemann Nummer Zwei, der erste Brite, den sie geheiratet hatte, hatte ihren Hintern immer „Kiste" genannt. Und so landete sie hart auf ihrer Kiste.

Ihre Welt schien sich in Zeitlupe zu bewegen, als der riesige Köter über sie sprang, kreischend und winselnd, als hätte er Schmerzen. Die anderen Hunde folgten sofort und sprangen über sie hinweg, en masse. Sie fiel langsam, aber diese Hunde bewegten sich wie der Wind und behandelten sie, als wäre sie der stationäre Mittelpunkt eines grausamen Hundetricks, als Teil einer Hundeshow: die „Schaut, wie die Hunde über die zappelnde Dame am Boden springen"-Nummer.

Einen Moment lang dachte sie, das Licht sei ausgegangen. Aber dann wurde ihr klar, dass die Hunde die Deckenbeleuchtung über ihrem Blickfeld verdunkelt hatten, als sie über sie hinwegsprangen.

Die Horde stürmte an ihr vorbei, eine einzelne lange Leine hinter sich herziehend, und dann einen Seitengang hinunter, von dem sie hätte schwören können, dass er vorher nicht da gewesen war, und der in den Nur-für-Personal-Bereich führte.

Ein weiterer, viel kleinerer Hund sprang aus dem Raum. Wie die anderen sprang auch dieser Hund über sie hinweg. Die Erkenntnis, welcher Hund das war, traf sie wie ein kalter Schlag ins Gesicht: Es war ihr kleines Baby, ihr Monsieur – *deshalb war sie hier, um nach ihrem kleinen Monsieur zu sehen!*

Die grausame Hundeshow ging weiter, als Monsieur den gleichen Seitengang hinuntersprang, weniger als ein Dutzend Schritte hinter den anderen.

„Monsieur? Geht es dir gut, mein Baby?", rief sie ihrem weißen Zwergpudel zu, der mit roten Spritzern übersät war. Er blieb nicht einmal stehen, um sie wahrzunehmen, sondern jagte stattdessen die anderen Hunde und knurrte dabei bösartig.

Sie beobachtete, wie das Rudel in eine Öffnung huschte und dann in einen breiten Gang außer Sichtweite abbog. Ihr ängstliches Jaulen und Winseln folgte ihnen. Mehrere Crewmitglieder drückten sich gegen die Wand des Ganges und versuchten, den panischen Tieren auszuweichen. Der kleine Monsieur kratzte sich wütend um die gleiche Ecke, knurrend hinter ihnen her, anscheinend entschlossen, den Abstand zu verringern.

Zu ihrer weiteren Demütigung sprang Al als Nächstes aus dem Tiersalon und über sie hinweg. „Tut mir sehr leid, Mrs. Carmichael", sagte er, während er in den Crew-Bereich stürzte. „Ich werde Mon-siör einfangen", keuchte er, bevor er außer Sichtweite verschwand.

Es war die Schuld ihres Mannes, dass sie diese Billig-Kreuzfahrtlinie statt der QE2 gewählt hatten, weil er einfach zu geizig war. Er war der Grund, warum sie dort auf dem Boden lag, in ihrem Lieblingskleid. Ihre Brust füllte sich mit Luft wie ein riesiges Luftschiff, bis sie ihre Grenze erreichte, und sie stieß einen brüllenden Schrei aus, wie sie es noch nie zuvor getan hatte. Es war ein Ausatmen all der angestauten Frustration und Wut, und etwas Ursprünglicheres, das sie weder verstand noch hinterfragte. Sie wusste nur eines: Sie war entschlossener denn je, ihren verdammten Mann umzubringen, und sie wollte es jetzt tun.

Sie versuchte aufzuspringen, aber etwas hielt ihre Beine am Boden fest. Das machte sie noch wütender. Sie stieß ihre Beine diesmal viel härter nach vorne und zog mit aller Kraft am Flurgeländer, bis sie spürte, wie etwas nachgab. Es war zunächst nur ein wenig, wie wenn ein festsitzender Reißverschluss sich löste und dann mühelos ganz nach unten glitt, wie ein Messer durch Butter. In diesem Fall gab es ein unschönes Reißgeräusch. Aber sie stand.

Eloise versuchte, vorwärts zu gehen, aber ihre Knöchel fühlten sich gefesselt an und sie fiel nach vorne, zurück in Richtung Boden. Bevor sie stürzte, griff sie diesmal mit beiden Händen nach dem Geländer und ließ dabei ihre Handtasche fallen. Dann blickte sie an ihren Beinen hinunter und sah, dass der untere Teil ihres Kleides an der Taille komplett abgerissen war und sich immer noch um ihre Knöchel wickelte. Ein Gedanke blitzte durch ihren Kopf – sie hätte Unterwäsche tragen sollen. Aber das war jetzt nicht wichtig. Sie musste ihre Beine einfach freibekommen.

Sie kickte den Stoff mit einer Scherbewegung weg und stand dann aufrecht. Als sie sah, dass nichts anderes sie mehr von ihrer notwendigen Aufgabe abhielt, stürmte sie vorwärts, ihre Absätze klackerten.

Einige Gäste, die zwischen 22 und 23 Uhr die Hecktreppen von Deck 6 bis 2 hinauf- oder hinuntergingen, schworen, dass eine halbnackte Frau in High Heels, auffällig mit weißer Spitze bedeckt, die Treppe hinaufgerannt war und dabei den Namen Edgar geknurrt hatte.

Aber die meisten, die diese Geschichte hörten, führten sie auf das abendliche Zwei-für-eins-Spezial für Long Island Ice Tea zurück.

TAG VIER

DIE MORGENDLICHE ANSPRACHE DES KAPITÄNS DRÖHNTE ERNEUT PÜNKTLICH UM SECHS UHR. DIESMAL WAR ICH VORBEREITET UND DREHTE DIE LAUTSTÄRKE AN DER KLEINEN LAUTSPRECHERBOX, DIE WIR ZUVOR ALS DAS BORDINTERCOM-SYSTEM FÜR SOLCHE DURCHSAGEN IDENTIFIZIERT HATTEN, AUF DAS MAXIMUM.

„GUTEN MORGEN, INTREPID", VERKÜNDETE DIE BOX, „HIER SPRICHT IHR FREUNDLICHER KAPITÄN, JÖRGEN CHRISTIANSEN, VON DER BRÜCKE AUS.

„WIR BEFINDEN UNS DERZEIT AUF EINER POSITION VON 36 GRAD, 8 MINUTEN, 44 SEKUNDEN NORD UND 5 GRAD, 21 MINUTEN, 47 SEKUNDEN WEST, ODER UMGANGSSPRACHLICHER AUSGEDRÜCKT, WIR SIND IM HAFEN VON GIBRALTAR EINGETROFFEN, DER HEIMAT DER NIEDLICHEN UND LIEBENSWERTEN BERBERAFFEN. WIR WERDEN DEN AUSSCHIFFUNGSPROZESS IN DREISSIG MINUTEN AN DER STEUERBORDSEITE VON DECK 1 BEGINNEN.

„ES SIND HEUTE KÜHLE 9 GRAD CELSIUS ODER 48 GRAD FAHRENHEIT DRAUSSEN. NEHMEN SIE ALSO IHRE JACKEN MIT UND ZIEHEN SIE SICH WARM AN. TRINKEN SIE DANN FÜR MICH EIN BIER IN EINER DER VIELEN TOLLEN KNEIPEN, DIE DIE STADT ZU BIETEN

HAT. ABER BLEIBEN SIE NICHT ZU LANGE, DENN WIR WERDEN DIESEN HAFEN UM 16 UHR VERLASSEN UND IN SEE STECHEN, UND WIR MÖCHTEN NICHT, DASS SIE UNS HINTERHERSCHWIMMEN MÜSSEN."

ICH ERINNERE MICH, DASS IM HINTERGRUND EIN PAAR LACHER ZU HÖREN WAREN. WIR KICHERTEN AUCH. ES WAR DAS LETZTE MAL, DASS ICH MICH ERIN-NERE, MIT TJ GELACHT ZU HABEN.

„HABEN SIE EINEN FANTASTISCHEN TAG, UND WIR SEHEN UNS WIEDER AUF DEM GROSSARTIGSTEN SCHIFF AUF DEM OZEAN, DER INTREPID, REGAL EU-ROPEANS STRAHLENDEM STERN DER MEERE."

Chapter 15

TJ

TJ richtete ihre Kompressionshose und begann einen Morgenlauf, den sie nie beenden sollte.

Die Laufstrecke im Freien erstreckte sich eine Viertelmeile um den Hauptpool, den beliebtesten Bereich des Schiffes zur Mittagszeit – zumindest an Seetagen –, wenn die Sonnenstrahlen normalerweise die Seeluft auf angenehme 22 Grad Celsius erwärmt hätten. Das war, wenn das Wetter normal war. In den letzten Tagen schien nichts normal zu sein, am wenigsten das Wetter.

Es war ziemlich kühl draußen. Die Sonne, ein blasser Geist am Himmel, wirkte heute weiter entfernt, als wäre sie verlegen, gesehen zu werden. TJ rieb sich die Arme warm.

Bedrohliche Wolken wogten über ihr und um sie herum. Es waren nicht die typischen Gewitterwolken, schwer vom Wasser und kurz vorm Platzen. Sie warf einen Blick hinter sich, um sicherzugehen, dass es nicht der Rauch aus dem einzigen riesigen Schornstein des Schiffes war, der auf die Decks wehte. War es nicht. Sie spähte dann zu ihren Seiten und sah, dass diese Wolken überall waren: auf See, um den Hafen herum, den Himmel bedeckend, die Spitze des Felsens von Gibraltar verhüllend, über der Stadt hängend.

Diese Wolken waren zudem ätzend, nicht wie Wasserdampf, bissen in ihre Lungen und ließen sie unwillkürlich nach Luft schnappen. Der Geruch verriet es: es war Schwefel. Sie erinnerte sich sofort an ihre Zeit in Yellowstone, als sie sich abmühte, die üble Luft zu atmen.

Ihr war auch erst jetzt aufgefallen, dass eine graue Staubschicht die Laufbahn, die Stühle und vielleicht sogar die Menschen bedeckte. Es dämpfte die Farbe aus allem, wie der Tod.

TJ ignorierte diese Unannehmlichkeiten und konzentrierte sich auf die nahezu leere Laufbahn vor ihr.

Selbst ohne die Wetteranomalien wusste sie, dass es an Deck am frühen Morgen normalerweise wie ausgestorben war. Und an Hafentagen wie heute warteten die wenigen Hartgesottenen, die sonst hier oben wären, höchstwahrscheinlich schon in der Schlange, um das Schiff zu verlassen. Wegen der Phobie ihres Mannes würden sie und er als letzte von Bord gehen. Wenn sie ehrlich war, zog sie es auch vor, die Menschenmassen zu meiden.

Nur ein paar wandelnde Tote stolperten über die Laufbahn. Auf ihren früheren Kreuzfahrten waren diejenigen, die die Bahn zu dieser Tageszeit nutzten, meist uralte Leute gewesen, die kaum noch gehen konnten, oder die übermäßig Fettleibigen. Die Übergewichtigen waren am häufigsten vertreten und machten sich vor, dass ein paar Schritte auf einer Gummibahn als Sport zählten. Die meisten verbrauchten kaum ein Dutzend Kalorien beim Schleppen ihrer aufgeblähten Körper um das kleine Oval, bevor sie nach drinnen in eines der fünfzehn Restaurants gingen, bereit, die erste ihrer halben Dutzend täglichen Zehntausend-Kalorien-Mahlzeiten zu beginnen. Die Völlerei auf einem Kreuzfahrtschiff ging ihr oft auf die Nerven, besonders da sie selbst so hart daran arbeitete, ihr eigenes Gewicht zu halten.

Sie lief vorwärts, ihre Muskeln fühlten sich sofort steif an von der Kälte. Sie hätte Aufwärmkleidung tragen sollen.

Wie auf einem Hindernisparcours, bei dem sich die Hindernisse in Zeitlupe bewegten, schoss sie um mehrere Ziele herum, die scheinbar alle die Aufgabe hatten, sie zu verlangsamen: ein dicker Mann mit Strohhut und Muskelshirt mit der Aufschrift „Grand Cayman"; eine strandballförmige Frau in übermäßig gedehnten Laufshorts, die bis knapp unter ihre bergigen Brüste hochgezogen waren; und dann war da noch ein älteres Paar, das Hand in Hand ging. Ein widersprüchliches reflexartiges Bild traf TJ in diesem Moment, eine Backsteinmauer, die ihre Energie bremste.

Nachdem sie an dem Paar vorbeigeglitten war, blieb sie stehen und starrte zurück, während sie sich die tränenden Augen rieb. Sie war sich nicht sicher, ob es am Schlafmangel, an schlechten Träumen oder einfach am wachsenden Gefühl absoluten Terrors lag: Diese beiden sahen *genau* wie das Paar aus, das sie vor zwei Tagen in der Alcazaba gesehen hatten, und dann noch deutlicher in wiederkehrenden Bildern aus schrecklichen Albträumen.

Dieses Paar wurde von wilden Möwen in Stücke gerissen. Sie wachte immer auf, wenn ein Vogel begann, an einem Augapfel zu knabbern.

TJ schüttelte den Albtraum ab. Mehr war es nicht, redete sie sich ein.

Sie beobachtete, wie das alte Paar vorbeihumpelte, ihre stark gefurchten Gesichter trugen ihre eigene Last an Sorgen. Bei genauerer Betrachtung erkannte sie, dass es nicht dasselbe Paar war, das sie gesehen hatte. Und sie projizierte lediglich ihre eigenen Sorgen auf sie. Ihre Linien waren weicher und wirkten weniger besorgt und zufriedener. Ihre Gesichtsfalten passten zu ihrem Lächeln. Es war Freude, die sie ausstrahlten, gestützt von gegenseitigem Verständnis und unerschütterlichem Frieden. Zweifellos war all das aus ihren vielen gemeinsamen Jahren geboren. Oh, sie sahen körperlich gebrechlich aus, aber sie waren zweifellos stark in ihrer Entschlossenheit, als könnten sie mit allem fertig werden, solange sie zusammen waren.

Was zum Teufel ist los mit mir und mit der Welt?

Obwohl sie dazu neigte, Menschen psychologisch zu analysieren – ihr Job verlangte das –, personalisierte sie ihre Ziele nie, nicht dass dieses Paar ein Ziel war. Sie ging alles von einem fairen und analytischen Standpunkt aus an. Aber in letzter Zeit fühlte sie sich sehr... *Emotional!*

Sie schüttelte ungläubig den Kopf über ihre eigenen stumpfsinnigen Gedanken. *Waren die Ereignisse der letzten zwei Tage nicht genug gewesen, um jeden emotional zu machen?* überlegte sie.

Wie eine von Rodins Marmorskulpturen in seinem Skulpturengarten verharrte sie als Statue, das Leben des alten Paares und ihr eigenes betrachtend. Jetzt war sie zum Hindernis in der Mitte der Bahn für die herannahenden Zombies geworden. Ihre Augen blieben auf die Rücken des alten Paares fixiert, bis sie um die Biegung der Joggingstrecke verschwanden.

Sorgen um ihre Mutter kamen wieder auf. Sie hatte sich immer um ihre Mutter gekümmert, seit dem gewaltsamen Tod ihres Vaters, bevor sie in die Schule gekommen war. Letzte Nacht hatten sie ein paar Minuten geredet – bei zehn Dollar pro Minute hielt sie es kurz – und sie klang gut, aber sie machte sich trotzdem Sorgen um sie.

TJ sprang auf, als wäre sie defibrilliert worden. Sie war aus zwei Gründen hier.

Eine schnelle Drehung des Handgelenks, um die Zeit zu überprüfen. Ihre Uhr zeigte 6:28 Uhr. Sie würde es noch rechtzeitig zum Rendezvous schaffen, aber der Lauf fiel jetzt aus.

Sie joggte noch ein paar Dutzend Schritte, bevor sie das Treppenhaus fand, von dem Jean Pierre ihr erzählt hatte, etwas weiter vorne, „gleich hinter der Biegung der Joggingstrecke...“

Sie tauchte in eine Nische unter einem Außentreppenhaus, das zu einem weiteren Sonnendeck führte, wenn sie sich richtig an den Schiffsplan erinnerte. Dieser Bereich war von niemandem einsehbar, es sei denn, jemand kam direkt auf sie zu, während sie auf ihn wartete.

Keine zwei Minuten später joggte Jean Pierre – ebenfalls in Laufkleidung – die gleiche Strecke entlang. Er wirkte nervös und schaute nach beiden Seiten, um zu sehen, ob ihn jemand – Gast oder Besatzungsmitglied – beobachtete. Er trug sogar eine Mütze, die er tief ins Gesicht gezogen hatte, damit er weniger auffiel, da seine polierte Glatze so leicht zu erkennen war.

Kurz vor der Nische hielt Jean Pierre an und zog hinter einem hohen Stahlträger ein Seil hervor, das er quer über den Gehweg spannte und an einem versteckten Haken hinter einem anderen Träger auf der gegenüberliegenden Seite befestigte. Es rastete ein und blockierte so effektiv den Weg für jeden, der vorbeikommen wollte, und stellte sicher, dass sie nicht gestört würden.

Jean Pierre sah sie sofort, wie sie ihm abgewandt hinter dem Treppenhaus stand.

Er stellte sich vor sie, während sie ihr kleines Jogging-Outfit zurechtzog und ihm ein verlegenes Lächeln schenkte.

„Wir haben nicht viel Zeit, bevor der Kapitän mich wieder braucht. Ich bin sicher, du kannst dir vorstellen, dass wir da oben ziemlich beschäftigt waren."

„Kein Problem. Was hast du für mich?", sagte sie mit einem Lächeln und einem Augenzwinkern.

Es war ein ohrenbetäubendes Quietschen. Wenn jemand in seiner Nähe gewesen wäre, auf einem anderen Balkon oder in einer anderen Kabine, hätte er es zweifellos mit dem Kratzen von Fingernägeln auf einer Tafel verglichen. Auf einer normalen Kreuzfahrt hätte sich das für Ted wie Musik angehört.

Abgesehen von der gestrigen All-Access-Tour war dies die andere Aktivität, nach der sich Ted gesehnt hatte.

Die Adern an seinem Kopf traten hervor, als er den schweren Tisch näher an das Balkongeländer zog, bis er mit einem metallischen Klirren gegen das Glas stieß und so anzeigte, dass er die Grenze des Balkons erreicht hatte. Als nächstes schob er den Maschenstuhl näher an den Tisch heran. Beide waren nun bereit, ihn aufzunehmen. Dann tauchte er in ihre Kabine ein, um den Rest dessen zu holen und auszulegen, was er brauchte: sein iPad-Tablet, den Internetzugangscode in einem Umschlag, eine Kanne Kaffee (die er bestellt hatte, sobald sie aufgewacht waren), Sahne und eine Tasse und schließlich sein iPhone mit einigen Notizen, die er sich zuvor diktiert hatte.

Abgesehen von der salzigen Luft und dem Geklapper aus dem Hafen unterschied sich dieses Setup nicht von dem, was er zu Hause hatte, wo er morgens zu schreiben pflegte. Er hatte sich vorgestellt, an genau dieser Stelle während dieser Reise eine Menge zu schreiben. Er hatte sich die Inspiration ausgemalt, die dadurch gefördert würde, dass er über das Wasser blickte, während die Schiffsschrauben die See aufwühlten und einen weißen, schaumigen Kielwasserschweif hinterließen. Selbst in den beiden Häfen, an denen sie auf ihrer Route festmachen sollten, hatte er sich darauf gefreut, dass seine kreativen Säfte fließen und eine Flut von Worten freisetzen würden.

Davon würde heute nichts geschehen.

Er musste mehr darüber wissen, was in der Welt vor sich ging, und dafür brauchte er mehr Informationen. Nach allem, was er gesehen oder gehört hatte, gestützt durch das Wissen, das er sich bei der Recherche für sein vorletztes Buch angeeignet hatte, glaubte Ted, dass er vielleicht einiges von dem, was vor sich ging, wusste. Er hatte dem Kapitän gegenüber nichts davon erwähnt, als Christiansen ihn fragte, ob er glaube, dass die Geschichte von Madness lebendig werden könnte. Seine Antwort war gewesen: „Ich weiß es nicht." Aber er dachte, er wusste es doch.

Und wenn er Recht hatte, versetzte ihn das, was das für ihr Leben und das Leben aller Menschen auf diesem Planeten bedeuten konnte, absolut in Angst und Schrecken.

Seine Frau bestand immer wieder darauf, mit ihm über die Tierangriffe zu sprechen, aber das war das Letzte, was er tun wollte. Darüber zu reden, hätte es nur real gemacht. In ähnlicher Weise wurden seine fiktiven Geschichten, die in seinem bewussten Gehirn und seinen unbewussten Albträumen herumschwirrten, erst real – zumindest für seine Leser – nachdem er sie niedergeschrieben hatte. Das war Fiktion.

Dies war es nicht.

Wenn er ehrlich zu sich selbst war, musste er zugeben, dass ein Teil dieser Recherchearbeit dazu diente, sich nicht mit den Konsequenzen auseinandersetzen zu müssen, die es haben würde, wenn er es real werden ließ. Aber er wusste auch, dass es klug war, seine Informationen zu überprüfen, bevor er das ganze Schiff in

Panik versetzte. Also hatte er sich heute Morgen erneut entschuldigt, als TJ das Thema ansprach, und wollte erst nach Abschluss seiner Recherche mit ihr darüber sprechen. Aber er musste es eigentlich nicht, denn je mehr er über das ganze Konzept von *Madness* und die dahinterstehende Recherche nachdachte, desto sicherer war er, dass er Recht hatte.

Er ging jetzt nur noch mechanisch die Abläufe durch.

Zuerst würde er seine E-Mails checken und noch mehr Zeit schinden.

Er loggte sich in das WLAN-Netzwerk des Schiffes ein, ein weiteres Gratisangebot wegen seines bevorstehenden Vortrags auf dem Schiff; er hätte nie die zwanzig Dollar pro Tag bezahlt, die sie für diesen Service verlangten. Er zögerte, bevor er seine E-Mail-Programm-App öffnete, und öffnete stattdessen einen Browser und rief Google News auf. Auf gut Glück tippte er „Tierangriff" in das Suchfeld und drückte die ENTER-Taste.

Es gab Hunderte von Berichten, und er überflog mehrere davon.

„Guten Morgen!", dröhnte Kapitän Christiansens Stimme aus dem Lautsprecher.

Ted zuckte zusammen und warf dann reflexartig einen Blick auf seine Uhr. Es war 6:45 Uhr.

„Wir werden Sie alle in ein paar Minuten von der Leine lassen. Sie können sich gerne schon auf den Weg machen.

„Ich möchte Sie bitten, etwas früher als geplant zurückzukehren. Wir hätten Sie gerne bis 15 Uhr wieder an Bord. Das ist eine Stunde früher als erwartet. Ich wiederhole, 15 Uhr ist jetzt die Zeit, zu der Sie auf dem Schiff sein müssen.

„Ich wünsche Ihnen einen wunderbaren Tag in Gibraltar, bevor Sie auf das wunderbarste Schiff im Mittelmeer, die Intrepid von Regal European, zurückkehren."

Ted dachte einen Moment über die rosige Botschaft des Kapitäns nach, richtete dann seinen Blick wieder auf den Bildschirm seines Tablets und verfeinerte seine Suche zu „Tierangriff Gibraltar".

Die erste Geschichte in den Ergebnissen erregte seine Aufmerksamkeit, und so öffnete er sie und spürte, wie bei jedem Wort, das er verschlang, ein elektrischer Schauer seinen Rücken hinaufkroch. Auf gut Glück aktualisierte er seine Suche, und ein neuer Artikel erschien, den er in einem neuen Tab öffnete. Auf halbem Weg durch den Artikel klappte er sein iPad und die Tastatur zu, schnappte sich seine Schlüsselkarte und stürzte aus dem Zimmer.

Er musste den Kapitän sehen, und zwar sofort.

Chapter 16

Mist

„Hey, Kleiner. Wie heißt du denn?", fragte Boris, ein Brite mit einem blassen Gesicht, das einem mit Brötchen vollgestopften Plastikbeutel ähnelte. Er schenkte dem Besucher ein breites Grinsen.

Boris balancierte vorsichtig einen Teller, der mit sechs wie ein Monument für den Gott der Schokoladenvöllerei aufgestapelten Schokocroissants beladen war. Tatsächlich waren sie ein Favorit seiner Frau, mit der er seit zehn Jahren verheiratet war – eine von vielen Überraschungen, die er ihr während ihrer Jubiläumskreuzfahrt bringen wollte. Er warf einen schnellen Blick auf das Monument und war froh, dass er nicht versucht hatte, es mit ein oder zwei weiteren obendrauf noch größer zu machen. Er wollte nicht den ganzen Haufen verlieren und seine Überraschung verderben.

Er zögerte nur für einen Moment und zupfte dann vorsichtig ein kleines Stück vom Schokoladenturm, um es seinem neuen Freund anzubieten.

Er wollte den kleinen Racker nicht verscheuchen, also biss er die Zähne zusammen und beugte vorsichtig die Knie, um näher an das Frettchen heranzukommen, das geduldig auf seine Belohnung zu warten schien. Boris befürchtete, dass er vielleicht nicht mehr hochkommen würde, wenn er sich noch weiter hinhockte – seine Knie waren nicht an viele, wenn überhaupt irgendwelche Auf- und Abbewegungen gewöhnt, und er hatte seit Beginn ihres Urlaubs schon einige Extrapfunde angesammelt. Also kämpfte er sich wieder hoch und spannte dabei die Gesichtsmuskeln an. Wie auf Kommando gaben beide Knie nach. Der Teller mit dem Gebäck fiel zu Boden und er gleich hinterher.

Boris versuchte, seinen Sturz abzubremsen, indem er seinen rechten Ellbogen gegen den bunten Teppich und seine rechte Schulter gegen die Wand stemmte.

Er kam mitten im Flur zum Liegen, wie ein umgekippter Sattelschlepper, der eine große Straße blockierte. Glücklicherweise war auf dieser Straße kein Verkehr, was die Peinlichkeit minimierte. Leider war seine Ladung – die appetitlichen Morgensnacks, die er für seine Frau besorgt hatte – nun über den ganzen Teppich verstreut.

Nicht gerade sein Glanzmoment.

„Mist!", grummelte Boris leise vor sich hin, wütend darüber, dass er seinen ohnehin schon wackeligen Knien zu viel zugemutet hatte. „Ich hoffe, du bist jetzt zufrieden, Kumpel." Er blickte das Frettchen finster an, das ihn nur mit seinen unheimlichen roten Augen anstarrte.

Seltsam, dachte Boris. Er konnte sich nicht erinnern, dass Frettchen rote Augen hatten. Sein Bruder in Camden hatte ein Frettchen, und dessen Augen waren braun, nicht rot wie bei diesem hier.

Panik überkam Boris, als ihm klar wurde, dass er wirklich völlig allein war, da alle versuchten, von Bord zu gehen und die Sehenswürdigkeiten in Gibraltar zu besichtigen. Seine Frau würde ihm nicht zu Hilfe kommen, und die Schiffsbesatzung würde ihn vielleicht eine Weile nicht auf dem Boden liegend entdecken. Er blickte am Frettchen vorbei den Flur hinunter und versuchte dann, seinen Körper zu drehen, um in die andere Richtung zu schauen, aber er konnte sich nicht weit genug drehen.

„Verdammter Mist!" Er schaute wieder zum Frettchen. Es war näher an ihn herangekommen. Da Boris' Gesicht fast auf Bodenhöhe war, starrte ihn das Frettchen buchstäblich Auge in Auge an.

Trotzdem bewegte sich das Frettchen nicht, als ob es seine Optionen abwägen würde.

„Weißt du, dass es unhöflich ist zu starren, Kumpel? Hier, nimm diesen Brocken." Er schüttelte das Stück Gebäck, das er immer noch in seiner rechten Hand hielt. Vielleicht sollte er es aufheben, da es das einzige Stück war, das den Teppich nicht berührt hatte. Er starrte auf die herrlichen Schokocroissants, die über den Teppich verstreut waren und ihn verhöhnten. Die Fünf-Sekunden-Regel war längst abgelaufen.

Er blickte wieder zum Frettchen, das an ihm schnüffelte wie ein verdammter Hund. Es öffnete sein kleines Maul – er war froh, dass es klein war, denn es war voller furchterregend aussehender Zähne. In diesem Moment sah es so aus, als ob der kleine Kerl vorhatte, ein Stück aus seiner Nase zu beißen. Stattdessen richtete sich das Frettchen auf seinen Hinterbeinen auf und spähte über Boris' Kopf hinweg, als ob es hinter ihm ein besseres Angebot sähe. Dann fauchte das kleine Ding, drehte sich um und huschte schnell davon.

Am Ende des Flurs drehte sich das Frettchen noch einmal um und blickte auf den dummen Menschen, der über den ganzen Flur verteilt lag, fauchte erneut und verschwand dann aus dem Blickfeld, wo der Flur nach rechts abbog.

Das war alles ein sehr seltsames Verhalten für ein Frettchen, nicht dass Boris ein Experte gewesen wäre. Obwohl er sich in diesem Moment daran erinnerte, wie einmal einer der Hunde der Nachbarn seine nasse Nase gegen das Frontfenster gedrückt hatte, um das Frettchen seines Bruders zu inspizieren, das im Wohnzimmer herumlief, während sie fernsahen. Sein Frettchen – Charles genannt, nach dem Prinzen von England – hatte den Hund angefaucht, genau wie dieses hier.

Er hatte einen schrecklichen Gedanken, von dem er wusste, dass er nicht der Realität entsprach: Was, wenn hinter ihm ein Hund war? Das war natürlich lächerlich, weil Haustiere auf Kreuzfahrtschiffen nicht erlaubt waren. Obwohl er sich auch an etwas erinnerte, das seine Frau am Tag ihrer Einschiffung gesagt hatte, kurz bevor der Wahnsinn mit den Ratten losgegangen war. Sie hatte gesagt: „Schau mal, Boris, zwischen all dem Handgepäck: Da sind Hunde in diesen Kisten."

Der Dreiklang der Schiffsgegensprechanlage ertönte laut und erschreckte ihn.

„Wir sind in Gibraltar eingetroffen und werden alle in ein paar Minuten auf Deck 1 von Bord lassen. Bitte halten Sie Ihren Bordausweis bereit, wenn Sie das Land der Berberaffen besuchen."

Das Dröhnen der Schiffsmotoren hatte schon vor einiger Zeit aufgehört, nachdem sie angelegt hatten – und doch klang etwas wie ein Grollen, fast wie ein Knurren. Aber es kam nicht von unter ihm. Es kam aus dem Flur hinter ihm.

Die Haut in seinem Nacken kribbelte und wurde stachelig. Er ließ das Stück Croissant los, das er die ganze Zeit festgehalten hatte, und warf die Arme um seinen Kopf in dem Versuch, sich in die andere Richtung zu drehen, wissend, dass er seinen Kopf nicht einfach drehen konnte. Er stöhnte bei der Anstrengung und spürte einen stechenden Schmerz in seinem lädierten Knie. Er wartete, bis der Schmerz nachließ, sein Gesicht verzerrt – die Wülste in seinen Wangen eingezogen, als wären sie aufgegessen worden – und dann öffnete er die Augen.

Der Schmerz hatte ihn für einen Moment vergessen lassen, warum er sich so angestrengt hatte, sich umzudrehen, aber als sich seine Augen öffneten, fokussierten sie sich sofort nur wenige Meter vor ihm, flatterten mehrmals, um jegliche neblige Behinderung wegzublinzeln. Er konnte sehen, dass seine Situation viel schlimmer war, als er gedacht hatte.

Ein kleiner weißer Zwergpudel, mit Blut bedeckt, wie ein Miniatur-Höllenhund, stand ein paar Meter von ihm entfernt. Seine Augen glühten wütend rot, und dann sprang er auf ihn zu.

„Oh, verdammter Mist."

***

Ich muss den Kapitän sehen, bitte", flehte Ted, **„** als er den Gang hinunter zur Brücke eilte.

Ein brasilianisches Mitglied ihres Sicherheitsteams stand zwischen Ted und dem Eingang zur Brücke.

„Es tut mir leid, aber der Kapitän ist gerade sehr beschäftigt. Wenn Sie ihn sehen möchten, gehen Sie bitte zum Gästeservice. Die werden eine Führung für Sie-"

„Hören Sie", unterbrach Ted den Mann und trat noch einen Schritt näher, fast in sein Gesicht. „Ich weiß Ihre Bemühungen zu schätzen, aber ich muss Kapitän Christiansen *jetzt sofort* sprechen." Ted blickte nach unten und tastete seine Tasche nach der Visitenkarte des Kapitäns ab. Erst in diesem Moment fiel ihm ein, dass er eine bekommen hatte und vorher hätte anrufen können. Aber Ted war so in Eile gewesen, dem Kapitän persönlich mitzuteilen, was er herausgefunden hatte... Er schaute auf und bemerkte, dass seine Haltung auf den Sicherheitsmann zu aggressiv wirkte, der seine Position angepasst hatte. Er riskierte, im Schiffsgefängnis zu landen, falls es so etwas gab – überraschenderweise war das nicht Teil der Schiffsführung. Er trat einen Schritt zurück und sagte: „Sagen Sie ihm, es ist Ted Williams, oder vielleicht sollten Sie T.D. Bonaventure sagen. Er hat mich gebeten, ihn zu kontaktieren, wenn ich etwas finde. Bitte!"

Der Mann rührte sich nicht.

Lieber ins Gefängnis als nichts zu tun.

„Sagen Sie ihm, dass *jeder* Passagier auf diesem Schiff sterben könnte, wenn er nicht sofort handelt!"

Die Augen des Wachmanns weiteten sich, und ohne zu zögern riss er sein Funkgerät heraus, murmelte einige Worte auf Portugiesisch und dann platzte er auf Englisch heraus: „Code Alpha! Ich wiederhole, Code Alpha!" Der Brasilianer fixierte Ted mit einem strengen Blick, der jedoch die Besorgnis maskierte, gerade einem Verrückten begegnet zu sein. Der Wachmann drückte seine Handfläche gegen Teds Brust und schob ihn rückwärts, weg vom Eingang und zurück in den Flur.

Ted wusste, dass er zu weit gegangen war, setzte aber seine Bitten fort, während er gewaltsam rückwärts bewegt wurde, weiter weg vom Brückeneingang und dem Kapitän. Nach mehreren Rückwärtsschritten den Flur entlang stieß Ted gegen eine menschliche Wand von beträchtlichen Ausmaßen. Die Wand packte ihn an der Schulter, und eine Hand wie ein Schraubstock klammerte sich unangenehm fest.

„Kommen Sie mit uns, mein Herr", sagte die dröhnende Stimme, die zu der Hand gehörte, mit einem harten slawischen Unterton.

Ted spürte etwas Hartes gegen seine Seite drücken. Ein schneller Blick nach unten bestätigte es: ein Elektroschocker.

Er bereute seine Entscheidung nun vollständig und fragte sich, ob er aus dieser Lage noch rauskommen konnte. „Es tut mir leid, ich habe die Visitenkarte des Kapitäns. Ich gehe zurück in mein Zimmer und rufe ihn direkt an."

Die beiden Wachmänner zogen ihn weiter fest den Flur entlang, Schritt für Schritt, ohne auf seine neue Bitte zu antworten oder sie auch nur zur Kenntnis zu nehmen. Tatsächlich drückte der slawische Wachmann noch fester zu, falls das überhaupt möglich war. Das Unbehagen verwandelte sich schnell in Schmerz.

„Kapitän Christiansen kennt mich und wird die Informationen haben wollen, die ich habe. Bitte, ich flehe Sie an. Lassen Sie mich in mein Zimmer zurückgehen und ich werde ihn anrufen."

Sie hatten ihn fast aus dem Flur und in das hintere Treppenhaus gebracht.

„Ted? Sind Sie das?", rief der Kapitän den Flur hinunter.

Alle hielten an und starrten nach vorne.

„Kapitän. Oh, Gott sei Dank. Ich muss mit Ihnen reden", blökte Ted.

„Code Blau, meine Herren. Ich wiederhole, Code Blau", donnerte Jörgen.

Der riesenhafte slawische Sicherheitsbeamte öffnete seine Pranke und ließ Ted los. Der Brasilianer trat beiseite. „Es tut uns leid, Sir. Wir haben nur Befehle befolgt." Seine Stimme war schüchtern geworden.

„Schon gut." Ted drängte sich an dem Brasilianer vorbei und stürmte zurück zum Kapitän.

Über Kopf kündigten die Lautsprecher an, dass die Passagiere nun beginnen konnten, das Schiff zu verlassen und die warme Gastfreundschaft Gibraltars zu genießen.

Ted stand Jörgen von Angesicht zu Angesicht gegenüber, die beiden Wachen nicht weit hinter ihm. „Kapitän, bitte sagen Sie Ihrem Sicherheitspersonal, dass sie niemanden von Bord lassen sollen. Sie sind in Gibraltar nicht sicher."

Jörgen warf Ted einen Blick zu. Es war schnell, aber für einen Mann, der sich auf seine Crew und schnelle Entscheidungen zu verlassen schien, brauchte Jörgen nur eine Sekunde für diese. Zu den Wachen hinter Ted bellte er: „Sagt Patel, er soll die Passagiere zurückhalten, bis ich weitere Anweisungen gebe."

Der Brasilianer, der wohl der Ranghöhere der beiden Wachen war, wiederholte die Nachricht über sein Funkgerät.

„Bitte kommen Sie herein und erklären Sie mir, warum wir unseren Passagieren den Tag in Gibraltar verderben werden."

Chapter 17

Die Berberaffen

Über dreihundert Berbermakaken von Gibraltar bildeten die gesamte wilde Affenpopulation auf dem europäischen Kontinent. Erst an diesem Tag sollte die Stadt erkennen, wie wild sie geworden waren.

Weil sie schwanzlos waren, wurden sie oft als „Affen" bezeichnet. Die Spanier nannten sie *monos*, was technisch gesehen eine korrektere Bezeichnung war. Unabhängig von ihrer Bezeichnung waren sie jahrelang die Lieblinge der Besucher gewesen, die sich an der Geschicklichkeit der Affen erfreuten, mit der sie Taschen von selfie-fokussierten Touristen von Parkbänken und unbeaufsichtigte Essensteller von den Tischen nahegelegener Cafés stahlen.

Größtenteils blieben die Berberaffen jedoch außerhalb der Stadt und zogen es vor, im Gibraltar Nature Reserve als Hauptattraktion zu dienen. Abgesehen von gelegentlichem Kleindiebstahl und einigen Fällen geringfügiger Sachbeschädigung waren die *monos* gute Nachbarn gewesen.

Sie fürchteten sich nicht vor Menschen, lernten durch ihren täglichen Umgang und wurden nie als Bedrohung angesehen. Das alles hatte sich einen Tag zuvor geändert.

Einer der Affen hatte einen Touristen angegriffen. Dann hatte ein anderer einen britischen Pubbesitzer attackiert und getötet. An diesem Morgen hatte es einen weiteren Angriff gegeben. Und da es noch zu früh war, als dass die Gerüchteküche die Flammen der Sorge anfachen konnte, setzten Einwohner und Touristen ihre Aktivitäten fort, als wäre nichts geschehen.

Erst als die *Intrepid*, der strahlende Stern der Meere von Regal European, in den Hafen von Gibraltar einlief und ihre Ankunft mit ihrem heiseren Horn ankündigte, schienen alle Affen verrückt zu werden.

Jeder Affe, mit der zehnfachen Kraft eines Menschen, riss mühelos durch Menschen und Eigentum, ohne Pause. Die meisten bissen wild nach allem, was einen Puls hatte: Ladenbesitzer, die gerade ihren Tag begannen; Einwohner und Haustiere, die einen Spaziergang in der morgendlichen Kühle genossen; und Besucher, die begierig darauf waren, ihren ersten Espresso in einem Straßencafé zu genießen. Die meisten Stadtbewohner schienen sich der herannahenden Affenhorde nicht bewusst zu sein, bis eine Welle von Schreien an ihre Ohren drang.

Als die Affen die dichter besiedelten Gebiete erreichten, hielten einige inne, um größere Stücke aus ihren Opfern zu reißen oder einfach an Gliedmaßen zu zerren, die sich leicht lösen ließen. Obwohl sie wie verrückt und unabhängig voneinan-

der handelten, schienen alle Affen in eine Richtung durch die Stadt zu stürmen: zum Hafen und
dem einzigen dort angedockten Kreuzfahrtschiff.

Die Masse der Affen war durch Kapitän Jörgen
Christiansens Fernglas noch nicht sichtbar, als er
nach einer visuellen Bestätigung seiner Entscheidung suchte. Vor wenigen Augenblicken hatte er
die Ankündigung gemacht, diesen Hafen nicht
anzulaufen, und seinen frustrierten Gästen erklärt, dass es einfach zu gefährlich sei und sie den
Hafen bald verlassen würden. Ted, der gerade die
Brücke verlassen hatte, hatte ein viel zu überzeu-
gendes Argument vorgebracht. Trotzdem scannte Jörgen die entferntesten Ecken der Stadt mit
seinem Fernglas, sowohl in der Hoffnung als auch
in der Befürchtung, eine visuelle Bestätigung zu
finden. Und während seine Crew geschäftig war,
starrten sie ängstlich auf den Kopf ihres Kapitäns
und warteten auf seinen nächsten Befehl.

„Haben wir das Tankschiff noch zur Verfügung?", bellte Jörgen Jean Pierre an, der geduldig
neben ihm stand. Der Stabskapitän hatte nicht
zugestimmt, unterstützte aber die Entscheidung
des Kapitäns.

Das Tankschiff lag immer noch an einem Liegeplatz auf der anderen Seite von ihnen fest. Sie
hatten es zuvor abgelehnt, mit dem Plan, auf
den Kanaren aufzutanken. Aber das war vor Teds
Bericht und ihrer Entscheidung gewesen, weiterz-
ufahren.

„Ja, Sir." Jean Pierre stand stramm und wiederholte die Informationen, die sie bereits be-
sprochen hatten. „Sie haben nur Schweröl, und
es ist höher erhitzt als Sie es bevorzugen. Und

ich habe Ihre Berechnungen mit dem Chefingenieur bestätigt, dass wir bereits 20% über dem benötigten Schweröl bis zu den Bahamas liegen."

„JP" – der Kapitän benutzte auf der Brücke selten Vornamen, geschweige denn Spitznamen ohne Titel – „Ich fürchte, wir könnten mehr Treibstoff brauchen, als wir vermuten. Bitte füllen Sie uns bis zur Kapazitätsgrenze auf. Wenn ich mich irre, können wir vor der Einfahrt in US-Gewässer mit MGO ersetzen und trotzdem ihre Umweltstandards erfüllen."

„Aye, Kapitän", bestätigte Jean Pierre und drehte sich dann schnell um, um die Außenleitung zum Hafenmeister aufzunehmen. Er war sich nicht sicher, was der Kapitän dachte, aber er vertraute seinem Urteil.

Kapitän Christiansen wusste nicht, was vor ihnen lag, aber er wollte sicherstellen, dass sie mehr Vorräte hatten, als sie brauchte. Das hatte er 2005 gelernt, als achtundzwanzig Hurrikane während der Saison zugeschlagen, die Versorgung unterbrochen und sie am einen oder anderen ihrer Häfen festgesetzt hatten, während sie auf ein Tankschiff warteten. Generell hielt er den Treibstoffvorrat seines Schiffes 20% über der berechneten maximal benötigten Menge für ihre lange Route, für den Fall eines Problems mit einem Lieferanten. Das gab genug Spielraum, um zum nächsten Hafen zu fahren und dort aufzutanken. Es war keine Hurrikansaison, aber bei allem, was vor sich ging, sagte ihm eine innere Stimme, dass er jetzt jeden Tropfen brauchen würde, den er bekommen konnte.

Jörgen beobachtete vom Schwingdeck aus mit kontrollierter Nervosität, wie sich der Tankprahm an die Backbordseite ihres Schiffes schmiegte, während er am Liegeplatz festgemacht blieb. Er musste sich nur wenige Meter bewegen, bevor er in Position war. Er war vielleicht halb so lang wie die *Intrepid*, aber nur ein paar Decks über dem Wasserspiegel. Er war komplett mit Schweröl gefüllt, das Rohöl ähnelte. Er behielt mit einem Auge seine Crew und die beiden Besatzungsmitglieder des Tankers im Blick, die sich beeilten, die riesigen Schläuche anzuschließen; mit dem anderen starrte er auf die digitalen Treibstoffanzeigen und drängte sie in Gedanken nach oben. Tief in seinem Magen brannte eine bange Sorge wie Feuer. Ein Teil von ihm war sich sicher, dass ihnen nur noch sehr wenig Zeit blieb.

～～～～～

N igel James hauchte Wärme auf seine Hände und rieb sie kräftig aneinander, in einem vergeblichen Versuch, wieder Gefühl in seine Finger zu bekommen. Es waren nicht die abnormalen Temperaturen draußen; die Rohrverbindungen waren eiskalt. Sie zu berühren, schien die Kälte direkt durch das dünne Material seiner Handschuhe zu ziehen. Dann geschah fast augenblicklich das Gegenteil, als der erhitzte Treibstoff durch ihren Prahm in das Schiff kaskadierte. Er spürte, wie sich die Armaturen von kalt zu warm und dann zu heiß veränderten. Jetzt begann er zu schwitzen und trat zurück, um zu warten, bis man ihm sagte, dass sie fertig waren. Er sah zu seinem Kumpel, der die Kontrollen bediente und ihm zunickte. Dann gab Nigel den beiden Crewmitgliedern vom Kreuzfahrtschiff Daumen hoch, die bereits in ihre Luke stiegen, mit weit aufgerissenen Augen, als ob sie sich Sorgen machten, dass sie Lohnabzüge bekämen, weil sie mit Schlammschöpfern wie ihm herumalberten. Die meisten Crews von Kreuzfahrtschiffen waren herzlich. Die der *Intrepid* war es nicht, was sehr seltsam war.

Nigel blickte zu den oberen Decks des glänzenden Kreuzfahrtschiffs hoch und bewunderte den frisch gestrichenen Rumpf. Mehrere Decks hatten Reihen von Balkonen, einige mit Passagieren – zweifellos im Urlaub –, die es sich gut gehen ließen. Seine Augen suchten nach einer hübschen Frau, bis er eine in einem üppigen Bademantel fand. Dann stellte er sich vor, er wäre selbst in genau diesem Zimmer mit dieser hübschen Braut. Er blieb in ihre Richtung fixiert, nicht wirklich starrend, sondern beobachtend, wie sich seine Tagtraumerzählung in seinem Kopf abspielte...

Sie hatten gerade miteinander geschlafen, bevor sie ihren Morgenkaffee auf dem Balkon tranken. Er konnte fast die Bitterkeit und die sanfte Süße der eingerührten Milch schmecken. Er hätte zu diesem Zeitpunkt schon mehrere getrunken, während er seinen Tag mit seiner Supermodel-Freundin plante: wohin sie gehen würden, was sie im Laden kaufen würden-

„Nigel, ist unsere Dichtung noch in Ordnung?", brüllte sein Kollege hinter ihm und unterbrach grob seine Träumerei.

Er hasste diesen Job, aber er musste ihn behalten. Also biss er sich auf die Zunge und sagte ihm nicht, was er seiner Meinung nach mit der verdammten Dichtung machen sollte. Nigel warf einen Blick darauf. „Sieht hier gut aus."

Er sah verstohlen wieder zu den Balkonen hoch und suchte nach der Frau. Sie war verschwunden. Es waren jetzt mehr Passagiere auf ihren Balkonen, die alle auf Gibraltar blickten. Viele zeigten auf die Stadt.

„Als ob es in dieser verdammten Stadt irgendetwas Interessantes gäbe außer ein paar blöden Affen auf einem Hügel", spottete er.

Ein Schrei lenkte seine Aufmerksamkeit auf einen Passagier vor der Stelle, auf die er gerade gestarrt hatte. Er kniff die Augen zusammen und sah, dass der schreiende Passagier ebenfalls mit einer Hand zeigte, während die andere ihren Mund bedeckte. Neben ihr betrachtete ein älterer Mann die Szenerie durch ein Fernglas. Nigel hörte ein gedämpftes „Oh mein Gott".

Jetzt richtete er seine Aufmerksamkeit in dieselbe Richtung, in die sie zeigte.

„Vielleicht war die Rolex, die sie wollte, nicht mehr im Schaufenster ihres Lieblingsgeschäfts", brummte er.

Aber in der Stadt ging etwas vor sich. Irgendeine Art von Aufruhr. Er wünschte, er hätte auch ein Fernglas. Aber er war nah genug dran, dass es nicht lange dauerte, bis er es herausfand.

Nicht weit von ihnen entfernt, gleich außerhalb des Hafens, war eine Straße mit Freiluftrestaurants gesäumt. Nigel hatte oft davon geträumt, dort unbegrenzt Guinness-Pints zu schlürfen,

anstatt in einer viel weiter im Landesinneren gelegenen Kneipe ein lokales Bier für etwa ein Fünftel
des Preises zu trinken. Vor jedem dieser Restaurants standen kleine Tische und Stühle, die bald
von Besuchern von diesem Schiff und mindestens
einem anderen, das später ankommen sollte,
wimmeln würden. Jetzt waren nur wenige Menschen dort, aber sie saßen nicht. Sie bewegten
sich von der Straße weg, zunächst langsam. Dann
stürzten sie nach drinnen, als mehrere Objekte die Straße hinunterliefen und die Restaurants
größtenteils ignorierten. Eines der Objekte, ein
braun-grauer Schemen, stürmte hinein und Momente später wieder heraus, wobei es etwas trug,
das wie ein zusammengerolltes Handtuch aussah,
das Flüssigkeit versprühte.

Es war aus dieser Entfernung mit bloßem Auge
immer noch sehr schwer zu erkennen.

„Hey, was ist das?", rief Nigel seinem Kollegen
zu.

„Weiß nicht", war die Antwort.

Noch ein Schrei. Diesmal mehr ein Kreischen,
nicht so weit entfernt. Und er konnte die Objekte
jetzt gerade so erkennen: Die braun-grauen Objekte waren tatsächlich diese verfluchten Affen.
Und dieser eine Affe, der aus dem Restaurant
gekommen war, hielt kein zusammengerolltes
Handtuch.

Er hielt den abgetrennten Arm von jemandem
hoch, wie eine makabre Trophäe. Jetzt schwang
er ihn in der Luft, während er den anderen Affen
zurief.

Sie alle schienen auf dem Weg zum Kreuzfahrt-
terminal zu sein... in seine Richtung.

Gib mir die Zahl!", brüllte Jörgen hinter
" seinem Fernglas hervor. Er machte seine eigenen Berechnungen auf dem backbordseitigen
Schwenkdeck der Brücke, während er einen Blick
auf das Pandämonium in der Stadt warf, das
bedrohlich näherkam.

„Zweiundneunzig Prozent", gab Jessica scharf
zurück, ihre Augen auf einen der vielen großen
geneigten Computerbildschirme in der Mitte der
Brücke geheftet.

„Das ist gut. Löst die Leinen und lasst uns von
hier verschwinden." Jörgen scannte seine gesamte
Backbordseite, bevor sein Blick auf die beiden
Bargenarbeiter fiel, die anscheinend nicht ihre
Stationen, sondern die Stadt beobachteten. Dann
reagierte einer von ihnen abrupt und rannte zu
seinem Bug, wo er durch eine offene Luke nach
unten glitt. Beide Arbeiter wurden gebraucht, um
die Verbindung zu lösen, damit sie ablegen konnten.

Er fragte sich, ob sie vielleicht eine Minute zu
lange gewartet hatten.

N igel schaute wieder nach oben und bemerkte, dass der Kapitän der *Intrepid* draußen
stand und auf ihn herabblickte, bevor er sich umdrehte und in seine Brücke verschwand. Nigel sah
sich nach seinem Kollegen um, aber auch er war

verschwunden. Wahrscheinlich war er unter Deck gegangen.

Die beiden Besatzungsmitglieder der Regal European, die sich zuvor hastig zurückgezogen hatten, waren wieder draußen und brüllten Befehle zu ihm hinunter. „Lösen Sie die Verbindung! Wir müssen *sofort* weg!"

Nigel war kurz davor, in Panik zu geraten und abzuhauen: ins Wasser zu springen und wegzuschwimmen. Dann stellte er sich vor, wie kalt das Wasser sein würde; er hasste Kälte. Dann überlegte er, dass er und sein Kollege vielleicht mit der Barge entkommen könnten und er trocken bleiben würde, wenn er nur tun könnte, worum sie ihn baten, und die Verbindung lösen würde.

Mehr Schreie, wieder von den Balkonen über ihm. Diesmal ignorierte er sie alle und untersuchte den angeschlossenen Schlauch.

Für einen kurzen Moment sah er einen Schemen zu seiner linken Seite, dann war er verschwunden. Nigel schaute in diese Richtung und sah zwei Affen, die auf der Verbindungsleine zwischen der Barge und dem Dock kletterten. Die Affen kamen auf sie zu. Sie konnten nicht ablegen, bis sie abgekoppelt waren, und er konnte nicht abkoppeln, bis der Fluss gestoppt war. Nigel traf eine schnelle Entscheidung und stürzte zum äußeren Bedienfeld, wo sein nichtsnutziger Freund hätte sein sollen.

Er drückte den Notaus-Knopf und rannte zurück zum Schlauch, der an das große Kreuzfahrtschiff gekoppelt war. Eins der Besatzungsmitglieder des Schiffes versuchte bereits, ihn abzuziehen, aber es war zu früh. Der Mann musste warten, bis der

Druck ausgeglichen war, was noch einen Moment oder zwei dauern würde. Er kratzte verzweifelt an den Anschlüssen und warf Nigel einen Blick zu, gerade als Nigel bei ihm ankam. Seine Augen waren wild vor Angst. Und er blutete.

„Die Affen. Wir müssen weg!", schrie er. Er ließ die Kupplung los und sprang zur Luke, genau in dem Moment, als ein Affe hochsprang, um ihn zu begrüßen.

Nigel sah ungläubig zu, wie der Affe den Arbeiter angriff, der versuchte, in das Schiff zu fliehen. Er konnte dem Mann nicht helfen. Er musste jetzt abkoppeln, wenn es noch eine Chance geben sollte, wegzukommen. Er stürzte sich auf die Kupplung, löste sie, und sie platzte ab, wobei sich überall schwarzes Öl verteilte. Er hatte sie zu früh abgezogen, aber er hatte nicht den Luxus, länger zu warten. Ein Teil der Düse hielt noch am Anschluss fest. Also riss er einmal daran, um sie zu lösen, und verlor auf dem bereits ölverschmierten Deck den Halt.

Seine ganzen einhundertfünfzehn Kilo krachten hart auf das Deck der Barge, sein Kopf schlug noch härter auf, und vor seinen Augen explodierten Feuerwerke.

Er lag dort für wahrscheinlich nur ein paar Sekunden, aber es schien wie eine Ewigkeit, während er versuchte, die Benommenheit abzuschütteln, die ihn gefangen hielt. Er sah zu, wie ein Affe das Besatzungsmitglied der Intrepid über ihm wild biss und an ihm riss. Sein Kollege, bereits hinter einer versiegelten Tür, starrte durch das Bullauge.

Dann sah Nigel Menschen über sich, auf diesen schönen Balkonen, die auf ihn herabblickten.

Ein Passagier rauchte eine Zigarre.

Was für ein Idiot, dachte Nigel. *Hat dir dein Schiff nicht gesagt, dass Rauchen gegen die Regeln verstößt?*

Er beobachtete, wie der Passagier über ihn hinwegzog, unfähig zu erkennen, was sich bewegte: das Kreuzfahrtschiff oder seine eigene Barge. Dann sah er die Zigarre Purzelbäume in der Luft schlagen, als wäre sie an einem Draht befestigt, direkt auf ihn zugesteuert. Während er weitere Schreie und Rufe hörte, starrte Nigel ungläubig, wie die Zigarre von seiner Brust abprallte und neben ihm auf der öligen Oberfläche des Decks landete.

Nigel wusste, dass er noch ein oder zwei Minuten Zeit hatte, das Schiff zu verlassen, da das schwere Öl nicht wie das MGO explodieren würde. Aber es würde sehr heiß brennen.

Er versuchte sich aufzurichten, konnte aber keinen Halt finden. Das Öl sah aus wie schwarzes Blut.

Er spürte einen Hitzeschub und wusste, dass das Öl bereits Feuer fing. Er hatte vergessen, dass erhitztes Öl schneller brannte, und ihr Öl war stark erhitzt. Das war normalerweise gut für sie, weil erhitztes Öl mehr Platz einnahm, was bedeutete, dass sie weniger davon für den gleichen Preis pro Liter verkaufen und mehr Geld verdienen konnten. Jetzt war es nicht gut. Die Geldgier des Bootsbesitzers würde ihn umbringen.

Mit aller Kraft fand er sich gebückt stehend wieder, den Kopf seitlich nach oben gereckt wie

Quasimodo, und starrte das Kreuzfahrtschiff an, als dessen Bug an ihm vorbeizog. Er wusste, was er tun musste, um sich zu retten. Nur fünf Fuß trennten ihn vom Rand der Barge und damit vom Wasser. Er setzte einen Fuß vor den anderen, zunächst langsam, dann etwas schneller, obwohl ein brennender Schmerz seine Beine hinaufschoss – seine Hose musste in Flammen stehen.

Drei Fuß.

Seine Hände fingen an zu brennen.

Zwei Fuß.

Eine Decke aus Hitze umhüllte seine Arme.

Ein Fuß.

Ein ohrenbetäubendes Kreischen traf ihn gleichzeitig mit einem großen braunen Objekt und warf ihn zurück auf das schwelende Deck.

Als Nigels Gesicht zu versengen begann, kreischte ihn ein grässlicher Affe mit weit aufgerissenem Maul an. Bevor er seine riesigen Reißzähne in Nigels Gesicht versenkte, bemerkte dieser seine Augen. Sie waren rot wie Blut.

Chapter 18

Ted

Für Ted glich die Entfaltung der Ereignisse der letzten zwei Tage dem Zusehen dabei, wie ein Maler in einer dieser PBS-Sendungen ein Aquarellbild zusammenwarf. Nur war diese Version noch quälender.

Der Künstler begann immer mit einer leeren weißen Leinwand; was daraus werden würde, wusste nur er allein. Zuerst kamen die Grundfarben: Spritzer von Blau, Braun und Schwarz. Selbst nachdem all diese aufgetragen waren, offenbarte die Leinwand dem Publikum nichts. Das verschwommene Durcheinander konnte alles oder auch gar nichts sein.

Wenn der Künstler an bestimmten Stellen auf der Leinwand Verzierungen hinzufügte, begannen sich Bilder abzuzeichnen. In einer Ecke schossen Berge aus den braunen Flächen empor. In der anderen wölbten sich tiefe Wolkenformationen aus dem blauen Himmel. Und aus den dunkelsten Teilen der Leinwand tauchte ein einzelnes Boot wie ein Geist aus dem Dunkel auf.

Jedes dieser unterschiedlichen Bilder hatte seine eigene Geschichte, die zu separaten Leinwänden gehören sollten. Oder so schien es. Natürlich war es für das Publikum offensichtlich, dass sie irgendwie miteinander verbunden sein mussten, wegen ihrer einzigen, aber entscheidenden Verbindung: Sie waren an derselben Leinwand befestigt.

Die Tierangriffe und die Vulkane waren scheinbar zusammenhangslose Anekdoten, die auf dieselbe große katastrophale Landschaft gespritzt wurden, die sich vor den Augen der Welt abzeichnete. Es hätte für alle offensichtlich sein müssen, dass sie miteinander in Verbindung standen. Aber Ted vermutete, dass nur wenige, wenn überhaupt jemand, diese Anekdoten verknüpften. Augenblicklich überkam ihn die Angst, dass es zu spät sein würde, wenn das Weltpublikum diese Verbindung erkannte.

Gegen Ende der PBS-Sendung warf der Fernsehmaler immer ein paar schnelle Pinselstriche auf die Leinwand und verband plötzlich alle Bilder zu einem: Land, Himmel und Meer, alles nahtlos zu einem symbiotischen Mosaik verwoben. Erst dann wurde der Grund oder das Thema des Gemäldes offensichtlich. Diese letzten Verzierungen fehlten nur noch, um diesen Aha-Moment hervorzurufen.

Ted versuchte, den Prozess zu beschleunigen, um zu diesem Aha-Moment zu gelangen, damit er verstehen konnte, warum die Tierangriffe mit den Vulkanen zusammenhingen. Wenn er das täte, könnte er vielleicht helfen, seine Frau, sein Schiff, vielleicht sogar die Menschheit zu retten.

Er ließ sich schwer auf das kleine Sofa seiner Kabine fallen, mit Blick auf die offene Schiebetür und die sich verkleinernde Ansicht von Gibraltar. Sein Kopf lag zurück und seine Augen waren geschlossen, während er über diese reale apokalyptische Leinwand nachdachte, auf die er und all seine Schiffskameraden geworfen worden waren.

Irgendetwas hatte die Tiere in Spanien und anderen Teilen Europas verrücktspielen lassen. Und was auch immer das war, trieb diese Tiere dazu, andere warmblütige Kreaturen anzugreifen. Er war sich ziemlich sicher, dass er die Grundursache für ihren Wahnsinn kannte. Immerhin hatte er darauf ein fiktives Buch aufgebaut. Aber irgendetwas musste diesen massenhaften Wutanfall bei den Tieren ausgelöst haben. Eine Art Anstifter.

In seinem Buch war es ein Virus, das von einem wahnsinnigen Anarchisten erschaffen worden war. Er bezweifelte, dass diese reale Geschichte einen menschlichen Antagonisten als Hintergrund hatte. Er war sich nicht sicher, welche Logik sein Denken antrieb, aber er glaubte, dass dies natürlich sein und durch die Vulkanausbrüche verursacht worden sein musste, er wusste nur nicht, warum. Wenn er auch nur ansatzweise richtig lag, wäre das, was ihnen bevorstand, erschreckend. Und würde diese Krankheit des Wahnsinns nur in Europa bleiben oder sich anderswo ausbreiten? Und selbst wenn er diesen Teil des Rätsels lösen könnte, gäbe es einen Weg, sie zu stoppen? Die Aussicht, dass mehr als die Hälfte aller Tiere auf der Welt betroffen sein könnten, war zu beängstigend, um jetzt auch nur darüber nachzudenken.

Ted setzte sich auf, immer noch mit seinem Fernglas in der Hand, zögerte aber, es an sein Gesicht zu heben, aus Angst, dass es real werden würde, wenn er es sähe. TJ und er waren schon einmal in Gibraltar gewesen, als Teil einer Spanienreise. Er hatte sich darauf gefreut, Gibraltar wiederzusehen, trotz der großen Menschenmassen auf dem Schiff: die Erhabenheit seines „Felsens", leicht mit der Seilbahn zu erreichen; der Humor seiner berüchtigten Bewohner, die Berberaffen; und sein einzigartig britisches Flair, voller Pubs, die Guinness vom Fass servierten, zusammen mit geschmackvolleren Varianten traditioneller britischer Speisen, oder was sie *flavour* nennen würden.

Ted und TJ hatten geschworen, dass sie wiederkommen würden. Nachdem die Horden von Bord gegangen waren, hatten sie sich ein wenig Zeit nehmen wollen, um durch die gepflasterten Straßen zu schlendern, etwas von dem Essen zu genießen und ein Pint oder zwei zu trinken. Das würde jetzt nicht passieren, und vielleicht nie wieder.

Er betrachtete das Ausmaß dieser Epidemie, deren Zahlen täglich wuchsen: vor drei Tagen ein paar; vor zwei Tagen noch einige mehr; gestern eine Explosion von ihnen. Heute waren die internationalen Nachrichtenblogs und Fernsehsender voll von Berichten über die Tierangriffe in Europa.

Er sah zwei Hauptgemeinsamkeiten: Die Tiere schienen verrückt zu sein und ihre Augen waren rot. Von Island im Norden bis Ägypten im Süden und von Portugal im Westen bis zur Türkei im

Osten wurden Vögel, Hunde, Katzen und Ratten (und Affen) verrückt.

Aus *Le Figaro* in Paris, vom Vortag:

„Rudel von Hunden, die durch das Quartier Latin streiften, griffen andere Hunde und Menschen an. Sieben Todesfälle wurden gemeldet."

Aus *La Vanguardia* in Barcelona, vor einigen Stunden:

„Fünfundzwanzig Personen wurden wegen Verletzungen behandelt, die laut mehreren Opfern von ‚tollwütigen Katzen mit roten Augen' verursacht wurden."

Aus *EL PAÍS* in Madrid, vor zwei Tagen:

„Fünf Personen wurden auf einem Hertz-Mietwagenplatz von einem Schäferhund angegriffen. Zwei starben am Tatort."

Und schließlich aus dem *Dario Sur* in Malaga, am Vortag:

„Fünfzehn Personen wurden von Möwen im Bereich der Alcazaba-Burg angegriffen. Ein älteres Ehepaar wurde tot am Tatort aufgefunden."

Diese letzten beiden veranlassten Ted dazu, gezielt nach Berichten aus den nächsten geplanten Häfen zu suchen. Bisher gab es keine Berichte über Angriffe auf den Kanaren, obwohl er ein paar Erwähnungen über kürzliche Erdbeben und Sorgen über den Ausbruch eines seiner aktiven Vulkane gelesen hatte. Aber in Gibraltar fand er eine kleine Nachricht auf einer lokalen Blog-Seite. Es war diejenige, die ihn dazu veranlasst hatte, den Kapitän zu warnen. Eine Minute später wurde sie von einer britischen Zeitung bestätigt.

„Britischer Tourist von einem der berüchtigten Berberaffen Gibraltars angegriffen und beinahe getötet.“

In gewisser Weise war er nicht allzu überrascht, und dies allein bereitete ihm keine Sorgen. Offen gesagt hatte er sich immer gewundert, warum nicht mehr Menschen von diesen Affen verletzt wurden, deren teuflischer Charme und Neigung, aus unbeaufsichtigten Taschen zu stehlen, ihnen die Gunst der Touristen einbrachten. Wenn einer von ihnen gewalttätig werden wollte, gab es nicht viel, was man dagegen tun konnte. Und mindestens einmal zuvor waren mehrere der „aggressiveren“ Affen in einen Wildpark außerhalb Gibraltars umgesiedelt worden.

Aber es war der Bericht, der im britischen Daily Harold aufgetaucht war, der ihn erschaudern ließ.

„Molly Adams aus Lancashire wird voraussichtlich vollständig genesen, nachdem ihre Nase wieder angenäht wurde. Sie konnte aufgrund starker Sedierung keinen Kommentar abgeben. Allerdings berichtete eine ihrer Krankenschwestern, dass Ms. Adams immer wieder von ‚ihren bösen roten Augen‘ schrie.“

Da wusste er, dass der Kapitän die Passagiere der Intrepid nicht dem Risiko weiterer möglicher Tierangriffe aussetzen konnte. Christiansen schien von Teds Bericht nicht überrascht gewesen zu sein und hatte entschlossen reagiert, indem er sofort das Ausschiffen abgesagt und das Schiff abgeriegelt hatte. Jetzt fuhren sie aus dem Hafen, nachdem sie aufgetankt hatten.

Ted fühlte sich gut dabei, aber er spürte bis ins Mark, dass dies nur eine weitere Vignette auf dieser apokalyptischen Leinwand war, die sich in ganz Europa und vielleicht auch anderswo entfaltete. Er hoffte, dass er sich irrte, auch wenn das bedeuten würde, dass er allein der Grund dafür wäre, dass alle Gibraltar verpassten.

Bitte lass mich falsch liegen.

Aber er wusste in seinem Innersten, dass dem nicht so war.

Die ganze Zeit, die er in ihrem Zimmer verbracht hatte, hatte er gezögert, Gibraltar zu betrachten, während es in der Ferne verschwand. Er wollte seine Gedanken einfach nicht bestätigt sehen. Schließlich hob Ted das Fernglas an seine Augen, und wurde sowohl vom Surrealen als auch vom Schrecklichen überwältigt.

Es brannten mehrere Feuer, darunter ein beängstigender schwarzer Brand im Hafen, den sie gerade verlassen hatten. Geschäfte waren beschädigt, Autos waren zusammengestoßen, und dazwischen sah man immer wieder Affen, die auf Menschen sprangen, anderen hinterherliefen und wieder andere am Boden töteten. Ein erschreckend hellrot-oranges Licht füllte plötzlich sein Sichtfeld, als hätte er das Fernglas direkt auf die Sonne gerichtet.

Ted zuckte zusammen, sein Herz setzte mehrere Schläge aus. Ein tiefes, dumpfes Donnern erschütterte die Terrassentür seiner Suite und den Spiegel im Wohnbereich.

Ted schluckte seine Überraschung hinunter und beobachtete ehrfürchtig, wie sich eine rollende Kugel aus schwarzem Rauch und Feuer nach oben wand. Etwas Großes war gerade im Hafen explodiert.

Ihre Kabinentür öffnete und schloss sich
wieder, und TJ schlenderte herein, die Arme voller
Teller mit Essen und zwei Stellas.

Er hatte sich schon gefragt, was mit TJ passiert
war, da sie die ganze Zeit weg gewesen war,
während Ted seine Recherchen gemacht und den
Kapitän überzeugt hatte, Gibraltar zu verlassen,
während sie aufgetankt hatten und er dann in
seine Kabine zurückgekehrt war. Es waren Stunden vergangen, seit sie zum Laufen aufgebrochen
war. Er hatte sogar zu befürchten begonnen, dass
sie irgendwie das Schiff verlassen hatte, obwohl
der Kapitän bestätigt hatte, dass niemand von
Bord gegangen war. Er war sofort erleichtert, sie
zu sehen.

„Ich habe gehört, was du getan hast, und
dachte, wir bräuchten etwas Verpflegung", sagte
sie mit grimmigem Gesicht.

Sie schien sich der Explosion oder der Affenan-
griffe nicht bewusst zu sein, aber sie wusste von
seinen Bemühungen, den Kapitän zu überzeugen,
Gibraltar zu meiden – oder doch nicht?

„Woher weißt du das?", fragte er und legte das
Fernglas auf die Kommode.

Sie stellte die Teller und Biere auf dem
Couchtisch ab und schlang ihre Arme um ihn.

Sie umarmte ihn fest und ließ ihn dann los,
ihr Gesicht mit einer deutlichen Schicht Besorgnis
überzogen.

„Wir müssen reden."

Chapter 19

Das Gespräch

Sie hatten die Schiebetür geschlossen, sich eingeschlossen und mehr als eine Stunde lang geredet. Es war ein schwieriges Gespräch. TJ gestand ihm zuerst die Wahrheit über ihre Kreuzfahrt: Sie war nicht Teil seiner Buchtour. Alles war vom FBI wegen ihres Jobs arrangiert worden, nicht wegen seiner Bücher.

Sie erzählte ihm nicht den gesamten Zweck der Kreuzfahrt oder wie oft sie sich mit Jean Pierre traf. Das konnte sie noch nicht.

Er hatte einiges davon vermutet, aber er musste zugeben, dass er ein wenig enttäuscht war. Doch nichts davon spielte wirklich eine Rolle. Unabhängig von den Gründen für ihre Reise, TJs langen Abwesenheiten oder den Geheimnissen hatten sowohl sie als auch das Schiff weitaus größere Sorgen.

Er erzählte ihr alles, was er wusste, und während er das tat, wurde er immer überzeugter davon, dass er die verrückte Tierkrise, die sie heute erlebten, vorhergesagt hatte. Er fühlte sich gezwungen, einige Details zurückzuhalten, weil er sie nicht zu sehr erschrecken wollte, aber sie musste im Grunde wissen, was vor sich ging. Laut darüber zu sprechen, half ihm zu sehen, ob es Lücken in seiner Theorie gab. Es ehrte TJ, dass sie alles sehr besonnen aufnahm und jeden Punkt logisch und nicht emotional behandelte, wie er erwartet hatte. Es war schließlich eine tierische Apokalypse, und sie hatte Angst vor Tieren.

„Aber warum Vulkane? Ich meine, was haben sie mit der Ausbreitung dieser Krankheit zu tun, die Tiere verrückt macht?", fragte sie.

„Ich weiß es nicht. Ich habe diesen Teil noch nicht herausgefunden. Aber sie müssen zusammenhängen."

„Aber du denkst, die meisten Tiere, die mit dem Auswurf eines Vulkans in Kontakt kamen, könnten betroffen sein?" TJ nahm einen letzten Schluck ihres Stella Artois. Sie wünschte, sie hätte noch zwanzig für zwei weitere hingelegt.

Ted tippte auf seinem iPad herum, fast so, als würde er die Frage seiner Frau ignorieren. „Ja, ich glaube schon, wenn meine Theorie stimmt", sagte er, ohne aufzublicken. Schließlich, nach einer Minute stillen Studierens seines Bildschirms, sah Ted seine Frau an. „Ähm, sorry. Ich hatte gerade einen Gedanken. Ich fragte mich, wohin die Passatwinde den Auswurf der Vulkane in Island und am Ätna wehen würden." Er drehte sein Tablet zu TJ um. „Das ist ein Bild der Aschewolke über elf Tage während des Ausbruchs 2010, und denk dran, das war nur von dem einen Vulkan, aus Island."

„Das ist ganz Europa", ihre Augen folgten den fortschreitenden Linien der Aschewolke. „...halb Asien und ein Teil der USA."

„Und nochmal, das ist nur ein Vulkan..."

„Die Kanaren scheinen im bedeckten Gebiet zu liegen. Hast du nachgeschaut, ob es irgendwelche Berichte aus La Palma gibt?"

„Vor ein paar Minuten gab es noch nichts." Ted erhob sich vom Sofa und streckte sich. Sie hatten die ganze Zeit gesessen. „Ich muss mal ins Bad und ich glaube, ich höre unseren Zimmersteward. Ich stelle unser Geschirr für ihn draußen ab."

„Cool, macht es dir was aus, wenn ich ein bisschen recherchiere?" TJ zog das iPad auf ihren Schoß. „Und schau mal, ob du ihn dazu bringen kannst, uns noch mehr Bier zu bringen."

„Klar, beides." Ted sammelte das Tablett mit dem Geschirr und ihre zwei leeren Flaschen ein. Er tappte zur Tür und balancierte das Tablett in einer Hand, während er mit der anderen die schwere Tür öffnete. Ein Windstoß heulte durch die Kabine. Es war Zugluft, die von ihrer hinteren Schiebetür – sie hatten sie vor ein paar Minuten einen Spalt geöffnet, um etwas frische Luft zu bekommen – durch die offene Vordertür brauste. Ted ließ die Tür mit einem dumpfen Knall zufallen und vergaß für einen panischen Moment, ob er seinen Schlüssel dabeihatte. Dann erinnerte er sich, dass er in seiner Gesäßtasche war.

Er schaute in beide Richtungen und sah Jagas Versorgungswagen nicht, also beugte er sich vor und stellte das Tablett neben der Tür ab. Er würde den Zimmerservice wegen der Biere anrufen und sie bitten, es mitzunehmen. Sein Kopf schnellte nach rechts zu einer schnellen Bewegung, und er erstarrte, das Tablett noch in der Hand.

„Hey du", sagte er zu dem, was er zuerst für eine sehr große Ratte hielt, und dann erkannte er, dass es ein Frettchen war. Er nahm an, dass jemand es mit an Bord gebracht haben musste und es entkommen war.

Er erstarrte.

Das Frettchen bewegte sich nicht und starrte ihn nur mit blutrot Augen an.

Ted war noch immer gebeugt. Sein Gesicht und Hals waren diesem Tier völlig ausgeliefert, falls es angreifen würde. Sein Herz schlug einen Count-down zu dem, was er für den bevorstehenden Angriff des Frettchens hielt.

Teds Finger glitten sanft über die Oberfläche des Tabletts, wo er sich erinnerte, eine Metallga-bel gesehen zu haben, die er als Waffe benutzen konnte. Er spürte sein Herz pochen, während er erstarrt blieb. Nichts anderes an ihm bewegte sich, außer den Spitzen seiner Finger, die langsam über das Tablett strichen. Als seine Hand die Gabel fand, stellte sich das Frettchen auf die Hin-terbeine und machte schnüffelnde Geräusche mit seiner Nase.

Ted dachte, das wäre das Signal, und er wartete darauf, verharrte regungslos und machte sich auf den bevorstehenden Aufprall gefasst. Stattdessen senkte sich das Frettchen auf den Teppich und raste dann an ihm vorbei, den Flur hinunter. Es bog rechts ab und schoss einen anderen Korridor hinunter.

Er stieß eine lange Reihe von Atemstößen aus und richtete sich auf, die Gabel in seiner linken

Hand umklammernd. Dann dachte er über das Verhalten des Frettchens nach.

Er war sich sicher gewesen, dass das Frettchen wie ein Honigdachs über ihn herfallen würde, als er zuerst die roten Augen gesehen hatte, aber dann wurde ihm klar, dass das Tier nicht wahnsinnig war wie die anderen Tiere. Es dachte nach, überlegte. Den verrückten Tieren schien jegliche Vernunft zu fehlen: Sie griffen einfach an.

„Mister Williams?", fragte ihr Zimmersteward Jaga, „kann ich Ihnen etwas bringen?"

Ted erschrak, völlig in seine Gedanken und das, was er für sein gewaltsames Ende gehalten hatte, versunken. „Ah, hallo! Nein, und geht's gut, danke." Er drehte sich um, schob den Schlüssel in die Tür und ließ sich in ihre Kabine ein. Mit einem *Whoosh* und einem *Rumms* schlug die Tür hinter ihm zu.

„Dachte schon, du wärst in ein schwarzes Loch gefallen. Komm her und sieh dir das an." TJ zeigte auf das iPad. „Ach, egal, ich erzähle es dir einfach. Es gibt immer noch keine Berichte über Tierangriffe auf den Kanaren, zumindest nicht in letzter Zeit. Allerdings gab es in den 1700er Jahren eine Reihe von Angriffen. Es gibt ein Buch auf Google, eine Geschichte der Kanaren, und es erzählt von einer Periode – die übrigens Tage nach einem Vulkanausbruch war –, in der, und ich zitiere, ‚eine dunkle Zeit über die Inseln fiel, in der Menschen und Tiere angeblich verrückt geworden sind'. Zufall oder Vorbote?"

Ted hatte seinen Platz zurück auf dem Sofa gefunden, während er TJs Erkenntnissen zuhörte.

„Guter Fund. Übrigens, weißt du zufällig etwas über die typische Augenfarbe eines Frettchens?"

Sie sah ihn an, als wäre er derjenige, der verrückt geworden war, besonders angesichts dessen, was er in der Hand hielt. „Äh, nein. Und was soll die Gabel?"

Er blickte nach unten und sah, dass er immer noch unbewusst die verdammte Gabel umklammerte, die er gerade dem Frettchen hatte entgegensetzen wollen.

Er zögerte und beschloss dann, ihr von dem Frettchen zu erzählen, dem er begegnet war, als ein doppelt pulsierender Ton in der gesamten Kabine widerhallte.

Es fühlte sich für sie an wie der gefürchtete Anruf, den man oft mitten in der Nacht erhielt und der die Nachricht von der Krankheit oder dem Tod eines Familienmitglieds überbrachte. Sowohl TJ als auch Ted starrten finster auf das Telefon, spürten, wie ihre Herzen einen Satz machten und sich ihre Mägen gleichzeitig umdrehten. Es klingelte erneut, aber keiner von ihnen rührte sich.

Da TJ dem Telefon am nächsten war, nahm sie schließlich ab.

„Hallo?", meldete sie sich, ihr Gesicht ernst und streng. „Oh, hallo Jean Pierre", sagte sie nun viel freundlicher.

Sie nickte und blickte auf den Schreibtisch, wo das Telefon stand. „Ted auch?" Sie sah zu ihm hinüber. „Wir beide?" Wieder wandte sie den Blick ab. „Okay, danke. Wir sehen uns gleich."

Chapter 20

Taufan, das Frettchen

Taufan hatte endlich die Quelle des Geruchs ausfindig gemacht, den er zuerst gewittert hatte.

Das Frettchen war noch nie außerhalb der drei mal zwei Meter großen Kammer gewesen, die sein Besitzer mit den anderen Mitbewohnern teilte, sodass jeder Quadratmeter des Schiffs für ihn neu war.

Taufan verstand nicht, was vor sich ging, und konnte schon gar nicht begreifen, warum. Er war schließlich ein Frettchen. Er wusste nur, dass er verwirrt, einsam und sehr hungrig war, alles auf einmal. Diese Gefühle waren ihm so fremd wie die Weiten des Schiffs, die er bereits erkundet hatte. Bis heute hatte er nur erlebt, dass sein kleiner Bauch gefüllt wurde, wenn er Hunger hatte, und die Liebe seines Besitzers und von dessen Mitbewohnern gespürt.

Jetzt hatte er den ganzen Tag über Hunger gelitten und konnte kein Futter finden. Zweimal hatte er gedacht, er hätte die Chance, gefüttert zu werden. Vor einer Weile hatte ein großer Mann versucht, ihn zu füttern, aber ein größeres Tier hatte ihn weggejagt. Und dann hatte es ausgesehen, als würde ein Mann ihm etwas auf einem Tablett anbieten, aber dann roch Taufan etwas viel Appetitlicheres.

Ein Besatzungsmitglied hatte eine Tür offengelassen, die eigentlich versperrt sein sollte. Und durch diese Tür, ein Treppenhaus hinunter, witterte er die herrlichen Gerüche von Fisch. Viele Fische, zusammen mit anderen fremden, aber ebenso leckeren Aromen. Taufan war nicht wählerisch. Er kannte nur den Geschmack von Fisch und war jetzt so hungrig. Sogar die Menschen, an denen er vorbeiraste, sahen wie Nahrung aus, obwohl er seinen Besitzer und dessen Mitbewohner zuvor nie als Nahrung betrachtet hatte. Da wurde Taufan panisch. Er stürmte in die riesige Hauptküche, wo das ganze Essen für die Schiffsgäste zubereitet wurde.

Da dem Schiff die Hälfte des Küchenpersonals fehlte und das Abendessen trotzdem pünktlich erwartet wurde, sahen sich viele der Küchenmitarbeiter gezwungen, zwei Jobs zu erledigen. Und inmitten des Wahnsinns, in dem alle durch die Küche rasten, bemerkte niemand das kleine Frettchen, das hineinhuschte und sich dann auf den Weg zu den Gerüchen machte, von denen es die ganze Zeit angezogen worden war: dem Fischvorbereitungsbereich.

Taufan hatte bisher nur gekochten Fisch erlebt, von den Häppchen, die Jaga und seine Mitbewohner ihm jeden Tag von ihrem eigenen Abendessen mitbrachten. Jaga war selbst ein Fischfan und daher auch Taufan. Aber der Geruch von frischem Lachs war fast zu viel für das ausgehungerte Frettchen. Wie eine gelenkte Rakete schoss Taufan so schnell seine kleinen Beine ihn tragen konnten auf sein Ziel zu und umging dabei mühelos alle Hindernisse.

Er sprang auf einen Eimer neben einem nachlässig zurückgelassenen Putzwagen und folgte der improvisierten Treppe den Wagen hinauf und auf eine Theke, wodurch er sich auf Bauchhöhe mit der Küchenmannschaft befand. Er blieb unbemerkt.

Ohne zu zögern huschte er über mehrere Töpfe zu einem langen Regal, das sich über die vielen Edelstahl-Zubereitungsflächen erstreckte, fast über die gesamte Länge der Küche. Am Ende dieses Regals befand sich der Fischvorbereitungsbereich.

Das Küchenpersonal war sehr stolz darauf, dass es strenge Sicherheitsverfahren für den Umgang mit Lebensmitteln einhielt. So gab es keine Chance auf Verunreinigungen, die zu Infektionen oder Ausbrüchen führen konnten. Aber aufgrund der Personalknappheit auf dieser Kreuzfahrt, einschließlich des Verlusts ihres Sicherheitsbeauftragten (der es nie zurück aus Malaga geschafft hatte), passierten Fehler. Diese Fehler waren wie Dominosteine, die eine Kettenreaktion von Versäumnissen auslösten, die es nicht nur einem Frettchen ermöglichten, seine Beute zu finden, sondern auch etwas viel Schlimmeres.

Ein Eimer mit schmutzigem Wasser, zurückgelassen von einem Mitglied des unterbesetzten Reinigungsteams, das zu einem Notfall in der Hilfsküche gerufen worden war, stand gefährlich am Rand desselben Regals, über das Taufan huschte. Diese Art von Verstoß war auf Kreuzfahrtschiffen, besonders bei Regal European, absolut unerhört. Unter normalen Umständen wären Lebensmittel sofort entsorgt worden, wenn auch nur die geringste Chance bestanden hätte, dass sie die gleiche Stelle berührt hätten wie dieser Eimer. Aber dies waren keine normalen Zeiten.

In dem Moment, als Taufan an dem Eimer vorbeistreifte, der teilweise seinen Weg blockierte, ließ eine große Meereswelle das Schiff in die gleiche Richtung rollen, und der Eimer begann einen langen Sturz zum Boden. Auf einem Drittel des Weges nach unten traf er einen weiteren Wagen, der ebenfalls unachtsam unten geparkt worden war. Aufgrund des Wellengangs hatte dieser Wagen ebenfalls begonnen, zur gegenüberliegenden Seite des Hauptküchengangs und dem Gemüsezubereitungsbereich zu rollen. Der Eimer traf so auf, dass der Großteil des schwärzlichen Wassers – eine eklige Mischung aus alten Fischteilen, Dreck vom Boden und anderem schlammigen Unaussprechlichen, alles voller Bakterien – in Richtung des Tisches mit Blattgemüse spritzte.

Kurz zuvor hatte Samuel Yusif aus Somalia, der hinter einem der Zubereitungstische stand, vorsichtig sein gelbes Halstuch zurechtgerückt, das er sich durch seine zwei früheren Verträge verdient hatte. Er suchte in seinem Bereich nach der grünen Wanne, die er für seinen nächsten Schritt unbedingt brauchte. Sie war weg. Er hatte bereits alles zerkleinert, was in die spezielle

Wanne musste, die zum Transport des Grünzeugs in einen Bereich verwendet wurde, der von anderen gelben Halstüchern besetzt war, um die Salate für den Abend vorzubereiten. Normalerweise wurde ihm die Wanne von einem anderen Crewmitglied zurückgebracht, meist einem der grünen Halstücher. Aber mehrere der Grünen hatten es in Malaga nicht an Bord geschafft. Er brummte leise vor sich hin, wissend, dass er die verdammte Wanne selbst finden musste.

Als Samuel seinen Bereich verließ, nahm er das Geräusch des krachenden Eimers hinter sich kaum wahr; er hatte gerade eine seiner vermissten Wannen entdeckt und konzentrierte sich darauf, diese zu schnappen und sein Grünzeug loszuwerden, bevor sein Vorgesetzter ihn anschrie, weil er zu lange brauchte. Als Samuel die Wanne ergriff, spritzte der fallende Eimer sein schwärzliches, kontaminiertes Wasser über seinen frisch gehackten Salat und prallte dann unbemerkt unter seinen Zubereitungstisch.

Als Samuel zurückkehrte und sein gehacktes Grünzeug in die Wanne schaufelte, bemerkte er nicht einmal die kleinen Sprenkel von Essenspartikeln und Schmutz, die seinen Salat übersäten. Der nasse Boden war seltsam, aber das schärfte nur seine Konzentration darauf, nicht auszurutschen und seinen Römersalat fallen zu lassen.

Er brachte seine Wanne schnell zu den Salatzubereitern, die darauf warteten. Diese verteilten dann das Blattgemüse mit anderen frisch zubereiteten Zutaten in jede Schüssel. Ein anderes gelbes Halstuch fügte die frisch gemachten Croutons hinzu. Jeder Salat war wie immer wunderschön präsentiert. Nur eines der gelben Halstücher bemerkte, was wie Pfefferflecken aussah, aber sie dachte nicht daran, es zu erwähnen, da ihr neuer Chefkoch immer wieder neue Dinge ausprobierte.

Flavio kam aus dem Serviceaufzug hereingeweht, bog um die Ecke in den Hauptküchengang und zog seinen Wagen zur Salatzubereitungsfläche. Sofort, ohne ein gesprochenes Wort, beluden die gelben Halstücher ihn mit den frisch zubereiteten Salaten. Als sein Wagen voll war, drehte er ihn herum und schob ihn schnell zurück zum Aufzug.

Als er um die Ecke bog, direkt am stinkenden Fischzubereitungsbereich vorbei, wurde er Zeuge von etwas, das er in einer sauberen Küche nie zu sehen gedacht hätte: Eine seltsam geformte Ratte fraß gierig an einem der großen Lachsfilets. Er hasste Ratten und dachte, er hätte das Rattenproblem des Schiffes bereits gelöst. Das machte ihn wütend.

Er schaute nach links und rechts und sah niemanden in diesem Bereich. Also beschloss er, die Sache selbst in die Hand zu nehmen. Er war dieses andauernde Problem leid.

Flavio zog ein Steakmesser aus seiner Scheide; in seiner Position brauchte er immer ein Messer, und die Steakmesser waren vielseitig und reichlich vorhanden. Es hatte nicht die Balance der Wurfmesser, die er zu Hause trug, oder seiner Morakniv-Karbonmesser, die er in seiner Kabine aufbewahrte, aber es würde genügen.

In Richtung der Ratte brüllte er: „Hey, Ratte!"

Taufan blickte zu dem schreienden Menschen auf, während er hektisch einen Mund voll köstlichem Lachs kaute.

Der Kellner zögerte einen Moment – das Messer zum Wurf bereit –, als er dieses seltsam aussehende Ding betrachtete: Sein Körper war länger als der von einer normalen Ratte und denen, denen er gestern begegnet war. Aber wie die anderen waren seine Augen so rot wie ukrainische Rubine. Die roten Augen waren einfach zu viel. Diese kurze Pause war alles, was die Kreatur brauchte.

Flavio warf das Messer. Es hatte die perfekte Geschwindigkeit und den richtigen Bogen, und es war auf Kurs. Aber es traf genau in dem Moment, als die lange Ratte vom Tisch gesprungen war. Das Messer klirrte von der Oberfläche ab und spaltete ein weiteres Stück von der ruinierten Lachsplanke ab.

Er brummte kurz frustriert über seinen Fehlwurf, bevor er sein Gewicht wieder gegen den Wagen stemmte. Hungrige Gäste warteten auf ihre Salate. Jemand anderes würde diese Ratte töten müssen. Er griff unter den Wagen und nahm ein Ersatz-Steakmesser, das er einsteckte. Er musste daran denken, dieses zu schärfen. Er hasste stumpfe Messer.

Kurz bevor er den Aufzug betrat, entdeckte er den leitenden Souschef, Jon. Genau der Mann, dem er diesen ungeheuerlichen Vorfall melden musste.

„Hey, Jon." Sein rumänischer Akzent und sein begrenzter englischer Wortschatz hinderten ihn daran, die Empörung auszudrücken, die er artikulieren wollte, aber in seinem Kopf schrie er sie heraus. *Wie konntest du es zulassen, dass eine Ratte überhaupt in dieser Küche existiert, die bis*

*jetzt makellos war? Wie konnten frische Lachsteile
unbeaufsichtigt gelassen werden? Und wie konntest
du zulassen, dass eine so gut geführte Kombüse vor
die Hunde geht?*

Flavio hasste diesen Souschef bereits, weil er
Engländer war, genau wie der Küchenchef – er
hasste englisches Essen wirklich. Aber das alles
war zu viel, um es zu ertragen.

Er hatte mehr Verträge gedient als dieser Narr,
und vom Kapitän abwärts wurde er wegen seiner
Fähigkeiten und seiner Arbeitsmoral von seiner
Crew sehr geschätzt. Trotzdem war der Souschef
sein Vorgesetzter.

Als er Jons Aufmerksamkeit hatte, stieß er hervor: „Sie haben eine Ratte, die den Lachs frisst,
und niemand ist da, der es sieht. Sie müssen sich
besser um Ihre Küche kümmern."

Er wartete keine Antwort ab.

Als er den Knopf für Deck 6 drückte, der direkt
in den Hauptspeisesaal führte, beobachtete er mit
Abscheu und ein wenig Freude, wie die seltsam
aussehende Ratte durch die Küche huschte, ver-
folgt von Jon und zwei gelben Tüchern.

Chapter 21

Der tollwütige Zwergpudel

„Es war ein verdammter tollwütiger Zwergpudel, sag ich Ihnen!"
Boris setzte sich in seinem Krankenbett auf,
die Wangen vor Aufregung gerötet. „Das Ding ist
bösartig. Und es hatte rote Augen, wie ein kleiner
Teufel." Er zeigte auf seine Augen und knirschte
mit den Zähnen, um bedrohlicher auszusehen.
„Sie müssen den Kapitän warnen."

„Beruhigen Sie sich, Mister Thompson. Wir werden jeden informieren, der informiert werden
muss. Lassen Sie uns zuerst sicherstellen, dass es
Ihnen gut geht." Dr. Chettle wandte sich seiner
Krankenschwester zu und flüsterte ihr den Auftrag zu, Mister Thompsons Temperatur noch einmal zu messen.

Ihre letzte Messung hatte 36,12 Grad ergeben,
was weit unter der Norm lag. Er nahm an, dass
sie es beim ersten Mal nicht richtig gemacht hatte.
Sie hatte noch nie auf einem Schiff gearbeitet,
und in diesem Moment konnte er sich nicht an
ihre Qualifikationen erinnern. *Aber sie sollte ver-*

dammt nochmal in der Lage sein, eine Temperatur zu messen. Zumindest dachte er das.

Er vermutete, dass Boris Thompson tatsächlich in Ordnung war, abgesehen von sehr oberflächlichen Bisswunden von drei Hundebissen und einigen kleineren Schürfwunden vom Teppich, der seinen Sturz abgefedert hatte. Es gab nur sehr geringen Gewebeschaden durch die Bisse, die nicht mehr als ein paar Millimeter in die Epidermis eingedrungen waren. Eine Infektion war die größte Sorge. Thompsons Blutdruck war leicht erhöht, was angesichts seiner momentanen Aufregung und seines Gewichts normal war. Sie hatten ihn bereits ziemlich schnell gereinigt und verbunden. Mister Thompson konnte entlassen werden, sobald Chettle eine genaue Temperatur für seine Aufzeichnungen hatte.

Beunruhigender für Dr. Chettle war, dass dies der dritte Hundebiss war, den er in den letzten vierundzwanzig Stunden behandelt hatte, und es war erst der dritte Tag der Kreuzfahrt. Also würde er seinen Vorgesetzten von diesem Vorfall berichten und sogar Mister Thompsons farbenfrohen Kommentar einbeziehen. Nicht, weil er an die Geschichte eines tollwütigen Zwergpudels glaubte; er glaubte, dass Al im Tiersalon seine Arbeit nicht richtig machte. Wenn Al einen Zwergpudel entkommen ließ, was würde dann passieren, wenn er die größeren Hunde im Zwinger nicht unter Kontrolle hielt, besonders neben der Schiffsklinik?

In Wahrheit verabscheute Dr. Chettle es, einen Hundezwinger auf dem Schiff zu haben, und war so verblendet von der Chance, seinen Kollegen bei einem Fehler zu erwischen, dass er jeden Zusammenhang zwischen Hundebissen und den mehreren Fällen von Rattenbissen auf dem Schiff übersah, einschließlich derer am Körper ihres Metzgers, der bei einem Sturz ums Leben gekommen war.

Er tippte noch ein paar Notizen auf seinem Tablet ein und fügte dann die Datei einer E-Mail bei, die er bereits begonnen hatte. Er las sie noch einmal durch, änderte „zweiten" in „dritten" und schickte sie dann an den Stabskapitän. Er blickte wieder zu Mister Thompson auf, der wieder aufrecht saß und lebhaft auf seine Krankenschwester einredete.

„Nein, Ihr verdammtes Thermometer ist nicht kaputt. Meine Temperatur ist von Natur aus niedrig, na und? Sie verschwenden Zeit. Sie müssen den Kapitän warnen, und er muss die Besatzung und die Passagiere vor diesem verrückten Hund warnen. Wir sind nicht sicher!"

* * *

Ich glaube, er ist hier langgelaufen", sagte Yakobus, der neben einer Palette zerdrückter Pappkartons kniete und auf den Eingang einer Abzweigung vom I-95-Gang zeigte.

Jaga und Catur blieben kurz hinter ihm stehen, schauten sich um und taten so, als hätten sie einen guten Grund, dort zu sein, einen, der nichts damit zu tun hatte, ihrem illegalen Frettchen hinterherzujagen. Wann immer sich ein Schiffsoffizier näherte, versuchten sie, normal zu wirken.

Jedes Crewmitglied, das rangniedriger war als ein Offizier, würde sich nicht darum scheren, warum sie im I-95 herumstanden. Sie hatten nun stundenlang nach Taufan gesucht, und als sie hörten, dass eine „wirklich lange Ratte in der Küche los ist", waren sie angerannt gekommen. Sie hatten Taufans Spur im I-95 aufgenommen. Und dann wieder verloren.

I-95 war die verkehrsreichste und längste Durchgangsstraße auf dem Schiff, die sich von Bug bis Heck erstreckte. Und weil sie von der gesamten Besatzung benutzt wurde, um quer durch das Schiff zu ihren Schichten zu gelangen und Vorräte außerhalb der Sichtweite der Gäste zu transportieren, konnte Taufan jetzt überall sein.

Ein zweiter Offizier der Technik schlenderte zum zweiten Mal an ihnen vorbei und warf einen Blick auf die neugierigen Zimmerstewards, die fehl am Platz wirkten.

„Sir", sagten sie alle im Chor.

„Und ich denke, du solltest die fehlende Kleidung der Wäscherei melden", rief Yakobus Jaga zu, viel zu laut, als wären sie mitten in einem Gespräch erwischt worden, als der Offizier vorbeikam.

Als der zweite Offizier nicht mehr zu sehen und außer Hörweite war, kniete sich Jaga dorthin, wo Yakobus hingezeigt hatte, und sah die Exkremente, plus etwas anderes: eine Fischgräte. Das musste von Taufan sein, als dieses verrückte Frettchen angeblich den Lachs in der Küche geplündert hatte. Jaga konnte es seinem Kumpel nicht verübeln, dass er hinter frischem Lachs her war. *Ich hätte dasselbe getan, wenn ich in seinen Schuhen stecken würde... ich meine, Pfoten.*

„Hey Leute", warnte Catur. Er war wie ein Turm aufgetaucht, und wie Yakobus neben ihm schaute er geradeaus den langen Gangabzweig hinunter in Richtung der weitläufigen Vorratsräume. Beide trugen Blicke schockierter Angst.

Fünfzehn Meter entfernt, vor einer Palette mit Wasserflaschen, bellte und kratzte ein Rudel Hunde an den Behältern. Einige der angegriffenen Flaschen waren geplatzt und sprühten immer noch wie Springbrunnen Wasser. Alle Hunde schienen verrückt, von einer tollwutähnlichen Raserei ergriffen. Und Jaga konnte das Objekt ihrer Wut sehen.

Inmitten der Palette, von allen Seiten von den Wasserflaschen umgeben, war ein kleiner Mann, der sich selbst umarmte und vor und zurück wiegte. Unter der Palette war der kleine Taufan, der versuchte, in die dunklen Nischen zu schrumpfen, um den Hunden zu entkommen. Die Hunde sahen ihn nicht.

„Was sollen wir tun?" Zu Caturs Schock sah er Jaga bereits vorsichtig auf den Zehenspitzen gehen und sich dem Rudel wilder Hunde nähern.

Jaga schmiegte sich an eine Wand und trat leise näher an das Rudel heran, versuchte, klein auszusehen und kein Geräusch zu machen, das ihre Aufmerksamkeit auf sich ziehen konnte. Er hatte keine Ahnung, was er tun sollte, wenn er dort ankam, hoffte aber, dass ihm etwas einfallen würde, bevor die Hunde ihn angriffen.

Er hielt auf halbem Weg zum knurrenden Rudel an. Vor ihm lag die zusammengesunkene Gestalt eines Mannes hinter einer Kiste mit gebündelten Papieren, die am nächsten Hafen abgeliefert werden sollten. Jaga wich ein paar Schritte zurück und verlor dabei fast das Gleichgewicht. Der Mann wirkte leblos; seine Hautfarbe passte zu seiner grauen Arbeitskleidung. Eine Blutlache breitete sich langsam von seinem Hals aus und suchte unter der Kiste einen Ausweg. Der Mann schien versucht zu haben, seinen zerfetzten Hals zusammenzuhalten, in einem gescheiterten Versuch, am Leben zu bleiben. Blutige Bissspuren übersäten seinen Körper und blutige Pfotenabdrücke machten es deutlich: Die Hunde waren die Mörder. Es musste gerade erst passiert sein.

„Oh mein Gott", jaulte Catur, der gerade Yakobus hinter sich gelassen hatte und zu Jaga aufgeschlossen war und nun den Körper sah. Er sagte dies viel zu laut.

Das Rudel Hunde unterbrach abrupt ihr gieriges Kratzen und Bellen und wandte seine kollektive Aufmerksamkeit von Taufan ab und dem Trio zu.

„Oh Mist", jaulte Catur erneut.

Jaga wollte ihn umbringen, wusste aber sofort, dass sie die Nächsten sein würden.

Ein verrückter kleiner Pudel huschte um den Rand des Rudels herum und stieß trotz seiner winzigen Größe einen erschreckenden, hohen Schrei aus.

Jaga unterdrückte einen Schrei, als ihm klar wurde, dass die Jagd vorbei war. Es gab keine Möglichkeit, diesem Rudel zu entkommen. Er traf eine schnelle Entscheidung und sprang in die Mitte des Ganges, rannte dann auf das Rudel zu, wedelte mit den Armen und schrie die wüstesten

Schimpfwörter, die er auf Indonesisch kannte, aus vollem Halse.

Catur stand fassungslos da, als er sah, wie sein Freund Jaga auf das Rudel verrückter Hunde zustürmte, in dem Versuch, ihre Aufmerksamkeit von ihnen weg und auf sich allein zu lenken.

Die Hunde – alle außer dem Pudel waren zusammengekettet – stürzten sich auf Jaga, wobei der Zwergpudel hinterhertrottete. Sowohl Jaga als auch die Hunde näherten sich schnell, nur eine oder zwei Sekunden trennten sie voneinander. Kurz bevor sie zusammenprallten, sprang Jaga in eine der weit offenen Kühlkammern.

Das Rudel Hunde hatte das nicht kommen sehen und versuchte sofort, den Kurs zu ändern, aber ihre Pfoten – rutschig vom Blut und dem Wasserflaschenangriff – glitten über den harten Boden. Jeder versuchte, wieder Halt zu finden, einige überschlugen sich und andere flogen wild in der Luft herum. Aber keine noch so große Anstrengung ihrerseits konnte ihren Schwung stoppen. Schließlich kamen sie zum Stehen.

Sie richteten sich krampfhaft auf und stürmten als ein verworrener Haufen auf den offenen Raum der Kühlkammer zu. Jaga, unsichtbar im Inneren, schien selbst verrückt geworden zu sein, als er dem herannahenden Rudel weitere indonesische Flüche entgegenschrie, das fast gleichzeitig durch die Tür sprang.

Es gab mehrere Aufprallgeräusche, gefolgt von zerbrechendem Glas, Gebell und Chaos. Dann stürzte Jaga aus der Kühlkammer. Er drehte sich schnell um und drückte mit einem Grunzen gegen die massive Schiebetür. Sie schloss sich mit einem

Klicken, gerade als die gedämpften Geräusche der Hunde auf der anderen Seite gegen die Tür hämmerten und kratzten.

Jaga, der praktisch hyperventilierte, suchte an den Wänden nach etwas und machte ein kleines Geräusch der Zufriedenheit. Er schleppte sich zur anderen Seite der geschlossenen Kühlkammer, nahm die Ankündigung für eine bevorstehende Crew-Party ab, drehte sie um und schrieb mit seinem Filzstift „Nicht öffnen! Verrückte Hunde!" auf die Rückseite und schob die Notiz in den Griff: eine Warnung für die nächste Person, die versucht sein könnte, diese Kühlkammer zu öffnen.

Jaga sammelte dann den letzten Rest seiner Kraft und sprintete zur Palette mit den zerstörten Wasserflaschen. Endlich holten Catur und Yakobus auf. Sie überprüften den schwankenden Mann und halfen ihm aus seinem wackligen Wasserflaschen-Gefängnis. „Geht es Ihnen gut?", fragten sie.

„Komm her, Taufan", rief Jaga in den dunklen Raum unter der schwappenden, tropfenden Masse aufgeschlitzter Wasserflaschen. Yakobus und Catur trotteten leise hinter ihm her und die drei lauschten in der Hoffnung, dass Jagas Flehen belohnt würde.

Ein kaum hörbares Quieken antwortete, und Momente später watschelte ein durchnässter Taufan zu ihnen herüber und sprang in Jagas Arme.

Keiner von ihnen schwelgte in der Freude darüber, ihren kleinen Freund gefunden zu haben und nicht dabei gestorben zu sein. Stattdessen drehten sie sich um und verließen den Bereich schnell. Alle drei wandten ihre Blicke ab, als sie an der Leiche vorbeigingen. Sie wollten zurück in ihr Zimmer gehen und Taufan sicher und ungesehen in sein Bett zurückbringen. Erst dann wollten sie die Leiche und die eingesperrten Hunde melden.

Sie bogen zurück auf die I-95, Jaga wiegte Taufan, während seine Freunde ihre Arme um ihn legten und ihn für sein heldenhaftes Verhalten mit Lob überschütteten.

Wenige Sekunden später rutschte das Warnschild, das Jaga gemacht hatte, von der Tür und fiel mit der beschrifteten Seite nach unten auf den Boden.

Chapter 22

Edgar

Edgar schlurfte durch das Schlafzimmer, um die Schiebetür zu schließen, ließ sie aber einen Spalt offen. Sie war die ganze Kreuzfahrt über offen gewesen, trotz der kühlen Temperaturen. Er mochte es kalt, und sie hatte nichts dagegen. Aber in ihrem jetzigen Zustand schien es richtig, die Kälte auszusperren.

Er hatte die im Wohnzimmer überprüft, und sie blieb hinter den Gardinen und Vorhängen geschlossen, die vollständig zugezogen waren. Sie wollte es so, da sie kein Interesse daran hatte, nach draußen zu sehen.

Nachdem er sichergestellt hatte, dass ihre Kabine gesichert war, schlenderte er zurück in ihr Schlafzimmer und hielt an ihrem Bett inne, betrachtete sie und überlegte, was er als Nächstes tun sollte. Genauer gesagt, was er in Bezug auf sie tun sollte.

Eloise war letzte Nacht nach einem langen Trinkgelage nach Hause gekommen. Er war im Bad gewesen und hatte mit Magenproblemen nach dem Abendessen gekämpft. Er hatte sie unbeholfen durch ihre Kabine poltern und seinen Namen rufen gehört, dann war sie still gewesen. Ein paar Minuten später, als er aus dem Klo gekommen war, hatte er sie mit dem Gesicht nach unten auf ihrem Bett in fast demselben Zustand gefunden, in dem sie jetzt immer noch war. Er hatte sie einmal umgedreht, nur um sicherzugehen, dass sie atmete. Tat sie. Sie war nun seit Stunden bewusstlos. Darüber war er froh.

In diesem Moment hatte er das Beste aus beiden Welten: Sie war bewusstlos, was weitaus besser war als ihr nervtötendes waches Ich, und sie war fast völlig nackt, und er genoss es durchaus, ihren Körper zu betrachten. Was gab es daran nicht zu schätzen, nachdem sie so viel Geld ausgegeben hatte, um ihn zu perfektionieren? Und wenn er ehrlich war, war es ihr Aussehen, das ihn zunächst zu ihr hingezogen hatte.

Er erinnerte sich daran, wie sie sich kennengelernt hatten und wie sie ihn angemacht hatte.

Er war seit der Oberstufe nicht mehr mit einer schönen Frau zusammen gewesen. Nach seinem Studienabschluss hatte er eine respektable Frau von gutem Stammbaum geheiratet; es war Martha, der er die ganze Zeit bis zu ihrem Tod im letzten Jahr treu gewesen war. Martha mochte äußerlich schlicht gewesen sein, aber ihre Schönheit war tiefer und zeigte sich in ihrer Freundlichkeit gegenüber anderen. Eloise war das Gegenteil.

Er ließ die Bilder von jener Nacht Revue passieren, als er sie zum ersten Mal in einer Kneipe gesehen hatte, die er und einige seiner Freunde in der Nähe seines Pariser Zuhauses häufig besuchten. Sie hatte ein leuchtend rotes Kleid getragen, das ziemlich freizügig war und sich an ihre Kurven schmiegte. Er hatte auch sehen können, dass sie viel zu viel getrunken hatte. Sie war auf ihn zugetorkelt und hatte dann ein paar Meter entfernt angehalten, wobei sie so geschwankt hatte, dass sie sich an einem Barhocker festhalten musste. Sie hatte in ihrer Designerclutch nach etwas gesucht und dann etwas herausgezogen, das wie Autoschlüssel ausgesehen hatte. Er erinnerte sich, dass er gedacht hatte: *Du willst doch nicht etwa in diesem Zustand Auto fahren, oder?* Er hatte sie das nicht tun lassen können. Er hatte sich bei seinen Kumpels entschuldigt und war zu ihr gegangen, während sie versucht hatte herauszufinden, welcher der drei Schlüssel zu ihrem Auto gehörte.

Er hatte darauf bestanden, sie nach Hause zu fahren. Sie hatte gemäßigten Widerstand gezeigt, aber fast sofort eingewilligt und die Schlüssel in seine offene Hand fallen lassen. Er hatte einen Arm um sie gelegt, als sie fast umgekippt wäre, nur um sie zu stützen, bis sie ihren Mercedes erreichten. Aber bevor er hatte losfahren können, war sie auf dem Beifahrersitz ohnmächtig geworden. Ohne eine Adresse – ihre kleine Handtasche enthielt nur einen Haufen Euro – hatte er sie in sein Haus auf der anderen Straßenseite getragen und in eines seiner fünf Gästezimmer gelegt. Am nächsten Morgen war er aufgewacht und hatte sie in seinem Bett gefunden.

Der Rest war verschwommen: der Sex, die stürmische Romanze, die kleine Hochzeit – sie wollte

es klein – und jetzt die Kreuzfahrt und die Flitterwochen. Aber je besser er seine neue Frau ken-
nenlernte, desto mehr wurde ihm klar, dass er
sie einfach nicht mochte. Oh, sie war äußerlich
wunderschön. Aber etwas stimmte nicht mit ihr,
wie ein zarter roter Apfel mit einem verdorbenen
Kern; man wusste erst, dass er schlecht war, wenn
man hineinbiss. Erst nach der Hochzeit war ihr
wahres Ich zum Vorschein gekommen, und der
Sex hatte sofort aufgehört. Er vermutete dann,
dass ihr ganzer Plan darin bestand, an sein Geld
zu kommen, was lustig war, weil sie selbst viel
davon zu haben schien.

Und jetzt befand er sich auf dieser Kreuzfahrt,
verheiratet mit einer Frau, die er nicht liebte und
nicht einmal wirklich mochte. Abgesehen davon,
dass sie großartig im Bett war – bevor sie dem
ein Ende gesetzt hatte – und filmsternartig schön,
hatte sie nichts mehr, was er wollte. Er wollte nicht
mehr mit ihr zusammen sein. Er hatte auf einem
Ehevertrag bestanden, und das war gut so, denn
er beschloss in diesem Moment, während er ihren
bewusstlosen Körper anstarrte, dass er ihr, wenn
diese Kreuzfahrt vorbei war, sagen würde, dass er
die Scheidung wollte. Sie konnte behalten, was sie
hatte, und er würde behalten, was er hatte.

Er blickte auf ihren wunderschönen Körper, der
friedlich in ihrem Bett lag. Sie war jedoch so er-
regend, und er war ein alter Mann, der wohl nie
wieder eine Frau haben würde, die so aussah, es
sei denn, er würde dafür bezahlen. Er spürte, wie
er sich versteifte, und ein böser Gedanke keimte
in ihm auf. Dies war wahrscheinlich seine letzte
Gelegenheit, mit ihr zu schlafen. Sie würde ihn

sicher nicht haben wollen, wenn sie bei Bewusst-
sein war.

Dieser kleine Teil von ihm, der noch gut war,
der letzte Teil, den sie noch nicht zerstört hatte,
protestierte. *Das ist falsch!*

Er betrachtete sie noch einmal: Speichel lief
aus ihren Mundwinkeln in Richtung ihrer Ohren;
ihre üppige Brust – nur ihre Brustwarzen
waren von den feinen Blumenverzierungen ihres
beschädigten Kleides bedeckt – hob und senkte
sich nun schnell; ihre untere Hälfte – wo das Kleid
völlig zerrissen war – lag vollständig entblößt da
und lockte ihn.

Er beschloss, es zu tun.

Er ließ seine Hose fallen und ging leise um
die Vorderseite ihres Kingsize-Bettes herum. Ihre
Beine waren an den Knien gebeugt und hingen
über die Bettkante. Ihre Schenkel warteten. Er
schob seine große, verfilzte Comb-Over-Frisur auf
die andere Seite seines Kopfes und spreizte dann
ihre Beine. Er zog sie näher an sich heran und
bestieg sie.

An einem Punkt glaubte er, sie stöhnen zu
hören. Ansonsten verschlief sie die gesamte
Prozedur.

TAG VIER (Fortsetzung)

*L*A PALMA, SPANIEN

1971 BRACH DER CUMBRE VIEJA AUF DER IN-SEL LA PALMA AN DER WESTLICHEN SPITZE DES KA-NARISCHEN ARCHIPELS ZUM SIEBTEN MAL IN SECHS-HUNDERT JAHREN AUS. IM VERGLEICH ZU EINI-GEN SEINER FRÜHEREN AUSBRÜCHE WAR DIESER NICHT BESONDERS GROß UND DAUERTE NICHT SEHR LANGE. DER UNMITTELBAR VORANGEGANGENE AUS-BRUCH VON 1949 DAUERTE SIEBENUNDDREISSIG TAGE UND SCHOß LAVA DREIßIG METER IN DIE LUFT. ABER SELBST DIESER WAR KLEIN IM VERGLEICH ZU DEM UNMITTELBAR DAVOR IM JAHR 1712. UND DENNOCH GALTEN DIESE NICHT ALS „GROßE" AUS-BRÜCHE.

MIT JEDEM JAHR, DAS OHNE EINEN GROßEN AUS-BRUCH VERGING, WARNTEN FÜHRENDE SEISMOLO-GEN: „DER GROßE KOMMT NOCH." ES WURDEN STU-DIEN VERFASST, ABER DIE MEISTEN STIMMEN ER-HIELTEN NUR EIN PEER-REVIEW UND NICHT DIE AUFMERKSAMKEIT DER WELTWEITEN MEDIEN, OB-WOHL DIE MÖGLICHKEITEN EINES RIESIGEN AUS-BRUCHS GROß WAREN. UND DIE AUSWIRKUNGEN EINES SOLCHEN AUSBRUCHS GEWALTIG WÄREN.. . „APOKALYPTISCH", WÜRDEN EINIGE SOGAR SAGEN.

*ANDERS ALS BEI DEN MEISTEN VULKA-
NAUSBRÜCHEN, BEI DENEN SCHWARZE AS-
CHE, PYROKLASTISCHE STRÖME ODER SOGAR
GESCHMOLZENE LAVA DIE HAUPTSORGEN WAREN,
BRACHTE DER CUMBRE VIEJA EINE VIEL GRÖßERE
BEDROHUNG FÜR SEINE BENACHBARTEN KA-
NARISCHEN INSELN UND JEDE KÜSTENSTADT AN
ALLEN SEITEN DES WEITEN ATLANTISCHEN KÜSTEN-
STREIFENS MIT: EINEN GIGANTISCHER TSUNAMI.*

*EINE MASSIVE FELSPLATTE, DOPPELT SO GROß WIE
DIE ISLE OF MAN, HING VOM FAST ZWEITAUSEND ME-
TER HOHEN BERG, KAUM NOCH AN SEINER FELSIGEN
BASIS DURCH NAGELDICKE FELSANKER FESTGEHAL-
TEN. MIT JEDEM JAHR WURDEN DIESE ANKER WEIT-
ER GESCHWÄCHT. AUFGRUND DER ENORMEN GRÖßE
DER PLATTE SAGTEN EXPERTEN, DASS DER NÄCH-
STE GROßE AUSBRUCH SIE HÖCHSTWAHRSCHEIN-
LICH LÖSEN UND INS MEER RUTSCHEN LASSEN
WÜRDE. DIE DABEI ENTSTEHENDE ENERGIE WURDE
VON EINER QUELLE MIT DEM ÄQUIVALENT VON
SECHS MONATEN DER GESAMTEN ENERGIE ALLER
AMERIKANISCHEN KRAFTWERKE VERGLICHEN. DAS
ERGEBNIS WÄRE EIN MASSIVER TSUNAMI, GRÖßER
ALS ALLES JE AUFGEZEICHNETE.*

*DIE SCHÄTZUNGEN VARIIERTEN STARK. EINE BE-
SAGTE, DASS DIE RESULTIERENDE ANFANGSWELLE
LOKAL EINE HÖHE VON 600 METERN ERREICHEN
UND BIS ZU 1600 METER, ALSO EINE MEILE, HOCH
WERDEN KÖNNTE. DIE BERGHOHE WELLE WÜRDE
MIT EINER GESCHWINDIGKEIT VON 450 MEILEN PRO
STUNDE REISEN, FAST SO SCHNELL WIE EIN KOM-
MERZIELLES DÜSENFLUGZEUG.*

*EINE WELLE DIESER GRÖßE WÜRDE DIE KÜSTEN
AFRIKAS INNERHALB EINER STUNDE ÜBERFLUTEN;*

DIE BRITISCHEN INSELN WÄREN IN DREI BIS VIER STUNDEN ÜBERSCHWEMMT; UND SOGAR DIE NORDAMERIKANISCHEN KÜSTEN WÄREN IN SECHS STUNDEN ÜBERFLUTET.

DIE VERWÜSTUNG WÄRE UNVORSTELLBAR.

UM 17:40 UHR GESCHAH DAS UNVORSTELLBARE.

Chapter 23

Ärger auf der Brücke

Es war das zweite Mal innerhalb weniger Stunden, dass Ted auf der Brücke war. Keiner der beiden Besuche war angenehm.

„Bitte warten Sie hier", sagte die erste Offizierin Jessica, die sie zum Eingang des Bereitschaftsraums führte.

Sie standen mit dem Rücken zur Wand, den Bereitschaftsraum zu ihrer Linken, den aktiven Teil der Brücke zu ihrer Rechten, und beobachteten still, wie die Brückenbesatzung ihrer Arbeit nachging, während es wahrscheinlich eine der stressigsten Zeiten war, die jeder von ihnen je erlebt hatte. Die Nervosität war spürbar und hing wie Feuchtigkeit während eines Hurrikans in der Luft.

Während seines vorherigen Besuchs auf der Brücke im Rahmen der All-Access-Tour hatte Ted sich nicht mehr als einen Moment Zeit genommen, um die Brücke wirklich in Augenschein zu nehmen, obwohl das der Zweck der Tour gewesen war. Jetzt, während sie auf den Kapitän warteten, studierte er alles, was um ihn herum geschah.

Die Brücke der *Intrepid* war eine weitläufige Mischung aus Alt und Neu, hierarchisch und exklusiv, funktional und symbolisch. Dies zeigte sich an allen Systemen und dem Personal, das dort arbeitete. Jedes Mitglied der Brückenbesatzung trug stolz zwei oder mehr Balken auf den Schultern, was die offensichtliche Bedeutung der Brücke unterstrich. Und doch war ihr Zweck etwas archaisch. Er erinnerte sich an eine überraschende Information aus der Tour: 95% aller Schiffsfunktionen, einschließlich aller Manöver, konnten von Ivan, dem Chef des Operationsraums, und seiner Crew drei Decks tiefer gehandhabt werden. Es gab noch weitere scheinbar anachronistische Elemente auf dieser „modernen" Brücke.

Ein Kapitänsstuhl stand hoch und entschlossen in der Mitte des Raumes und bot dem Kapitän einen 180-Grad-Blick auf alles außerhalb des Schiffes. Natürlich gab es keine anderen Stühle, denn niemand saß während des Dienstes, am allerwenigsten der Kapitän, der die meiste Zeit damit zu verbringen schien, einen Monitor ganz hinten und weit weg von der vordersten Sicht des Schiffes zu beobachten.

Viel Platz nahmen vielleicht ein Dutzend klobige Plattformen ein, die jeweils bis zur Brusthöhe reichten, jede mit einem geneigten Computerbildschirm, auf dem eine Vielzahl von Daten blinkten, die nur für die fünf Besatzungsmitglieder relevant waren, die um sie herumwuselten. Eine pro Besatzungsmitglied wäre ausreichend gewesen, da sicherlich jede von ihnen die gleiche Steuerungs-

und ECDIS-Software hatte und mit der gleichen Rechenleistung verbunden war, die denen im Operationsraum zur Verfügung stand.

Schließlich lag vor ihnen ein Überbleibsel aus der Vergangenheit: ein gigantischer, von hinten beleuchteter Tisch, auf dem auf einem älteren Schiff Navigationskarten gelegen hätten, nahm einen großen Teil der Brücke auf der Backbordseite ein, wo sie warteten. Statt Papierkarten – ersetzt durch das ECDIS-System – gab es nun fest angebrachte Schemata vieler Deckpläne der *Intrepid*. Anders als die öffentlichen Deckpläne, die auf jedem Deck ausgestellt waren, zeigten diese geschützte Details wie die Positionen von Notluken. Als Nachgedanke stand in der Mitte des Tisches ein großes maßstabsgetreues Modell ihres Schiffes, umhüllt von einer Glasvitrine.

Ted und TJ konnten nicht genau hören, was gesagt wurde, aber sie konnten erkennen, dass die Besatzungsmitglieder jede Entscheidung so behandelten, als ginge es um Leben und Tod für sie und alle an Bord.

Die erste Offizierin, die sie gebeten hatte zu warten, war eine junge Frau mit modelhaften Zügen, einschließlich isländisch-blondem Haar, das die drei Balken auf ihrer gestärkten weißen Uniform stark hervorhob. Sie konnte nicht älter als dreißig sein und sah aus wie die Jüngste der Brückenbesatzung. Sie beugte sich zum Ohr des Kapitäns und sagte etwas, zweifellos sie betreffend. Der Kapitän warf einen Blick in ihre Richtung, nickte und sagte etwas mehr zur ersten Offizierin, die daraufhin zu einem anderen Bereich der Brücke ging und mit gespielter Gleichgültigkeit auf zwei Computerbildschirme starrte, als wäre dies ihr normaler Tag.

Die Schultern des Kapitäns waren in ihre Richtung gewandt, aber sein Kopf war auf Jean Pierre, den Staffkapitän, konzentriert, dem er einige Befehle zubellte. Jean Pierres Glatze drehte sich suchend nach jemandem oder etwas um, bevor er unterwürfig antwortete.

Der Kapitän nickte zurück und bellte noch etwas, bevor er schließlich in ihre Richtung ging. Ted dachte, dass Christiansen aussah, als trüge er das Gewicht der Welt auf seinen Schultern.

„Danke, dass Sie gekommen sind, meine Freunde. Bitte begleiten Sie mich in meinen Bereitschaftsraum." Er streckte seinen linken Arm zur Tür aus. TJ öffnete sie und die drei gingen hinein.

„Zeit ist im Moment kostbar, und es tut mir leid, Ihnen, unseren Gästen, meine Bürden aufzuladen. Aber ich vermute, Sie wissen, warum Sie hier sind. Also komme ich gleich zur Sache. Dank Ihrer Warnung, Ted, haben wir eine Katastrophe in Gibraltar vermieden, aber unsere Probleme haben gerade erst begonnen."

—◦—

Der Affe hatte sich über das Metallgeländer des Außenbereichs für die Raucherpausen der Besatzung auf Deck 4 gearbeitet. Weil seine Hände und Füße vom frischen Blut glitschig waren, rutschte er fast ein ganzes Deck hinunter, bevor er in einer Öffnung im Metall wieder etwas Halt fand. Er zögerte nicht, da er von einem

Hunger nach mehr überwältigt wurde. Er musste mehr haben.

Eine menschliche Stimme rief und erregte seine Aufmerksamkeit. Ein Mann erschien direkt über ihm und rief erneut jemandem hinter ihm zu.

Der Affe brauchte keine weitere Aufforderung. Krallen und Finger kratzten an der Seite von Metall und Glas, sein schnelles Klappern über die Oberflächen des Schiffes spiegelte sein hektisches Verlangen wider. Er huschte an einem der Fenster des Windjammer Cafés hoch. Auf der anderen Seite der dicken Glasscheibe beobachtete die zehnjährige Ashley Brown mit Staunen, einen riesigen Löffel Eis in den Mund geschoben, wie der Affe am Fenster vorbeirutschte und sich zum nächsten Deck hochzog.

Ein Fuß rutschte ab, und so brauchte er einen Moment, um wieder Halt zu finden und nach oben zu blicken. Der Hinterkopf seiner Beute war noch in Sicht, also sprang er die letzten anderthalb Meter. Aber der Mann trat gerade weg, bevor der Affe seine Krallen und Zähne in seinen Schädel versenken konnte. Stattdessen griff er ins Leere und begann zu fallen.

Da nichts seinen Sturz nach unten aufhielt, zappelte der Affe in der Luft, prallte von Ashley Browns Fenster ab – sie wagte nicht zu blinzeln, aus Angst, sein erneutes Auftauchen zu verpassen. Sie hätte sich nicht zu sorgen brauchen... Mit einem letzten Griff vor seinem ungehinderten Sturz ins Meer unter ihm streckte er verzweifelt eine blutige Hand aus und hakte sich an einem Balkon auf Deck 8 ein. Er zog sich blitzschnell über das Geländer und krachte mit dem Rücken zuerst

in die auf dem großen Balkon arrangierte Sitz-
gruppe aus Tisch und Stühlen.

Ein alter Mann, der auf einer Sonnenliege
draußen schlief, setzte sich auf, unsicher, welches schreckliche Geräusch ihn geweckt hatte.
Seine weit aufgerissenen Augen starrten in die
Schatten des Balkons, sein schlaffer Comb-over
hatte sich gelöst und baumelte an der Seite
seines Kopfes. Hinter einem umgestürzten Tisch
in der Ecke des Balkons zappelte und knallte
etwas gegen Metall. Es erhob sich auf die Hinter-
beine. Ein pelziges Biest, fast unsichtbar in den
dunklen Schatten, seine roten Augen glühten
wie Ampeln, fixiert... auf ihn.

Er setzte seine Füße auf die rutschfeste Oberfläche des Balkons, sprang auf und rannte, so
schnell ihn seine Beine trugen. Er schoss durch
die zugezogenen Vorhänge, über mehrere ver-
streute Pumps seiner Frau in ihrem Schlafzimmer, vorbei an seiner splitternackten Frau, die
immer noch ihren Valium-Kater ausschlief. Er
sprang durch die Schlafzimmertür, zog sie hinter
sich zu, ohne es zu wagen, zurückzublicken. Die
Tür prallte schwach vom Rahmen ab und blieb
leicht angelehnt stehen. Er huschte durch den
Empfangsbereich, wo er um die Ecke bog und
zur Ausgangtür ihrer Suite eilte. Fast geschafft.

Er kratzte am Türgriff, versuchte verzweifelt,
ihn herunterzudrücken und gleichzeitig die Tür
zu öffnen, aber er verfehlte. Aus dem Gleichgewicht gebracht, stolperte er auf die Knie.

Ein Wimmern entfuhr seinen Lippen, als er
wieder hochschnellte, den Griff mit beiden Händen packte, drehte und an der überraschend

schweren Tür zerrte. Sie sprang auf. Er dachte, er könnte es schaffen.

Er stürzte auf die Sicherheit der Öffnung zu, als sich ein unbewegliches Gewicht auf ihn warf und ihn auf die Fußmatte im Eingangsbereich drückte. Sein Kopf wurde hart gegen das „te" von „Royal Suite" geschleudert. Er hob und drehte seinen Kopf, um zu schreien, aber das Biest drückte sein Gesicht zurück auf den Boden und versenkte gleichzeitig schmerzhaft seine Zähne in sein linkes Schulterblatt. Aus einem Auge konnte er einen Zimmerservice sehen, der um eine Ecke bog, nur wenige Meter vom Eingang ihrer Suite entfernt, und dann vor einer anderen Kabine stehen blieb. Der Angestellte öffnete die Tür und schlüpfte hinein, drehte sich aber nie in seine Richtung. Der alte Mann versuchte erneut, seinen Kopf zu heben, vielleicht seine letzte Chance, um Hilfe zu flehen. Aber er konnte nicht, unter dem Gewicht des Fußes des Biestes. Er stöhnte: „Hilfe!", aber es kam nicht viel lauter als ein dumpfes Krächzen heraus.

Die Tür derselben Kabine öffnete sich wieder und die Hand des Angestellten klemmte ein Handtuch darunter, um sie offen zu halten.

Der alte Mann spürte, wie das Biest von ihm abließ, und sah, wie es auf die halb geöffnete Kabine zusprang. Es hüpfte hinein, sein Fuß verhedderte sich im Handtuch und löste es, wodurch die Tür zufiel. Er hörte einen gedämpften Schrei und dann ein Pochen gegen die Tür.

Der alte Mann schaffte es, sich mit seinem rechten Arm abzustützen und seinen verletzten Körper rückwärts aus dem Weg der Tür zu bewegen. Teile von ihm fühlten sich gebrochen an, aber er dachte, er könnte diese Tortur tatsächlich überleben, wenn er nur die Tür schließen könnte.

Mit einer letzten Anstrengung drehte er sich um und drückte sich in eine sitzende Position, wobei er sich von der Tür löste, die schnell zuschwang und mit einem dumpfen Schlag zufiel. Nachdem er sich eine Weile gesammelt hatte, spürte er, wie die Rückseite seines Hemdes nasser wurde, und er fürchtete, dass er nicht mehr lange hatte. Er stand auf, seine Beine wackelig und unsicher. Er beugte sich nach vorne und zwang sich, in Richtung des Empfangsbereichs zu taumeln, wobei seine Füße über den Teppich schrammten. Im Schlafzimmer angekommen, hielt er am Fußende des Bettes an, seine Sicht nun verschwommen. Er zögerte, während er von einer Seite zur anderen schwankte, kurz davor umzukippen. Er wusste, dass er seine zugedröhnte Frau wecken musste und riskieren musste, dass sie ihn zum Schiffsarzt brachte, obwohl er vermutete, dass sie es vielleicht nicht tun würde.

Schließlich packte er ihr nacktes Bein und schüttelte es aggressiv, während er ihren Namen stöhnte. Sie wachte abrupt auf, kreischte ihn einmal an, und dann wurde alles schwarz.

Chapter 24

Der Kapitän

„Die Tierangriffe beschränken sich nicht nur auf Europa; wir hatten auch mehrere hier auf diesem Schiff. Und es gab Opfer: Wir haben drei Besatzungsmitglieder verloren, zwei weitere wurden gebissen, zusammen mit drei Gästen. Dieses Chaos wurde von Ratten, Hunden und einem Berberaffen angerichtet, und das alles in den letzten zwei Tagen."

Ted und TJ saßen in zweien der acht bequemen Ledersessel um den Konferenztisch aus Kirschholz, der zweifellos noch nie zuvor Zeuge einer solchen Diskussion geworden war. Sie hörten aufmerksam zu. TJs Mund klappte unwillkürlich auf.

„Hatten sie rote Augen?", fragte Ted, scheinbar unbeeindruckt von der Enthüllung des Kapitäns.

TJs Hand umklammerte seine unter dem Tisch mit fast schraubstockartiger Kraft. Ihr Verstand registrierte dann die Frage ihres Mannes und sie nickte reflexartig, obwohl sie die Antwort des Kapitäns eigentlich gar nicht hören wollte.

„Ja, ich glaube schon", antwortete er, während er sein Tablet prüfte. „Es gibt mindestens zwei Berichte darüber: einen über die Hunde und einen über die Ratten. In beiden Fällen gaben Zeugen an, dass die angreifenden Tiere ‚rote Augen' hatten."

„Wurde in einem Ihrer Berichte auch ein Frettchen erwähnt?"

Sowohl der Kapitän als auch TJ blickten Ted an.

„Nein, warum?", fragte der Kapitän.

„Ich habe ein Frettchen vor unserer Tür gesehen, kurz bevor Ihr erster Offizier uns rief."

„Du wurdest doch nicht gebissen, oder? Moment, warum hast du das nicht erwähnt?", schnaubte TJ.

Ted zuckte ein wenig zusammen, als sie fester zudrückte. „Nein, ich wurde nicht gebissen." Er versuchte, seine Hand wegzuziehen, aber sie ließ nicht los. „Das Frettchen war nicht aggressiv wie die anderen Tiere. Es schien eher... verwirrt und... hungrig."

Er legte sanft seine andere Hand auf ihre verschränkten Hände. „Ich habe es nicht erwähnt, weil ich das alles noch verarbeiten musste und ich wollte nicht, dass du bei der Vorstellung eines möglicherweise wilden Tieres an Bord dieses Schiffes in Panik gerätst. Ich bin mir jetzt ziemlich sicher, dass dieses bestimmte Tier keine Bedrohung darstellt. Aber es tut mir leid, dass ich es dir nicht gesagt habe."

„Und trotzdem hatte es rote Augen, wie die Tiere, die Menschen angegriffen haben?"

„Ja, und das ist es, was mich verwirrt. Es scheint offensichtlich, dass die von was auch immer das ist betroffenen Tiere nicht nur rote Augen aufweisen, sondern auch einen wahnsinnigen Drang, zu töten und Fleisch zu fressen. Das Verhalten dieses Frettchens wich glücklicherweise von dem der anderen ab. Oder es bedeutet etwas völlig anderes."

„Könnte es nicht bedeuten, dass die verrückten, aggressiven Tendenzen vorübergehen werden?", TJ fischte in einem sehr kleinen Teich der Hoffnung, dass die meisten Tiere der Welt nicht versuchten, sie zu töten. Ted wünschte, er könnte seine Angel in denselben Teich auswerfen.

„Ich weiß es einfach nicht. Aber wir müssen auch bedenken, dass uns das sagt, dass nicht alle infizierten Tiere die Aggressivität zeigen. Tatsache ist, wir wissen nicht genug, um zu sagen, ob wir am Anfang oder am Ende dieser Sache stehen." Ted nahm seine Baseballkappe ab und rieb sich die Schläfen.

Kapitän Christiansen setzte sich endlich. Sie bemerkten die untypischen Augenringe und seine hängenden Schultern. Er legte sein Tablet auf den Tisch und fragte: „Was glauben Sie, verursacht das, und was noch wichtiger ist, ist es für Menschen ansteckend?"

„Ich glaube, es ist eine Kombination aus einer Infektion, die die meisten Tiere bereits haben, zusammen mit etwas anderem, das durch die Vulkanausbrüche verursacht und/oder verbreitet wurde. Ich habe keine Ahnung, ob es Auswirkungen auf Menschen geben wird, aber vielleicht sollten Sie diejenigen, die gebissen wurden, isolieren, bis wir mehr wissen."

„Das klingt nach einem vernünftigen Vorschlag. Wir werden das tun." Er tippte mit seinem Zeigefinger auf den Tisch.

„Wo sind die Tiere, Sie wissen schon, die auf dem Schiff angegriffen haben?", TJ sank tiefer in ihren Stuhl, ihr Todesgriff um Ted unverändert und, wenn möglich, mit jeder Enthüllung fester zudrückend. Teds Kopf wandte sich von ihr zurück zum Kapitän. Auch er wollte das wissen.

„Die Ratten sind alle tot. Eines unserer Besatzungsmitglieder hat sie alle getötet, bevor sie viel mehr tun konnten, als ein paar andere Crewmitglieder zu beißen. Der Affenangriff ereignete sich außerhalb des Schiffes; wir schlossen die Luke, bevor er hereinkommen konnte. Die Hunde hingegen sind immer noch irgendwo auf Deck 1 frei. Die gute Nachricht ist, dass alle Ausgänge zu diesem Deck genau überwacht werden. Theoretisch werden die Hunde dort eingesperrt sein. Ich bin überzeugt, wir werden sie bald genug finden und überwältigen. Abgesehen von dem Frettchen sollte es also keine weiteren nicht erfassten Tiere geben. Ich denke, wir sind sicher, zumindest auf diesem Schiff."

TJs Griff entspannte sich etwas.

Ted streichelte weiterhin ihren Handrücken mit seiner freien Hand. „Haben Sie schon Gedanken dazu, was Sie mit den Hunden machen werden, wenn Sie sie fangen?"

TJ zog diese Hand frei. „Sie müssen sie alle einschläfern!", erklärte sie nachdrücklich und schlug zur Betonung auf den Tisch.

„Denken Sie daran, sie gehören den Passagieren." Der Kapitän wich ihrem Blick aus. „Aber

das ist wahrscheinlich das, was wir tun werden, um weitere Infektionen zu vermeiden." Jörgen und Jean Pierre hatten genau diesen Punkt
zuvor diskutiert. Jörgen wusste, dass dies die
richtige Antwort war, egal wie oft das Schiff
deswegen verklagt werden würde. Er hoffte auf
eine Alternative.

„Aber...", Ted lächelte TJ an, bevor er
seine Aufmerksamkeit wieder dem Kapitän
zuwandte. „Ich würde gerne einen von ihnen
sehen, bevor Sie das tun – Sie wissen schon,
nachdem Sie einen gefangen haben."

TJ umklammerte Teds Hand wieder fest mit
beiden Händen und zog an ihm, sodass er ihr
wieder zugewandt war. Ihr Gesicht sagte alles.
Er kannte seine Frau lange genug, um zu wissen,
dass sie nicht einverstanden war.

„Hör mal, Ted, ich verstehe dein Interesse
hier, besonders mit all der Recherche, die du
zu diesem Thema gemacht hast. Aber ich mag
es nicht. Wir wissen nicht, ob das – was auch
immer es ist – ansteckend ist. Und bis wir das
wissen, solltest du dich von diesen Tieren fernhalten, auch nachdem sie gefangen wurden."

Der Kapitän fügte von hinten hinzu: „Sobald
sie gefunden werden, werden sie im Haustl-
er-Spa untergebracht, wo sie sich auch vorher
befanden, bevor sie versehentlich freigelassen
wurden."

Ted nickte und sah dann tief in TJs
aufgewühlte Augen. Er drückte ihre Hände sanft zurück. „Erst wenn sie sicher verwahrt sind,
werde ich den Typen vom Haustier-Spa auf-
suchen – wie heißt er noch gleich?"

„Er wird Al genannt. Er ist bereits über Ihre Gedanken zu den Tierangriffen außerhalb des Schiffes informiert. Und ich werde Sie benachrichtigen, wenn sie die Hunde gefangen haben, damit Sie hingehen können."

TJ nickte leicht. „Ja, das hört sich alles gut an, Ted. Aber du bist nur ein Science-Fiction-Autor. Du bist kein Tierarzt oder Epidemiologe vom CDC. Warum musst du das Risiko eingehen, sie zu sehen?" Sie war sowohl wütend als auch sichtlich erschüttert.

Mehrere lange Momente vergingen in Stille.

„Ihre Frau hat wahrscheinlich recht. Ich würde Sie beide lieber keinem weiteren Risiko aussetzen. Al ist ein zugelassener Tierarzt. Er wird die Hunde auch gründlich untersuchen und mir Bericht erstatten. Ich werde sicherstellen, dass Sie eine Kopie erhalten. Zusätzlich können Sie mit ihm sprechen, irgendwo außerhalb des Haustier-Spas. Und nochmals, das alles erst, nachdem wir diese Dinger gefangen haben."

„Okay, halten Sie mich einfach auf dem Laufenden." Er wollte ihre Sorge wegen der Tiere nicht mehr anstacheln, als er es bereits getan hatte.

Teds und TJs Blicke waren nun fest auf den Kapitän gerichtet, der mehr an den Aktivitäten außerhalb der Fenster des Bereitschaftsraums interessiert zu sein schien. Auf der Brücke schien es einen Tumult zu geben. Abrupt stand er auf, schob seinen Stuhl zurück und riss die Tür auf.

Die Stille des Konferenzraums – offensichtlich gut von der Brücke isoliert – wurde plötzlich von den Geräuschen eines aufgeregten Bienenstocks voller Aktivität und einem pulsierenden Alarm erfüllt.

Die große Gestalt des Stabskapitäns füllte den Türrahmen des Bereitschaftsraums aus. „Kapitän, La Palma ist ausgebrochen und wir haben Radarbestätigung für einen Tsunami, der auf uns zukommt. Geschätzte Ankunftszeit: fünfzehn Minuten."

Als wäre dies das Natürlichste der Welt und Teil des normalen Ablaufs auf der Brücke, antwortete der Kapitän ohne zu zögern: „Lösen Sie den Alarm aus. Bringen Sie alle in ihre Kabinen."

„Jawohl, Sir", erwiderte Jean Pierre, drehte sich auf dem Absatz um und joggte dann zu Jessica hinüber, die an einer Konsole in der Mitte der Brücke herumtippte. Jean Pierre brüllte einen Befehl, dem alle auf der Brücke zunickten.

Der Kapitän wandte sich an Ted und TJ. „Ich würde Ihnen beiden auch empfehlen, in Ihre Kabine zurückzukehren. Wir haben schon früher Monsterwellen erlebt und werden es überstehen. Aber Sie sind in Ihrem Zimmer sicherer." Er geleitete sie schnell aus dem Konferenzraum und über die Brücke, wobei er an einem kleinen Schreibtisch haltmachte, der in eine Wand eingebaut war. Darauf befand sich ein Nest von Funkgeräten, die an eine Ladestation angeschlossen waren.

Der Kapitän griff sich eines und reichte es Ted. „Ich möchte, dass Sie mich kontaktieren, falls Ihnen etwas einfällt, das helfen könnte." Er öffnete die Luke und wartete, bis sie hinausgingen. „Ich melde mich in Kürze. Und danke für Ihre Hilfe."

„Werden wir, Kapitän", sagte Ted und folgte TJ in den Flur. Sie drehten sich beide um und sahen, dass ein Wachmann an der sich schließenden Luke postiert war. Kurz bevor sie zuging, hörten sie den Ersten Offizier sagen: „Das Radar zeigt die Welle mit über fünfzehn Metern und sie wäch-"

Ted und TJ starrten einander an und begannen dann, den Flur zum vordersten Treppenhaus und zu den Aufzügen hinunterzujoggen. Ihr Plan, die Treppe zu nehmen, wurde durch die Flut von Passagieren in Halbabendgarderobe zunichte gemacht, die zum frühen Abendessen hinunterströmten. In diesem Moment öffnete sich vor ihnen ein Aufzug.

„Lass uns den nehmen", sagte TJ und zog an Teds Arm, als er gerade den Deckplan überprüfen wollte, um sich zu vergewissern, welcher der schnellste Weg zurück zu ihrer Kabine war. „Wir fahren runter bis zur sechs, gehen nach achtern und dann ein Deck hoch zu unserem Deck."

„Wie hast du dir den ganzen Deckplan schon gemerkt?"

„Ich will einfach nicht, dass wir nicht im Zimmer sind, wenn eine fünfzehn Meter hohe Welle unser Schiff trifft."

Sie stiegen in den Aufzug, gerade als ein doppeltes Horn über die Bordsprechanlage ertönte. „Dies ist ein schiffsweiter Alarm. Achtung, wir haben eine Tsunamiwarnung. In zehn Minuten erwarten wir, dass eine Tsunamiwelle dieses Schiff trifft. Um Verletzungen zu vermeiden, werden alle Passagiere angewiesen, sich unverzüglich in ihre Kabinen zu begeben und ihre Rettungswesten anzulegen."

Die Aufzugtüren schlossen sich und der Aufzug begann seine Fahrt nach unten.

„Achtung. Dies ist ein schiffsweiter Al-"

Die Deckenbeleuchtung erlosch blitzartig und tauchte ihren winzigen Raum in Dunkelheit, und die Welt um sie herum kam abrupt zum Stillstand.

Chapter 25

Chen Lee

C hen Lee hielt inne, um sich die Nase zu putzen, und vergewisserte sich dann, dass sie immer noch gut aussah, bevor sie weiterging.

Sie trug seinen Lieblings-Kimono im traditionellen Stil, mit hochgesteckten Haaren, die von schwarzen Essstäbchen mit weißen Perleneinlagen gehalten wurden. Unter ihrem Kimono trug sie überhaupt nichts.

Diesmal hatte sie nicht vor, ihm zu geben, was er wollte. Stattdessen würde sie ihm zeigen, was er verpassen würde, und dann würde sie ihn vielleicht mit einem ihrer Essstäbchen erstechen. So wütend war sie gerade.

Früher am Tag hatte sie mit Lana gesprochen, einer Freundin, die wegen des Personalmangels auch Teilzeit im Spa arbeitete. Normalerweise arbeitete sie in der Fotogalerie. Chen traf Lana in der Crewmesse, und sie kamen auf das Thema Männer zu sprechen. Lana prahlte sofort damit, dass sie den Sicherheitschef, Robert Spillman, treffe und dass sie ständig Sex hätten. Tatsächlich

hätten sie heute um vier ein Rendezvous verein-
bart.

Chen war bereit, Spillman zu sagen, dass es vorbei sei, als er eine Nachricht hinterließ, dass er um
vier ein Meeting habe, aber ob sie sich stattdessen
um fünf in einem neuen Zimmer treffen könnten?

Das Letzte, was sie tun würde, wäre, für ihn die
Zweite innerhalb von ein paar Stunden zu sein. Sie
erinnerte sich an all die Male, die er im vergan-
genen Monat bequem nicht verfügbar gewesen
war. Da wurde sie richtig wütend und beschloss,
es ihm heimzuzahlen. Sie dachte, der beste Weg
wäre, ihm zu zeigen, was er aufgab, indem er
herumhurte. Sie wusste, dass weder Lana noch
eine andere Frau ihm das geben konnte, was sie
ihm gab. Sie arbeitete daran. Sie konnte es kaum
erwarten, sein Gesicht zu sehen. Nur noch ein
paar Minuten.

Das neue Zimmer – er wechselte immer die
Zimmer – war eine Luxussuite auf Deck 8, die
erst auf den Kanaren benutzt werden sollte,
wenn mehrere Wartungsmitarbeiter hinzukom-
men würden, um bei einigen Systemen zu helfen,
die während der Trockendockzeit des Schiffes
noch nicht repariert worden waren. Das hatte er
ihr erzählt.

Robert sagte, er habe den Ort geändert, weil er
ihr Treffen nicht länger in der Kabine verstecken
könne, die sie kürzlich auf Deck 2 benutzt hatten. Irgendwas darüber, dass die Schiffswartung
alles repariere und er die Kameras nicht mehr
deaktivieren könne. Und das bedeute, dass sie
erwischt werden könnten, wenn sie nicht ihre Treffpunkte wechselten. In seiner Position als Erster

Offizier, sagte er, könnten sie nicht erwischt werden, oder es würde seinen Job kosten.

Für dieses Treffen sagte er ihr, dass er eine Kabine gefunden habe, die gerade außerhalb der Sichtweite aller Kameras bis auf eine sei, und um diese eine würde er sich kümmern. Robert gab ihr genaue Anweisungen, bis genau 17:00 Uhr zu warten und dann das vordere äußere Treppenhaus für die Besatzung hochzugehen und an der Backbordseite auf Deck 8 zur Kabine 8504 zu gehen.

Es war ihr völlig egal, wo es war. Sie wusste, dass er nur an einer Sache interessiert war, und sie auch. Bevor sie von seiner Untreue erfahren hatte, war sie glücklich gewesen, ihm zu geben, was er wollte, weil er ihr ein Leben in Amerika nach dieser Kreuzfahrt versprochen hatte. Also hatte sie die Rolle der zurückhaltenden Geisha gespielt, obwohl sie Chinesin war, und bot sexuelle Gefälligkeiten in welcher Form auch immer er wünschte. Dann, wenn sie verheiratet wären und sie ihre Staatsbürgerschaft hätte, könnte sie tun, was immer sie wollte. Schon damals hatte sie gewusst, dass er sie benutzte, also dachte sie nicht, dass es falsch sei, ihn auch zu benutzen. Aber das hatte sich jetzt alles geändert. Sie würde nach ihm einen anderen Offizier finden.

Sie neigte ihre Uhr – ein Geschenk von ihm – und sah, dass es Zeit war. Sie sprang das Treppenhaus für die Besatzung hinauf, den Saum ihres Kimonos fest mit beiden Händen umklammert und dicht an ihren Körper gedrückt, um ihre Intimzonen vor jedem zu schützen, der unter ihr gehen könnte.

Niemand würde eine kostenlose Show bekommen, am allerwenigsten Spillman.

Die Treppenhausbeleuchtung blinkte zweimal und dann war sie von Dunkelheit umhüllt. Sie fühlte sich heiß und geriet in Panik, als die Lichter wieder aufflackerten und anblieben, aber deutlich schwächer als zuvor. Sie ging weiter die Treppe hinauf.

Am Eingang zum Flur fühlte sie sich benommen. Vielleicht bekam sie eine Erkältung. Sie legte ihre Finger an die Stirn, um zu fühlen, ob sie Fieber hatte. Sie war wärmer als normal, aber das lag wahrscheinlich am Kimono. Schweiß lief ihr den Nacken und den unteren Rücken hinunter, also lockerte sie das schwere Gewand, um etwas Luft hineinzulassen. Sie hasste das verdammte Ding, und ihn noch mehr.

Der Flur verströmte eine trübe Atmosphäre durch den orangefarbenen Schein der Notbeleuchtung. Der Strom musste ausgefallen sein, wahrscheinlich Teil von Roberts Plan. Sie marschierte vorwärts und wollte, dass dies so schnell wie möglich vorbei war.

Als sie die Kabine fand, war es, als ob etwas in ihr zerbrach. Die Tür sollte von einem Zimmermädchen offengehalten worden sein, war es aber nicht. Spillman hatte ihr die Schlüsselkarte von jemand anderem gegeben, aber er sagte, sie sollte nur im äußersten Notfall benutzt werden. Er wollte keine Beweise für ihre Anwesenheit, und so würde er die Tür offenhalten lassen. Als sie die gestohlene Karte herauszog, überwältigte ihre Wut vollständig ihre Vernunft, und sie stellte sich vor, sein Gesicht damit aufzuschlitzen.

Sie stieß die Karte in die Tür und riss sie heraus, nachdem ein grünes Licht ihr sagte, dass sie entriegelt war. Sie stieß die Tür mit einem Krachen auf, ihre Wut strömte heraus.

Keines der Lichter war an. Nichts passierte, als sie den Lichtschalter betätigte. Das machte sie noch wütender. Nur das Flurlicht sorgte für genug Beleuchtung, um teilweise in den Raum zu sehen.

Sie erschrak, als sie jemanden auf dem entfernteren der Twin-Betten bemerkte. Es klang, als würde er essen, aber auf eine verrückte, letzte-Mahlzeit-artige Weise. Die kleine Gestalt hatte ihr den Rücken zugewandt und war nahe der Ecke des Zimmers, wo das spärliche Flurlicht nicht hindringen konnte. Er schien sie nicht zu bemerken.

Zuerst war sie wütend auf Robert, weil er das vermasselt und sie in das falsche Zimmer geschickt hatte. Sie wollte sich entschuldigen, fühlte dann aber den Drang, ihre Aggression an dieser Person auszulassen, weil sie in ihrem Zimmer war.

Sie ließ die Tür los und betätigte gleichzeitig den Lichtschalter. Sie hatte schon vergessen, dass sie das vorher schon versucht hatte und der Strom ausgefallen war.

Die Tür fiel laut zu, ihr Rahmen erzitterte. Als das Flurlicht abgeschnitten wurde, fiel der Raum zurück in völlige Dunkelheit.

Hinter der geschlossenen Kabinentür sickerte ein gedämpfter, schriller Schrei heraus und wurde sofort vom Teppich verschluckt, bevor er eine Chance hatte, gehört zu werden.

Chapter 26

Robert Spillman

Robert Spillmans berufliche Probleme häuften sich, und um sich selbst zu schützen, müsste er das ganze Schiff in Gefahr bringen.

Kapitän Christiansen und Erster Offizier Haddock waren bereits misstrauisch, weil er zu oft verschwunden war. Dann hatten die verdammten Wartungsleute die Kameras so repariert, dass er nicht mehr nur eine einzelne Kamera deaktivieren konnte. Und zu allem Überfluss erfuhr er, dass der eine Bereich auf Deck 8, von dem er dachte, er wäre ein Loch in ihrem Kamerasystem, kein Loch mehr war, da die Wartungsleute auch die nicht funktionierende Kamera Nr. 387 ausgetauscht hatten. Wieder einmal hatten sie jeden Winkel jedes Flurs auf dem Schiff im Blick. Und Chen Lee würde in weniger als zwei Minuten an der 387 vorbeigehen und in die Kabine treten, die er für sie reserviert hatte. Eine Kabine, die eigentlich leer sein sollte. Er musste schnell etwas unternehmen, sonst würden sie erwischt werden.

Der Schichtwechsel war erst in zwei Stunden, und jetzt hatte er nur noch eine Minute und zehn Sekunden, wenn sie seinen Anweisungen folgte. Verzweiflung machte sich breit, und auch seine Sehnsucht nach ihrem Körper; ihrer war viel straffer als Lanas. Er tat das Einzige, was ihm einfiel: Er schaltete einen Teil der Stromversorgung des Schiffes und die meisten Kameras ab.

Oh Scheiße! Dafür komme ich in die Hölle, dachte er und zog dann den Hebel.

Die Lichter gingen aus, und er wartete darauf, dass die Notbeleuchtung ansprang. Dann schoss er aus dem engen Bereich der Umwelttechnik heraus und rannte um die Ecke zum Eingang des Überwachungsraums, wo er Fish an der Tür traf.

„Fish, geh und überprüf die Sicherungen. Ich bleibe hier und check mit der Brücke", befahl Spillman und hielt sein Funkgerät hoch.

„Jawohl, Sir", sagte Fish und stürmte aus dem Raum, den Weg entlang, den Spillman gerade gekommen war.

Robert grinste über seine List. Aber er hatte höchstens dreißig Sekunden. Er griff unter den Arbeitstisch und öffnete eine Klappe, die alle Leiterplatten offenbarte. Dann zog er ein gefaltetes Stück Alufolie heraus, faltete es auf und drückte es gegen die Rückseite der Hauptleiterplatte, von der er wusste, dass sie alle Kameras steuerte. Soweit er verstanden hatte, würde das funktionieren. Er hatte darauf gewartet, diesen Trick auszuprobieren, aber nur, wenn es nötig war oder wenn er verzweifelt war. So wie jetzt.

Er ließ die Klappe offen und stand dann auf, wartend, dass der Strom wieder eingeschaltet wurde. Er hatte einen Schalter umgelegt, der nur zwei Decks kontrollierte und keine anderen Bereiche des Schiffes beeinflussen sollte. Zumindest war das das, woran er sich aus seiner Recherche erinnerte.

Wenn das nicht klappte, war er ziemlich sicher, dass er einen Weg aus diesem Schlamassel finden würde, so wie er es in der Vergangenheit immer getan hatte. Selbst als er aus seiner Abteilung gefeuert worden war, weil er Pornovideos in seinem Streifenwagen geschaut hatte, hatte er gezaubert, indem er einen Freund seine Beschäftigungsakte ändern und den Grund für seine Kündigung entfernen ließ. Das gab ihm die Freiheit, seinem nächsten Arbeitgeber zu erzählen, es sei einvernehmlich gewesen. Die meisten potenziellen Arbeitgeber forschten nicht weiter nach. Regal European tat es sicher nicht.

Die hellen Deckenleuchten flammten wieder auf und die Notbeleuchtung erlosch. Fast sofort flackerten die Monitore auf. An der Tastatur schaltete er auf Kamera Nr. 387 und sah Chen zu ihrem Treffpunkt gehen. Sie trug den Kimono, den er so liebte.

Dann flackerten alle Monitore erneut und wurden dunkel. Es gab Funkengeräusche in der Schalttafel und es roch nach etwas Verbranntem.

Schnell griff Robert zurück in die Schalttafel, um seine Folie zu greifen, aber sie war mit der Leiterplatte verschmolzen, die ebenfalls schmolz. *Ups. Besser schnell nachdenken.*

Er griff nach seinem Walkie-Talkie und brüllte hinein: „Achtung, hier spricht Sicherheitschef

Spillman. Ich brauche mindestens zwei Sicherheitsleute sofort an der Überwachungsstation."

In diesem Moment kam Fish hereingeschlen-
dert und sagte: „Sir, jemand hatte den Haupt-
stromschalter ausgeschaltet. Ich habe ihn wieder
eingeschaltet..." Er rümpfte die Nase. „Was bren-
nt hier, Sir?", fragte er, aber sein Vorgesetzter
antwortete nicht.

Drei Sicherheitsleute erschienen an der Tür und
Spillman ließ sie herein.

„Okay, Fish, gib zu, was du getan hast, und wir
werden nachsichtig mit dir sein", forderte Spillman.

Fish warf ihm einen verwirrten Blick zu. „Sir, was
meinen Sie?"

„Spiel keine Spielchen mit mir. Dies ist deine
letzte Chance."

Fish drehte sich um und sah die Wachen hinter sich auftauchen. Da wurde er nervös. „Sir, ich
weiß wirklich nicht, wovon Sie reden. Aber ich ver-
sichere Ihnen, was auch immer es ist, ich habe
es nicht getan." Er dachte, vielleicht war er wegen
seiner Kartenspiele mit Deep und den anderen
Crewmitgliedern erwischt worden.

„Also hast du nicht den Hauptschalter ausgeschaltet und dann so getan, als würdest du ihn
wieder einschalten-"

„-was? Warten Sie, Sie haben mich doch gerade
gebeten, das zu überprüfen."

„Und die ganze Zeit hast du die Monitore so
eingerichtet, dass sie abstürzen? Warum? Wer
bezahlt dich dafür?"

Die Wachen packten seine Arme, um ihn
festzuhalten.

„Wovon reden Sie? Sie haben gesehen, dass ich hier war... Moment, Sie versuchen mir etwas anzuhängen, oder? Was habe ich Ihnen je getan?"

„Bringt ihn in den Arrest. Wir lassen Kapitän Christiansen das klären."

„Sie", sagte Spillman zu einem der Wachen. „Sie bleiben hier. Ich bin in dreißig Minuten zurück."

Spillman stürmte aus der Tür der Überwachungsstation und in den Flur, wo sich mehrere andere Crewmitglieder versammelt hatten und nervös miteinander redeten.

„Geht an eure Arbeit!", brüllte er sie an, ohne nennenswert langsamer zu werden.

Er stürmte durch einen Crewausgang, bog um zwei Flurecken und stand in weniger als einer Minute vor der Kabine. Er zog seine Schlüsselkarte heraus und öffnete die Kabinentür.

Es war stockdunkel; diesmal wartete nicht einmal eine flackernde Kerze auf ihn.

„Chen Lee, bist du hier?"

Er betätigte den Lichtschalter, aber er funktionierte nicht. Ein beängstigender Gedanke blitzte durch seinen Kopf: Was, wenn seine Bemühungen dazu geführt hatten, dass der Strom in mehr als einem Bereich ausgefallen war? Die Lichter hätten an sein sollen; nur die Kameras hätten deaktiviert sein sollen.

Ein wahnsinniger Schrei ließ ihm das Blut in den Adern gefrieren. Er kam vom hinteren Teil des Raumes und raste in seine Richtung.

Er hatte sein Handy herausgezogen, um die Taschenlampen-App zu aktivieren. Er schaltete sie ein und sah einen Blitz, bevor er spürte, wie sein Auge explodierte.

Chapter 27

Die Brücke

Bringen Sie uns auf einen Kurs von „ zwei-null-neun Komma fünf. Wir werden mit voller Geschwindigkeit direkt in die Welle fahren", verkündete der Kapitän.

„Können wir ihr nicht davonfahren?", flehte der Erste Sicherheitsoffizier Wasano Agarwal mit zitternder Stimme. Er biss sich auf die Lippe, bevor sie zitterte, um seine Angst vor den anderen zu verbergen. Selbst wenn er nicht der rangniedrigste Offizier auf der Brücke gewesen wäre, hätte man es ihm verziehen. Die anderen hatten genauso viel Angst. Sie verbargen es nur besser.

„Leider nicht", warf Jessica ein. „Sie bewegt sich mit über vierhundert Knoten, und natürlich beträgt unsere Höchstgeschwindigkeit nur fünfundzwanzig. Und selbst wenn wir schneller fahren könnten, gibt es keinen Ort, an dem wir uns verstecken könnten. Nein, wir müssen direkt hineinfahren."

Sie tippte auf ihrer Tastatur und dann erschien ein Fenster auf allen ihren Bildschirmen. In jedem ihrer Pop-up-Fenster waren drei Zahlen zu sehen, die ihnen auf einen Blick alles sagten, was sie wissen mussten: die aktuelle Höhe der Welle, jetzt 29,58 m; die Geschwindigkeit, 418,61 k; und schließlich die Zeit bis zum Aufprall, 00:09:47:53. Alle drei Zahlen schwankten rapide. Die ersten beiden stiegen weiter an. Die letzte und längste Zahl tickte viel zu schnell für den Geschmack der Crew herunter.

Jean Pierre legte eines der vielen Telefone an der Rückwand der Brücke auf und ging dann zum Kapitän, während er sein Tablet prüfte. „Das Maschinenraum bereitet sich darauf vor, uns volle Leistung auf allen Motoren zu geben, damit wir durch dieses böse Ding schneiden können. Außerdem ist die schiffsweite Durchsage rausgegangen und wird alle zwei Minuten wiederholt."

Wasano fügte hinzu: „Ich bekomme bereits Meldungen von meinen Sicherheitsleuten." Seine Stimme wurde stärker, entschlossener, als auch er auf sein Tablet starrte. „Die Passagiere begeben sich in geordneter Weise in ihre Kabinen. An jedem Treppenhaus auf jedem Deck ist mindestens ein Sicherheitsmann postiert, um denen zu helfen, die es brauchen."

Jean Pierre nickte Wasano zu und fügte dann hinzu: „Der Hotelkapitän meldet, dass sie begonnen haben, Gläser und andere zerbrechliche Gegenstände zu verstauen. Aber er sagte, es sei nicht genug Zeit, um alles zu sichern. Es wird Schäden geben."

Urban Patel, der Deckoffizier, ergänzte: „Und schiffsweit klebt die Besatzung Fenster ab und bindet Tische und Stühle fest, um Schäden und mögliche Verletzungen zu begrenzen."

„Ich hoffe, das sind unsere größten Sorgen", sagte der Kapitän und sprach damit aus, was alle dachten. Er ließ seinen Blick über die Brücke schweifen. „Und wo zum Teufel ist Spillman?", brüllte er Wasano an.

„Er wird immer noch vermisst, Sir. Meine Leute haben nach ihm gesucht, bevor der Tsunami-Alarm ertönte."

„Kapitän?", rief Jessica und klang sehr alarmiert.

Alle Augen richteten sich auf Jessica.

Zunächst war es für keinen von ihnen sofort offensichtlich, da die Brücke nur schwach beleuchtet war. Dies ermöglichte ihnen ungehinderte Sicht auf ihre Bildschirme und alles jenseits der Brückenfenster. Die schwarzen Bildschirme hätten die deutlichsten Hinweise sein sollen, gefolgt vom Fehlen der gedämpften Beleuchtung aus den Einbauleuchten.

Die Besatzung verstand das Problem zur gleichen Zeit... ihr Strom war ausgefallen.

„Wo ist mein Strom?", brüllte der Kapitän.

Jean Pierre hatte fast sofort eines der Schiffstelefone am Ohr. „Bei euch auch? Merde! Ruft uns an, sobald ihr es wisst.

„Sir", rief er von der Rückseite der Brücke, „das Maschinenraum meldet ebenfalls Stromausfall. Sie haben Kommunikation, aber keine Steuerung. Chefingenieur Ivan Pavlychko hat bereits den Befehl gegeben, sich auf manuellen Betrieb einzustellen. So haben wir manuelle Kontrollen, falls die Computer offline bleiben, um durch den

Tsunami zu steuern. Sie melden sich bei uns, sobald sie fertig sind.

„Er meldete auch, dass die Stabilisatoren blockiert bleiben, bis wir unseren Strom zurückbekommen. Wir haben vielleicht nicht die ganze Geschwindigkeit, die wir brauchen." Jean Pierre erklärte dem Kapitän das Offensichtliche, als er auf den Bildschirm für die aktuelle Geschwindigkeit blickte, aber er war immer noch tot. Vor nur Sekunden waren sie knapp über fünfzehn Knoten gefahren. Es fühlte sich an, als würden sie schneller fahren, aber immer noch viel zu langsam. Wenn sie nicht mehr Geschwindigkeit bekämen, könnte die riesige Welle sie zum Kentern bringen.

Die Lichter blitzten einmal auf, und die Crew hielt kollektiv den Atem an.

Dann blitzten sie erneut auf, blieben aber an.

„Das ist der Notstrom, aber wir haben immer noch einen schiffsweiten Ausfall", verkündete Jessica. Wieder eine offensichtliche Feststellung, aber das war das Protokoll. Ein schwacher Trost, wenn überhaupt.

Die Fenster auf ihren Bildschirmen schienen sich zurückzusetzen, was darauf hindeutete, dass ihre Computer neu starteten, was bedeutete, dass sie möglicherweise die Ruderkontrollen zurückbekommen könnten. Jeder Bildschirm aktualisierte schließlich seine Zahlen: 33,87 m, 423,18 k, 00:05:56:21

Jean Pierre war kein Mann des Gebets, aber in diesem Moment blickte er zum Himmel, den er nicht sehen konnte, und sprach ein kurzes Gebet für sein Schiff, seine Besatzung und seine

Passagiere. Sie würden göttliche Intervention brauchen, wenn sie das hier lebend überstehen wollten.

Chapter 28

Ted & TJ

„Hier ist es." TJs körperlose Stimme strömte aus der dunklen Öffnung in der Decke des Aufzugs über ihm. Ein paar Sekunden später kündigte ein Grunzen und Kratzgeräusche das Abrollen einer Leiter aus dem Loch an, deren Ende einen Fuß über dem Boden endete.

„Toller Fund", sagte Ted aufrichtig, während er schnell beide Füße und dann seine Hände platzierte und vorsichtig zwei Sprossen auf einmal hochkletterte. „Die sieht ziemlich robust aus, als könnte sie sogar mich halten. Woher wusstest du das?"

„Wusste ich nicht, aber ich hab geraten, dass sie hier oben etwas für Notfälle haben müssen." Sie lächelte ihn an, als er seinen Kopf durch die Öffnung steckte. „Und es ist eine einfache Leiter ein halbes Deck hoch zu Deck 6."

„Was meinst du, was passiert, wenn der Strom wiederkommt?", murmelte Ted.

„Ich schätze, dann können wir den Aufzug besser sehen, wenn er uns überrollt."

„Ha-ha. Nicht witzig", sagte Ted trocken.

Die Notbeleuchtung im Aufzugsschacht flackerte, und der Aufzug unter ihren Füßen zitterte, bewegte sich – und hielt dann an.

Dann gingen die Lichter wieder an.

Sie atmeten aus und schossen vorwärts, kletterten hastig die Leitersprossen hoch und in die zurückgesetzte Sicherheit der Türen von Deck 6, bevor sich der Aufzug wieder bewegte. Eine einfache Entriegelung von innen ermöglichte ihnen den Ausgang – Ted hatte gedacht, sie müssten eine Axt oder etwas anderes finden, um die Türen aufzuhebeln, wie in den Filmen.

Die Alarmhörner ertönten erneut zweimal, gefolgt von der Durchsage, in die Kabinen zurückzukehren.

„Was ich nicht verstehe, ist, wenn ihre Motoren laufen und sie den Strombedarf des Schiffes decken, wie kann dann der Strom ausfallen?", fragte TJ.

„Das habe ich mich auch gefragt. Wie viel Zeit haben wir?"

TJ blickte auf ihre Uhr, ihr Gesicht verzog sich sofort zu einer Grimasse, bevor sie zu Ted aufsah. „Ähm, weniger als fünf Minuten. Lass uns rennen."

*　　＊　　*

*H*ugo aus den Philippinen eilte zur ersten Kühlkammer im Flur und zog am Griff, um sicherzugehen, dass er ordnungsgemäß versiegelt war und sich nicht bewegte. Er war sicher.

Er joggte zur nächsten. Diese enthielt die Spirituosen, Wein und Bier. Als er vor der riesigen

Tür anhielt, rutschte ein Fuß auf einem Stück Papier aus. Als er merkte, dass er fallen würde, griff er nach der einzigen festen Oberfläche, die verfügbar war, um seinen Schwung zu stoppen: dem Türgriff. Sofort klickte die Tür und glitt mit seiner Vorwärtsbewegung mit, öffnete den riesigen Raum, bevor er und die Tür schließlich zum Stillstand kamen. Sein Herz raste wegen seines beinahe katastrophalen Sturzes, der wahrscheinlich zu einem Knochenbruch und dem Verlust seines Vertrags geführt hätte, wenn er sich nicht an etwas hätte festhalten können. Er ließ den Griff los und legte sich auf den Boden, um sich zu sammeln.

Er war die letzten fünf Minuten gerannt in dem vergeblichen Versuch, sicherzustellen, dass alle Lebensmittel und Vorräte gesichert waren. *Wer sorgt dafür, dass ich und meine Kollegen sicher sind?*

Er hatte den Überblick über die Zeit verloren und war sich nicht sicher, wie viel Zeit noch blieb, aber es fühlte sich an, als könnte es nicht mehr viel sein.

Ein nasser Klumpen von über ihm landete mit einem Platsch auf seiner Stirn.

Hugo fuhr mit den Fingern über die Nässe, schloss dabei die Augen und rieb daran. *Es ist schleimig.*

Sein Blick schoss sofort nach oben. Die Deckenbeleuchtung war von Rot und Braun verdeckt... und etwas keuchte.

Es war ein großer Deutscher Schäferhund, rot-braun gefleckt, wie getrocknetes Blut, als ob er in einem Hundekampf gewesen wäre. Der Hund zitterte, und hinter ihm waren andere Hunde, die mit ihm verbunden waren.

„Hey ihr Hunde, was macht ihr in den Alkohol vorräten... einen Drink nehmen?" Er lächelte über seinen Humor. Dann verschwand sein Lächeln, als er sich an die Warnung des Personalleiters an die ganze Besatzung über verrückte Hunde auf dem Schiff erinnerte.

Hugo krabbelte rückwärts, sein Hintern rutschte. Nach einer kleinen Distanz drückte er sich auf die Knie. Die ganze Zeit behielt er die Hunde im Auge und versuchte sich zu erinnern, was über sie gesagt worden war. Tiere wurden auf dem Festland verrückt, und sie sollten auf mehrere Hunde achten, die einige seiner Kollegen und Passagiere angegriffen hatten. Er konnte sich nicht an ihre Rassen erinnern oder daran, wie viele es waren. Aber als er auf Augenhöhe mit dem Schäferhund war, erinnerte er sich an das wichtigste Merkmal. Er erinnerte sich, wie ihm bei dem Gedanken die Haut gekribbelt hatte, genau wie jetzt.

Ihre Augen waren rot. Rot wie die Farbe frischen Blutes.

„Eine Minute, zwanzig Sekunden", rief TJ, während sie jeden Schritt wie eine Gazelle ausstreckte. Ted keuchte und schnaufte hinter ihr, seine schweren Schritte hämmerten auf den grotesken Teppich nieder. Er klang viel schwerer als jemand, der neunzig Kilo wog.

Sie hielt an, kurz vor ihrer Kabine. Ted blieb neben ihr stehen, die Hände an der Wand, nach Luft ringend. Klappernde Geräusche zogen ihre Aufmerksamkeit auf sich, wo ihr Flur t-förmig endete und mit einem Ausgang verbunden war. Auf der Schwelle waren zwei Füße, die sich bewegten, und ihr Besitzer stöhnte.

Ted kam als Erster an, beugte sich über die ältere Dame, deren Rollator über ein offenes Deck nach draußen gerutscht war. „Kann ich Ihnen helfen, gnädige Frau?"

„Oh, wie süß von Ihnen", antwortete sie.

„Ich hole Ihren Rollator", sagte TJ, die an ihnen vorbeihuschte, während Ted versuchte, sich um die Frau zu kümmern.

„Sind Sie verletzt?", fragte er.

„Oh, Gott bewahre, nein. Nur mein Stolz ist ein bisschen angeschlagen, und meine Schienbeine." Ihre Stimme war ganz Southern Belle.

„Wo ist Ihre Kabine, gnädige Frau?"

„Nur zwei Stockwerke von hier. Wollte nur die riesige Welle sehen."

Ted half ihr auf die Füße und stützte sie gegen den Türrahmen. „Na ja, Sie werden bei uns bleiben müssen, bis das vorbei ist. Es ist nicht genug Zeit, Sie zwei..."

Teds Stimme verstummte, als er seine Frau fixierte, die gerade den Rollator der älteren Dame vom Geländer losgehakt hatte und nun zum Horizont starrte. Ihr Mund stand offen, als hätte ihr Kiefer nicht mehr den Willen, ihn zu schließen. Ihr Gesicht war angespannt, die Stirn gerunzelt. Er hatte diesen Blick nur zwei Mal zuvor gesehen: als sie vor einigen Jahren fast von einem Pitbull angegriffen wurde und als sie vor drei Tagen beinahe von dem Schäferhund attackiert wurden. Sie war verängstigt, und jetzt war er es auch.

Aus der Ferne rollte ein tiefes Grollen wie bei einem Raketenstart in Cape Canaveral durch ihren Flur. Die salzige Luft fühlte sich regungslos und schwer an.

„Ted... Lauf!", schrie sie.

Ted bewegte die ältere Dame bereits, zunächst langsam und dann immer schneller. TJ stürmte durch die Luke und zog sie hinter sich zu. Bevor sie einrastete, war das Grollen draußen bereits zu einem furchterregenden Crescendo angeschwollen, und nun vibrierte das gedämpfte Tosen unter ihren Füßen.

TJ ließ den Rollator im Flur stehen und holte sie ein, packte den freien Arm der Frau. Zu dritt drängten sie sich die letzten Meter vorwärts: die letzte Etappe eines Dreibeinlaufs.

Das dreiköpfige Team aus Tucson und irgendwo im Süden fiel gerade über die Ziellinie ihrer offenen Kabinentür, als der Tsunami einschlug.

Chapter 29

Der Tsunami

Fahren Sie die Stabilisatoren ein", sagte der „ Kapitän in einem fast beiläufigen Ton. Seine Augen bohrten sich nach vorne. Er brauchte kein Fernglas mehr, um zu sehen, was auf sie zukam.

Zweite Ingenieurin Niki Tesler, die wegen der Energieprobleme der *Intrepid* auf die Brücke geholt worden war, berührte die Steuerung, die sofort die beiden mittschiffs gelegenen Flossen einfuhr. „Erledigt."

„Wir sind bei einundzwanzig Komma fünf Knoten, Sir, und steigend", erklärte Jean Pierre, während er sein Fernglas senkte.

Viel mehr konnten sie nicht tun. Das Schiff war ausgerichtet worden und hielt direkt auf die riesige Welle zu. Die gesamte Kraft der vier Schiffsmotoren trieb die beiden Schrauben an ihre Grenzen. Sie hofften, sie auf fünfundzwanzig Knoten zu bringen, was weit über der Nenngeschwindigkeit des Schiffes lag. Wenn sie nur genug Geschwindigkeit aufnehmen konnten, hatten sie vielleicht eine Chance. Vielleicht.

Erst vor wenigen Minuten hatten sie die Kontrolle über das Steuer wiedererlangt, nachdem Buzz das Problem mit dem Stromausfall gefunden und behoben hatte: ein seltsames Verkabelungsproblem mit den Generatoren. Und es war absichtlich herbeigeführt worden. Aber herauszufinden, wer der Täter war und was seine kriminellen Absichten waren, musste warten. Falls es ein Danach geben würde.

Das Wichtigste war, dass sie die Kontrolle hatten. Und für die nächsten Sekunden konnten sie das Schiff präzise steuern. Das hieß, bis zu dem Moment, in dem die Welle sie erreichte. Dann lag ihr Schicksal in den Händen des Meeres und Gottes.

Dieser Moment war jetzt gekommen.

Es dauerte nur Millisekunden, bis die achtundvierzig Meter hohe Wasserwand von Bug bis Heck über das Schiff hinweggefegt war, aber wie bei einem alten Spulentonbandgerät blitzten die einzelnen Bilder dieses Films nacheinander an jedem Akteur vorbei, als wären sie auf die Geschwindigkeit einer Diashow verlangsamt worden.

Der Kapitän warf einen Blick auf ihre Geschwindigkeit. Er blinzelte einmal bei der seltsamen Zahl.

„-190,2."

Die Anzeigen sollten eigentlich die Geschwindigkeit des Schiffes im Vergleich zum umgebenden Wasser anzeigen. Jetzt zeigten sie die Geschwindigkeit der von der Welle erzeugten Strömungen an.

Jean Pierre blinzelte, als Meer und Himmel eins wurden, als ob ein Leviathan von unfassbarer Größe – zu groß, um ihn überhaupt zu sehen – aus den Tiefen aufgetaucht wäre und alles auf seinem Weg verschlungen hätte.

Ihr Bug. Verschlungen.

Gefolgt von ihrem offenen Vordeck. Weg.

Urban kniff die Augen zusammen und starrte auf die Brückenfenster. Er wollte fragen, ob sie der Wucht des Aufpralls standhalten würden. Selbst wenn er Zeit gehabt hätte, die Frage zu stellen, wäre es sinnlos gewesen: Keiner dieser Offiziere, nicht einmal der Kapitän, hatte so etwas je erlebt. Urbans Stimmbänder und Mundhöhle kamen nur so weit, ein „W-" zu formen, bevor das brüllende Monster auch die Brücke verschlang.

Jessica sah vor ihrem geistigen Auge ein Bild ihres zehnjährigen Sohnes, der mit ihrem Mann zu Hause in Island auf sie wartete, wenn ihr Vertrag in zwei Monaten auslaufen würde.

Niki schloss reflexartig ihre Augen in Erwartung des Wasseraufpralls.

Es ging so schnell, dass keiner von ihnen registrieren konnte, wie das Wasser durch das am weitesten backbord gelegene Fenster der Brücke eindrang, das Urban früher unverschlossen gelassen hatte, als er der eisigen Außentemperaturanzeige nicht hatte glauben und sie selbst hatte testen wollen.

Der immense Druck der unaufhaltsamen Flut ließ das Fenster nachgeben, zerbrach seine Scharniere und brach dann hindurch. Tausende Liter Salzwasser schossen durch eine dreißig mal neunzig Zentimeter große Öffnung nach innen.

Es stürmte durch den Bereitschaftsraum des Kapitäns und zerstörte alles auf seinem Weg, einschließlich der Lieblings-*Uffda*-Kaffeetasse des Kapitäns. Das maßstabsgetreue Modell der *Intrepid* brach aus seiner Glasvitrine und ritt auf der Welle. Da es nirgendwo anders hinkonnte, wurde das Wasser nach innen umgeleitet, eine Mini-Flutwelle, die durch die Brücke schoss, jeden der Offiziere mitten im Staunen erwischte und sie zu Boden warf, wo sie nach Halt suchten.

Und dann war alles vorbei.

Hätte diese enorme Welle Land getroffen, hätte ihre unermessliche Kraft alles, was ihr im Weg stand, dem Erdboden gleichgemacht. Jedes Bauwerk wäre ausnahmslos weggefegt worden. Aber die *Intrepid* der Regal European durchbrach, wie ein Surfer, der in die volle Kraft einer herannahenden Welle eintaucht, den turmhohen Wasserdruck und kam auf der anderen Seite größtenteils unversehrt wieder heraus.

Der Schaden war dennoch beträchtlich.

Das Monster hatte alle Antennen und Satellitenschüsseln des Schiffes mitgerissen und es so von der Außenwelt abgeschnitten.

Der einzelne Schornstein neigte sich nach hinten wie ein riesiger Schorf, der kurz davor war, abzufallen, und bedeckte kaum noch eine offene Wunde, aus deren freiliegender Basis nun schwarzer Rauch austrat.

Zwei der drei Seilrutschen waren aus ihren Verankerungen gerissen worden; ihre Stahlseile waren nach vorne geschleudert worden und hatten ihre klobigen Verbindungsstücke mit peitschenartiger Präzision fast mit

Schallgeschwindigkeit durch die Glasfenster und -wände des Poolbereichs getrieben.

Die Decks waren von den wenigen verbliebenen Tischen, Stühlen und Liegen, die an Deck geblieben waren, gesäubert worden, verschlungen wie die Reste eines Thanksgiving-Essens – die Decksmannschaft hatte den Rest verstaut.

Es war ein Wunder, dass es nur wenige Todesopfer gab, und ein Großteil des Verdienstes wurde zu Recht den Bemühungen des stellvertretenden Sicherheitsoffiziers zugeschrieben, das Schiff zu sichern. Aber es würde einen Tag dauern, bis sie eine Zählung durchgeführt hatten und die endgültige Zahl kannten.

Die Todesfälle erschienen zunächst seltsam, waren aber bei näherer Betrachtung klar: Die Bewohner zweier Kabinen im vorderen Bereich hatten es versäumt, ihre Balkontüren zu schließen.

In einer der überfluteten Kabinen waren die frisch verheirateten Bewohner zu sehr mit ihrem Liebesspiel beschäftigt gewesen, um sich um die mehrfachen Warnungen des Schiffes zu kümmern. In einem atemlosen Moment fragte die Braut: „Was ist das für ein Grollen?" Worauf ihr Ehepartner etwas über die Kraft seiner Lenden witzelte, aber von einem großen Teil des Atlantiks unterbrochen wurde, der in ihre Kabine krachte. Zumindest waren sie in den Armen des anderen ertrunken.

Die andere Kabine, direkt steuerbord von der Brücke auf Deck 8 und daher teilweise geschützt, erlitt nur geringfügige Wasserschäden durch eine angelehnte Schiebetür. Ihre Bewohner wurden bereits vom FBI untersucht, aber ihr Aufenthaltsort war unbekannt, und seit zwei Tagen war kein Crewmitglied mehr in der Kabine gewesen.

Erst am nächsten Tag sollte das Grauen hinter der Tür von Kabine Nr. 8500 gesehen und verstanden werden.

Chapter 30

Nachwirkungen

Die Durchsage dröhnte durch die Lautsprecher des Schiffes – zumindest durch jene, die noch funktionierten.

„Achtung Crew und Gäste. Hier spricht Erster Offizier Jean Pierre." Sein belgischer Akzent war stärker als sonst.

„Der Tsunami hat uns getroffen, aber Ihr Schiff, die Intrepid, hat sich recht gut geschlagen. Jetzt haben Sie etwas Aufregendes, das Sie Ihren Enkelkindern erzählen können: Die Welle, die uns traf, war fast fünfzig Meter hoch, oder über einhundertfünfzig Fuß.

„Obwohl es einige Schäden gab, sind wir am meisten um Ihre Verletzungen besorgt. Zu Ihrer aller Sicherheit bleiben Sie bitte bis auf Weiteres in Ihren Kabinen. Alle Restaurants und Gästebereiche sind geschlossen, bis wir jeden Passagier überprüft und dann den Schaden begutachtet haben.

„Wenn Sie leichte Verletzungen haben und laufen können, begeben Sie sich bitte direkt zur

Wayfarer Lounge auf Deck 6, wo unser medizinisches Personal Ihre Schnitte und Prellungen behandeln wird.

„Wenn Ihre Verletzungen schwerwiegender sind, melden Sie diese bitte umgehend über das Telefon in Ihrer Kabine. Wählen Sie einfach die Null. Um uns zu unterstützen, benutzen Sie bitte das Kabinentelefon für keine anderen Zwecke. Wir haben nur begrenztes Personal, um Ihre Anrufe entgegenzunehmen. Also nochmals, benutzen Sie die Kabinentelefone bitte nur für extreme Notfälle.

„Zusätzlich wird unsere Crew eine Kabine-für-Kabine-Kontrolle durchführen, um sicherzustellen, dass jeder in seiner Kabine sicher und unverletzt ist. Um uns zu unterstützen, stellen Sie bitte, wenn Sie nicht zur Wayfarer Lounge gehen, Ihre Kabinentür mit einer Ihrer Rettungswesten offen. So wissen wir, dass Sie in Ihrer Kabine sind. Wir werden zuerst alle offenen Kabinen überprüfen.

„Wenn Ihre Kabine beschädigt ist und Sie das Gefühl haben, nicht dort bleiben zu können, sind Sie ebenfalls herzlich eingeladen, in die Wayfarer Lounge auf Deck 6 zu kommen. Unsere Crew wird Sie nach den Schäden in Ihrer Kabine fragen und entweder sofortige Reparaturen einleiten oder Sie in eine andere Kabine verlegen.

„Für alle anderen, bitte bleiben Sie bis zum Morgen in Ihrer Kabine, wieder mit offener Kabinentür. Es wird morgen früh eine weitere Durchsage geben.

„Vielen Dank!"

Direkt nachdem die Welle vorüber war, erhielt Al, der Leiter des Haustier-Spas, einen Anruf von Hugo: Seine Hunde waren zitternd im riesigen Kühlraum gefunden worden, in dem der Alkoholvorrat des Schiffes gelagert wurde. Er eilte hinüber und fand alle Hunde ruhig, aber verwirrt vor. Er trug jeden einzeln zum Haustiersalon, hauptsächlich weil sie nicht auf seine Befehle reagierten und einige Verletzungen erlitten hatten. Er atmete erleichtert auf, als er sie alle hinter ihren Türen hatte.

Zwei von ihnen waren ziemlich schwer verletzt und hatten eine beträchtliche Menge Blut verloren. Er verband beide und musste bei einem sogar einen Tropf anlegen. Alle Hunde waren jetzt stark sediert. Er ging kein weiteres Risiko ein, dass sie entkommen oder einander angreifen könnten.

Seltsamerweise zeigten die Tiere, obwohl sie zuvor aggressive Anzeichen von Tollwut gezeigt hatten, jetzt keinerlei Aggressivität mehr. Wäre es irgendein Tollwutstamm gewesen, wären sie immer noch aggressiv gewesen. Noch seltsamer waren ihre Augen.

Die Iris jedes Hundes erschien karmesinrot, als ob die Blutgefäße explodiert wären. Er hatte von dieser Erkrankung nur bei Albinos gehört, die extrem geringe Mengen an Melanin hatten, und verfluchte seinen Computer, weil er keine Verbindung zum Internet des Schiffes herstellen konnte, um weiter zu recherchieren. Er war sich sicher, dass es mit ihrem tollwutähnlichen Verhalten zusammenhing, das jetzt verschwunden schien. Die anderen seltsamen Symptome ließen sich erklären.

Vor der Sedierung waren alle Hunde verwirrt. Dieses Symptom konnte eine Folge des Stresses sein, den jeder erlebt hatte, ebenso wie die erschwerte Atmung. Jeder Hund atmete, obwohl sediert und bewusstlos, schwerer als normal, als ob sein Stoffwechsel auf Hochtouren liefe.

Seine ursprüngliche Theorie, dass alle an einer Art Virus erkrankt waren, wurde widerlegt, als seine ersten Tests zeigten, dass ihre Körpertemperaturen unter normal lagen. Ohne Fieber musste seine Theorie einer virusbedingten Erkrankung verworfen werden.

Al öffnete ein Dokument und begann, die Details einzutippen. Ohne Zugang zum Intranet des Schiffes konnte er keinen neuen Vorfallsbericht öffnen, den er schließlich für die Unternehmensleitung ausfüllen musste, um zu erklären, was passiert war. Nicht dass er das zu diesem Zeitpunkt mit Klarheit oder Sicherheit hätte sagen können.

Während er eine Chronologie der Ereignisse tippte, kam er zu dem Schluss, dass die aggressiven Tendenzen, die die Hunde beeinflusst hatten, trotz der Augen und der Verwirrung vorüber sein mussten.

Er wischte sich den Schweiß mit einem Handtuch von der Stirn. Die Klimaanlage funktionierte nicht – wahrscheinlich im Zusammenhang mit dem Tsunami – und es wurde langsam heiß im Haustier-Spa.

Das Öffnen der Vordertür brachte sofortige Erleichterung. Irgendwo auf dem Schiff waren Fenster und Türen nach außen geöffnet, und diese Luft kühlte Deck 1 sofort ab. Glücklicherweise für ihn und alle an Bord waren die Außentemperaturen kühl genug, um die Arbeit ihrer nicht funktionierenden Klimaanlagen zu übernehmen.

Als sein Funkgerät ihn rief, wurde ihm klar, dass er vergessen hatte, die Brücke über die Hunde zu informieren. Sie hatten ihn um stündliche Updates gebeten.

Er trat zurück in den Salon und schnappte sich das Gerät von der Ladestation. „Hier spricht der Leiter des Haustier-Spas. Hallo, Erster Offizier."

Jean Pierres Stimme schoss wütend heraus. „Bericht über die Hunde. Wir verstehen, dass Sie sie haben. Wie ist ihr Status?"

„Es tut mir sehr leid, dass ich nicht früher Bericht erstattet habe, Sir. Alle Hunde sind sediert und stabil in ihren Räumen. Sir, ich glaube, die Gefahr ist vorüber. Sie zeigen kein aggressives Verhalten mehr. Als ich sie vor ein paar Stunden abholte, waren sie verwirrt, aber sicher nicht aggressiv. Ich glaube, der Vorfall der Aggression war nur vorübergehend. Ich tippe all dies gerade detailliert auf, kann aber keinen Vorfallsbericht einreichen, weil keine Verbindung zum Intranet des Schiffes besteht."

„Das sind großartige Neuigkeiten über die Hunde und noch bessere Nachrichten über das Rage-Virus."

„Rage-Virus, Sir?"

„So nennen es die Nachrichten."

„Ich glaube nicht, dass es ein Virus ist, Sir."

„Wie auch immer, kann ich dem Kapitän melden, dass die Gefahr vorüber ist?"

„Ich denke schon."

„Danke, Zweiter Offizier. Erster Offizier Ende."

~ ~ ~ ~ ~

Glenda Biggins, 82", wie sie bei ihrer Vorstellung stolz verkündete, wollte sich auf keinen Fall von der medizinischen Crew ihre Verletzungen versorgen lassen, die ihrer Meinung nach so geringfügig waren, dass sie es nicht rechtfertigten, noch mehr Zeit für eine törichte alte Frau zu verschwenden.

Nachdem sie die freundliche Südstaatlerin genau in dem Moment, als die Welle traf, in ihr Zimmer geworfen hatten, blieben Ted und TJ bis zur Durchsage, Minuten später, bei ihr.

Sie zog es vor, in ihre Kabine zurückzukehren und darauf zu warten, dass die Crew vorbeikam und nach ihr sah. Sie wollte ihnen nicht länger zur Last fallen. Ted und TJ begleiteten die zierliche Frau zurück zu ihrer Kabine und verabschiedeten sich. Sie dankte ihnen überschwänglich dafür, dass sie ihr Leben gerettet hatten, und lud sie ein, sie in ihrem Haus am Strand in South Carolina zu besuchen. Erneut entschuldigte sie sich für ihren törichten Versuch, die riesige Welle zu bestaunen.

Ted brachte es nicht übers Herz, der Frau zu sagen, dass ihr Haus an der Küste von South Carolina wahrscheinlich bereits zerstört oder zumindest schwer beschädigt war, eines von Millionen Tsunami-Opfern. Er war sich nicht sicher, ob TJ das auch bedacht hatte. Das war Stoff für einen anderen Tag.

Auf dem Weg zurück zu ihrer Kabine trafen sie einen nach dem anderen, der irgendeine Art von medizinischer Hilfe benötigte. Überraschenderweise war keine der Verletzungen schlimm: nur Schnitte und Prellungen. Aber es gab ziemlich viele Menschen, die in einer Art Schockzustand zu sein schienen. Einige konnten sich nicht an ihre Namen und ihren Aufenthaltsort erinnern, und einige reagierten fast gar nicht auf Teds oder TJs Fragen oder auf die der Crew.

Jede verletzte oder verwirrte Person wurde in die Wayfarer Lounge gebracht, um von der Schiffsbesatzung versorgt zu werden.

Das medizinische Personal teilte ihnen mit, dass auch sie auf ziemlich viele verwirrte Gäste trafen, führten dies aber auf den Stress und Schock der riesigen Welle zurück. Die Williams hörten auch indirekt von dem jungen Paar, das in seiner Kabine ertrunken war, weil sie ihre Schiebetür nicht geschlossen hatten, bevor die Welle traf. Aber das waren die einzigen beiden Todesfälle, von denen sie gehört hatten. Und wenn das das Ausmaß der Toten und Verletzten war, konnte sich die Intrepid als sehr glücklich betrachten. Noch glücklicher für alle waren die Neuigkeiten von Jean Pierre.

Er rief die Williams an, um zu berichten, dass die Hunde gefunden worden waren und derzeit im Haustier-Spa sediert waren. Der Tierarzt war dabei, einen Bericht über seine Beobachtungen zu tippen, sagte aber, dass er glaubte, die aggressiven Tendenzen der Hunde seien vorüber.

Er fügte hinzu, dass der Tierarzt glaubte, die Wuterkrankung sei nur vorübergehend gewesen.

Es war nach ein Uhr morgens, als Ted und TJ endlich in ihre Kabine zurückkehrten. Als sie in ihrem Bett lagen, waren sie voller Hoffnung, dass sie an einem neuen Morgen aufwachen würden, an dem die Tierangriffe nachließen und die Vulkane aufhören würden auszubrechen. Sie fielen fast sofort in den Schlaf, als ihre Köpfe die Kissen berührten, ihre Gedanken verwandelten sich in Träume, und dann verwandelten sich ihre Träume schnell in Albträume, die nicht endeten, selbst als sie aufwachten.

TAG FÜNF

DIE MORGENDLICHE ANSPRACHE DES KAPITÄNS BEGANN PÜNKTLICH UM 07:00 UHR. DAS UND DER SCHRILLE TON, DER IHR VORAUSGING, WAREN DIE EINZIGEN ÄHNLICHKEITEN ZU DEN ANSPRACHEN DER VORHERIGEN TAGE. ALLES ANDERE WAR ANDERS. VERSCHWUNDEN WAR DAS JOVIALE GEPLÄNKEL EINES MANNES, DER JEDEN MOMENT SEINES JOBS GENOSS. SEIN TON WAR JETZT GANZ GESCHÄFTSMÄSSIG. ICH STELLE MIR VOR, DASS TIERANGRIFFE UND EIN TSUNAMI, DIE ZUM TOD VON PASSAGIEREN UND BESATZUNGSMITGLIEDERN FÜHRTEN, JEDEN KAPITÄN SO VERÄNDERN WÜRDEN.

DIE INTERNEN LAUTSPRECHEREINHEITEN IN UNSERER KABINE SCHIENEN NICHT MEHR ZU FUNKTIONIEREN, EBENSO WENIG WIE UNSERE TELEFONE. WEITERE TSUNAMI-OPFER? WIR WUSSTEN ES NICHT. ABER DIE TÜR WAR MIT UNSEREN SCHWIMMWESTEN AUFGESTELLT, WIE VON JEAN PIERRE ERBETEN, SODASS DIE MELANCHOLISCHE STIMME DES KAPITÄNS KLAR ZU HÖREN WAR, OHNE DASS WIR AUS DEM BETT STEIGEN MUSSTEN.

„INTREPID, HIER SPRICHT KAPITÄN JÖRGEN CHRISTIANSEN VON DER BRÜCKE.

„WIR BEFINDEN UNS DERZEIT AUF EINER POSITION VON 35 GRAD, 37 MINUTEN, 3 SEKUNDEN NORD UND 14 GRAD, 58 MINUTEN, 21 SEKUNDEN WEST. UNSER KURS IST 28,6 GRAD WEST-NORDWEST. WIR HABEN UNSERE ÜBERQUERUNG DES ATLANTIKS IN RICHTUNG USA BEGONNEN.

„SIE ALLE WISSEN VON DER MONSTRÖSEN WELLE, DIE UNS ÜBERRASCHT HAT. WIR HATTEN GLÜCK, DASS NICHT MEHR MENSCHEN VERLETZT WURDEN. TATSÄCHLICH WAREN DIE MEISTEN VERLETZUNGEN NUR GERINGFÜGIG, NUR EIN PAAR SCHNITTWUNDEN UND PRELLUNGEN.

„DIE WELLE WAR DAS ERGEBNIS DES VULKANAUS-BRUCHS AUF LA PALMA. WIR SIND NICHT MEHR IN GEFAHR, MUSSTEN ABER UNSEREN ZWISCHENSTOPP AUF DEN KANARISCHEN INSELN ABSAGEN.

„UNSER SATELLIT UND INTERNET SIND AUFGRUND VON SCHÄDEN AN UNSEREN ANTENNEN AUSGEFALL-EN. ES GIBT AUCH EINIGE ANDERE SYSTEMPROB-LEME. ABER UNSERE UNERMÜDLICHE CREW IST SICH DESSEN BEWUSST UND ARBEITET DARAN, SIE ZU BE-HEBEN, WÄHREND ICH SIE ANSPRECHE. BITTE HABEN SIE GEDULD, DA ES EIN PAAR TAGE DAUERN KANN, BIS ALLE UNSERE SYSTEME WIEDER ONLINE SIND.

„KONZENTRIEREN WIR UNS NUN AUF DIE GUTEN NACHRICHTEN. DREI UNSERER RESTAURANTS SIND GEÖFFNET, UND WIR HABEN VIELE WUNDERBARE AKTIVITÄTEN FÜR SIE HEUTE GEPLANT. EINE AK-TIVITÄT, DIE ICH IHNEN EMPFEHLEN WÜRDE, IST DIE GELEGENHEIT, DEN BERÜHMTEN AUTOR T.D . BONAVENTURE ZU TREFFEN. ER IST EIN EXPERTE FÜR POTENZIELLE APOKALYPTISCHE EREIGNISSE UND WIRD VIELLEICHT SOGAR EIN PAAR WORTE DER ERK-LÄRUNG DARÜBER ANBIETEN, WAS MIT DEN VULKA-

NEN UND DEN TIEREN PASSIERT IST UND WARUM WIR DENKEN, DASS DAS SCHLIMMSTE DIESER KRISE VORÜBER IST."

ES GAB EINE LANGE UND ETWAS UNANGENEHME PAUSE – FÜR UNS BEIDE –, BEVOR DER KAPITÄN FORTFUHR.

„VERSUCHEN SIE TROTZ ALLEM, WAS AN BORD PASSIERT IST, IHRE ZEIT BEI UNS ZU GENIESSEN. LASSEN SIE UNS ÜBER DIE PROBLEME VON MORGEN NACHDENKEN, DAMIT SIE DEN HEUTIGEN TAG GENIESSEN KÖNNEN.

„ABSCHLIESSEND BIN ICH SEHR GLÜCKLICH, BERICHTEN ZU KÖNNEN, DASS WIR AUS DEM SCHATTEN DER VULKANWOLKEN HERAUS SIND UND ZUM ERSTEN MAL SEIT BEGINN DIESER KREUZFAHRT EINEN SONNIGEN HIMMEL ERWARTEN. WIR RECHNEN AUCH MIT WARMEN TEMPERATUREN, HEUTE NACHMITTAG ETWA ZWANZIG GRAD CELSIUS. STÜHLE UND TISCHE WURDEN AUF UNSER SONNENDECK ZURÜCKGEBRACHT. NEHMEN SIE SICH ZEIT, UM DIE SONNE HEUTE NACHMITTAG ZU GENIESSEN UND SICH MIT IHREN MITREISENDEN ZU UNTERHALTEN. ICH BIN SICHER, JEDER VON IHNEN HAT EINIGE INTERESSANTE GESCHICHTEN DARÜBER ZU ERZÄHLEN, WAS SIE LETZTE NACHT DURCHGEMACHT HABEN.

„DAS IST ERSTMAL ALLES.

„HABEN SIE EINEN GESEGNETEN TAG AUF DEM SICHERSTEN SCHIFF AUF DEM OZEAN, DER INTREPID VON REGAL EUROPEAN."

DER KAPITÄN WAR OFFENSICHTLICH...

Chapter 31

Jahrestag

„Was schreibst du da?", murmelte TJ, ihre Stimme noch schwer vom Schlaf.

„Ach, nichts Wichtiges." Ted schenkte ihr ein Lächeln und schloss das in Leder gebundene Buch, das er an seine Brust drückte.

TJ beugte sich vor und küsste ihn. „Morgen." Dann verschwand sie abrupt im Badezimmer.

Sie waren im Bett geblieben – beide waren erschöpft – während der Ansprache des Kapitäns und noch einige Minuten danach. Die Tür war die ganze Nacht über offen gewesen, wie empfohlen. TJ wachte kein einziges Mal auf, nicht einmal während der Kontrolle der Crew in den frühen Morgenstunden. Ein Lichtstrahl auf ihrem Gesicht von der Taschenlampe des Crew-Mitglieds, um zu überprüfen, dass sie tatsächlich unverletzt war, ließ sie nicht aufschrecken. Ted verstand das vollkommen; es war das erste Mal, dass sie sich in den letzten vier Tagen nicht ängstlich fühlte, und er wollte das auf keinen Fall stören. Erst als die Ansprache des Kapitäns durch ihre Türöffnung dröhnte, regte sie sich überhaupt, nahm seine Worte kaum wahr, bevor sie sich wieder umdrehte und ihren Schlummer noch etwas ausdehnte. Ted hingegen schoss im Bett hoch, erschrocken von dem, was der Kapitän verkündet hatte.

Es störte ihn eigentlich nicht, dass er gebeten worden war, die Rolle des improvisierten PR-Beauftragten des Schiffes zu übernehmen, indem er die Botschaft des Kapitäns überbrachte, dass das Problem mit den Tierangriffen verschwunden sei, obwohl er davon noch nicht ganz überzeugt war. Es war einfach die Tatsache, dass er dies vor Hunderten von Menschen tun musste.

Weit mehr als verrückte Tiere, die angriffen, oder Vulkane, die Aschewolken ausspien, oder sogar 45 Meter hohe Flutwellen, war es der Auftritt vor einer Menschenmenge, der ihn absolut in Angst und Schrecken versetzte. Die Ärzte nannten es Enochlophobie und erklärten, es sei eine Form der Agoraphobie. Er wusste nur, dass er den größten Teil seines Erwachsenenlebens gegen Panikattacken kämpfte, die genau durch diese Art von öffentlichem Forum ausgelöst wurden. Deshalb mied er solche Dinge wie die sprichwörtliche Pest.

In einem früheren Leben, als er als Wissenschaftler gearbeitet hatte, waren seine Arbeitsaufgaben perfekt auf jemanden zugeschnitten gewesen, der nicht gerne mit Menschen interagierte. Ted tat alles, um nicht an großen öffentlichen Orten festzusitzen, und ging sogar so weit, seine Forschungsarbeit zu Hause zu erledigen.

Als er sich für seine spätere Autorenkarriere entschied, bedeutete die Aussicht auf geplante öffentliche Auftritte – wie Buchsignierstunden oder Radio- oder Fernsehinterviews –, dass er einen Weg finden musste, sie mit seinen Bedürfnissen in Einklang zu bringen. Also wählte sein Agent sehr begrenzte Veranstaltungsorte, mit nur wenigen Menschen oder einem Raum, der es ihm erlaubte, schnell zu gehen, wenn er eine Panikattacke kommen fühlte. Unabhängig davon nahm Ted keine Medikamente, obwohl Alkohol gelegentlich Trost bot. Stattdessen arbeitete er an seiner Krankheit.

Als sein Agent ihn mit der Idee dieser Kreuzfahrt kontaktierte – es stellte sich heraus, dass es seine Frau über das FBI war, das alles arrangiert hatte – stimmte Ted nur zu, die Fragerunde zu machen, weil der Veranstaltungsort sehr klein sein sollte. Er und TJ hatten den Raum sogar auf dem Weg zur All-Access-Tour ausgekundschaftet und bestätigt, dass er einen schnellen Ausweg bot, falls er es nicht aushalten konnte. Es war alles genau so, wie sein Agent es gesagt hatte. Aber das war, bevor der Kapitän eingeschritten war und das ganze verdammte Schiff eingeladen hatte zu kommen. Er wusste, dass der Raum mit Menschen gefüllt sein würde, die ihn alle bedrängen, berühren, befragen würden... Das Pochen in seiner Brust machte es schwer zu atmen.

Um sich von seinem bevorstehenden Vortrag und der Fragerunde um 08:00 Uhr abzulenken, begann er mit dem Tagebuch.

Die ganze Sache mit dem handgeschriebenen Tagebuch war neu für Ted: All sein Schreiben erledigte er auf seinem iPad-Tablet oder auf dem

Desktop-Computer zu Hause. Aber zusammen mit dem Wein hatte der Kapitän ihm das wunderschöne Tagebuch als Geschenk überreicht. Nach der Ankündigung des Kapitäns, als er spürte, wie die Panik ihn überkam und er aus dem Bett stieg, um auf und ab zu gehen, untersuchte er schließlich das Buch.

Es war exquisit. Feines Leder schützte seine leeren, pergamentartigen Vellumseiten. „Regal European" war in goldenen Lettern auf dem dunkelblauen Einband eingeprägt.

Er brachte es zurück ins Bett, starrte auf die erste leere Seite und überlegte, was er darauf kritzeln könnte. Er begann, über die Ereignisse der letzten Tage nachzudenken. Da wurde ihm klar, dass es nützlich sein könnte – für wen, wusste er noch nicht – einige der Details über das, was sie erlebten, aufzuschreiben. In diesem Moment war er sich nicht sicher, welchem Zweck das Tagebuch dienen würde oder ob es jemals von jemand anderem als ihm gelesen werden würde. Sein apokalyptisches Denken setzte für einen Augenblick ein, und er fragte sich, ob es als historisches Dokument für eine dystopische Zukunft dienen würde, lange nachdem sie verschwunden wären.

Er schüttelte diesen Gedanken ab und öffnete die Schublade seines Nachttisches. Er nahm einen seiner Ultra Fine Point Sharpies heraus, die er zum Kritzeln von Widmungen in seine Bücher bei Signierstunden verwendete. Er nahm immer einen Haufen davon überallhin mit, besonders wenn er möglicherweise einige seiner Fans traf. Dieses Buch verdiente etwas Besseres, aber Sharpies waren alles, was er hatte. Er nahm die

Kappe ab und hielt die harte Filzspitze über die erwartungsvolle Seite, wartend darauf, dass die Worte wie ein Strom aus ihm herausfließen würden. Er konzentrierte sich darauf, langsam und gleichmäßig zu schreiben, damit andere lesen konnten, was er schrieb. Seine Schreibschrift war fast unleserlich, also entschied er sich dafür, in kontrollierten Blockbuchstaben zu schreiben und stellte sicher, dass jeder Buchstabe vollendet war.

Weit davon entfernt, sich sicher zu sein, wie er am besten vorgehen und wie viele Details er einbeziehen sollte, begann er einfach am Anfang... „Tag Eins". Er wollte aufholen, also schrieb er nur ein paar Sätze für jeden Tag, mit der Absicht, später mit mehr Details zurückzukehren, bis er den heutigen Tag, Tag Fünf, erreichte. Sein Schreiben floss leicht und schnell, nur unterbrochen, als TJ aufgewacht war.

Die Tür ihrer Kabine klickte zu. Ted schaute auf und sah TJ neben seiner Bettseite stehen, mit einem breiten Grinsen und einem kleinen bunten Gegenstand in der Hand.

„Alles Gute zum Jahrestag!", rief sie fröhlich aus und streckte den bunten Gegenstand vor. Sie hüpfte fast vor Aufregung. Ein begeistertes Quietschen entwich ihren zusammengepressten Lippen.

Verdammt. Er war so beschäftigt gewesen – er hatte geplant, sie mit seinem Geschenk zu überraschen, sobald sie aufgewacht wäre. Aber sie war ihm zuvorgekommen.

Er legte das Ledertagebuch auf den kleinen Nachttisch, schob eine Schublade darunter auf, griff hinein und zog eine ähnlich farbige Schachtel heraus. Er hielt sie ihr hin und zeigte ihm ein *du hast mich erwischt*-Grinsen. „Alles Gute zum Jahrestag", erwiderte er.

Jedes Jahr hatten sie sich große Mühe gegeben, den anderen mit einem kleinen Jahrestagsgeschenk zu überraschen. Es war nie etwas Großes oder wirklich Teures, nur eine kleine Besonderheit, um diesen Jahrestag zu würdigen. Da dies ihr zwanzigster Jahrestag war, hatte er etwas mehr Gas gegeben. Er hatte fast ein Jahr darauf gewartet, ihr dies zu geben.

Sie warf ihre Arme um ihn, schnappte sich sein Geschenk aus seiner Hand und ersetzte es durch ihres. Sie beäugte ihr Geschenk, schaute dann aber auf und schenkte ihm ein weiteres breites Lächeln. „Du zuerst." Sie ließ sich auf die Bettkante plumpsen und sah ihn erwartungsvoll an.

„Okay, okay." Er streifte das leuchtend rote Band ab, riss das festliche Geschenkpapier auf und warf einen schnellen Blick auf die Mont-Blanc-Schachtel und dann zu ihr hoch.

„Als ich sah, wie du in dieses Tagebuch schreibst, war ich so aufgeregt, dass du dies öffnen würdest..."

Aus der Box zog er einen tiefschwarzen Mont Blanc Stift mit zwei goldenen Ringen heraus. *T. D. Bonaventure* war auf der Kappe eingraviert. Er hatte sich schon immer einen gewünscht, konnte aber nie rechtfertigen, so viel Geld für so etwas auszugeben. Aber als Jahrestagsgeschenk von seiner Frau... *war es perfekt.*

„Er ist perfekt. Ich liebe ihn. Danke." Er lehnte sich zu ihr und sie tauschten einen Kuss aus.

„Jetzt bin ich dran", sagte sie, fast kichernd. Sie riss ihre Box auf und legte schnell ein ähnliches schwarzes Rechteck frei, nur etwas größer. Sie öffnete den Deckel und enthüllte ein sattes blaues Inneres. Darin eingebettet lag etwas Funkelndes. Sie warf ihm einen verblüfften Blick zu.

„Es ist Orion, der Jäger. Nur ist diese Version eine Kriegerin, so wie meine wunderschöne Frau."

Sie zog es aus der Box und ließ den Anhänger an seiner dünnen Goldkette baumeln, betrachtete das Geschenk und dann ihn, während er sprach.

„Jeder Diamant ist ein Stern im Sternbild Orion. Ich weiß, es ist etwas mehr als normal, aber ich habe es letztes Jahr in London gefunden und wusste, du musst es haben."

Sie reichte es ihm und drehte ihm den Rücken zu. „Würdest du es mir umlegen?"

Er tat es und sie sprang vom Bett und tappste zum großen Spiegel gegenüber der Badezimmertür, wo sie stehen blieb und sich und die Kette betrachtete.

Sie eilte zurück zu seiner Bettkante und warf erneut ihre Arme um ihn, drückte ihn fest. „Es ist absolut das beste Geschenk, das du mir je gemacht hast. Ich liebe es. Danke."

Sie küsste ihn hart, wie ihre Umarmung, und sah ihm dann in die Augen.

Sie lehnte sich vor und küsste ihn wieder, nur sanfter, leidenschaftlicher. Sie zog sich zurück, lächelte ihn an und klimperte sanft mit den Augen, ließ sie verführerisch flattern. Ihr Lächeln wurde unmöglich breit, als sie ihre Arme in die Luft hob und ihn aufforderte, ihr Oberteil auszuziehen.

Er kam der Aufforderung nach.

Chapter 32

Satellit Enausfall

TJ stöhnte leise, während sie langsam ihren Kopf kreisen ließ, ihre Haare schlängelten sich über ihre Schulterblätter. Ihre neue Halskette hüpfte verspielt auf ihrer Brust. Ihre Hände ruhten oberhalb ihrer Hüften, die rechte bedeckte kaum die große Narbe, ein Zeichen einer Zeit, die sie verändert hatte, als sie vor einigen Jahren beinahe nach einem Hundeangriff gestorben wäre. Ihre Fingerspitzen ruhten über den Rändern ihrer schwarzen Jockey-Unterhose, die Beine auf dem Teppich gespreizt, um das Gleichgewicht zu halten. „Mann, jeder Teil von mir tut weh, wie nach einem Marathon." Sie schenkte ihm ein Lächeln. „Wie sieht's bei dir aus?"

Ted wandte seinen Blick von ihr ab und schwang seine Füße aus dem Bett. „Ja, ich kann mich kaum bewegen." Er grinste sie noch breiter an, und sie setzte ihre Dehnübungen fort.

Er schnappte sich die Fernbedienung und schaltete ihren Fernseher ein. Es war ein kleiner Röhrenfernseher, sicher zwanzig Jahre alt, mit einem Bildschirm, der kaum größer war als sein Tablet. Er kannte das Ergebnis, war aber trotzdem neugierig zu sehen, was nach der Ankündigung des Kapitäns passieren würde.

Vor dem Tsunami war beim Einschalten des Fernsehers immer der gleiche Infokanal erschienen, der entweder die Talentshow oder Varietéshow vom Vorabend wiederholte – die gestrige Show war verständlicherweise abgesagt worden, also erwartete er nicht, das zu sehen – oder eine Talkshow, moderiert von Zeka, der Kreuzfahrtdirektorin des Schiffs. Die Talkshow, oft am Vorabend spät aufgezeichnet – das vermuteten sie aufgrund des fehlenden Tageslichts und der geringen Anzahl von Leuten im Hintergrund – gab einen Überblick über den nächsten Anlaufhafen oder die Aktivitäten des Tages. Er hoffte, sie hätten so etwas Ähnliches gemacht, um ihnen mehr Details darüber zu geben, was mit dem Schiff passiert war.

Es gab überhaupt kein Bild.

Der Fernseher zeigte nur weißes Rauschen, als wäre es die Sicht einer Überwachungskamera auf einen Schneesturm draußen und sie wären in Alaska und nicht in einer südlicheren Breite im Atlantik. Er warf einen Blick auf den Balkon draußen, um sich mental zu vergewissern, dass dies nicht das tatsächliche Wetter war: teilweise bewölkt, aber sicher nicht verschneit.

Er drückte einmal auf die Kanal-hoch-Taste. Dann noch einmal und noch einmal, einen Kanal nach dem anderen. Jeder zeigte die neue Kanalnummer, aber das gleiche weiße Rauschen.

„Na ja, der Kapitän sagte, der Satellit sei ausgefallen, und das bestätigt es."

„Das Internet auch", sagte TJ überrascht und
runzelte die Stirn über ihr Handy, das sie gegriffen hatte, während Ted mit dem Fernseher
spielte. Er vermutete, dass sie tatsächlich die
Nachricht des Kapitäns über die Konnektivität
verschlafen oder vergessen hatte.

Beide zuckten zusammen, als wären sie an
Elektroden angeschlossen, als das Haustelefon
sie anschellte.

~~◆~~

Na", sagte Ted sarkastisch, „wenigstens wis-
„ sen wir, dass unser Telefon funktioniert."
TJ war schon dort, den Hörer in der Hand, und
hatte ihre Dehnübungen in die geräumigere
Mitte ihrer Kabine verlegt. „Hallo?" Es gab die
erwartete Pause, während sie zuhörte.

„Oh, hallo JP." Sie lächelte Ted an und nickte,
zustimmend zu etwas, das Jean Pierre ihr gesagt
haben musste.

„Ja, uns geht es gut." Sie legte ihren Kopf
schräg und zog die Augenbrauen hoch, als ob
das, was sie hörte, schmerzhaft wäre. Dann änderte sich ihr Gesichtsausdruck wieder.

„Ja, er ist hier. Willst du – okay." Sie wandte
ihren Blick ab und nickte wieder.

„Ja, ich werde es ihm sagen." Sie richtete ihren
Blick wieder auf ihren Mann, hatte aber noch
keinen Blickkontakt mit ihm aufgenommen.

„Was? Oh ja." Diesmal setzte sie ein gekün-
steltes Lächeln auf, das nicht lange hielt. „Ich
glaube, er hoffte, dass sich niemand dafür inter-
essieren würde."

Ted beäugte sie misstrauisch und beobachtete
jede ihrer Reaktionen.

„Oh, er wird da sein." Sie legte den Hörer zurück
auf die Gabel, sagte aber nichts, als sie zur Kommode schlenderte, wo sie ihre Kleidung aufbe-
wahrten, und ihre Laufuniform herauszog.

„Na?" Ted warf die Hände in die Luft. „Wirst du
mir erzählen, worum es bei all dem ging, oder
wirst du dein verdammtes kleines Geheimnis für
dich behalten?"

„Jean Pierre gab ein paar Nachrichten vom
Kapitän weiter. Erstens, der Leiter des Haustier-Spas hat seinen Bericht ausgedruckt und eines
der Crewmitglieder wird dir heute Morgen eine
Kopie überreichen. Er sagte, er habe ihn gelesen
und sie würden erleichtert aufatmen."

TJ hatte bereits ihre Shorts und ihr
langärmeliges Sportshirt angezogen. Sie schlüpfte
in ihren ersten Laufschuh, hielt inne, bevor sie ihn
zuschnürte, und blickte zu Ted auf. „Glaubst du,
die Sache ist wirklich vorbei?"

Er sah ihr in die Augen, wollte ihre Angst nicht
schüren, sie aber auch nicht anlügen. Er wählte
die beste Antwort – die einzig wahre Antwort.
„Ich weiß es nicht. Hat er gesagt, wann ich diesen
Bericht lesen kann?"

Ted suchte nach seiner Kleidung und dachte,
er müsse sich beeilen, um das Crewmitglied mit
dem Bericht zu treffen. Er fand seinen abgetra-
genen Trainingsanzug, sein bevorzugtes Outfit für

die Nacht und den Morgen, zog ihn über seine Unterwäsche und stand auf.

„Ähm, du solltest vielleicht etwas anderes anziehen."

„Warum? Es ist mir egal, ob mich jemand so sieht."

„Darum geht's nicht... Erinnerst du dich an deinen Vortrag um acht? Dort wird dir das Crewmitglied den Bericht übergeben."

„Ja, natürlich erinnere ich mich daran, auch wenn ich es nicht wollte." Er schaute auf die Digitaluhr neben dem Tagebuch auf seinem Nachttisch. Es war sieben Uhr fünfzehn. Er hatte fünfundvierzig Minuten.

„Da ist noch etwas..." TJ zögerte und blickte dann nach unten, wissend, dass das, was sie als nächstes sagen würde, ihren Mann in weitaus größeren Schrecken versetzen würde als jeder potenzielle wahnsinnige Tierangriff sie versetzt hätte. „Sie haben deinen Veranstaltungsort verlegt... ins Haupttheater."

„Was!" brüllte Ted.

„Nun, es scheint", sagte sie mit ruhiger Stimme, in dem Versuch, beruhigend zu wirken, „dass die Leute wirklich deinem Vortrag über die Apokalypse zuhören wollen, besonders nach der Ankündigung des Kapitäns heute Morgen. Sie haben beschlossen, sicherzustellen, dass du genug Platz hast."

„Aber das Theater?" Er stöhnte, schloss die Augen und ließ sich zurück aufs Bett fallen, seine Atemzüge wurden kürzer und unruhiger.

Sie setzte sich neben ihn und streichelte seinen Kopf. „Es gibt noch mehr. Der Kapitän wollte, dass

du betonst, dass die ganze Sache mit den verrückten Tieren nur vorübergehend war und dass
jetzt alle an Bord sicher sind. Du könntest einfach ein paar Worte sagen und dann Fragen
beantworten. Du wirst schnell reinkommen – ich
kenne dich – und du wirst das Publikum im Nu
vergessen."

Sie dachte an die Geschichte, die er ihr über
den Tod seiner ersten Frau und seines kleinen
Kindes im Frankreichurlaub erzählt hatte, Todesfälle, die er sicher war, verursacht zu haben.

Während sie ihn beim Atmen beobachtete,
versuchte sie sich vorzustellen, wie es gewesen
sein musste: wie er die Menschenmenge sah, die
sich um ihn auf dem öffentlichen Platz versam-
melte, und seine Enochlophobie eine vollständige Panik auslöste; dann wie er seine junge Frau
sah, die ihr Kind in den Armen hielt und über die
Straße auf ihn zukam; dann wie er aufblickte und
den Wahnsinnigen sah, der mit einem Lastwagen
durch die Menge raste; dann wie Ted erkannte,
dass seine Frau und sein Kind die Nächsten sein
würden, aber weil er vor Angst erstarrt war, konnte er nichts tun, außer zuzusehen, wie sie starben.

Sie konnte sich immer noch nicht vorstellen,
wie verheerend das für ihn gewesen war.

Aber das war schon so lange her, und es ging
ihm in letzter Zeit viel besser.

Diese Kreuzfahrt und besonders der Hauptspeisesaal waren große Herausforderungen, die
er mit Bravour gemeistert hatte. Diese nächste
würde noch viel größer sein. Vielleicht war sie zu
gewaltig für ihn, um sie zu ertragen.

„Sag mir einfach, dass du da sein wirst", stöhnte er mit geschlossenen Augen.

Sie antwortete nicht.

Er hob den Kopf und starrte sie an. „Wirklich?"

„Du hast mir gesagt, du wolltest nicht, dass ich dazu komme; ich würde mich langweilen und so weiter, erinnerst du dich? Außerdem habe ich nach meinem Lauf noch ein paar arbeitsbezogene Dinge zu erledigen."

„Du meinst deine *arbeitsbezogenen Dinge* mit Jean Pierre?", konterte er.

„Ja, Büroarbeit, bei der Jean Pierre uns hilft. Ich habe dir gesagt, das ist der Hauptgrund, warum wir hier sind."

„Schön, dann muss ich diesen Vortrag wohl nicht halten", schnaubte er.

„Ted Williams, sei nicht egoistisch. Du hast zugestimmt, diesen Vortrag zu halten, unabhängig von der Größe des Veranstaltungsortes. Ich werde nur den ersten Teil deines Vortrags verpassen und dann da sein."

„Dann ist es wohl entschieden." Er sprang auf und eilte ins Badezimmer. „Ich springe unter die Dusche und werde mir dann einen starken Drink holen. So kann ich wenigstens wirklich einen Affen aus mir machen."

Sie dachte darüber nach, noch etwas zu sagen, aber sie hatte schon zu viel gesagt. Sie wusste, dass er damit auf seine eigene Art umgehen musste. Zumindest setzte er sich damit auseinander, anstatt sich einfach in ihrem Zimmer zu verstecken. Sie hätte kaum überrascht sein können, wenn er das getan hätte. Sie wollte sein Problem nur nicht noch verschlimmern.

Als das gedämpfte Rauschen der Dusche erklang, schlüpfte sie mit dem anderen Fuß in ihren Schuh und band schnell beide zu.

Schuldgefühle, weil sie Ted sich selbst überließ, überkamen sie. Sie hatte ein weiteres Treffen mit Jean Pierre arrangiert, während Ted seinen Vortrag hielt. Sie beschloss dann, dass ihr Mann an erster Stelle kommen musste; sie würde Jean Pierre sagen, dass sie nicht länger tun konnte, was sie tat. Sie würde den Rest der Kreuzfahrt mit ihrem Mann verbringen. Sie würde diese Gelegenheit nicht verschwenden und hatte das Gefühl, dass ihnen allen vielleicht eine zweite Chance gegeben worden war.

Sie stand auf, wirklich aufgeregt. Sie war begierig darauf, loszugehen und dies zu beenden, damit sie ihren Mann unterstützen konnte. Und da sie wusste, dass die Bedrohung durch wilde Tiere, die auf den Decks des Schiffes umherstreiften, beseitigt war, konnte sie auch ihren Lauf genießen.

─ ◡ ◠ ◡ ─

Zwei Decks über ihnen am anderen Ende des Schiffes, ganz vorne, klopfte Catur, der Zimmersteward, noch einmal an die Tür der Kabine 8500. Von den Bewohnern hatte man seit über zwei Tagen nichts gehört, und sie hatten ihre Tür nicht offengelassen, wie es ihr Stabskapitän letzte Nacht erbeten hatte. Er hatte so lange wie möglich gewartet, um dem Paar ihre Privatsphäre zu lassen. Die Bitte-nicht-stören-Karte hatte für die meisten Gäste auf den transatlantischen Kreuzfahrten der *Intrepid* großes Gewicht, da einige Gäste ihre Kabinen selten verließen. Das galt besonders für die Royal Suite. Aber die Zeit für Privatsphäre war vorbei. Und der Hotelkapitän verlangte nun, dass jeder Zimmersteward für jeden seiner Gäste Rechenschaft ablegte, Bitte-nicht-stören-Karte hin oder her.

Kabinen, deren Türen durch Rettungsringe offengehalten wurden, waren bereits inspiziert und das Wohlbefinden ihrer Bewohner überprüft worden. Freigegebene Kabinen erhielten einen grünen Aufkleber auf dem Türschloss. Catur hatte nur noch drei Kabinen ohne grünen Aufkleber. Eine Kabine auf Deck 7 war eine Katastrophe und eine Tragödie. Als er gestern Abend seine erste Runde zur Überprüfung des Wohlbefindens gemacht hatte, hatte er Wasser aus dem unteren Teil von 7512 strömen sehen. Er hatte sie geöffnet und herausgefunden, dass die Schiebetür während des Tsunamis offen gelassen worden war und die Kabine völlig zerstört war. In einem Haufen, inmitten all der anderen Trümmer, fand er das schöne Flitterwochenpaar, nackt und ertrunken. Es war schrecklich.

Die nächste der drei war Kabine 8504. Aber sie war leer, also kümmerte er sich nicht darum, sie zu überprüfen. Das ließ eine letzte Suite übrig. Und er hatte diese bis zur allerletzten Minute aufgeschoben. Er wollte verzweifelt keine weiteren toten Gäste finden.

Er klopfte erneut. „Zimmerservice. Hier ist Catur, Mr. und Mrs. Carmichael, ich muss hereinkommen und nach Ihnen sehen."

Catur presste sein Ohr an die Tür und lauschte. Er konnte ein Grunzen und ein Rumpeln in der Kabine hören. Er geriet in Panik und dachte, dass vielleicht einer von ihnen schwer verletzt war und nicht zur Tür gelangen konnte. Mr. Carmichael war viel älter, und so war es sehr möglich, dass er gestürzt war und sich etwas gebrochen hatte. Stürze waren bei älteren Gästen häufig.

Der Wachmann, der normalerweise vor dem Brückeneingang am Ende des Flurs postiert war, war nicht an seinem Platz. Wahrscheinlich war es besser, dass die Sicherheit nicht sah, was als Nächstes passieren würde. Catur stellte sich vor, versehentlich etwas zu unterbrechen, was er einfach nicht sehen wollte: zwei alte Menschen beim Sex. Obwohl die Ehefrau gut aussah, war der alte Mann einfach beängstigend alt. Er versuchte, das grässliche Bild abzuschütteln, wissend, dass es etwas wäre, das er nie wieder ungesehen machen könnte. Er müsste dieses mentale Bild mit Asep und Jaga teilen und sie an seinem Unbehagen teilhaben lassen.

Catur lächelte bei diesem Gedanken und klopfte mit geballter Faust härter an die Tür, während er mit seiner Master-Schlüsselkarte hantierte. Fast hätte er sie fallenlassen, gewann aber wieder die Kontrolle, steckte sie in den Schlitz und zog sie wieder heraus, und als er das grüne Licht aufleuchten sah, drehte er den Griff und drückte hart.

Es war dunkel drinnen, und nur ein schmaler Lichtstreifen fiel aus dem Flur herein. Er wurde sofort von dem schrecklichsten Geruch überwältigt.

Es roch nach verdorbenem Essen. Essen, das schon schlecht gewesen war, bevor es verdarb.

Er versuchte die Lichtschalter, schaltete sie ein und aus, aber ohne Wirkung. *Noch etwas, das nicht funktioniert.*

Er machte einen vorsichtigen Schritt hinein und hielt inne, die Tür immer noch für Licht offenhaltend, sein Fuß platschte auf dem Teppich. Für einen Moment dachte er, er hätte etwas in der fernen Ecke des Raumes gesehen. Er kniff die Augen zusammen und verfluchte die Gäste innerlich dafür, dass sie die Vorhänge und Gardinen so fest vor den Schiebefenstern zugezogen hatten.

Schnelle Bewegung. Ein Schatten, jetzt beim Sofa.

Dann war es näher, und Catur konnte sehen, dass die Bewegung auf ihn zukam.

„Es ist Catur." Seine Stimme zitterte. „Herr und Frau-" Etwas traf ihn mit der Wucht eines fahrenden Lastwagens in die Brust und schleuderte ihn hart gegen den Türrahmen, in dem er noch immer gestanden hatte. Gleichzeitig spürte er, wie etwas in ihm zerbrach. Er versuchte zu schreien, in der Hoffnung, dass ihn jemand im Flur hören würde, aber was auch immer ihn getroffen hatte, raubte ihm den Atem. Ein wahnsinniges Tier kreischte ihm ins Gesicht, mit einer warmen Fäulnis, die er noch nie zuvor gerochen hatte und auch nie wieder riechen wollte. Er kniff die Augen fest zu, aus Angst hinzusehen, während er versuchte, einen schmerzhaften Atemzug durch Mund und Nase zu nehmen. Er wollte einen Hilfeschrei ausstoßen. Aber er würgte bei dem grässlichen Gestank. Noch einmal holte er Luft –

diesmal nur durch den Mund und ignorierte den Geruch –, als es sich anfühlte, als wäre seine ganze Kehle weggerissen worden. Sein gurgelnder halber Atemzug blubberte aus der neuen Öffnung heraus.

Caturs sterbender Körper wurde von seinem Angreifer losgelassen und fiel in den Türrahmen, wodurch die Tür offengehalten wurde. Das Biest kaute auf dem frischen Stück Fleisch in seinem Maul, hörte jemand anderen und stürzte sich auf den Ruf nach „Zimmerservice" den Flur hinunter.

Chapter 33

T.D. Bonaventure

Ted – T.D. Bonaventure, wie er vorgestellt wurde – wurde mit Fragen überhäuft. Obwohl viele der Fragen von Leuten kamen, die seine Bücher gelesen hatten, stammten die meisten Fragen von denjenigen, die keine Ahnung hatten, wer er war. Sie waren auf der Suche nach Antworten gekommen und hatten gehört, dass Ted derjenige auf dem Schiff sei, der sie hatte. Für Ted war es eine Katharsis. Er stand vor einer riesigen Menge und beantwortete ruhig Fragen, ohne jegliche Angst. Er würde sich persönlich beim Kapitän dafür bedanken müssen. Und bei Vicky, der Barkeeperin.

Ted hatte sich vor acht Uhr fast in eine vollständige Panik hineingesteigert. Er marschierte zur Anchor Bar, um einen oder zwei Drinks zu sich zu nehmen, um sich zu entspannen. Technisch gesehen öffneten sie erst in einer Stunde. Glücklicherweise konnte er *Vicky Smith aus England*, die Barkeeperin, die gerade den Tag vorbereitete, zu einem kräftigen Whiskey überreden.

Sie sagte, sie erinnere sich an seinen Namen, obwohl sie nur Liebesromane lese. Zweifellos hatte sie etwas Mitleid mit dem Autor, der zugab,
dass er scheiß Angst davor hatte, eine Rede vor
Hunderten von Leuten im Theater zu halten. Ted
hoffte nur, dass der Drink ihm genug Selbstver-
trauen geben würde, um es durchzuziehen. Es
stellte sich heraus, dass er den Drink gar nicht
brauchte.

Es waren nur ein paar Worte, die Vicky anbot, eine einfache Weisheit einer Barkeeperin
über menschliche Ängste. Bei jedem anderen
Gast wäre ihre kleine Perle der Weisheit verloren
gegangen. Für Ted war es genau das, was er
brauchte.

„Weißt du, warum du verdammte Angst vor
deinem Vortrag hast?", stellte sie fest und wandte
ihren Blick kurz von den schweren Tumblern ab,
die sie balancierte, zu Ted.

Er biss an. „Okay, warum?"

„Weil du dich vor irgendeinem anderen Scheiß
versteckst, der dich mehr stört."

Besser als ein Dutzend Shots stark verstärk-
ten Tequilas oder ein vom Arzt verschriebenes
Beruhigungsmittel beseitigte ihre kleine Weisheit
nicht nur seine Angst, er vergaß seinen Vortrag
fast ganz. Er eilte ein paar Flure und eine Treppe
hinunter, bevor er eine Minute zu spät im Theater
ankam.

Am Künstlereingang des Theaters hatte ein
Crewmitglied auf ihn gewartet und ihm eine Kopie
des Tierarztberichts über die verrückten Hunde
übergeben. Da dies für seinen Vortrag relevant
war, untersuchte er die detaillierten Ergebnisse

des Tierarztes. Aber er kaute immer noch an Vickys Worten.

Ted überflog den sehr gründlichen Bericht auf seine Hauptpunkte, bis er zur Schlussfolgerung kam und diese langsam las: „Ich empfehle, die Hunde bis zum Ende der Kreuzfahrt von ihren Besitzern isoliert zu halten, während dieser Zeit werde ich ihr Verhalten weiterhin beobachten. Es ist meine Überzeugung, dass die aggressiven Tendenzen, die wir früher gesehen haben, vorüber sind und dass die Hunde keine Bedrohung mehr darstellen."

Ted hatte den Bericht zu einer Röhre zusammengerollt, nachdem er diese Passage noch einmal gelesen hatte. Dann ballte er damit eine Faust in der Luft. „Ja!", sagte er leise. Sein Gehirn schrie, *Ich hoffe wirklich, du hast recht*, und dann trat er durch den Eingang.

„Man sagt mir, er ist jetzt hier", dröhnte die verstärkte Stimme von Zeka, der Kreuzfahrtdirektorin aus dem Theater. „Einige von euch kennen ihn von seinen internationalen Bestsellern. Andere von euch suchen vielleicht nach Antworten darauf, was draußen los ist. Aber ihr alle solltet den maßgeblichen Autor der Apokalypse und euren Mitreisenden, Mr. T.D. Bonaventure, willkommen heißen."

Wie auf Stichwort trat er durch die Vorhänge, ein breites Lächeln umhüllte sein bärtiges Gesicht. Er nahm seine Pfeife aus dem Mund und winkte der Menge zu.

„Danke, meine Freunde", sagte er in ein Mikrofon, das ihm gereicht wurde, sein britischer Akzent – für öffentliche Auftritte geübt – rollte von seiner Zunge, als wäre er ein Londoner Einheimischer.

Sein Herz schlug wie ein Paar Bongos, und das willkommene Gefühl von Adrenalin pumpte durch seine Adern. Er konnte die meisten Leute wegen des grellen Scheinwerfers, der ihn blendete, nicht sehen, und das war eine gute Sache. Er versuchte sich vorzustellen, es wären nur ein paar Dutzend, obwohl der einleitende Applaus nach Hunderten klang. Der riesige Raum war sehr schnell ruhig geworden.

„Mal sehen", sagte er und kratzte sich zur Wirkung am Kopf, während er zur Decke blickte, „ein riesiger Tsunami, ausbrechende Vulkane, angreifende Tiere und überall Chaos... Und ihr wollt, dass ich über apokalyptische *Fiktion* rede?" Er schenkte der Menge ein breites Lächeln.

Die Reaktion des Publikums war eine totenstille Leere, durchsetzt mit ein paar nervösen Kichern und einem älteren Mann in der Nähe der ersten Reihe, der sich anhörte, als würde er eine Lunge aushusten. Er hatte schon Witze von Komikern gesehen, die so eingeschlagen waren.

Er nahm einen Zug aus seiner Pfeife und beschloss, die Botschaft des Kapitäns zu überbringen, um sein Publikum und sich selbst zu beruhigen.

„Zuerst habe ich eine Nachricht von unserem Kapitän. Wir haben mehrere Hunde an Bord, und wie das andere Tierverhalten, über das wir gelesen haben und das viele von uns an Land aus erster Hand erlebt haben, gab es Berichte über mehrere Passagiere und Crewmitglieder, die gebissen wurden."

Keuchen wogte durch das Publikum, und eine Frau hatte angefangen zu weinen.

„Moment mal. Bevor ihr euch vor Sorge verrenkt, freue ich mich, bekannt geben zu können, dass die Hunde gefasst wurden und in einem geschützten Bereich eingesperrt sind. Darüber hinaus hat der Bordtierarzt ihr Verhalten beobachtet und berichtet, dass das gesamte verrückte Verhalten der Tiere vorüber ist. Sie schlafen momentan.

„Lasst es mich anders ausdrücken. Obwohl wir noch nicht in der Lage waren, mit der Außenwelt zu kommunizieren, um weitere Bestätigungen zu erhalten, scheint es, dass die Gefahr – zumindest an Bord dieses Schiffes – vorüber ist."

Zuerst gab es nur ein paar Klatscher, aber dann brach das gesamte Theater in Applaus aus. Der Typ, der die Beleuchtung handhabe, drehte sie für das Publikum hoch und für die Bühne runter. Ted konnte sehen, dass das gesamte Theater bis an seine Grenzen gefüllt war und jede einzelne Person auf den Beinen war und jubelte.

Er klatschte auch. Er konnte nicht anders. Ein Teil von ihm fühlte, dass diese Sache vielleicht vorüber war, und er war bereit, diese Hoffnung genauso schnell zu umarmen wie seine Mitreisenden.

Als das Klatschen nachließ, hob Ted das Mikrofon wieder. „Okay…" Er wartete noch ein paar langsame Ticken der Uhr, bis das Klatschen aufhörte, und sagte dann: „Okay, weil diese Situation einzigartig ist, werde ich, anstatt eine Weile über Themen zu plappern, die ich auswähle, wie zum Beispiel warum ihr alle mein nächstes Buch kaufen solltet, es für euch öffnen. Was möchtet ihr mich fragen?"

Die ersten Fragen kamen von einigen tatsächlichen Fans und drehten sich um *Ring of Fire*, seine Serie über den Ring von 452 Vulkanen im Pazifik, von denen mehrere ausbrachen und eine neue Eiszeit verursachten. Sie fragten: „Bedeutete die Monsterwelle etwas Größeres?" Und: „Werden wir mehr vulkanische Aktivität erleben, und sogar eine neue Eiszeit?"

Zu diesem Zeitpunkt fühlte sich Ted entspannt, obwohl die Lichter im Saal noch an waren und er jeden deutlich sehen konnte. Er versuchte erneut, etwas Humor einzubringen, und erinnerte sein Publikum daran, dass er zwar viel für seine Romane recherchierte, aber weder Geologe noch Vulkanologe sei. Das stimmte nicht ganz, da er im Studium viel Geologie belegt und fast dieses Fachgebiet als Beruf gewählt hatte. Aber er wollte keine zusätzliche Verantwortung und fand es oft besser, abzulenken.

Bisher lief alles gut.

Dann ging jemand auf seine Kehle los, und es veränderte alles für Ted.

Ein grimmig aussehender Mann in einem roten Ferrari-Sportshirt – Ted hatte ein genauso aussehendes am schlimmsten Tag seines Lebens gesehen – stand auf. „Warum glauben die meisten Leute hier, dass ein Taschenbuchautor fiktiver Geschichten uns irgendetwas über verrückte Tiere erzählen könnte?"

Es war nicht die Art der Frage. Es war nicht einmal der Fragesteller, sondern das Shirt, das er trug, und die Worte von Vicky Smith aus England, die Ted aus diesem Theater zurück in jenen Moment vor Jahren transportierten, als sich sein Leben verändert hatte.

⁓⁓⁓

Es war ein wunderschöner Tag in Nizza, Frankreich gewesen. Die Promenade des Anglais war voller Menschen, die den Nationalalfeiertag feierten. Mittendrin war Ted, der die Kultur und die Sonne in sich aufsog und darauf wartete, dass seine Frau und sein Kleinkind auf der anderen Straßenseite auf der Restauranttoilette fertig wurden.

Er wurde auf ein seltsames Geräusch aufmerksam, bevor es jemand anders zu bemerken schien: der aufheulende Motor eines großen Fahrzeugs, irgendwo auf dieser mit Menschen überfüllten Straße. Bevor er den Lastwagen sah, beobachtete Ted, wie seine Frau und ihr Kleinkind das Restaurant verließen und ihm zulächelten.

Ein Mann in einem roten Ferrari-Sportshirt rempelte Ted an und blickte finster drein, als wäre Ted der Grund für ihren Zusammenstoß. Da bemerkte Ted, dass die Menschenmenge noch größer geworden war. Schlimmer noch, sie trennte ihn jetzt von seiner jungen Familie. Er konnte nicht einfach zu ihnen gelangen.

Plötzlich raste der Lastwagen mit brüllendem Motor durch die Menschenmassen. Ohne zu bremsen, steuerte er direkt auf seine Frau und seinen Sohn zu, die ahnungslos und bewegungslos in seinem Weg standen.

Ted sog große Mengen Luft ein, während die ihn umgebende Menge ihn wegdrängte, ihm die Sicht auf sie versperrte und ihn scheinbar weiter von jeder Möglichkeit entfernte, sie zu retten.

Er hatte einen wissenschaftlichen Verstand und verstand Ursache und Wirkung. Sein Verstand hatte bereits anhand von Geschwindigkeit und Richtung des Fahrzeugs berechnet, was geschehen würde: Er würde zusehen müssen, wie seine Familie starb.

Es war eine niederschmetternde Erkenntnis.

Und anstatt etwas zu tun, sah er einfach nur zu. Mehr noch, er wich zurück, anstatt sie zu warnen, sie zu retten. Er ließ zu, dass die Horden ihn überwältigten.

— ᴥ ᴥ —

Hey! Was macht Sie also zum Experten?", brüllte eine entfernte Stimme.

Ted schüttelte den Kopf und wurde sich bewusst, dass er in seinen eigenen Gedanken verloren gewesen war. Seine Atmung hatte sich beschleunigt, und ihm war unangenehm heiß. Er blickte auf die riesige Menschenmenge vor ihm – nicht unähnlich der Menge an jenem Nationalfeiertag, als er zugesehen hatte, wie seine Frau und sein Sohn starben. Aber er fühlte sich nicht mehr von der überwältigenden Angst beherrscht, die er sonst immer spürte, wenn er Menschenmengen gegenüberstand. Etwas war anders.

Es war etwas, dem er bis zu diesem Flashback keine Beachtung geschenkt hatte: Seine Frau und sein Junge waren dem Untergang geweiht, unabhängig von der Menge um ihn herum. Nicht seine Angst vor der Menge hatte ihren Tod verursacht; es war ein verrückter Terrorist.

Vicky hatte gesagt, seine Angst vor Menschenmengen sei nur sein „Verstecken vor anderem Scheiß, der dich mehr stört". Ted musste sich schuldig für ihren Tod fühlen, und seine vorgetäuschte Krankheit war das, woran er sich als Grund dafür klammerte, dass er sie nicht hatte retten können. Aber niemand hätte sie retten können, schon gar nicht er.

Er hatte gar keine Angst vor Menschenmengen. Tatsächlich fühlte er sich in diesem Moment, vor diesem großen Publikum, verdammt gut. TJs Anwesenheit hätte es nur noch besser gemacht... Und diesen kleinen Mistkerl im Ferrari-Shirt fertigzumachen.

„Was ist Ihre Antwort?", verlangte Ferrari-Shirt zu wissen.

Ted konzentrierte sich jetzt auf den Mann und seine Frage.

Als Ted den Raum zunächst für Fragen geöffnet hatte, hatte es Nebengespräche gegeben, wie kleine Buschfeuer, die im ganzen Raum ausbrachen. Zeitweise war der Raum so laut und elektrisch geworden, dass Ted aufhören musste, bis der Lärm sich legte. Das war verständlich, da jeder seine eigene Meinung zu den scheinbar apokalyptischen Ereignissen hatte, die sie alle erlebt hatten, und da sie sich entspannter fühlten, wollten sie ihre Meinungen teilen, manchmal gleichzeitig. Jetzt verfiel der Raum wieder in seinen natürlichen Zustand nervöser Stille. Buchstäblich dachte Ted, er könnte eine Stecknadel fallen hören, wenn da nicht der kotzfarbene Teppich gewesen wäre. Alle Augen waren auf Ted gerichtet, während er seine Antwort überlegte.

Er wollte weder durchblicken lassen, dass er noch nicht davon überzeugt war, dass die Sache vorbei war, noch wollte er die Hoffnung dämpfen, dass es so sein könnte. Aber dieser Typ war ein Störenfried, der seine Fähigkeiten, die Wissenschaft richtig darzustellen, in Frage stellte, und Ted wusste, dass die Wissenschaft, die in sein Buch eingeflossen war, und die Gründe für den Wahnsinn der Tierpopulation korrekt waren.

„Stellen Sie sich vor" – er blickte beim Sprechen im Raum umher – „dass ein einzelliger Organismus die Kontrolle über das Gehirn eines Tieres übernehmen und es so umprogrammieren könnte, dass der einzige Zweck der Existenz seines Wirts darin besteht, für diesen Organismus zu töten, zu fressen und sich fortzupflanzen.

„Stellen Sie sich weiter vor, dass dieser Organismus so lange im Gehirn des Tieres ruhen könnte, wie das Tier lebt, und nur auf den richtigen Reiz wartet, um dann die Kontrolle über das Tier zu übernehmen und zu verlangen, dass es angreift und seiner neuen Programmierung folgt.

„Stellen Sie sich schließlich vor, dass diese Protozoen bereits bis zu drei Viertel aller Tiere auf dem Planeten infiziert haben.

„Das ist keine Fiktion, Leute. Das ist real. Dieses Protozoon heißt *T-Gondii*, und es wurde bereits bewiesen, dass dieser Puppenspieler seit vielen Generationen hinter dem aggressiven Verhalten von Tieren und sogar Menschen steckt. Darüber hinaus glaube ich, dass es der Hauptgrund dafür ist, warum Tiere in letzter Zeit aggressiver erschienen."

Ted machte eine kurze Pause, um sein Publikum zu studieren. Alle Gesichter, ohne Ausnahme, waren ernst und starrten ihn an. Ehemänner und Ehefrauen umklammerten die Hände des anderen; Tränen liefen über die Gesichter einiger Kinder; eine Person zitterte buchstäblich vor Angst. Ferrari-Shirt hatte seinen Platz gefunden und versuchte zu verschwinden.

Ted war zu weit gegangen, um seinen Standpunkt klarzumachen. Er hatte zugelassen, dass sein eigener Stolz und seine Aufregung darüber, seine größte Angst überwunden zu haben, das übertraf, worum der Kapitän ihn zum Wohle des Schiffes gebeten hatte.

Sein Buch *Madness* theoretisierte, was passieren würde, wenn ein kleines Protozoon, das bereits die meisten Tierpopulationen der Erde infiziert hat, seine Wirte wahnsinnig machen würde. Aber es war immer noch Fiktion. Das musste es sein. Und es gab etwas Großes, das er zu erwähnen versäumt hatte.

„Aber Leute, das war nur ein Roman! Eine fiktive Annahme dessen, was sein könnte. Ja, es gab einige seltsame Verhaltensweisen von Tieren in Europa. Wir haben es sogar auf diesem Schiff erlebt, aber ich bin mir nicht sicher, ob das irgendetwas mit dem zu tun hat, worüber ich in einem Buch geschrieben habe.

„Außerdem hatten in meinem Buch Anarchisten den T-Gondii manipuliert, um seine Wirtstiere in den Wahnsinn zu treiben und so den Untergang der Menschheit einzuleiten. Das ist nicht das, was jetzt passiert. Es war großartig zu lesen und hat sich gut verkauft, aber es ist nicht realer als der böse Clown in einem Stephen-King-Roman... Das ist ein schlechtes Beispiel: Manche Clowns sind wirklich böse."

Er konnte sehen, wie einige der Leute, die noch vor Momenten verängstigt ausgesehen hatten, jetzt mit einem Lächeln kämpften. Sie wollten glauben, dass die Gefahr vorüber war. Und das wollte er auch.

„Du willst mir erzählen, dass du glaubst, dass blutige Ratten, die einem armen Kerl die Augen aus dem Schädel reißen, nur Fiktion sind?" Das kam von einem übergewichtigen, kahlköpfigen Mann, der ein „Manchester – MANC AND PROUD"-T-Shirt trug und sich Kartoffelchips in den Mund schob.

Eine junge Frau mit verquollenen roten Augen, die von einem Mann ähnlichen Alters getröstet wurde, der seinen Arm um sie gelegt hatte, piepste: „Ich habe in den Nachrichten gehört, dass es in Paris ein Rudel Hunde gab, die Leute im Lateinischen Viertel angegriffen haben."

Ein Teenager, der ein gebundenes Exemplar von T.D.s Buch umklammerte, auf dem das Objekt der Albträume der Williams abgebildet war, stand auf und brüllte: „Ich habe gesehen, wie Vögel jemanden in Malaga angegriffen haben."

Ted dachte daran, wie er und der Cover-Künstler des Verlags sich wegen des Buchcovers in die Haare geraten waren. Ted wollte etwas Gruseligeres als das, was angeboten wurde. Eine Woche später war es perfekt und fast genau das, was auf dem aktuellen veröffentlichten Buch zu sehen war: eine Krähe mit roten Augen und einem blutigen, abgetrennten Zeigefinger in ihrem Schnabel. So wurde Fiktion zur Realität. Das war das Bild, das er im Alcazaba-Palast gesehen hatte, das Bild, das ihn erschaudern ließ, wenn er sich daran erinnerte. So wie es das gerade jetzt tat.

„Na und?", brüllte Manchester, und Krümel fielen aus seinem Mund. „Was ist mit den verdammten Vögeln?"

Er wollte so gerne beruhigend wirken, für sein Publikum und sich selbst. Aber er war der „Autoritative Autor der Apokalypse", wie ihn sein Agent und die Medien beschrieben. Er wurde dafür bezahlt, sich den gruseligsten Scheiß auszudenken und ihn real erscheinen zu lassen, um Leute wegen Gedanken an ihre eigene Sterblichkeit um den Schlaf zu bringen. Er war niemand, der Ruhe verbreitete, und warum der Kapitän dachte, er wäre dazu in der Lage, war ihm schleierhaft. Aber er wusste auch, dass Panik diesem Schiff nicht nützen würde. Seinem Schiff. Also versuchte er, etwas Positives zu sagen.

„Ja, was ist mit den Vögeln?", trällerte eine andere Stimme.

„Ähm, Entschuldigung", sagte Ted und griff nach dem zusammengerollten Bericht unter dem Rednerpult. „Ich, äh... ich meine, meine Frau und ich haben dasselbe vor drei Tagen im Alcazaba-Palast in Malaga gesehen. Und ich muss euch sagen, das war erschreckend.

„Aber nochmal, wir haben jetzt Beweise dafür, dass diese Aggression nicht anhält." Er hielt den Bericht hoch, den er zerknittert und zu einer Rolle geformt hatte. „Bis wir es mit Sicherheit wissen – nicht nur vermuten –, denke ich, müssen wir davon ausgehen, dass wir jetzt außer Gefahr sind."

Ted sah ein Bild seiner toten Frau und seines Kindes vor sich. Und eine nagende Unruhe, TJ zu finden und sicherzugehen, dass sie in Sicherheit war, brannte in seinem Magen.

Es war Zeit, diesen Vortrag zu beenden.

„Ich würde vorschlagen, dass wir alle, mich eingeschlossen, das heutige Getränkeangebot nutzen – zwei Zombies zum Preis von einem – und die Sonne genießen, die wir laut Kapitän heute zum ersten Mal auf unserer Kreuzfahrt sehen werden.

„Was ich damit sagen will: Wir haben nur wenig Zeit auf diesem großen blauen Ball. Lasst sie uns genießen.

„Danke, dass ihr so ein großartiges Publikum wart, das größte, vor dem ich je die Ehre hatte zu sprechen. Ich fühle mich fast wie einer der Beatles.

„Gott segne euch!"

Ted winkte einmal und machte sich auf den Weg zurück, wie er gekommen war.

Vor dem Theater war der Stand für ihn aufgebaut, um seine Bücher zu verkaufen – er hatte das und den langwierigen Prozess, persönliche Widmungen in jedes einzelne Buch zu kritzeln, völlig vergessen. Er warf einen Blick auf die wachsende Schlange von Menschen, die sich bereits vom Tisch aus den Gang entlang, um eine Ecke und außer Sichtweite schlängelte. Eines der Crewmitglieder wartete am Tisch auf ihn, bereit, den Verkauf seiner vorgezeichneten Bücher abzuwickeln.

Auffällig abwesend war seine Frau. TJ hatte gesagt, dass sie nur einen Teil seines Vortrags verpassen würde, nicht den ganzen. Jetzt machte er sich Sorgen.

Bevor er zu seinem Tisch ging, um der drängelnden Menge eine schwache Entschuldigung zu geben, warum er nicht bleiben konnte, schnappte sich Ted das Funkgerät, das der Kapitän ihm gegeben hatte und das an seinem Gürtel befestigt war. Er schaltete es ein und drehte die Lautstärke auf, damit er nun das Geplapper hören konnte, falls etwas Wichtiges gemeldet wurde.

Eine krächzende Stimme unterbrach: „Mr. Bonaventure?"

Ted schaute auf und senkte dann seinen Blick, um eine ältere Dame zu sehen, die sich auf einen geschnitzten Holzstock stützte und ihn über randlose Brillengläser hinweg ansah. Selbst wenn man bis zur Spitze ihrer wilden Haare maß, hätte sie keine eineinhalb Meter erreicht. Er vermutete, dass sie nicht mit den anderen in der Schlange warten wollte.

„Es tut mir so leid, Sie zu stören, Sir. Abgesehen davon, dass ich ein Fan Ihrer Arbeit bin, bin ich Mikrobiologin – nun ja, technisch gesehen im Ruhestand. Ich glaube, Sie haben in Ihrem Buch hervorragende Arbeit bezüglich der Toxoplasmose geleistet."

„Danke", sagte er und blickte an ihr vorbei auf die vielen erwartungsvollen Gesichter, die darauf warteten, dass er diese Angelegenheit beendete und zu seinem Tisch ging.

„Ich weiß, was den *T-Gondii* dazu gebracht hat, das zu tun, was er tut, und es waren sicherlich keine Anarchisten. Darüber hinaus fürchte ich, dass die Annahme des Tierarztes, dass dies vorbei sei, schrecklich falsch ist."

Eine panische Stimme rief über sein Funkgerät, übermoduliert und undeutlich. Ted hätte nicht verstanden, was gesagt wurde, selbst wenn er den Lautsprecher des Funkgeräts direkt an sein Ohr gehalten hätte. Er ließ es durchgehen.

„Was ist es?"

„Thermophile   Bakterien!", erklärte sie entschlossen.

Zum ersten Mal nahm er diese Frau ernst, während sie sich darauf vorbereitete, Details zu geben, ihr Gesicht zu Ted emporgewandt, intensive blaue Augen durch dicke Linsen vergrößert. Es war ein Gesicht, das von einem Leben voller Falten übersät war. Ihre ganze Erscheinung sprach von Weisheit und jahrzehntelanger wissenschaftlicher Forschung. Sie schien sich sicher zu sein über das, was sie ihm gleich erzählen würde.

„Sie, Sir, haben meiner Meinung nach völlig Recht mit der Toxoplasmose! Aber der *T-Gondii* wurde von thermophilen Bakterien gekapert. Sehen Sie, diese Bakterien lieben es heiß und können sogar in der Nähe von Vulkanschloten gefunden werden. Und wie wir alle wissen, gab es in letzter Zeit eine ungewöhnlich hohe Anzahl von Vulkanausbrüchen. Ich glaube, dass ein Stamm thermophiler Bakterien durch Vulkane freigesetzt wurde, und da dieses Bakterium darauf programmiert ist, nach warmblütigen Wirten zu suchen, suchte es das wärmste verfügbare Blut. Und das wären Vögel, die eine durchschnittliche Körpertemperatur von 40 Grad Celsius haben. Dann hat es sich die Nahrungskette der warmblütigen Säugetiere hinuntergearbeitet.

„Bei jedem Wirt veranlasst der Thermophile den *T-Gondii* in seinem Wirt dazu, das zu tun, was er, wie Sie sagten, das Tier bereits umprogrammiert hatte zu tun: anzugreifen, ohne Rücksicht auf das eigene Wohlergehen."

Eine andere Stimme im Funk kreischte so etwas wie: „Wo ist es?"

„Sie glauben also, dass Vögel die erste betroffene Tiergattung gewesen sein müssen und sie den thermophilen Stamm auf andere Tiere übertragen haben?"

„Das ist eine Möglichkeit."

Ted spitzte die Lippen, um eine weitere Frage zu stellen, hielt aber inne, als das Funkgerät erneut aufheulte, diesmal mit einer panischen Frauenstimme. Die Stimme sagte zwei Worte, die Ted aufhorchen ließen: „Affe" und „getötet". Er hielt sich das Funkgerät ans Ohr.

„Hey", rief eine Stimme aus der Schlange am Büchertisch. „Entschuldigung, aber wir würden T .D. auch gerne treffen und noch vor Sonnenuntergang zum Pool kommen."

Ted drehte sich zu der Stimme um, dann zurück zu der älteren Frau und zu dem Radio in seiner Hand.

„Fahren Sie fort, Mr. Bonaventure-"

„Bitte, Ted. Und Sie sind?" Ted streckte seine Hand aus.

„Dr. Molly Simmons. Es ist mir eine Freude."

Das Funkgerät dröhnte: „Es wurde auf Deck 8 gesichtet..."

Deck 8? TJ sollte auf diesem Deck sein.

Ted hob das Gerät und bellte hinein: „Hier spricht T.D.- äh, Ted Williams, Berater von Kapitän Christiansen. Sind der Stabskapitän und Mrs. Williams dort oben, auf Deck 8?"

„Mr. Williams? Hier spricht die Intrepid Securi ty... Ich habe weder den Stabskapitän noch Mrs. Williams hier oben gesehen. Und ich rate Ihnen, auch nicht auf Deck 8 zu kommen. Hier oben ist ein wilder Affe. Tatsächlich-" Die Übertragung brach ab.

Ted klippte das Funkgerät zurück an seinen Gürtel. „Danke, Dr. Simmons, für die Informa- tion. Ich muss wirklich los. Können wir später reden?" Er bewegte sich von ihr weg, als ob eine Kraft an seinem Büchertisch ihn magnetisch dorthin zöge.

„Ja, der Gästeservice kann mich für Sie aus- findig machen."

Ted nickte und eilte zum Tisch. Er sammelte schnell die lärmende Menschenmenge in der Schlange ein. „Tut mir leid, Leute", rief er, damit alle ihn hören konnten. „Etwas für den Kapitän ist dazwischengekommen. Ich werde versuchen, zurückzukommen. In der Zwischenzeit sind alle meine Bücher zum halben Preis zu haben, sie sind alle vorher signiert, und dieser Herr kann Ihre Zahlungen entgegennehmen." Er zeigte auf den Crewmitarbeiter, der etwas panisch aussah.

Ted wartete keine Antwort ab. Er glitt hinter dem Tisch entlang und huschte den langen Gang voller wartender Menschen hinunter, weg vom

Theater. Er musste in den vorderen Teil des Schiffs auf Deck 8 gelangen und seine Frau warnen.

Chapter 34

Der Affe

„Nicht kotzen. Du wirst nicht kotzen!", sagte sich Lutz Vega aus Lissabon erneut.

Es half nichts. Irgendetwas hatte sie erwischt. Sie fühlte sich schon den ganzen Morgen übel, und das Gefühl wurde mit jeder langsam verstreichenden Minute schlimmer. Als Wache, die am einzigen Inneneingang der Brücke stationiert war – *für die nächsten vier Stunden*, wie sie auf ihrer Uhr bestätigte –, konnte sie ihren Posten unter keinen Umständen verlassen. Selbst wenn sie Zehennägel kotzen würde. Aber würde sie nicht in Schwierigkeiten geraten, wenn sie ihr Frühstück direkt vor der Brücke erbrechen würde? Es war eine „Lose-Lose-Situation", wie ihr nichtsnutziger Chef Robert Spillman gerne sagte.

Lutz versuchte, ihre Optionen abzuwägen, aber es gab wirklich keine guten. Dann erinnerte sie sich an den Bericht des stellvertretenden Direktors von heute Morgen. Darin enthalten war der Status der Zimmer für jedes Deck, einschließlich der freien Kabinen. Sie zog ihre gefaltete Seite heraus, auf der die Namen jedes Bewohners und die freien Zimmer aufgelistet waren. Sie blickte zur Steuerbordseite, den kleinen Quergang hinunter, und wusste, dass Kabine 8504 genau dort war, jetzt gerade außer Sichtweite, aber da. Sie war leer. Wenn sie einen unkontrollierbaren Brechreiz bekäme, könnte sie einfach den Gang hinunterlaufen und sich im unbenutzten Bad übergeben, und wäre zurück, bevor jemand bemerkte, dass sie weg war.

Je mehr sie darüber nachdachte, desto besser klang es. Sie könnte sogar jetzt dorthin gehen. Sie könnte etwas Wasser trinken und sich etwas ins Gesicht spritzen, und würde sich besser fühlen. Vielleicht würde sie sich sogar zwingen, das auszukotzen, was sie störte, und es wäre erledigt. In ihren bulimischen Tagen, als sie versucht hatte, in ihre Polizeibehörde zu passen, hatte sie es auf Kommando tun können. Und obwohl es jetzt schwieriger war, dachte sie, dass es bei ihrem Zustand, selbst ohne den Anfall von Übelkeit, leicht sein würde.

Sie blickte achtern, die lange Straße hinunter, und dann wieder nach Steuerbord, zu ihrem Ziel, und sah niemanden kommen. Außerdem wurde erwartet, dass das Treffen des Kapitäns in 8000 noch mindestens eine halbe Stunde dauern würde. Also konnte dies der beste Zeitpunkt sein, um zu gehen. Sie zögerte, und dann erschütterte eine weitere Welle der Übelkeit ihren Körper. Sie rannte los.

Mit zitternden Händen hantierte Lutz mit ihrer Schlüsselkarte, bog um die Ecke und hielt direkt vor der Tür, die Karte bereit zum Einsatz. Sie war nur noch eine oder zwei Sekunden davon entfernt, sich zu übergeben. Aber sie hielt inne, die feuchten Haare in ihrem Nacken sträubten sich. Sie warf einen Blick nach vorn und sah, dass die Tür der Royal Suite offenstand. Dann sah sie warum.

Sie krümmte sich und würgte heftig, wobei sie die Reste ihres Frühstücks, dann ihr Abendessen und wahrscheinlich alles andere, was je ihren Magen besucht hatte, erbrach. Eine eklige Mischung von Dreck ergoss sich über den ohnehin schon kotzfarbenen Teppich. Und dann, während sie würgte, begann sie ein wenig zu lachen bei dem Gedanken, dass sie wahrscheinlich so diesen Teppich hergestellt hatten: Tausende von Arbeitern, die Farben auskotzen, die nicht zusammenpassten, in einen Teppich. *Sei ernst, Mädchen*, sagte sich Lutz, und starrte dann wieder auf das, was im Türrahmen der Royal Suite lag.

Es war Catur. Der Zimmersteward, der sie in der Crewmesse immer anlächelte. Er war... Es war zu grauenhaft, um seine Verletzungen überhaupt anzusehen. Er war buchstäblich in Stücke gerissen.

Sie erschrak, als die Tür zu Kabine 8504 – ihr Ziel, bevor sie sich übergeben hatte – von jemandem, der dagegen hämmerte und kratzte, erschüttert wurde. Aber dieses Zimmer sollte doch leer sein.

„Wer ist da drin?", rief sie.

Mehr Hämmern und etwas anderes... es klang wie Stöhnen.

„Geht es Ihnen gut?" Sie war sich sicher, dass jemand anders von dem verletzt worden war, was auch immer Catur das angetan hatte. Aber nur für den Fall...

Sie nahm die lange Maglite-Taschenlampe von ihrem Gürtel und hielt sie wie einen Schlagstock in ihrer rechten Hand, während sie mit der linken ihre Schlüsselkarte in das Schloss schob. Das Schloss blitzte grün auf, und sie drückte den Griff herunter, zögerte aber. Die Maglite hob sich höher in die Luft, bereit, auf wen oder was auch immer herabzusausen, das herauskommen könnte.

„Ich öffne jetzt die Tür", sagte sie in die dünne, dunkle Öffnung.

Sie schob etwas mehr und sah fünf behaarte Finger, die sich um die Kante der Tür krümmten und nach innen zogen. Das Ding sprang sie mit einem ohrenbetäubenden Kreischen an.

Sie neigte sich zur Seite und schwang die Maglite, traf den Schädel des Affen und schleuderte ihn hart gegen die Flurwand.

Sie verschwendete keine Zeit damit, über die Merkwürdigkeit eines Affen im Gang ihres Schiffes nachzudenken. Da sie von dem Gemetzel in Gibraltar gehört hatte und wusste, dass sie einen direkten Kampf mit diesem Biest verlieren würde, tat sie das Einzige, was ihr in den Sinn kam.

Sie tauchte in die Dunkelheit der Kabine und trat gleichzeitig die Tür zu. Sie knallte hart zu und zitterte weiter, als der Affe, der sich jetzt auf der anderen Seite befand, dagegen hämmerte und seinen Zorn durch die zweieinhalb Zoll Stahl und Plastik hindurch kreischte.

Zwei Dinge fielen ihr auf, als sie keuchend und schnaufend auf dem Rücken im Dunkeln lag. Erstens war sie sicher, dass die Tür nachgeben würde, da die Schläge, die sie einstecken musste, unbegreiflich waren. Zweitens wurde ihr klar, dass es im Inneren dieses Raumes so bestialisch stank, dass die Übelkeit, die sie für einen Moment vergessen hatte, mit voller Wucht zurückkehrte.

„Oh Gott." Etwas oder jemand anderes war in dieser Kabine tot. Ihre Haut kühlte ab und sie begann zu zittern, obwohl die Luft entschieden schwül war.

Das Hämmern draußen hatte aufgehört, und auch das Heulen des Tieres. Sie setzte sich auf und lehnte sich nach vorn, bis ihr Ohr an die Tür gepresst war, wobei sie ihr Bestes tat, den ranzigen Geruch zu ignorieren. Sie hörte den Affen atmen und noch etwas anderes. Da war ein Geräusch von Kratzen auf dem Teppich, als würde etwas Schweres über den Boden gezogen. Das Geräusch wurde lauter und verklang dann, wurde leiser. Ein weiteres abstoßendes Bild tauchte in ihrem Kopf auf: Der Affe schleifte Catur weg. Sie war sofort sicher, dass dies eine Tatsache war.

Obwohl ein Teil von ihr erleichtert aufatmete, da sie wusste, dass der Killeraffe nicht länger hinter ihr her war, wusste sie, dass sie etwas tun musste, um ihn aufzuhalten. Es war falsch.

Das Funkgerät!

Zwischen ihrer Panik und dem Wunsch, vor dem Tier zu fliehen, hatte sie vergessen, dass sie ein Walkie-Talkie hatte. Mit Hilfe des Türgriffs zog sie sich auf die Knie hoch und riss das Funkgerät von ihrem Gürtel. Sie stellte die Rauschsperre ein, bis Stimmen zu hören waren, drückte die Sendetaste und sprach über denjenigen hinweg, der gerade redete. „Hallo! Wir haben einen aggressiven Affen auf Deck 8. Er hat bereits einen Zimmersteward getötet." Sie machte eine kurze Pause, hielt aber die Sendetaste weiterhin gedrückt. „Ich wiederhole, sehr gefährlicher und starker Affe auf Deck 8 außer Kontrolle." Sie ließ die Sendetaste los und hörte zu.

Es gab eine sofortige Antwort. „Hier spricht T. D. – äh, Ted Williams, Berater von Kapitän Christiansen. Sind der Erste Offizier und Mrs. Williams dort oben, auf Deck 8?"

Das war der Passagier-Autor, dachte sie. *Was macht er auf dem privaten Funkkanal des Schiffes?*

„Mister Williams? Hier ist *Intrepid* Security", antwortete sie, etwas verärgert darüber, dass er ihr Funkgerät für inoffizielle Angelegenheiten benutzte. „Ich habe weder den Stabskapitän noch Frau Williams hier oben gesehen. Und ich empfehle Ihnen, auch nicht auf Deck 8 zu kommen. Hier oben ist ein wilder Affe."

Ein raschelndes Geräusch im Raum.

„Tatsächlich-"

Ein Stöhnen, gefolgt vom Geräusch eines Gegenstandes, der auf den Teppich fiel, ertönte hinter ihr.

Sie drehte sich um, hob ihre Taschenlampe und schaltete sie ein, wodurch ein Lichtkegel auf den Boden in der Mitte der Kabine fiel, in Richtung des Geräusches. Nur wenige Meter von ihr entfernt, am Fußende des Bettes, lag der Körper eines Mannes – sie konnte es an seinen Schuhen erkennen.

Sie bewegte das Licht nach oben, beleuchtete seinen Körper und keuchte dann auf.

Brust und Bauch waren verschwunden, leer. Es sah aus, als wäre sein Rumpf nach außen explodiert, und seine Eingeweide waren überall um ihn herum verteilt. Und... sie erblickte die Schulterklappe. Drei Streifen. Es war Spillman.

Ein weiteres Geräusch, und Lutz bewegte das Licht weiter nach oben, um den ganzen Raum auszuleuchten.

Was sie sah, schockierte sie so sehr, dass sie ihre Taschenlampe fallen ließ. Sie prallte zweimal auf und ging aus.

Chapter 35

TJ & Jean Pierre

„Hast du das gehört?", fragte TJ. Sie schlich auf nackten Füßen zur Tür und legte ihr Ohr daran. „Ich schwöre, ich habe draußen etwas gehört."

„Was? Ich habe nichts gehört. Komm zurück", flehte Jean Pierre.

Sie hielt inne, um sich mit der Handfläche den Schweiß vom Gesicht zu wischen, verärgert darüber, wie heiß diese Innenkabine war. Alles nur, weil die Tür geschlossen war, damit niemand sie vom Gang aus hören oder versehentlich hereinplatzen und sie zwingen konnte zu erklären, was sie beide hier taten.

Sie warf einen weiteren Blick auf Jean Pierre und fühlte sich schuldig, hier zu sein und nicht bei ihrem Mann. Ihre Hand streifte ihre Orion-Kette, was ihren Körper erschaudern ließ.

Ihr wurde gerade bewusst, wie spät es war. Sie hatte Teds Vortrag komplett verpasst. „Ich gehe", kündigte sie an.

TJ marschierte zum Bett und sammelte ihre persönlichen Sachen ein. „Ich bin müde und muss jetzt gehen."

Er sah endlich zu ihr auf. „Aber was ist mit, du weißt schon...?"

„Das ist mir jetzt echt egal. Hör zu", sie drückte sanft seine Schulter, „ich schätze wirklich alles, was du getan hast, aber ich kann diesen Versteckspiel-Scheiß einfach nicht mehr machen. Und Ted nicht alles zu erzählen, bringt mich um, besonders weil er mir bedingungslos vertraut."

„Glaubst du, er würde dir immer noch vertrauen, wenn du ihm erzählst, dass du schwitzend mit einem fremden Mann in einer Kabine warst?" Er lächelte über seine rhetorische Frage.

Sie schlug ihm auf seinen kahlen Schädel. „Du bist böse. Aber ja, er würde mir trotzdem vertrauen, sogar danach!"

„Ihr Amerikaner seid so-"

„-Hey, warte mal. Heilige Scheiße! Hast du das gesehen?" TJ zeigte auf Jean Pierres Laptop-Bildschirm.

Er drehte sich wieder um, um darauf zu schauen. „Ich weiß, das ist es, was ich dir die ganze Zeit zeigen wollte."

- - ◦ ━ ◦ -

Ted sprang die Treppe hinauf und nahm dabei zwei Stufen auf einmal. Als er das Treppenhaus von Deck 7 erreichte, sah er einen anderen Mann von der anderen Seite hochkommen, ebenso schnell wie Ted.

„Flavio?", keuchte Ted, während er weitere Stufen erklomm.

„Mister Villiams", stieß Flavio aus, immer noch im Gleichschritt.

Beide rundeten Deck 7 und nun, Seite an Seite, sprangen sie die nächste Treppe zum Zwischendeck hinauf.

„Was machen Sie... hier?"

„Affe töten. Genau wie Sie", erklärte der rumänische Oberkellner.

Sie wandten sich ihren getrennten Treppenhäusern zu, Ted links und Flavio rechts, und machten sich auf den Weg zu Deck 8. Sie erreichten die letzte Stufe gleichzeitig, aber Ted bog diesmal nach rechts ab und Flavio nach links, wobei sie sich kreuzten und zu verschiedenen Seiten der beiden Gangeingänge des Decks gingen. „Ich denke, Affe ist diesen Weg, Mister Villiams", flüsterte er, während er mit seiner rechten Hand ein großes Küchenmesser aus einer Scheide zog. Es war auf Hochglanz poliert. Er hielt es am Eingang des Backbord-Ganges hoch.

„Woher weißt du das?", flüsterte Ted. Er beugte sich vor, holte ein paar Mal Luft und schlurfte zurück über den Gang zu Flavio.

„Ich weiß es nicht. Ich denke nur, er ist diesen Weg gegangen."

„Ich bin nicht hier, um den Affen zu fangen. Ich bin hier, um meine Frau zu holen, bevor der Affe sie erwischt."

„Dann gehe ich voran." Er drehte sich nach rechts und marschierte energisch den Gang hinunter, wobei er nur gelegentlich anhielt, um jedes einzelne Geräusch zu prüfen.

Es war derselbe Gang, den Ted zuvor mit der All-Access-Tourgruppe entlanggegangen war und der zur Brücke ganz vorne führte. Die Route der Tour begann am vorderen Treppenhaus, im Gegensatz zu ihrem Start in der Schiffsmitte. Jetzt mussten sie die halbe Länge der *Intrepid* durchqueren, nur um von hier zur Brücke zu gelangen. TJ war in der Nähe in Kabine #8511. Es fühlte sich wie ein unmöglich langer Weg an, mit einem durchgedrehten Affen auf freiem Fuß. Und jetzt erinnerte er sich, basierend auf den Kabinennummern, dass die Kabine, die er suchte, auf der Steuerbordseite des Schiffes lag.

Ted versuchte angestrengt, seinen Atem zu kontrollieren, aber es war schwierig, weil er von den Treppen außer Atem war und um die Sicherheit seiner Frau fürchtete. Er konzentrierte sich darauf, lange und tiefe Atemzüge zu nehmen, einen für jeweils fünf Schritte.

Fast jede Tür, an der sie vorbeikamen, hatte einen grünen Aufkleber am Griff, und mehrere waren immer noch offengelassen, wie es allen Passagieren zuvor geraten worden war. Ihre Bewohner waren entweder weg oder hatten vergessen, dass es jetzt in Ordnung war, ihre Türen zu schließen, nachdem sie freigegeben worden waren. Schlimmer noch, jede offene Tür bot eine weitere Gelegenheit für einen versteckten, wahnsinnigen Affen, herauszuspringen und sie zu töten.

Als sie das vordere Treppenhaus erreichten, ohne den wilden Affen gesehen oder gehört zu haben, biss sich Ted auf die Lippe und bog nach rechts ab. Flavio packte ihn an der Schulter. „Warum?", flüsterte er.

„Meine Frau ist in 8511."

„Das ist Ihre Kabine?"

„Es ist nicht unsere... Aber sie ist jetzt dort."

„Varten Sie." Flavio zog schnell ein weiteres Messer aus einer Scheide an seiner anderen Hüfte, drehte es geschickt herum und reichte es Ted mit dem Griff zuerst. „Falls Sie Affe sehen. Ich komme über die Brücke und treffe Sie am Zimmer."

Ted nickte und richtete die glänzende Messerklinge nach außen, fast mehr aus Angst, sich selbst zu schneiden, als angegriffen zu werden. Fast.

Er untersuchte den Steuerbord-Gang und schaute in beide Richtungen. Es gab keine Bewegung oder Geräusche, außer einer unverständlichen Stimme oder einem gedämpften Husten. Aber da war das Blut. Eine Menge davon.

Eine Blutspur führte von einem Ende des Ganges zum anderen. Es sah frisch aus. Er beugte sich vor, berührte die Nässe mit einem Zeigefinger und zog ihn zurück, die Fingerspitze war rot. Sein Daumen, der das Karmesinrot um seinen Zeigefinger rieb, bestätigte es. Und keine Gerinnung bedeutete, dass es gerade erst passiert war. Er erschauderte ein wenig und umklammerte den Messergriff noch fester. Dann bog er um die Ecke und stand sofort vor Kabine 8511, die direkt am Treppenhaus lag.

Er überlegte, ob er klopfen oder rufen sollte. Beides würde zu viel Lärm machen, und er vermutete, dass es den Affen anlocken würde, wenn er irgendwo auf diesem Deck war. Er entschied, dass ein kurzes Doppelklopfen am besten wäre und hob seine geballte Faust.

Dann öffnete sich die Tür.

Es war TJ, die genauso überrascht aussah wie er. Hinter ihr stand Jean Pierre.

„Ted? Was machst du-"

Ted legte seine Hand über ihren Mund und schob sie und den Stabskapitän gewaltsam zurück in den Raum.

Als Jean Pierre zurückwich, erhaschte er einen Blick auf das sehr große Messer, das Ted nervös schwang. „Ah, Mister Williams, Theresa Jean – ich meine Mrs. Williams – und ich haben nichts Falsches getan. Tatsächlich –"

„Psst." Ted funkelte den stammelnden Offizier an, während er die Tür leise hinter sich schloss.

Ted blickte sich schnell im Raum und bei den Anwesenden um: an die Wände geklebte Papierseiten, darunter Zeitpläne mit Uhrzeiten und Daten; zwei Laptops, seiner und TJs; der Stabskapitän, sein kahler Kopf und sein Gesicht glänzten vor Schweiß, ein Zipfel seines Hemdes hing aus der Hose. Dann bemerkte er, dass das Bett hinter ihm hastig gemacht worden war. Für einen kurzen Moment schweiften seine Gedanken ab, bis er TJ finster anstarrte.

„Bevor Sie weiter nachdenken, ich bin schwul. Ich habe kein Interesse an ihr."

Ted ignorierte ihn und schloss TJ in seine Arme, umarmte sie fest. Als er sie losließ, sagte er: „Es tut mir leid, dass ich so ein Arschloch war. Ich habe meinen Frust an dir ausgelassen, weil ich mich schuldig fühle wegen des Todes meiner ersten

Frau und meines Sohnes, und ich habe mich von dir zurückgezogen, und das ist falsch. Bitte verzeih mir."

Sie umarmte ihn zurück. „Natürlich vergebe ich dir."

Ein Lächeln breitete sich auf Teds Gesicht aus. „Außerdem leide ich nicht mehr unter Enochlophobie."

Sie küssten sich für einen langen Moment, während Jean Pierre unbehaglich wartete.

Jean Pierre starrte beide weiterhin finster an, bevor er schließlich den Kopf schüttelte und sagte: „Oh, Sie wussten schon die ganze Zeit, was sie hier machte?"

„Ja, sie hat mir die ganze... Affäre gestanden?" Ted kicherte über sein Wortspiel. „Ich weiß, dass diese Kreuzfahrt eine FBI-Aktion ist, damit TJ undercover arbeiten konnte – obwohl ich dachte, es ginge nur um mich –, um Eloise Carmichael zu fangen, weil der reiche Sohn eines ihrer Opfer einen Senator zum Onkel hat, der das FBI dazu gedrängt hat, jemanden auf diese Kreuzfahrt zu schicken, bevor sie ihren siebenhundertsten Ehemann umbringt."

„Dafür könnten wir zu spät sein", warf TJ ein. „Wir waren gerade dabei, ihre Kabine zu öffnen, als du kamst. Wir haben Videoaufzeichnungen aus ihrem Wohnzimmer angesehen, als wir einen Blick auf... Also, bist du nur hergekommen, um dich zu entschuldigen und mir zu sagen, dass du mich liebst?"

Teds Gesicht wurde ernst. „Ich will nicht, dass du ausflippst, aber einer dieser verdammten Berberaffen ist an Bord gekommen und wurde auf dieser Etage gesichtet. Ich bin hochgekommen, um euch beide zu warnen."

„Oh Scheiße", hauchte sie. Ihre Züge spannten sich an, dann entspannten sie sich wieder. „Aber ich dachte, das aggressive Verhalten hätte nach so langer Zeit nachgelassen."

„Ich auch, aber die Wache, mit der ich über Funk gesprochen habe, sagte, dass ein verrückter Affe auf diesem Deck sei und dass er bereits jemanden getötet habe. Draußen zieht sich eine lange Blutspur über den größten Teil des Flurs. Jemand oder etwas wurde schwer verletzt."

Jean Pierre löste sich aus seiner Starre und griff nach seinem Funkgerät am Gürtel. Es war die ganze Zeit leise gestellt gewesen, während sie Carmichaels Kabine überwacht hatten, um unauffällig zu bleiben. Er drehte die Lautstärke hoch und sie hörten eine Flut von Stimmen.

„Kommt, lass uns das hinter uns bringen", sagte TJ und stürmte zur Tür hinaus, die beiden Männer folgten ihr.

Nur wenige Schritte später kamen sie an der Royal Suite, Kabine Nummer 8500, an. Die Blutspur schien direkt bis zur Tür und darunter hindurch zu führen, und eine Pfütze Erbrochenes lag daneben.

Jean Pierre öffnete vorsichtig die Tür mit seiner Schlüsselkarte und enthüllte das Gemetzel.

E s traf TJ wie ein Schlag auf den Kopf – das Blutbad und das Wissen, dass dieses blutige

Durcheinander von einem Tierangriff stammte. In diesem Moment erinnerte sich TJ an die Szenen von Blut und Gräuel aus Chicago, als ihre Handlungen zum Tod eines Partners geführt hatten, und dann noch lebhafter an die Momente des Tages, an dem sie angegriffen worden war.

Sie schossen ihr in rascher Folge durch den Kopf: der wilde Hund, der aus dem Nichts kam; ihre Hand, die sie auf ihre Verletzung drückte; wie sie sich um 180 Grad drehte, beobachtete und sich auf den nächsten Angriff vorbereitete, von dem sie wusste, dass er jeden Moment kommen würde; der Schock und der Schwindel durch den Blutverlust; die großen Blutlachen und das Gemetzel direkt im Stall; der Angriff, der folgte.

Die Angst, die sie in diesen Momenten verspürte, nagte jeden Tag an ihr.

Jetzt war sie überwältigend.

Sie stützte sich am Türpfosten ab, reflexartig den Kopf zurückwerfend, um sicherzugehen, dass der Affe nicht da war, bevor sie ihren Blick wieder auf das Gemetzel vor ihr richtete. Sie kniff die Augen zusammen, bevor sie sie wieder öffnete, und versuchte mit aller Willenskraft, den Terror zu ignorieren, der sie zu verschlingen drohte. Sie wollte nicht, dass sie, besonders Ted, das sahen. Sie brauchten sie.

~ ⌣ ◢◣ ⌣ ~

Gütiger Gott, was zum Teufel ist hier passiert?", flüsterte TJ mit kratziger Stimme. Sie wartete keine Antwort ab und stieg über die Blutlache und den Dreck.

„Denkst du, das ist klug?", fragte Ted, während er vorsichtig um die große Pfütze roter Suppe navigierte: eine Mischung aus Blut und anderen unkenntlichen organischen Materialien. Eine widerliche menschliche Bouillabaisse, dachte Ted. Galle stieg in seinem Hals auf.

Jeder ihrer Schritte in die Kabine machte ein Platsch-Geräusch, was darauf hindeutete, dass auch sie von der Flut überschwemmt worden war. Jean Pierre zog die Storen und Vorhänge auf, um etwas Licht hereinzulassen.

TJ schrie erschrocken auf, als jemand aus dem Schlafzimmer auftauchte. „Flavio? Was machst du hier?", fragte sie.

„Mrs. Williams... Mr. Williams... Stabskapitän." Flavio nickte jedem zu und blieb im Empfangsbereich stehen, wo sich die Gruppe versammelt hatte. „Affe nicht hier. Auch toter Mann in Schlafzimmer." Flavio zeigte in die Richtung.

Sie alle reckten ihre Hälse und machten sich dann einer nach dem anderen auf den Weg durch die hundert Quadratmeter große Kabine, komplett mit Flügel, vollständigem Wohnzimmer, Büro und riesigem Schlafzimmer. Auf dem Schlafzimmerboden lagen zwischen einigen Trümmern die blutigen Überreste eines älteren Mannes.

TJ zog ein Taschentuch aus ihrer Tasche, hockte sich neben den Körper und drückte es gegen das Gesicht des Toten. „Basierend auf dem Verwesungszustand des Körpers schätze ich, dass er seit mehr als einem Tag tot ist."

„Genau wie das dunkle Video bestätigt hat", erklärte Jean Pierre, während er über die andere Seite des Körpers gebeugt war. Er stand auf und wandte sich an die anderen: „Wir haben Mrs. Carmichael während der Kreuzfahrt im Auge behalten. Aber das Video war dunkel geworden, wie ein Großteil des Schiffes. Dann hatten wir gerade einen Blitz gesehen von dem, was wir für Mrs. Carmichael hielten. Da haben wir beschlossen, die Kabine zu betreten."

„Ich bin kein Experte, aber das sieht sicher nicht wie Kratzspuren aus." Ted zeigte auf den Bauch und die Brust des Mannes.

TJ benutzte ihr Taschentuch, um einen der Schnitte zu untersuchen, und zog an der zerschnittenen Kleidung um eine der Stichwunden herum. „Du hast recht. Eloise ist wahrscheinlich für beide Morde verantwortlich."

„Ich sehe nur eine Leiche", murmelte Ted und suchte die Schatten des Raumes ab. „Woher wisst ihr, dass nicht das ganze Blut an der Tür vom Ehemann stammt?"

„Abgesehen von der Blutspur im Flur ist das Blut am Eingang... frischer."

Jean Pierre ging ins Wohnzimmer und benutzte sein Walkie-Talkie, um die Sicherheit zu kontaktieren und herauszufinden, wo seine Wachen waren, einschließlich der Wache, die vor der Brücke postiert sein sollte. Er wollte auch jemanden hier postieren, um den Tatort zu schützen, und ein Update über ihren verrückten Affen bekommen.

„Kommt her. Sofort", sagte Flavio aus dem Flur.

Sie eilten aus der Kabine, wieder vorsichtig über die Blutlache am Eingang steigend, und fanden Flavio, der mit seinem Messer den Flur hinunter zeigte. „Ich glaube, Affe hat zweite Leiche hierher geschleift." Er wartete nicht auf sie, sondern schlich an der Seite des Korridors entlang, knapp außerhalb der Blutspur.

„Wie kann einer dieser kleinen Affen einen Erwachsenen einen Flur entlang schleifen?", fragte Jean Pierre.

„Dieser kleine Affe ist um ein Vielfaches stärker als du oder ich", antwortete Ted. Seine Verzweiflung wuchs. „Also suchen wir jetzt sowohl nach einer weiblichen Serienmörderin als auch nach einem verrückten Affen?"

„So sieht es aus", sagte Jean Pierre.

„Selbst du würdest dir so etwas nicht für eine deiner Geschichten ausdenken." TJ wandte sich zu Ted und küsste ihn. „Ich habe vergessen, dir dafür zu danken, dass du hochgekommen bist, um uns zu warnen."

„Ach, nicht der Rede wert. Hier." Er reichte ihr Flavios Messer. „Du weißt besser damit umzugehen als ich. Und ich habe das Gefühl, wir werden es brauchen, wohin Flavio uns führt."

Sie holten Flavio ein, der vor einer Kabinentür stehen geblieben war. „Blutspur geht hier lang. Anderes Blut hier, in diese Kabine."

Flavio hatte recht. Die lange Blutspur schien sich wenige Meter vor Kabine 8531 zu gabeln, wobei ein Zweig, hauptsächlich aus Bluttropfen bestehend, zur Schwelle der Kabine führte und der andere, deutlicher ausgeprägt, in einen für die Crew reservierten Durchgang ging.

Flavio legte sein Ohr an die Kabinentür und verkündete dann: „Ich höre nichts."

Jean Pierre hatte die Zugangstür geöffnet, die zum Aufzug und Treppenhaus der Crew in der Schiffsmitte führte. Von unten hörten sie entfernte Schreie.

Flavio drängte sich an seinem Kapitän vorbei durch die Tür, die anderen folgten zögernd.

Drinnen erstarrten sie.

Chapter 36

Der Affe

„Er heißt Catur. Er ist einer der Zimmerstewards", sagte Jean Pierre leise zur Gruppe.

„Ich sehe aber keine Messerwunden, nur Bisse und zerfetztes Fleisch." TJ hatte wieder ein Taschentuch herausgeholt, während Jean Pierre mit einer Taschenlampe den Körper beleuchtete.

„Also hat der Affe diesen hier und Eloise-" Ted wurde von einem entsetzten Schrei von unten unterbrochen. Alle Köpfe drehten sich um.

„Genug geredet", flüsterte Flavio und eilte dann schnell die Treppe hinunter, wobei er dem Schrei und den kleinen blutigen Fußabdrücken des Affen folgte. Die anderen drei folgten dicht dahinter.

Sie verfolgten die blutigen Spuren bis hinunter zu Deck 1. Als sie die Tür zur I-95 öffneten, war alles still. Das war ungewöhnlich, denn selbst in den frühen Morgenstunden herrschte hier normalerweise reges Treiben. Jetzt hätte es hier geschäftig zugehen sollen.

„Schaut, das Blut geht da lang", sagte Flavio und setzte seine Verfolgung fort, während die anderen überlegten, was sie als Nächstes tun sollten.

„Liegt es nur an mir, oder ist Flavio ein echter Badass?", versuchte Ted einen Witz zu machen, der aber genauso flach ausfiel wie seine anderen an diesem Tag.

TJ blickte ihn nur finster an und holte dann Flavio ein, wobei sie das Messer, das Ted ihr gegeben hatte, fest umklammerte.

„Das sieht wie der Pausenbereich der Crew aus", flüsterte Jean Pierre Ted zu und zeigte die I-95 hinunter, wo die blutigen Abdrücke stoppten, sich sammelten und dann weitergingen. „Dort können sie rauchen und frische Luft schnappen, außerhalb der Sicht der Gäste."

Während sie weitergingen, lugten mehrere Crewmitglieder aus den Türen, zu ängstlich, um weiter herauszukommen. Jean Pierre bedeutete ihnen, dort zu bleiben. Ted wäre lieber an jedem dieser Orte gewesen, als hier draußen einen wahnsinnigen Killer-Affen zu verfolgen. Aber wenn TJ so mutig sein konnte, ein wildes Tier zu verfolgen, obwohl sie Angst vor den meisten Tieren hatte, fand er, dass er sie dabei zumindest unterstützen sollte. Er war zurückgefallen und beeilte sich, zur Gruppe aufzuschließen.

Am Ausgang mit der Aufschrift „Offenes Deck" und „Rauchen erlaubt" untersuchten sie die karmesinroten Spritzer, die auch Stiefelabdrücke enthielten, die von der Tür wegliefen, außer Sichtweite, in Richtung der Freizeitbereiche der Crew. Flavio trat vorsichtig durch die Tür und kam kopfschüttelnd zurück. Es gab nichts. Sie folgten weiter der Spur und lauschten auf Geräusche, die sie dazu veranlassen könnten, die Richtung zu ändern oder in Aktion zu treten.

Sie begannen, den kleineren Gang hinunterzugehen, der zu allen Crewbereichen führte: Freizeit, Verwaltung und sogar ein kleiner Supermarkt. Der Gang war nicht mit anderen Gängen verbunden, und die Fußabdrücke führten nur in eine Richtung. Der Affe war hier unten.

Jean Pierre hob sein Walkie-Talkie ans Gesicht und sprach leise. „Sicherheit, hier spricht der Staff Captain."

„Staff Captain, hier ist der stellvertretende Sicherheitschef."

„Wasano, wir haben eine Leiche im Treppenhaus achtern auf Deck 8 gefunden. Wir sind einer Blutspur bis zur I-95 und schließlich zu den Freizeitbereichen der Crew gefolgt. Schicken Sie Personal, um diese Bereiche zu sichern. Und wir brauchen hier unten eine oder zwei Waffen, um mit einem wahnsinnigen Affen fertig zu werden. Kommen Sie schnellstens her. Ich schalte jetzt den Funk aus." Jean Pierre drehte seine Lautstärke wieder herunter und folgte den anderen dreien, die zwei Sätzen von verblassenden blutigen Fußabdrücken folgten: einem menschlichen und einem äffischen.

Beim Slop House, dem Mini-Markt der Crew, hielt die Gruppe an, während Jean Pierre hineinschlüpfte und zwei Bestecksets holte. Er war gerade dabei, wieder hinauszugehen, als eine schwache Stimme unsichtbar hinter dem Tresen zitterte. „Sir? Sie müssen dafür bezahlen."

Jean Pierre griff nach seiner Seekarte und warf sie über den Tresen. „Verlieren Sie sie nicht. Ich komme zurück." Er grinste darüber: Selbst in einer extremen Notlage befolgten sie die Regeln. „Keine Ausnahmen!" hatte der Kapitän ihnen eingebläut.

Er eilte zur Gruppe zurück. „Hier, Ted." Jean Pierre reichte ihm eines der Sets. „Wollte nicht, dass du ohne etwas Schutz dastehst."

„Danke", sagte er, während er das Besteck untersuchte, „ich bin ziemlich gefährlich mit einer Gabel am Prime-Rib-Tag."

„Drinnen", sagte Jean Pierre, als er die Verpackung öffnete, „findest du ein ziemlich beachtliches Steakmesser."

Sie zogen ihre Messer heraus und gingen vorsichtig hinter Flavio und TJ her, wobei sie der Blutspur zum Wohnzimmer folgten, wo die Crew sich entspannte, fernsah und Spiele spielte. Sie hielten an, um die nächste Leiche anzusehen.

Es war ein Crewmitglied. Aber abgesehen davon war es schwer zu sagen, wer es war. Es war nicht das geringste Regal-European-Blau oder -Weiß auf seiner zerfetzten Uniform zu sehen, da sie mit Blut bedeckt war. Die Kehle des armen jungen Mannes war herausgerissen und alles, was übrig war, war eine zerfetzte Öffnung.

Der Körper sah auch aus, als wäre daran herumgekaut worden.

„Kommt schon. Er ist tot. Affe hier drin", verkündete Flavio und erhob sich, um in den Raum zu gehen.

„Flavio", flüsterte Jean Pierre, „ich habe die Sicherheit gerufen. Sie bringen echte Waffen mit.

Ich würde vorschlagen, wir warten, bis sie hier sind. Wir werden den Affen dort drinnen halten."

„Wollen nicht mehr Crew verlieren, Sir. Ich gehe rein, Sie bleiben." Flavio drückte sich durch die Schwingtüren. Einer nach dem anderen folgten sie ihm.

Der riesige Raum schien leer von Crewmitgliedern zu sein und enthielt sicherlich keinen Affen. Die einzigen Geräusche waren die eines alten Films, der auf dem großen Flachbildfernseher am anderen Ende lief, und ein entferntes Klopfen.

Drinnen, gingen sie alle in die Knie und drängten sich eng zusammen. Flavio schlug vor, er würde langsam durch den Raum gehen und sie sollten ihn unterstützen, indem sie sich ausbreiteten. Er wollte sicherstellen, dass keine Crew drinnen war. Sie stimmten zu, und Flavio ging langsam voran, wobei er einen Weg machte, der den Raum halbierte, an einem Tischfußballtisch, einem Schlagzeug und einem Videospielbereich vorbeiführte, bevor er hinter der Couch vor dem Fernseher endete.

TJ folgte Flavio ein Stück des Weges und hielt am Fußballtisch an, während Ted vorsichtig zum Spielbereich schritt. Er testete das Gewicht seines neu geschenkten Steakmessers und wünschte, er hätte Flavios substanzielleres behalten.

Jean Pierre blieb an der Tür, damit er das Sicherheitspersonal leise einweisen konnte, wenn sie mit ihren Waffen eintrafen.

Ted bemerkte Anzeichen dafür, dass die Crew hier gewesen war, abgesehen vom Fernseher, als er sich an ein paar Tischen vorbeimanövrierte. Einer davon war offensichtlich hastig verlassen worden, mit Karten, die wahllos über den Tisch und auf dem Boden verstreut lagen. Seltsamerweise befanden sich mehrfarbige Raviolischalen in drei ordentlichen Haufen vor drei zurückgeschobenen Stühlen, einer davon umgekippt.

Teds Herz drohte fast aus seiner Brust zu springen, als er eine Bewegung unter dem Tisch wahrnahm. Er war bereit, in die andere Richtung zu flüchten, aber nach einem Moment registrierte er, dass er kein Fell sah – nur einen kleinen Mann, der sich in Embryonalstellung zusammengerollt hatte und ihn mit tellergroßen Augen anstarrte.

Es war wahrscheinlich unnötig, aber Ted legte einen Zeigefinger an seine Lippen.

Ted drehte sich zu Flavio um und hätte fast laut gelacht, als er den Film sah, der im Fernsehen lief. Es war der Original-„Planet der Affen", und Charlton Heston forderte: „Nimm deine Pfoten von mir, du verdammter, dreckiger Affe."

Von seinem Ende des Raums her näherte sich ein Tumult. Ted stand aus seiner Hocke auf und sah, wie Flavio hektisch auf eine bräunliche Gestalt in der Ecke zeigte, die zuvor von der Couch verdeckt gewesen war. Es war der Berberaffe, und er war viel größer, als Ted diese Affen in Erinnerung hatte.

Er kratzte gewaltsam an einem Schrank und knurrte ihn an. Ein gedämpftes Wimmern drang durch die Lamellen der ramponierten Schranktür. Jemand war dem Affen entkommen und versteckte sich. Aber diese Tür würde ihn nicht mehr lange zurückhalten.

Ein Flipperautomat gab spontan seine rhythmischen Geräusche von sich, gefolgt von einem Ding-Ding-Ding.

Das Biest drehte sich in diese Richtung. Das war auch ihre Richtung, und der Affe sah sofort Flavio.

Flavio warf reflexartig sein Messer, das in einem perfekten Bogen flog und ins Schwarze traf. Es traf den fleischigen Teil des Affenbizeps, der sich vor dessen Brust geschoben hatte, als er sich zum Sprung in seine Richtung drehte.

Er stieß ein furchterregendes Kreischen aus und raste auf Flavio zu.

TJ war als Nächste dran und warf ihr Messer, aber es rotierte eine Umdrehung zu viel und traf den Affen mit dem Griff im Gesicht. Der Affe änderte seine Richtung und steuerte auf sie zu, während sie in Panik geriet und auf ihren Hintern plumpste. Sie hatte keinen Schutz.

Ted sprang auf, unsicher, was er tun würde, aber er wusste, dass er ein Steakmesser nicht effektiv werfen könnte. Er tat das Einzige, was ihm einfiel. Sein Messer umklammernd, sprang er auf den Affen zu, der völlig auf TJ fixiert war. Er traf mit Schulter und Messerklinge die Brust des Affen, kurz bevor dieser sie erreichen konnte.

Der Affe prallte in eine Richtung ab und Ted landete hart auf einer Gitarre. Ein dumpfer Schlag, ein Twang und ein Knacken, was entweder einer seiner Knochen oder der brechende Gitarrenhals war.

Der Affe prallte gegen die Wand auf der anderen Seite des Raums und warf dabei ein Bücherregal um. Er schüttelte den Kopf. Teds Steakmesser steckte noch immer in seiner Brust, Flavios in

seinem Arm. Dann richtete er seine roten, gewalt-
tätigen Augen auf Ted. Er knurrte wütend und
sprang die kurze Distanz zwischen ihnen.

Es gab eine laute Explosion.

Der Kopf des Affen verschwand hinter einer roten Sprühwolke, die Ted und alles um
ihn herum durchtränkte. Sein schlaffer Körper krachte in einen Stuhl neben ihm und kam
endgültig zur Ruhe.

Am Eingang senkte der stellvertretende Sicherheitschef Agarwal sein Gewehr.

Ted stieß einen langen Seufzer der Erleichterung aus.

Chapter 37

Auseinanderfallen

Ich habe gehört, was passiert ist", sagte „Kapitän Christiansen und bot seinem Stabskapitän eine dampfende Tasse Kaffee an. „Danke, Jean Pierre, dass Sie das Problem entschärft haben, bevor es noch schlimmer wurde."

Jean Pierre nahm seine Tasse entgegen und ließ sich in den üppigen Sessel sinken, einer von sechsen, die um den Esstisch der Suite 8000 standen. Die luxuriöse Kabine, die an die Backbordseite der Brücke grenzte, war während dieser Reise unbesetzt. Ihr Preis von 9.000 Dollar war für die vorgesehenen Pariser Gäste kein Problem; sie waren einfach nie aufgetaucht. Da der Bereitschaftsraum durch den Tsunami beschädigt war, nutzte der Kapitän diesen als Ersatz.

Die Nachricht, die Jean Pierre erhalten hatte, besagte, dass dieses Treffen „wichtig" sei, aber es wurden keine weiteren Informationen gegeben, außer dass ein ähnliches Treffen mit den übrigen Ersten und Zweiten Offizieren des Schiffes fol-

gen würde. Die Bedeutung war enorm. Anderer-
seits könnte es einfach eine Gelegenheit gewesen
sein, die Truppen neu zu fokussieren und jedem
seiner Offiziere für die großartige Arbeit unter
schwierigen Umständen zu danken. Jean Pierre
hatte keine Ahnung, was es war. Er hoffte, es wäre
Letzteres. Trotzdem fühlte es sich seltsam an zu
wissen, dass außer ihm, dem Kapitän und den
beiden einsamen Offizieren auf der Brücke, die
gesamte Schiffsführung im Flur vor der Tür dieser
Luxuskabine wartete.

„Eigentlich, Sir, war es einer unserer Oberkellner, zusammen mit den Williams und dem
stellvertretenden Sicherheitschef Wasano. Sie
alle haben sich bewährt und unzählige Leben
gerettet."

„Ja, natürlich. Trotzdem bin ich stolz auf die
Arbeit, die Sie geleistet haben." Der Kapitän hob
seine Kaffeetasse an die Lippen und setzte sich
neben seinen Freund. Die Tränensäcke unter
seinen Augen waren größer und dunkler geworden. „Haben Sie herausgefunden, was mit Spillman passiert ist?"

„Er war auch ein Opfer, zusammen mit einer
unserer Masseurinnen und einer unserer Wäch-
terinnen. Die drei wurden in Kabine 8504 gefunden. Wir sind uns nicht sicher, was passiert ist,
da einige ihrer Wunden selbst zugefügt zu sein
schienen, und es gab auch viele Bisswunden. Unsere beste Vermutung ist, dass der Affe versehentlich mit Spillman und der Masseurin im Zimmer eingeschlossen wurde; vielleicht ist er einem
von ihnen nach drinnen gefolgt. Ich bin sicher, Sie
wissen, dass sie seit der letzten Reise eine Affäre

haben. Und ich hatte gerade erfahren, dass Spillman in dem Versuch, seine Spuren zu verwischen, an den Sicherheitskameras herumgepfuscht hat. Wir sind uns auch ziemlich sicher, dass er derjenige war, der den Strom kurzgeschlossen und es einem seiner Sicherheitsbeobachter in die Schuhe geschoben hat, der inzwischen von allen Vorwürfen freigesprochen wurde. Jedenfalls wurden sie von dem Affen getötet, und die Wächterin muss es gehört haben, ging hinein und wurde ebenfalls angegriffen, und dabei muss sie den Affen herausgelassen haben. Trotzdem… einiges von dem, was wir gesehen haben, ist unmöglich zu erklären."

„Wie was?"

„Wir fanden die Körper der Wächterin und der Masseurin zusammen, gegen die Tür gelehnt – das machte es wirklich schwer, die Kabine zu betreten. Der Körper der Masseurin hatte mehrere Wunden und erhebliche stumpfe Gewalteinwirkung am Kopf. Es war dunkel, und so glauben wir, dass die Wächterin dachte, die Masseurin sei der Affe, und weil der Hals der Wächterin tödlich aufgerissen war, muss sie in Panik geraten sein und die Masseurin mit ihrer Taschenlampe getötet haben."

Jörgen schüttelte den Kopf und sagte dann: „Okay, das ergibt größtenteils Sinn. Was war also unmöglich zu erklären?"

„Die Masseurin hatte Haut- und Muskelgewebe in ihrem Mund, das dem Biss an der Kehle der Wächterin entsprach."

Jörgen sah seinen Freund an, als hätte er den Verstand verloren; für einen Moment öffnete sich sein Mund, als wolle er eine Frage stellen. Dann schloss sich sein Mund, und sein Ausdruck änderte sich von ungläubig zu grimmig. „Also stehen unsere Gesamtverluste durch die Tierangriffe und den Tsunami bei neun Besatzungsmitgliedern und drei Gästen?"

Jean Pierre starrte in seinen Kaffee und dann wieder zu Jörgen auf. „Ja, Sir. Ich fürchte schon." Er hatte von den Zahlen und Identitäten der Opfer erst vor wenigen Minuten erfahren, und er hatte all dies fast vollständig akzeptiert. Er musste es. Aber es aus dem Mund seines Kapitäns zu hören, ließ es so viel... schrecklicher erscheinen. Auf allen Schiffen, auf denen er gedient hatte, nach all diesen Jahren, waren die meisten Besatzungsmitglieder oder Passagiere, die er auf einem Schiff verloren hatte, zwei Passagiere gewesen. Und das waren ziemlich alte Leute, die an Herzinfarkten gestorben waren.

Doch die Umstände der *Intrepid* waren so außergewöhnlich. Und von diesem Standpunkt aus hätte jedes einzelne dieser Probleme viel mehr Todesfälle verursachen können. Es war schrecklich, aber in Anbetracht dessen, was sie durchgemacht hatten, hatten sie Glück gehabt.

Jean Pierre fügte hinzu: „Wir suchen immer noch nach Mrs. Carmichael. Aber wir denken, sie könnte während des Tsunamis über Bord gegangen sein, nachdem sie ihren Mann getötet hatte. Ihre Leiche wird wahrscheinlich nie gefunden werden. Selbst wenn man alles bedenkt, was uns passiert ist... hatten wir verdammtes Glück."

Jörgen war still. Er schien in seinen eigenen Gedanken verloren.

Jean Pierre wusste, dass sein Freund als Kapitän noch schlimmer belastet war, so schlecht er sich auch fühlte. Aber es steckte mehr hinter dem Blick seines Freundes als nur die Last ihrer Verluste. Er wusste, dass Jörgen etwas noch Ernsteres zu sagen hatte. Das musste der Grund für dieses Treffen sein, vor dem mit den anderen Offizieren. Sein Magen begann sich zu verkrampfen, als er fragte: „Wir haben das Schlimmste überstanden, oder?"

„Ich fürchte nicht", antwortete Jörgen, als hätte er das verbale Stichwort bekommen, auf das er gewartet hatte. Er reichte Jean Pierre die Fernbedienung und sah ihm direkt in die Augen. „Niemand auf diesem Schiff außer mir hat gesehen, was Sie gleich sehen werden."

Bis zu diesem Moment hatte Jean Pierre nicht realisiert, dass sie dem Fernseher zugewandt waren. Aber jetzt wusste er, dass auch dies beabsichtigt war. „Aber ich dachte, wir hätten kein Sat..." Er brauchte seinen Satz nicht zu beenden und drückte die „Ein"-Taste. Dies war der Grund, warum er hier war, allein mit dem Kapitän, während der Rest ihrer Offiziere draußen wartete. Jörgen hatte darauf hingearbeitet.

Als der riesige Bildschirm aufflackerte, hätte Jean Pierre fast seinen Kaffee fallen lassen.

Es gab acht separate Nachrichtenkanäle in Kästchen, die alle ähnliche Bilder zeigten. Der Ton war für das erste Kästchen eingeschaltet, in dem Fox News lief, aber sehr leise gestellt, fast unhörbar. Tucker Carlson berichtete über Brände, Massensterben und enorme Sachschäden. Der Lauftext am unteren Bildrand meldete die Zahl der Toten in verschiedenen Ländern. Jeder Kanal schien über ähnliches Chaos und Verwüstung zu berichten: beschädigte Städte, außer Kontrolle geratene Brände, tote oder sterbende Menschen. Zwischen den Bildern der Zerstörung gab es immer wieder Berichte über Tierangriffe: Vorfälle, bei denen fast jede Art von Säugetier Menschen und andere Tiere angriff.

Jörgen sprach über das leise Geplapper des Fernsehers hinweg. „Der Tsunami hat jede Küste am Atlantik verwüstet, wobei die Gebiete näher am Ursprung den größten Schaden erlitten haben: Lissabon in Portugal, Brest in Frankreich und Bristol in England zum Beispiel wurden dem Erdboden gleichgemacht. Der Schaden nahm ab, je weiter sich die Wellen ausbreiteten. Große Teile von Bermuda wurden zerstört, weil es so flach ist. Die Bahamas und ein Großteil der Ostküste der USA erlitten erhebliche Schäden, aber nirgendwo so schlimm wie an anderen Orten. Dann sind da noch die Tierangriffe. Sie explodieren überall auf der Welt: in Europa, Asien und Afrika. In Amerika tauchen ein paar Berichte auf, aber noch nicht allzu viele. Die am wenigsten betroffenen Orte scheinen außerhalb der Reichweite der Aschewolke all der Vulkanausbrüche zu liegen."

Jean Pierre sank immer tiefer in seinen Sessel und ließ die Geräusche, Bilder und Geschichten aus den Lauftexten jeder Sendung über sich ergehen.

Jörgen sagte nichts mehr. Er wollte sichergehen, dass Jean Pierre ein paar Minuten Zeit hatte, das Ausmaß dessen, was er sah, zu verarbeiten. Er hatte die ganze Nacht Zeit gehabt, sich mit dieser neuen Realität abzufinden.

Jean Pierre wandte seine wässrigen Augen Jörgen zu und sagte: „Wir müssen so schnell wie möglich nach Florida."

„Das dachte ich auch. Aber ich glaube nicht, dass es dort sicher wäre. Ich habe unser Satellitentelefon benutzt und mit mehreren Hafenmeistern in Florida und einem in Charleston gesprochen.

„Alle Häfen an der Ostküste sind wegen Tsunami-Schäden geschlossen, obwohl alle an Reparaturen arbeiten und bald wieder geöffnet sein sollten. Sie haben noch keine Berichte über Tierangriffe an ihren Standorten gehört oder gesehen, nur nördlich von ihnen. Und vielleicht wird sich die Rage-Krankheit – wie die Nachrichtensprecher es immer noch nennen – dort nicht ausbreiten, aber vielleicht auch doch. Wenn wir bei unserer Ankunft von Bord gehen dürfen, was ist, wenn die Tierangriffe dann begonnen haben? Wir sind auf diesem Schiff sicherer und warten es ab. Also habe ich einen Plan entwickelt, der von der Unternehmensleitung akzeptiert wurde.

„Wir waren ohnehin für Nassau auf den Bahamas als letzten Hafen vor Miami, Florida, eingeplant. Ihr Hafen hat nur mäßige Schäden durch den Tsunami erlitten. Sie erwarten, ihn in achtundvierzig Stunden wieder zu öffnen. Bisher gibt es keine Berichte über Tierangriffe auf Nassau." Er wollte hinzufügen: *Obwohl ich bis zu unserer Ankunft nicht darauf wetten würde*, ließ diesen Teil aber weg. „Unser Plan ist also, immer noch auf den Bahamas anzulegen, aber wir gehen nicht von Bord, bis wir garantieren können, dass diese Tollwutsache vorüber ist oder das Gebiet unbeeinträchtigt bleibt. Ich hoffe immer noch, dass diese Sache eine kurze Zündschnur hat und sich in wenigen Tagen von selbst erledigt. So oder so können wir versuchen, uns neu zu versorgen und es auszusitzen, bis es vorbei ist."

Jörgen machte eine Pause, um sicherzugehen, dass Jean Pierre keine weiteren Fragen hatte. Der Stabskapitän war immer noch in der Schockphase. Er fuhr fort: „In der Zwischenzeit sagen wir dem Rest der Besatzung und den Gästen nichts davon. Wir werden in fünf Tagen in Nassau sein. Wir werden diese fünf Tage nutzen, um zu beobachten und sorgfältig zu planen, was wir als Nächstes tun werden. Ich werde das den ersten und zweiten Offizieren gleich nach unserem Gespräch mitteilen.

„Die gute Nachricht ist, dass wir mit der Route, die ich außerhalb des Aschefalls geplant habe, die meiste Zeit über sonnigen Himmel haben sollten, und es draußen wärmer ist. Ich beabsichtige, dass wir alle unser bestes Gesicht für die Gäste aufsetzen und sicherstellen, dass sie ihre Kreuzfahrt genießen. Glückliche Gäste sind handhabbare Gäste."

Jean Pierre saß jetzt aufrecht. Er drehte seinen Stuhl zu Jörgen. „Was sagen wir über den Fernsehempfang und das Internet?" Jörgen konnte sehen, dass Jean Pierre seinen Plan vollständig akzeptiert hatte und sich bereits auf die kommenden Tage vorbereitete.

„Wir lügen. Vielleicht sagen wir ihnen, dass wir den Satelliten- und Internetdienst erst reparieren können, nachdem wir Nassau erreicht und neue Ausrüstung bekommen haben. Wir sollten mit Sicherheit wissen, womit wir es zu tun haben, wenn wir so weit sind. Dann können wir ihnen die Wahrheit sagen. Aber nicht vorher."

„Was ist mit den Williams?"

„Sagen Sie es ihnen. Halten Sie sie auf dem Laufenden, wie Sie es bei anderen ersten Offizieren tun würden, zumindest bis diese Krise vorüber ist. Und informieren Sie auch die beiden Offiziere auf der Brücke."

Jean Pierre nickte. Das war's. Es gab nichts mehr zu sagen. Jean Pierre vertraute darauf, dass Jörgen ihre Optionen abgewogen und, wie er sagte, die Genehmigung der Unternehmensleitung erhalten hatte. Sie hätten fünf Tage Zeit zu beobachten, zu warten und dann alle Details auszuarbeiten. In der Zwischenzeit war es ihre Aufgabe, ihre Gäste sich sicher fühlen zu lassen. Mit den nächsten fünf Tagen konnte er umgehen. Sie würden sich um das „Danach" kümmern, wenn es so weit war.

Jean Pierre stand auf, richtete seine Uniform, räusperte sich und salutierte vor seinem Kapitän. „Sir!"

Jörgen erhob sich, erwiderte den Salut und schüttelte herzlich die Hand seines Freundes und ersten Offiziers. „Danke, dass Sie jemand sind, auf den ich mich immer verlassen kann."

Jean Pierre bot ein kleines Grinsen. „Soll ich die anderen Offiziere hereinlassen?"

„Ja, bitte. Können Sie dann dafür sorgen, dass alle unsere Gäste heute einen großartigen Tag haben?"

„Ich werde mein Bestes tun."

Chapter 38

Sonnenschein und Lollipops

Es war ein Tag voller Kontraste: kleine flauschige Wolken vor einem tiefblauen Himmel; eine enthüllte Sonne, die ihre Wärme auf das kalte Salzwasser im Hauptdeckpool ergoss; bunte Badeanzüge, die bleiche, vom Frühstück aufgedunsene Körper bedeckten; eine allgemeine Zufriedenheit unter den Schiffsgästen, obwohl es ringsum Anzeichen drohenden Unheils gab. Ansonsten war es ein Tag, der fast perfekt schien. Fast. Und wenn etwas Gewaltsames im Anmarsch war, schien es niemand zu bemerken oder sich darum zu kümmern.

Nachdem die *Intrepid* einen diagonalen Kurs eingeschlagen hatte, der frei von vulkanischen Rußwolken zu sein schien, und die Sonne wieder regierte, stiegen die Lufttemperaturen schnell an. Bis elf Uhr waren es draußen angenehme 20 Grad Celsius, mit der Aussicht auf noch höhere Temperaturen. Die Crew hatte bereits den größten Teil des Schutts aus den öffentlichen Bereichen des Schiffes beseitigt. Die zerbrochenen Fenster am Pool auf Deck 9 waren aufgeräumt und mit Brettern vernagelt, damit niemand versuchen würde, durch die leeren Rahmen zu gehen. Nur wenige Bereiche waren abgesperrt und für Passagiere nicht zugänglich. Die Passagiere akzeptierten diese kleinen Unannehmlichkeiten schnell, die ihnen zufolge entweder in Nassau oder am Ende ihrer Kreuzfahrt behoben werden würden.

Alle übrigen Decksliegen, die vor dem Tsunami aufgestellt worden waren, wurden ausgelegt und waren bereits zu einem Drittel mit Gästen belegt, die einfach nur glücklich waren, etwas Wärme von der zuvor verborgenen Sonne zu tanken und ihre Sorgen im Salzwasserpool oder in einem der vielen Whirlpools und dem täglichen Getränkespecial zu ertränken: halbpreisige, doppelte Rum-Zombies. Es war Jean Pierres Idee gewesen, den Alkoholgehalt zu erhöhen.

Die Crew erwartete, dass sich die restlichen Stühle schnell füllen würden, sobald sich herumgesprochen hatte, dass die Sonne schien und die Welt nicht untergehen würde. Was nur wenige Crewmitglieder wussten, war, dass die meisten Gäste vom Salat am Vorabend krank waren, der mit einer üblen Mischung aus Bakterien und anderen mikroskopischen Monstern verseucht gewesen war.

Die Williams gehörten zu denen, die beschlossen hatten, die Wärme vorübergehend zu genießen, und fanden zwei Liegestühle, die einen weiten Blick über das Sonnendeck boten. Jean Pierre wollte sie um zwölf Uhr auf der Brücke treffen, nicht nur um ihnen persönlich noch einmal im Namen der gesamten Crew zu danken, sondern auch um sie über den Plan des Kapitäns für die kommenden Tage der Kreuzfahrt zu informieren. Sie hatten noch etwas Zeit totzuschlagen, und es schien eine perfekte Gelegenheit zu sein, etwas Sonne zu tanken und einen der Vorteile zu genießen, die ihnen für ihre Hilfe bei der Rettung des Schiffes vor einer größeren Katastrophe gewährt wurden.

Sie erhoben ihre Gläser zu einem stillen Toast. Irgendein rot-oranges Rum-Gebräu, mit besten Grüßen vom Poolbar-Barkeeper, der sie darüber informierte, dass alle ihre Getränke für den Rest der Kreuzfahrt kostenlos seien.

Ted führte das Getränk an seine Lippen und schlürfte einen großen Teil der süßen Flüssigkeit, während er seinen Blick über das gesamte Deck und die Gäste schweifen ließ, die dessen Oberfläche bevölkerten: eine Vielzahl, die sich in geselliger Fröhlichkeit fläzte.

Nach einem weiteren Schluck sagte er: „Weißt du, es ist schon komisch, wie schnell der menschliche Geist sich von Schmerz und Aufruhr abwenden und sich auf alles Angenehme konzentrieren möchte. Wenn man die Leute hier so ansieht, würde man nicht einmal merken, dass in den letzten fünf Tagen etwas Schlimmes passiert ist, es sei denn, man hätte genau aufgepasst. Jetzt ist alles nur noch Sonnenschein und Lollipops."

„Ich dachte gerade das Gleiche. Wie schnell alle vergessen wollen." Sie nippte an ihrem Drink und blickte dann zögernd zu ihrem Mann auf. „Ist es wirklich vorbei?"

Ted hielt sich den Nasenrücken und kämpfte gegen den Hirnfrost von dem eisgekühlten

Getränk an. „Nicht ganz. Wenn die Wirkung nur vorübergehend ist, dann geht das vielleicht vorbei. Ich hoffe, wir hören von mehr Anzeichen von außen, dass es vorbei ist. Ich habe das Gefühl, einer der Gründe, warum Jean Pierre mit uns sprechen möchte, ist, dass sie Kontakt mit anderen Häfen aufgenommen haben und er mehr von diesen Details hat."

„Ich hoffe, es sind die Details, die wir hören wollen."

„Ich auch." Ted leerte sein Glas und schielte verstohlen zur Bar, die nur wenige schwerfällige Schritte entfernt war. Er beschloss, dass es besser wäre, Jean Pierre mit einem halbwegs klaren Kopf zu treffen. Mit etwas Glück würde es noch genug Zeit zum Trinken geben. Er stellte sein Glas ab, faltete die Hände in seinem Schoß und schloss die Augen, die Wärme auf seiner Haut genießend.

TJ nippte nur an ihrem Drink und wirbelte ihren Strohhalm darin herum, als wäre er noch nicht ganz gemischt. Sie machte sich schreckliche Sorgen um ihre Mutter und hoffte, dass Jean Pierre ihr eine Möglichkeit zum Anrufen anbieten würde. Sicherlich würde er einen Weg finden.

Dann fiel ihr die andere Frage ein, die sie hatte. Sie blickte zu Ted hinüber und fragte: „Also erkläre mir, wie die Vulkane mit den Tierangriffen zusammenhängen?"

Er öffnete die Augen nicht. „Nun, das ist nur eine Hypothese. Aber es ist die beste, die ich gehört habe. Es handelt sich um thermophile Bakterien. Diese kleinen Kerle lieben es heiß, wie die meisten Bakterien. Allerdings mag diese spezielle Bakterienart es *richtig* heiß, sie halten sich sogar in der Nähe von Vulkanen und Dampfschloten auf. Sie haben eine Art speziellen Zellschutz, den normale Bakterien nicht haben, sodass sie extreme Temperaturen überleben können, und sie sind schwer zu töten. Als mehrere Vulkane ausbrachen, schleuderten sie ihre eindringenden Thermophilen in die Atmosphäre. Diese Thermophilen sind ständig auf der Suche nach Wärme, und in der oberen Atmosphäre ist es nicht besonders warm. Also werden sie bei ihrer Suche nach Hitze von Vögeln angezogen, die zu den Tieren mit den höchsten Körpertemperaturen gehören. Die infizierten Vögel beißen andere Tiere und übertragen ihre Infektion auf diese anderen Tiere, die wiederum andere angreifen, und so weiter."

„Warte, ich dachte, in deinem Buch ging es um T-irgendwas, das das Gehirn eines Tieres durcheinanderbringt und es völlig verrückt macht. Was hat das mit Thermo-Bakterien zu tun?"

„Richtig. Der *T-Gondii* ist ein Parasit, der bereits in fast allen Tieren und den meisten Menschen vorhanden ist. Aber er sitzt in den meisten seiner Wirte untätig herum. Die Theorie ist, dass die thermophilen Bakterien, sobald sie in den Blutkreislauf des infizierten Tieres gelangten, den T-Gondii aufweckten, der dann dem Tier befahl, das zu tun, was natürlich ist, ohne jegliches Gefühl der Sorge um das eigene Wohlergehen."

„Was ist natürlich?", fragte TJ, aber sie kannte die Antwort in dem Moment, als die Frage ihre Lippen verließ.

„Töten, natürlich."

„Gott sei Dank betrifft es Menschen nicht auch noch."

„Ja, das verwirrt mich eigentlich. Ich bin mir nicht sicher, warum es Menschen nicht betrifft, meine ich."

„Vielleicht liegt es daran, dass unsere Körpertemperaturen anders sind." TJ blickte auf ihre Uhr und war schockiert, dass es schon fast Mittag war. „Wir müssen los zur Brücke, sonst kommen wir zu spät."

Ted bewegte sich nicht. Er schien wie eingefroren, die Augen fast glasig, starr zum Horizont blickend.

„Hast du mich gehört?" TJ stellte ihr fast volles Glas ab und drückte seine Schulter. „Ted?"

„Tut mir leid." Ted zuckte leicht zusammen. „Dein Kommentar hat mich nur zum Nachdenken gebracht." Er starrte noch einen Moment länger auf den Horizont und wandte dann den Blick wieder seiner Frau zu. „Ja, lass uns gehen."

— —

Eine Wolke der Dunkelheit hing in der Brücke.

Ted und TJ bemerkten die Dunkelheit nicht sofort, als sie hineingeführt wurden: Sie waren zu sehr von den Schäden überrascht. Ein vernageltes Fenster an der Backbordseite zeugte von der Gangway. Gemeinsam folgten ihre Augen dem, was sie für den Weg des plötzlichen Wassereinbruchs hielten: durch den Bereitschaftsraum – derzeit abgesperrt, seine Fenster nach innen zerborsten; dann in den Rest der Brücke. Die Hälfte der Konsolen war von ihren üblichen Plätzen gelöst und lehnte nun nutzlos an der Fensterfront auf der Backbordseite. Die Löcher, in denen die Konsolen gewesen waren, wurden von kleinen Männern in schwarzen Overalls besetzt. Einige waren ganz in ihren Löchern; die anderen zur Hälfte drin und draußen, alle redeten hektisch in einer fremden Sprache miteinander. Bündel von Kabeln schlängelten sich heraus, über den Boden und in jedes der Löcher. Es sah aus, als würden sie die gesamte Brücke neu verkabeln.

Die ersten echten Anzeichen von Problemen kamen von den beiden Brückenbesatzungsmitgliedern an ihren Posten: Sie wirkten mürrisch, fast wie betäubt. Die Williams hatten nicht erwartet, jemanden übermäßig fröhlich zu sehen, wissend, dass in den letzten Tagen unter ihrer Aufsicht mehrere ihrer Crewmitglieder und drei ihrer Gäste gestorben waren. Aber sicherlich hätte ihre Stimmung heute gehoben sein müssen, nachdem sie so viel mehr Todesfälle vermieden hatten und mit der Aussicht, dass all die Probleme der letzten Tage vorübergehen würden. Ganz zu schweigen von der Tatsache, dass sie selbst nach dem, was ein verheerender Tsunami hätte sein sollen, immer noch ein funktionierendes Schiff hatten – abgesehen von einigen offensichtlichen Schäden, die sie noch reparierten – und viele Vorräte. Aber die düstere Stimmung der Crew wurde Ted und TJ schnell klar. Sie wussten, dass etwas nicht stimmte.

Jean Pierre unterbrach ihre gemeinsamen Überlegungen. „Willkommen, meine Freunde." Er streckte seine Hand aus und schüttelte herzlich die von jedem von ihnen. „Lasst uns auf das Schwenkdeck an der Steuerbordseite gehen, wo wir etwas Privatsphäre haben können." Er führte sie durch die Brücke und brachte sie durch eine Seitenluke nach draußen.

„Ich entschuldige mich, dass ich nichts Bequemeres anbieten kann. Ich wusste nicht, dass der Kapitän noch in einer Besprechung mit vielen seiner Offiziere sein würde."

Es machte ihnen nichts aus. Tatsächlich zogen sie die salzige Luft draußen und die steife Brise vor, obwohl die Nordseite des Schiffes keinen Sonnenschein bot.

Keiner von ihnen wollte hören, was ihrer Vermutung nach als Nächstes kommen würde.

Ted lenkte ab, teilweise aus Neugier. „Sagt mir zuerst, da ihr beide hier seid... Was ist eigentlich aus Mrs. Carmichael geworden?"

Jean Pierre sah TJ an, die ihn ansah. „Du solltest das erklären, da es deine Untersuchung war."

„Ja, nun, wir wissen noch nicht, was mit ihr passiert ist. Wir vermuten, dass sie vom Tsunami über Bord gespült wurde. Und davor denken wir, hat sie ihren Ehemann getötet. Wie du auch gesehen hast, fanden wir ihn tot in ihrer Kabine, mit mehreren Stichwunden. Was mich betrifft, und damit auch das FBI, steht sie auf unserer Liste der meistgesuchten Personen und wird dort bleiben, bis sie in einem Jahr offiziell für tot erklärt wird."

TJ sah zu Jean Pierre hinüber, um zu sehen, ob er noch etwas hinzufügen wollte, da der Stabskapitän an die nach Norden gerichtete Reling getreten war. „Das erinnert mich. Der Finger, der später in ihrer Kabine gefunden wurde - hat Dr. Chettle irgendwelche Vermutungen angestellt, wem der gehörte?"

Jean Pierres Rücken war ihnen zugewandt. Seine Ferngläser waren auf sein Gesicht gepresst und auf eine dünne schwarze Wolke am nördlichen Horizont gerichtet, die sich in ihre Richtung zu bewegen schien.

„Entschuldigung." Er senkte das Fernglas und drehte sich zu ihnen um. „Der Finger scheint Mrs. Carmichael zu gehören. Und nach den Bissspuren zu urteilen, scheint sie ihn sich selbst abgebissen zu haben."

Die Tür klapperte und ließ Paulo mitten in der Bewegung erstarren. Er zupfte am Bund seines geliehenen schwarzen Overalls und spürte, wie seine Manschetten von seinen Fersen zurückgehalten wurden.

Paulo starrte die Tür böse an und forderte sie heraus, noch ein Geräusch von sich zu geben. Den Gang hinunter ertönte ein ähnliches Scheppern. Er schnaubte und tat das Gehörte nun als Bewegung des Schiffes ab, die natürlich dazu führte, dass Dinge vibrierten.

Er zupfte noch einmal an seinen Hosenbeinen und spürte den drohenden Ärger seines Vorgesetzten, wenn er sich nicht beeilen würde. Er war auf die Brücke gerufen worden, um bei all den elektrischen Problemen zu helfen, die es dort gab. Es war nicht sein normaler Job – er war Hausmeister – aber sie brauchten alle kompetenten Arbeitskräfte für die Reparaturen. Und weil er ziemlich gut mit Elektronik umgehen konnte und nach einer Empfehlung von Buzz heute eine Beförderung erhalten hatte, war er jetzt Mechaniker. Sie sagten ihm, sie würden eine Uniform in seiner Größe finden, wenn sie ihren Heimathafen in Miami erreichten.

Die Tür zur Kabine 8531 wurde erneut heftig von innen gerüttelt. Sie klapperte so gewaltig, dass er dachte, sie könnte aus den Angeln fallen.

„Ist alles in Ordnung da drin?", rief er der Person zu, die hinter der Tür sein musste.

Die Antwort klang wie ein gedämpftes Grunzen, also legte Paulo sein Ohr an die Tür und lauschte aufmerksam. Wieder rief er: „Geht es Ihnen gut?"

Ein weiteres Rütteln und ein längeres, schmerzhafter klingendes Grunzen. Die Person hinter der Tür war offensichtlich in Not und konnte nicht antworten. Die vorherige Kontrolle der Gäste musste diesen hier übersehen haben. Oder vielleicht hatte sich ihr Zustand verschlechtert.

In Panik blickte Paulo den Gang auf und ab, auf der Suche nach einem Crewmitglied, das die Verantwortung übernehmen konnte. Er hatte angenommen, dass diese Etage vor Aktivität summen würde, aber sie schien jetzt leer zu sein. Es war kein anderes Crewmitglied zu sehen oder zu hören, obwohl er weiter unten im Gang noch mehr Gerassel hörte. Das hohle Echo verstärkte nur Paulos wachsende Angst.

Er war mit Sicherheit schon überfällig auf der Brücke. Aber er konnte die Hilferufe eines möglicherweise verletzten Gastes nicht ignorieren. Er zog seine neue Seacard aus der Tasche, nicht überzeugt, dass sie an dieser Tür funktionieren würde. Aber mit der Beförderung kam ein erweiterter Zugang.

„Hallo! Ich komme jetzt rein, um Ihnen zu helfen, okay?"

Das trommelnde Rütteln an der Rückseite der Tür ging weiter, heftiger, gefolgt von einem weiteren langen Stöhnen.

Paulo schob seine Karte hinein und wieder heraus, das Schloss blitzte grün zur Bestätigung auf.

Er drückte den Griff nach unten und stieß die Tür gerade so weit auf, dass sich ein Spalt öffnete. „Ich komme rein, um zu helfen", rief er lauter, damit der verletzte Bewohner und jeder andere in der Nähe es hören konnte.

Es gab Druck von innen, also drückte er härter, aber der Druck nahm im gleichen Maße zu, als ob der verletzte Gast gegen ihn arbeiten würde.

Vielleicht war der Gast gegen die Tür gedrückt und konnte sich nicht bewegen.

Paulo, so entschlossen wie er nur sein konnte, grub seine Fersen in den Teppich und drückte tief in die massive Tür.

Als er sie zur Hälfte geöffnet hatte, steckte er seinen Kopf in die schwarze Öffnung.

Die Lichter müssen auch hier durchgebrannt sein.

Paulo konzentrierte sich auf den Boden, da er vermutete, dass der verletzte Gast dort liegen würde.

Er war überrascht, nackte Füße und Beine zu sehen, und als sein Blick weiter nach oben wanderte, erblickte er das Becken einer nackten Frau. Er blinzelte und bewegte seinen Kopf nach oben, in dem Versuch, seinen Blick abzuwenden. Stattdessen erhaschte er einen Blick auf die größtenteils entblößten Brüste der Frau. Er tastete an der Tür herum, um sich von ihr und der Frau wegzudrücken.

„Ah, oh je", stammelte er. „Es tut mir so leid, Miss. Ich wusste nicht... Ich dachte, Sie wären verletzt. Ich-"

Ein schraubstockartiger Griff packte seine Hand und klemmte sie an die Tür.

Es war eine weibliche Hand, blutig. Ihr fehlte ein Finger.

Paulo riss seine eigene Hand los und stolperte rückwärts, wobei sich seine Beine und Handschellen verhedderten. Er würde fallen. Er blickte nach oben, seine Augen trafen ihre. Sie waren hellrot und so wütend.

Sie stieß einen unmenschlichen Schrei aus.

Er versuchte zurückzuschreien, wurde aber abrupt unterbrochen.

Niemand hörte Paulo sterben, während überall auf dem Schiff die Türen zu klappern begannen.

Epilog

Ist das ein Schiff, dort drüben im Südosten?" Der Mann drückte das Fernglas an seine Augen und konzentrierte sich ganz auf das Schiff südlich von ihnen. Seine Sicht war verschwommen, aber das Bild war klar. „Das ist ja ein verdammtes Kreuzfahrtschiff!"

Sein Partner sprang zu ihm herüber und brachte ihr kleines Aluminiumboot gefährlich zum Schaukeln.

„Du Idiot. Willst du uns über Bord werfen?"

Der kleinere Mann sank sofort auf den Boden, sein Hintern platschte in ein paar Zentimeter Wasser. „Tut mir leid, Thomas", sagte Phillip und blickte auf seine Hose. Sie war gerade erst getrocknet und nun wieder klatschnass. Er schaute zum fernen Schiff und ignorierte den Blick seines Freundes. „Ja, ich kann es sehen. Aber es sieht irgendwie... kaputt aus."

Thomas starrte ihn noch einen Moment lang an, bevor er wieder durchs Fernglas auf das Kreuzfahrtschiff in der anderen Richtung vor ihrem Bug blickte. Das Schiff war auch ohne Fernglas deutlich zu sehen, aber er konnte nicht klar erkennen, seit seine Brille über Bord gegangen war. „Es ist der Schornstein. Du hast recht, er ist umgeknickt. Sie müssen den Tsunami überlebt haben, aber er hat trotzdem Schaden angerichtet. Willst du mal sehen?" Thomas hielt das Fernglas hinter sich, in der Erwartung, dass Phillip es ihm aus der Hand reißen würde. Er drehte sich um und fand seinen Freund im Wasser sitzend vor, das sich am Boden ihres kleinen Bootes sammelte, den Blick nach unten gerichtet. „Phillip, was ist los?"

Phillip schaute auf. „Ich vermisse unsere Freunde und mir geht's nicht gut."

„Mir auch." Thomas dachte darüber nach, was sie durchgemacht hatten, die einzigen zwei von einer Besatzung von zwanzig, die den Tsunami überlebt hatten. Wie er und sein Freund Phillip es geschafft hatten, hatte er keine Ahnung. Aber irgendwie, nachdem er vorüber war, fand er seinen Freund und dann dieses Boot, das neben ihnen trieb. Das Boot hatte keine Ruder, aber zumindest waren sie aus dem Wasser. Zumindest bis es ein kleines Leck bekam, was sie zwang, ständig zu schöpfen. Wenn sie dem voraus bleiben konnten, würden sie lange genug über Wasser bleiben, um entdeckt zu werden. Und sie hatten eine gute Chance, entdeckt zu werden, da sie in einer der meistbefahrenen Schifffahrtsrouten der Welt trieben. Zumindest war sie das vor dem Tsunami gewesen.

Thomas wandte sich wieder dem Kreuzfahrtschiff zu.

Es sah aus, als würde es die normale westliche Route nehmen, die alle transatlantischen Schiffe von Europa aus nahmen, wenn sie zuerst zu den Azoren fuhren. Leider war ihr kleines Boot wahrscheinlich zu klein und zu weit entfernt, um von jemandem auf diesem Schiff gesehen zu werden. Für alle Fälle legte er das Fernglas weg und hob das kaputte Ruder, das sie in den Trümmern eines anderen zerstörten Schiffes gefunden hatten. Mit einem T-Shirt, das am flachen Ende befestigt war, schwenkte er es wild hin und her.

„Werden sie es sehen?", fragte Phillip und würgte dann trocken über seinem Schoß. „Mir geht's echt nicht gut." Er stöhnte und hievte sich dann langsam zurück auf den zweiten Sitz im beschädigten Ruderboot, um einen besseren Blick zu haben.

„Bezweifle ich. Aber wir müssen es versuchen. Man weiß nie, wie viele Schiffe den Tsunami überlebt haben."

„Ich hab so einen Dur..." Phillips Stimme verstummte.

„Ich hab auch Durst, Kumpel. Aber was ich *wirklich* gerne hätte, wäre einer dieser rumgefüllten Drinks, die sie all ihren Gästen servieren. Du weißt schon, eines dieser fruchtigen Dinger mit den Schirmchen drin?" Thomas schloss die Augen und leckte sich die Lippen, fast konnte er die kühle Köstlichkeit schmecken. „Ein Zombie! So heißt das. Erinnerst du dich, als-"

Thomas drehte sich zu seinem Freund um und wunderte sich, warum er keinen Mucks von sich gegeben hatte, während er über das Rumgetränk schwafelte. Phillip hatte diese Dinge geliebt, als sie vor ein paar Jahren im Urlaub auf den Kanaren in einer Strandbar Halt gemacht hatten. Er fand Phillip in den Himmel starrend vor, wo sich eine

riesige schwarze Wolke schnell über sie hinweg-
bewegte. Diese Wolke kreischte und knackte.

„Das ist ein Schwarm Amseln. Wahrscheinlich
kommen sie von den Kanaren", sagte Thomas,
während er beobachtete, wie der Schwarm über
sie hinwegflog, alle in Richtung... des Kreuzfahrtschiffs, das er beobachtet hatte.

„Phillip?", flehte Thomas und zeigte hinter
seinen Freund, der auf seinem Sitz zusammenge-
sackt war.

Es gab Dutzende von Nachzüglern, die un-
regelmäßige Muster flogen, anstatt der normalen
sehnigen Linien eines Schwarms. Tatsächlich hatte der Schwarm auch ziemlich unregelmäßig ausgesehen. Die Nachzügler flogen zudem niedriger,
sodass er ihr Gekrächze deutlicher hören konnte.
Mehrere von ihnen schienen auf sie zuzufliegen.

Der Angriff kam schnell, und bevor einer
von ihnen es wusste, wurden sie von den dä-
monisch aussehenden Amseln überwältigt. Die
Vögel kreischten sie an und stürzten sich auf
Thomas, gruben ihre Schnäbel in sein Fleisch,
gefolgt von Kratzen und Reißen.

Thomas drehte sich um, während er nach
den angreifenden Vögeln schlug, als er Phillip
keuchen und schreien hörte. Aber es war kein
Schrei des Terrors. Es klang eher nach Frustration
oder Wut.

Thomas schlug zwei der Vögel weg, und das
gab ihm genug Freiraum, um sich umzudrehen
und seinen Freund Phillip – seinen Kumpel seit
Kindheitstagen – zu sehen, wie er von seinem Sitz
sprang und auf ihm landete. Phillip grub seine
Finger in Thomas' Haut, und sein Freund öffnete

seinen Mund weit, als wolle er ein Stück aus ihm herausbeißen. „Was machst du da-"

Der Schock ließ ihn verstummen, als er sah, wie Phillip sich von ihm löste mit einem Stück von Thomas' eigener Haut im Mund. Dieser Teil entsetzte ihn, ebenso wie das wahnsinnige Verhalten seines Freundes. Aber was ihn in die Hose pissen ließ, waren die roten Augen seines Freundes.

~ ⚊ ⬤ ⚊ ~

Danke, dass Sie *WAHNSINN* gelesen haben!

Chroniken des Wahnsinns gehen weiter in *PARASITÄR: Chroniken des Wahnsinns Band 2*.

Finden Sie heraus, wie sich der Wahnsinn der Rage-Krankheit auf der Intrepid und in der ganzen Welt ausbreitet. Aber bevor Sie das tun...

~ ⚊ ⬤ ⚊ ~

Wussten Sie... Ich bin ein unabhängiger Autor, der sich auf Bewertungen und Rezensionen verlässt, um die Botschaft über meine Bücher zu verbreiten. Deshalb sind Rezensionen so wichtig für mich und deshalb brauche ich wirklich Ihre Hilfe. Selbst eine kurze Rezension zu hinterlassen, wäre sehr geschätzt.

Wahnsinn: Fakt vs. Fiktion

Science-Fiction ist ein wunderbares Genre, weil es Wissenschaft nimmt und Schichten fiktiver Was-wäre-wenns hinzufügt. Handlungsstränge werden um wissenschaftliche Konzepte herum gestaltet und auf einem Fundament der Realität aufgebaut. Zumindest sollte die meiste Science-Fiction so sein. Leider ist es oft mehr Fantasie als Realität, wo die grundlegende Welt fast vollständig erfunden ist oder die Wissenschaft bis zum Äußersten gedehnt wird. Ich bevorzuge Fiktion, die sich echt anhört und anfühlt.

Ich sage nicht, dass es in Sci-Fi-Geschichten keine kreative Freiheit gibt. Dies ist oft notwendig, wenn man versucht, die Erzählung einer Geschichte um die Wissenschaft herumzuführen. Aber solche Freiheiten – denken Sie an die Warp-Antrieb-Technologie in *Star Trek* – sind immer noch völlig anders als das Ignorieren wissenschaftlicher Fakten. Ich nenne Zombie-Apokalypse-Fiktion (Zompoc) als ein solches Beispiel.

Die Mehrheit der Zombie-Fiktion beinhaltet die Wiederbelebung der Toten, wobei diesen Ghoulen oft übermenschliche Kräfte gegeben werden, die sie zu Lebzeiten nie hatten, und sie auf einen endlosen Weg geschickt werden, um die Gehirne der überlebenden Menschen zu fressen, es sei denn, man kann den bereits toten Zombie „töten", indem man sein Gehirn durchbohrt (egal wo), woraufhin der wiederbelebte Zombie stirbt und für immer alle Bewegung verliert. Dieses ganze Konzept ist völlig lächerlich und macht es mir schwer, den Rest der Geschichte zu akzeptieren. Und das liegt daran, dass die ganze Zombie-Sache wissenschaftlich unmöglich ist. Jeder Teil davon. Ich werde nicht auf das Warum eingehen, weil andere eine viel bessere Arbeit geleistet haben, das ganze Zombie-Konzept zu entlarven, in wissenschaftlichen und medizinischen Begriffen und in all den großen Mängeln der Zombie-Welt-Erzählung. Dennoch gebe ich zu, dass ich eine Vorliebe für einige Zombie-Fiktionen entwickelt habe. Einige.

Es sei gesagt, dass ich ein heimlicher *Walking Dead*-Fan war. Zumindest in den ersten Staffeln. Ja, ich weiß, dass das dem widerspricht, was ich gerade gesagt habe, und mich zu einer Art Zombie-Heuchler (wäre das ein Zombeuchler?) macht. Aber ich habe nicht endlose Stunden damit verbracht, *TWD* wegen seiner Zombies zu schauen. Ich habe es trotz seiner Zombies und schlechten Wissenschaft genossen. Es sind die Charaktere und ihre ständigen Kämpfe ums Überleben, die meine Aufmerksamkeit gefesselt haben. Die Zombies sind oft ein nachträglicher Gedanke in der Handlung. Ich liebe auch das Konzept der Geschichte, dass jeder (im Fall von *TWD*, wenn er vom Tod ereilt wird) schließlich zu einem poten-

ziellen Monster wird; wenn das innere „Böse" jeder Person auf die Welt losgelassen wird.

Es ist dieses Konzept des inneren „Bösen", das
Sie auf den Seiten der *Chroniken des Wahnsinns* zu
sehen beginnen.

Aber ich greife mir selbst voraus, da ich dies nur
am Ende dieses Buches, *WAHNSINN*, angedeutet
habe. Sie werden *PARASITÄR (Band 2 der Chroniken
des Wahnsinns)* und natürlich das Finale, *SYMP-
TOMATISCH (Band 2 der Chroniken des Wahnsinns)*,
lesen müssen, um dies wirklich zu verstehen. Die
eigentliche Frage, die ich hier erkunden möchte,
und mein Zweck, Ihnen dieses zusätzliche Seg-
ment am Ende des Buches zu geben, ist... wie viel
von dem, was ich in *WAHNSINN* geschrieben habe,
ist Wissenschaft und wie viel ist Fiktion?

Ich erkläre es so: Fast alles in dem Buch, das
den *T-Gondii*-Einzeller beschreibt, ist absolut korrekt. Gehen Sie in einen Raum mit neun anderen Personen, und höchstwahrscheinlich ist die
Hälfte von Ihnen bereits mit *T-Gondii* infiziert. Wo
sich dieser Raum auf der Welt befindet, wird die
Zahlen genauer bestimmen: in Paris wahrscheinlich acht von zehn; in New York vielleicht fünf
von zehn; an anderen Orten können es sogar zehn von zehn sein. Diese Infektion ist wirklich weit verbreitet, und Wissenschaftler beginnen erst jetzt zu verstehen, was der *T-Gondii*
mit den Gehirnen der Menschen macht. Einige
sagen, dass die aktuelle Welle aggressiven Verhal-
tens, die wir um uns herum sehen (denken Sie
an Verkehrswut, Schulschießereien usw.), direkt
mit der Umprogrammierung Ihres Gehirns durch
T-Gondii zusammenhängt, um wütender und ag-

gressiver zu sein. Fühlen Sie sich in letzter Zeit wütender? Sie leiden vielleicht an Toxoplasmose, bei der der *T-Gondii*-Puppenspieler aktiv an Ihren Fäden zieht. Gruselige Sache, nicht wahr?

Für Säugetiere ist es noch schlimmer.

Die kreative Freiheit, die ich mir in den *Chroniken des Wahnsinns* genommen habe, ist die Einführung einer thermophilen Bakterieninfektion, die ich den Schalter für die Umprogrammierung von *T-Gondii* umlegen lasse. Thermophile Bakterien existieren tatsächlich um vulkanische Schlote herum. Aber könnten sie wirklich diese Reaktion bei *T-Gondii*-infizierten Wirten verursachen?

Alles ist möglich.

Schließlich fragen Sie sich vielleicht, was es mit dieser Grafik bei jedem Kapitelwechsel auf sich hatte?

Dies sind tatsächliche Bilder von T-Gondii-Parasiten. Ich hatte wahrscheinlich ein bisschen zu viel Spaß damit. Aber hoffentlich hat es Ihr Lesevergnügen nicht beeinträchtigt.

Danke fürs Lesen!

GRATISBÜCHER

(Auf Englisch)

M elden Sie sich für ML Banners *Apokalyptis-che Updates* an (VIP-Leserliste) und erhalten Sie kostenlos ein Exemplar eines meiner Best-seller, nur fürs Mitmachen.

Zusätzlich erhalten Sie Zugang zu unserer VIP-Leserbibliothek mit mindestens vier weiteren Gratisangeboten.

Einfach hier anmelden:
http://mlbanner.com/free
(geben Sie mir eine E-Mail-Adresse, um Ihr kostenloses Buch zu erhalten)

Wer ist ML Banner?

Michael schreibt, was er gerne liest: apokalyptische Thriller, die normale Menschen in außergewöhnliche Umstände versetzen, wo ihre Handlungen nicht nur über ihr eigenes Schicksal, sondern auch über das der Welt entscheiden können. Seine Werke werden sowohl traditionell als auch im Selbstverlag veröffentlicht. Oft spielen seine Thriller an weit entfernten Orten, da Michael seine Erfahrungen aus Besuchen in anderen Ländern – einige davon mehrmals – über die Jahre hinweg einbringt. Das Bild stammt von einer transatlantischen Kreuzfahrt, die den Hintergrund für seine preisgekrönte *Chroniken des Wahnsinns* bildete.

Wenn Michael nicht gerade an seinem nächsten Buch schreibt, findet man ihn (und seine Frau) möglicherweise auf Reisen im Ausland oder lesend auf einem Kindle, mit den Zehen im Wasser (Name seiner Verlagsgesellschaft), an einem Strand am Meer von Cortez (Mexiko).

Möchten Sie mehr von M.L. Banner?

Erhalten Sie KOSTENLOSE Bücher & *Apokalyptische Updates* - Eine monatliche Publikation mit vergünstigten Büchern, interessanter Wissenschaft/Entdeckungen, Neuerscheinungen, Rezensionen und mehr

Verbinden Sie sich mit M.L. Banner

Bleiben Sie in Kontakt - Ich würde mich freuen, von Ihnen zu hören!
   E-Mail: michael@mlbanner.com
   Facebook: AuthorMLBanner
   X: @ml_banner

Bücher von M.L. Banner

Für einevollständige Liste von Michaels aktuellen und kommenden Büchern: MLBanner.com/books/

ASCHEFALL APOKALYPSE

Buch 1

Eine weltweite Apokalypse hat gerade begonnen.

Buch 2

Während die Temperaturen in den Keller gehen,sinnt ein neuer Feind auf Rache.

Buch 3

Manchmal ist der beste Plan, wegzulaufen. Aber wohin?

- - -

CHRONIKEN DES WAHNSINNS

WAHNSINN (01)

Eine parasitäre Infektion lässt Säugetiereangreifen.

PARASITÄR **(02)**

Die parasitäre Infektion betrifft nicht nur Tiere.

SYMPTOMATISCH **(03)**

Was tust du, wenn dein Liebster symptomatischwird?

- - -

Auf Englisch:

HIGHWAY SERIE
True Enemy (Kurzgeschichte)
Ein unwahrscheinlicher Held findet seinen wahrenFeind.
(Diese USA Today Bestseller-Kurzgeschichte gibt esnur auf mlbanner.com)
Highway (01)
Ein Terroranschlag zwingt Geschwister auf dieAutobahn
und zu einer unmöglichen Reise nach Hause.
Endurance (02)
Das Überstehen dessen, was als Nächstes kommt,wird alles von ihnen abverlangen und mehr.
Resistance(03)
Erscheintbald

- - -

STONEAGE SERIE
Stone Age (01)
Das nächste große solare Ereignis trennt Familie- und Freunde
und läutet eine neue Steinzeit ein.
Desolation (02)
Um die kommende Verwüstung zu überleben, brauchtes neue Freundschaften.
Max's Epoch (Stone Age Kurzgeschichte)
Max wurde nicht als Prepper geboren, er wurde zueinem geschmiedet.
(Diese Kurzgeschichte ist exklusiv aufMLBanner. com verfügbar)
Hell's Requiem (Einzelroman)
Ein Mann kämpft ums Überleben und sucht den Weg zueinem wissenschaftlichen Zufluchtsort.
Time Slip (Einzelroman)

Der Zeitsprung war sein Unfall; kann er ihnnutzen,
um die zu retten, die er liebt?
Cicada (03)
Die wissenschaftliche Gemeinschaft von Ci-
cadakönnte die einzige Hoffnung der Welt sein,
oder sie könnte zum Ende von allem führen.